한류 아리랑
Korean Wave Arirang

메·타·한·류·소·설
한류 아리랑

초판 인쇄 2023년 5월 8일
초판 발행 2023년 5월 22일

지 은 이 | 노희상
펴 낸 이 | 김광태
펴 낸 곳 | 도서출판 승연사
인   쇄 | (주)대한씨앤씨
출판등록 | 1991년 4월 2일 제318-2005-000054호
전   화 | 02-2671-5305 / 02-391-2239
팩   스 | 02-749-4939 / 02-391-2230
핸 드 폰 | 010-3243-5305
주   소 | 서울시 종로구 진흥로 432 요진오피스텔 908호
E-mail | ktkim7788@naver.com/kbs368@empas.com

값 20,000원
ISBN 978-89-93297-30-0 03810

저작권ⓒ노희상 2023
이 책의 저작권은 저자와 출판사에 있습니다.
서면에 의한 허락없이 내용의 일부를 인용하거나 발췌하는 것을 금합니다.

[목 차]

작가의 말 _ 5

당신의 사랑 _ 11
거짓 천사 _ 31
싱잉볼(singing ball) 할아버지 _ 53
해변의 흑마(黑魔) _ 93
천극신(天極神)의 분노 _ 111
인간 빅뱅(Big Bang)을 준비하라 _ 139
운명을 가르는 하늘 소리 _ 165
별에서 온 성자들 _ 187
하늘의 수(數) 7(seven) _ 229
대륙에 살아있는 '한혼(韓魂)' _ 259
동이족과 아즈텍문명 _ 299
한류, 큰 아리랑 _ 333

[작가의 말]

아침 해는 어둠을 먹고 뜬다!

　세상이 무섭게 변하고 있다. 최근 몇 년 사이에 세계 80억 인류 중에 7억 명이 코로나에 걸리고, 700만 명이 죽었다. 우리나라도 3천만 명이 확진되고, 3만5천명이 사망(2023년3월)하는 고난이 닥쳤다. 게다가 러시아의 우크라이나 침략으로 인해 국제정세가 불안하고 경제적인 타격이 큰데, 러시아와 중국이 손을 잡아 서구를 위협하고 북한의 도발은 갈수록 커지고 있다. 이에 더하여 지구촌 각지에서 수많은 자연재해가 빈발하지만 인간이 무기력한 존재라는 것만 확인해 줄 따름이다. 이러한 절체절명의 상황은 사람들을 불안하게 한다.
　그러나 어떻게 살아온 세월인데, 무기력하게 스러질 수는 없다는 생각이 들어 별빛을 바라보며 여명을 찾아가는 고단한 자기 성찰을 시작하였다. 고요히 내 안을 들여다보면서 나의 오늘을 있게 한 '수많은 다행'에 감사하며 생과 사의 본질을 천착하고, 가족과 이웃과 직업, 국가와 사회, 세계와 지구를 넘어 우주에까지 사유의 폭을 넓혀, 하고 싶은 말들을 글로 적어나갔다. 절박한 회오(悔悟)의 시간을 맑고 투명한 샘에 담아두고, 희망의 두레박질을 해댔다. 아니, 불 꺼진 대장간에서 혼신을 다해 열심히 사랑의 풀무질을 했다. 언젠가 돌아올 구원을 기다리면서.

내 인생의 스무 살까지는 지독한 고난의 시대였고, 두 번째 28년간의 공직생활은 나를 처절하게 달구는 시기로, 군대에서 그리고 공직자로서 전투하듯 살았다. 세 번째 인생 농사는 48세에 공직에서 물러나 프리랜서 강사 겸 작가로 시작하여 지금까지 '실패는 성공의 어머니'라는 격언과 '어둠은 빛을 예비하는 것'이라는 의미를 반추하며 촌음(寸陰)을 아끼며 살고 있다.

재언하면, 우리 기성세대는 시대와 상황이 만들어준 황톳길과 자갈길에서 '흙수저'를 물고 누구를 원망하거나 탓할 겨를도 없는, 퇴로가 차단된 '운명'의 그루터기를 부여안고 살았다. 다만, 인생도처유청산(人生到處有靑山)이요 덕불고필유린(德不孤必有隣)이라, 성실하게 살다 보면 도움의 손길도 있고, 덕을 쌓고 베풀면 반드시 내게 또는 자손에게 도움이 온다는 것을 깨닫는 학습을 충실히 밟았다고 생각한다. 이제 '꼰대의 유효기간'이 끝나기 전에 못다 한 말을 남기고 싶어서 이 글을 쓴다.

나는 지난 30년간 공직자와 사원 등 성인을 대상으로 4,600여 회의 강의를 했다. 그 과정에서 대부분의 성인들이 치열한 생존경쟁으로 인해 나와 가족만을 생각하는 좁은 의식에 빠질 수밖에 없었고, 이해와 배려보다는 비교와 다툼을 먼저 생각하고, 이분법적 흑백사고에 익숙해 있다는 점을 발견하고 이를 안타깝게 생각했다. 지금은 국민소득 3만3천 달러 시대인데도 의식은 여전히 3천 달러 시대인 듯 매사를 남과 비교하고 경쟁하느라 허덕이면서 질 높은 삶을 영위하지 못하고 있다고 생각하였다. 그것이 개인 탓만은 아닐지라도, 허전한 마음을 채우고 행복해지려면 어떻게 하든 개선해나가야 할 과제가 아닐까 싶었다. 개인의 자아실현과 국가의 선진화, 조국의 통일을 위해서는 깨어있는 의식, 대아적인 사고와 행동이 절실하다는 판단으로 여러 분야를 섭렵하다가 유구한 역사 속에서 길을 찾아보고자 늦게나마 역사 공부를 시작하였다.

다행히 90년대 초부터 공산권의 붕괴에 이어 글로벌시대로 바뀌면서 우리 국민도 해외에 나가 세계 속의 한국과 자아를 생각하는 계기를 맞았고, 그런 과정에서 나에게도 행운이 찾아왔다. 그것은 기업체 사원들의 워크숍이 해외에서 열리는 일이 늘어나서 그분들의 해외연수에 참여하는 기회가 주어진 때문이다.

그리하여 우리 역사가 살아있고, 우리와 연관이 깊은 만주와 연해주, 중국 동부, 일본의 규슈와 대마도, 몽골과 시베리아, 인도차이나반도, 북한 금강산 등을 20년간 79회 인솔하는 행운을 얻은 것이다. 그에 따라 더 많은 공부를 해야 했고, 현장 스토리 강의를 통해서 교실 강의와는 다른 깊이와 감동을 주고받아 '작은 나'에서 '역사 주체로서의 나'로 성숙하는 계기를 얻었다. 뭔가 의식을 갖고 떠나는 여행은 인간을 성숙시키는 소중한 학습과정이었던 것이다.

이에 덧붙여 말하면, 회사원들이나 일반인이 개인적으로 언제 고구려 건국지에 가보고, 광개토대왕비를 직접 볼 수 있으며, 대조영이 발해국을 세운 흑룡강성 영안현의 상경성 터, 수·당군을 물리친 요하일대의 성 터, 대한민국 임시정부가 있던 상해, 왜군의 임진왜란 출병지와 대마도, 병자호란 때 끌려간 조선 포로들이 피눈물로 만든 심양 북릉공원과 조선포로 매매장소인 심양북역, 소현세자가 유배당하여 농사짓던 심양의 오리하(五里河) 그리고 만주지역의 독립군의 투쟁터, 연해주 안중근 의사의 단지동맹(斷指同盟) 장소와 의거 장소인 할빈역, 6.25당시 중공군의 침입로였던 압록강철교를 가볼 수 있겠는가? 또 한민족의 갈래족이 사는 시베리아와 몽골대륙을 언제 가서 둘러보며, 압록강 두만강에서 북한 땅과 동포를 육안으로 바라보면서 통일의 절박함을 인식하기가 쉬운 일은 아닐 것이다. 그런 현장 교육과정을 겪으면서 얻은 결론은 '역사를 바로 알아야 현재의 위기를 이겨낼 수 있고, 미래가 보인다'는 것이었다.

그렇게 20년을 보내며 여러 권의 역사물을 썼지만, 항상 현실 문제와의 접합이 아쉬워서 글을 쓰고 나면 미련이 남았다. 역사의 교훈은 기록된 문서 이상으로 현실과 그대로 연결된다는 점을 알았지만, 빈약한 지식으로 이를 정리하여 후세에 전하는 데 애를 먹었다. 또 우리 국민이 물질적 외현적(外現的)으로는 크게 발전하여 먹고사는 문제는 해결됐지만, 조금만 어렵거나 복잡한 문제가 생기면 내면이 허하여 방황하거나 자기를 파괴하려는 움직임이 나타났다. 심지어 패를 지어 집단적인 또는 지역적인 반발이나 다툼으로 나타나 갈등을 부추기는 '안에서의 싸움'이 못내 아쉬웠다. 하여 우리가 가진 인식의 한계, 아픔의 문제를 소설 형식으로 풀어 써 보리라 마음먹었다. 일종의 해원(解冤)이랄까, 그런 심리적인 굿 풀이를 해보고 싶었다.

그러던 차에 좌파정권이 들어서고 코로나 시대라는 강요된 암흑기가 왔다. 그 시간이 아까워서 나 자신과 우리가 당면한 절체절명의 문제에 대해 기성세대의 한 사람으로서 후세에 주고 싶은 말을 유서를 쓰듯 썼다.

이 책은 12편의 단편소설을 엮은 것이다. 글을 전개하는 기법상 다른 챕터의 글과 일부 중복되거나 중편처럼 연결되는 점이 있는 바, 그 점은 독자 제현께서 이해하여 주시기 바란다.

필자는 이 책에서 주로 다음과 같은 내용을 다루고자 했다.

- 성 윤리와 미혼모 및 국내외 입양 문제
- 여가문화의 질과 생산성 문제
- 장애인과 노약자 및 홀로 된 가족의 문제
- 지구와 우주에 대한 인식, 기후 문제와 재해 문제
- 올바른 역사의식과 역사침탈에 대비하는 마음가짐
- 동이(東夷) 문화의 세계사적 위상 재탐색
- 한류 문명의 특질 및 제2 르네상스의 개화

이런 내용을 담았지만, 문학적인 표현 기술이 부족하여 걱정된다. 하지만 비록 짜릿한 표현은 없을지 몰라도 시대의 아픔을 떨쳐내고 우리의 미래를 '한류왕국' 재건으로 함께 풀어보고자 하는 저자의 의도를 헤아려 읽어주셨으면 한다.

아울러 부족한 이 글이 인공지능(AI)과 플랫폼, 메타버스 만연시대에 독자들의 사유의 터를 다지고 폭을 넓힘과 동시에, 상상력과 감성에너지를 키우는 데 도움이 되기를 기대한다.

끝으로, 이 책에 등장하는 '7인의 성자'와 '샛별공주'는 현재 활동 중인 보컬이라, 그분들에게 폐가 되지 않도록 작가가 임의로 부여한 별칭을 사용했을 뿐 상업적인 의도가 전혀 없다는 점, 독자의 이해를 넓히기 위한 캐릭터의 설정이었음을 밝혀드린다.

서기2023년(단기4356년) 봄

地斗 盧熙相 씀

당신의 사랑

한때의 잘못으로 버려진 영아들을 〈베이비박스〉를 설치하여 구출해 주는 주사랑공동체교회

당신의 사랑

　여기는 서울 관악구 신림동. 사람들이 난곡이라 부르는 낙후되고 소외된 곳. 도무지 서울특별시라는 단어와는 어울리지 않는 가난의 그림자가 짙게 밴 산동네이다.
　낙엽이 이리저리 뒹구는 늦은 가을밤. 어린이공원 구석 벤치에 한 처녀가 커다란 수건에 뭔가를 둘둘 말아 싸서 품에 안고 불안한 모습으로 앉아 있었다. 그녀는 핼쑥한 얼굴로 인적이 없는 공원에서 주위를 두리번거리다가 하늘의 별과 흩날리는 낙엽을 바라보며 슬픔과 공포에 젖어 눈물짓고 있었다. 별 보기가 어려운 서울이지만 관악산 아래 가을 밤하늘은 이날따라 유난히 별빛이 고왔다.

　- 아가야. 나를 용서해다오. 나는 아직 네 엄마가 될 자격이 없단다. 나이 어린 학생이고, 돈도 못 벌어 너를 키울 수가 없단다. 하지만 이름은 지어주마. 네 이름은 봄이야. 윤 봄. 늘 봄같이 따뜻한 날이 계속되어 행복하게 살면서 많은 사람에게 봄빛이 되어달라는 뜻이란다. 알겠지? 엄마는 윤소영이야. 엄마 성을 딴 거 이해해다오.

　크지 않은 키에 스무 살쯤 돼 보이는 단발머리 여학생 윤소영. 그녀는 품에 안은 아이를 내려다보며 눈물을 흘리고 있었다. 아이는 눈을 뜬 채 그녀를 올려다보곤 살짝 웃었다. 아니 소영이의 눈에 웃는 것처럼 보였다. 조금 전에 마지막 젖을 물리고 난 뒤라 그런지 아이는 행복해 보였다. 아이의 작은 눈에 별빛인지 가로등 불빛인지 비쳐서 빛이 나자 그녀는 결심한 듯 눈물을 훔치고 일어섰다.
 - 그래 가자, 하나님은 도와주실 거야.

그제 아침, 친구 집에서 혼자 낳은 아이였다. 과연 아이를 낳아 길러야 하는가 갈등이 며칠간 소영이를 괴롭혔고, 혼자서 아이를 낳을 수 있을까 불안하고 떨렸었다. 하지만 진통이 시작되자 엄청난 통증이 아랫배를 누르기 시작하였고, 살아야 한다는 절박감이 턱에 닿아 이를 악물고 9개월 된 아이를 낳았다. 조산이었다. 아이가 첫울음을 우는 소리는 티브이 소리를 크게 틀어 밖으로 새어 나가지 못하게 했다. 혹시라도 이런 상황이 오면 어찌할까 조바심하며 얼마 전부터 인터넷을 뒤져 출산의 과정과 경험을 알아둔 것이 참고되었다. 만약에 못 견디겠으면 119를 부를 심산이었는데, 잘 이겨냈었다. 정말 죽을힘을 다해 출산한 뒤 아이에게 초유를 먹일 때는 두렵고 행복하여 울었다. 그녀는 아이에게 줄 젖이 안 나올까 두려워서 미역 가루가 들어간 라면을 미리 사다놓고 연이어 끓여 먹고 힘을 냈다.

그녀는 S대 부근에 있는 모 고교 3학년 중퇴생이었다. 교회에서 만난 대학생 오빠와 마음이 통하여 서로 위로하고 풋사랑을 나누다가 그만 선을 넘고 말았었다. 사실은 외롭고 힘든 현실을 비관하다가 탈출구를 찾아보려는 속셈도 있어 귀티가 흐르는 남자를 만났다가 저지른 일이었다. 자신을 S대생이라고 말한 오빠가 매우 적극적으로 애정을 표하는 바람에 그만 넘어가고 말았지만, 그것이 엇나간 사랑이었음을 알았을 때는 이미 배는 떠난 뒤였다. 그는 대학생이 아니라 독서실의 청소부였다. 그러다가 소영이 자기의 정체를 눈치채자 소식을 끊고 홀연 입대하고 만 것이다.

충남 안면도에 사는 소영이네 집은 가난했다. 아빠는 공사판을 전전하다가 바람이 났는지, 노름판을 기웃거리는지 집을 나간 뒤 소식이 없고, 엄마 혼자 허드렛일하며 세 아이를 키우느라 고생이 막심했다. 엄마가 일 나가면 소영은 가장이 되어 동생들을 돌봐야 했었다. 그런 딸이 안쓰러워 엄마는 어찌 됐든 딸이 하고 싶어 하는 공부를 하게 해주려고 중학을 마치자 무리해서 서울의 실업계 고교에 입학시켰다. 시골 출신에게는 기숙사 입사 혜택이 주어져 큰 도움이 되는 학교였다. 그 후 소영이는 서울에서 힘은 들어도 좀 더 자유롭게 행동할 수 있었다. 그것이 사단이었다. 암튼 여러 차례 몸을 허락한 결과는 당연히 임신으로 나타났다. 그 사실을 안 소영은 그만 죽고 싶은 심정이었다. 엄마가 이 사실을 안다면 뭐라고 할까, 아니 얼마나 실망할까. 그래도 이미 엎지른 물, 이건 자기의 운명이라 생각하고 이겨내야 한다고 독하게 마음을 먹었다.

아이를 가진 지 석 달 때쯤 되었을 때, 소영이는 먼저 신림동 원룸에 사는 절친 윤덕에게 상의하려고 찾아갔다가 말도 못 꺼내고 애만 태우다 왔다. 윤덕이는 소영이가 고민이 많은가 보다고 생각했지만 제 앞길도 힘들어 물어보지 못했다. 그저 학교 생활에 적응하기 힘든 탓이겠거니 했다.

어느 날, 소영은 나쁜 마음을 먹고 아무도 모르게 관악산에 올라갔다. 그것만이 제 잘못을 스스로 벌하고 엄마를 실망시켜 드리지 않을 유일한 방도라고 생각한 것이다.

더위가 기승을 부리는 한낮에 무거운 몸을 이끌고 관악산 삼막사 쪽으로 걸어 올라가던 소영이는 갑자기 현기증이 일어 등산로에 그만 주저앉고 말았다.

- 아, 이대로 죽는 것은 아닌가? 그러면 배 속의 아이는?

순간적으로 그런 생각이 들어 식은땀을 흘리며 일어서려는 그녀에게 한 중년 남자가 다가와 말했다.

"학생, 괜찮아요? 안색이 창백하네. 아니, 편한 길 놔두고 왜 가파른 길을 택했어?"

"네, 저 괜찮아요. 잠시 현기증이 일었을 뿐이에요. 이제 내려갈 테니 걱정마시고 올라가세요."

"그래? 얼굴에 핏기가 없는데. 많이 피곤해 보이네. 빈속이면 더 어지러울 수가 있으니까 이것 먹고 천천히 내려가도록 해요."

"아저씨, 고마워요."

그가 내민 것은 김밥 한 줄과 작은 생수 한 병이었다. 소영은 갑자기 허기가 져서 소나무 그늘에 앉아 신문지에 쌓인 김밥을 풀어 정신없이 먹기 시작했다. 갑자기 눈물이 흘러내렸다.

- 아, 굶고는 살 수가 없구나. 아가야 미안해.

소영은 물 한 모금에 김밥 한 조각씩을 꼭꼭 씹어 먹은 뒤 신문지를 구기려다 '자살'이라는 글자가 눈에 잡혀 신문 조각을 천천히 펴보았다.

그 내용은, '자살공화국'이라는 제하의 글에 한국 사람이 세계에서 자살률이 가장 높아 하루에 37명, 매년 1만3,000명 이상 목숨을 끊는단다. OECD 국가들보다 평균 두 배 이상 높아 단연 1위였다. 특히 30대 이하의 사망원인 중에 자살이 1위를 차지한다. MZ세대가 스트레스를 많이 받고 그것을 극복할 여력이 없다는 얘기였다. 규모상으로는 세계 10위권의 경제국인데 이런 그늘을 왜 방치하는가. 하나뿐인 소중한 생명, 하나뿐인 소중한 목숨을 왜 끊으려나. 죽을 결심을 한다면 뭔들 못 이루겠나. 마음의 근육을 단련해서 삶의 가치를 높이라는 조언이 실려 있었다. 소영은 그 신문 조각을 접어 호주머니에 넣고 천천히 산에서 내려왔다.

소영이 임신 5개월이 될 때 남자친구와 상의했으나 그는 차갑게 외면하고 군에 입대해버렸다. 그녀는 점점 불어오는 배를 감추고 다니느라 전전긍긍하다가 결국 휴학하고 나서 자취하는 친구 윤덕이와 함께 살았다. 친구는 신림동 주택가 지하에 있는 인형공장에 취직하여 돈을 벌어 원룸에 세들어 살고 있었다. 그녀에게 소영이 잠시만 함께 있자고 하여 그리된 것이었다. 친구는 그녀의 임신 사실을 짐작은 하는 듯했지만 별다른 말은 하지 않았다. 친구가 자존심이 상할까 우려한 때문이었다. 친구집에서 함께 지내면서 소영은 편의점 알바로 생활비를 벌었다.

소영은 휴학하고 나서도 미용사 자격증을 따기 위해 혼자서 열심히 공부했다. 그녀의 꿈은 일류 헤어디자이너가 되는 것이었는데, 그만 중도에 엇나간 사랑을 하고 만 것이었다.

소영은 어둠 속에 아이를 안은 채 오르막길 중턱에 서서 빛나는 교회 십자가를 바라보았다. 그러다가 더는 망설일 수 없다고 생각하고 아이를 안고 잰걸음을 옮겼다. 늦은 밤이라 행인이 드물어 적막해진 길을 천천히 주위를 두리번거리며 계단을 올라갔다. 길가의 전파사에서 심수봉이 부르는 〈백만송이 장미〉라는 노래가 구슬프게 흘러나와 그녀의 가슴을 더 슬프게 했다.

먼 옛날 어느 별에서
내가 세상에 나올 때
사랑을 주고 오라는
작은 음성 하나 들었지
사랑을 할 때만 피는 꽃
백만송이 피워 오라는
진실한 사랑 할 때만
피어나는 사랑의 장미
미워하는 미워하는 미워하는 마음없이
아낌없이 아낌없이 사랑을 주기만 할 때
백만송이 백만송이 백만송이 꽃은 피고
그립고 아름다운 내 별나라로 갈 수 있다네
(중략)

소영이는 그 노래를 들으며 마치 십자가를 메고 골고다 산상으로 향하는 심정으로 계단을 올라갔다.

아! 보였다. TV에서 자주 보던 그 교회의 간판이 그녀의 눈에 크게 보였다. 'ㅇㅇ공동체'라는 간판 오른쪽에 '예수사랑 베이비박스'라고 쓰인 글귀도 보였다. 소영은 아이 이름과 생일, 자신의 이름과 연락처를 적은 쪽지를 아이 품에 끼웠다. 최소한 아이 엄마의 이름은 알리고 싶다는 생각이 들어서였다. 그녀는 잠시 아이를 땅에 내려놓고 박스를 열었다. 박스 안은 훈훈했고, 작은 침대가 놓여 있어 아이를 뉠 수 있게 만들어져 있었다. 그녀는 가슴이 방망이질하듯 두근거리고 눈시울이 뜨거워져 어쩔 줄을 몰라 했다.

- 안녕, 봄아! 엄마는 너를 버린 것이 아니란다. 잠시 교회에 맡기는 거야. 하나님과 좋은 분들이 잘 보살펴주실 거야. 나중에 엄마랑 다시 만나자.

그렇게 혼잣말을 하고 아이를 들어 올려 안으로 옮기려는 순간, 검정 모자를 깊이 눌러쓴 남자가 나타나 잽싸게 아이를 빼앗아 도망치기 시작했다. 소영이는 본능적으로 외쳤다.

"도둑이야! 아이 도둑이야!"

그녀의 외침 소리에 안에서 한 남자와 여자가 급히 달려 나왔다. 그들은 베이비박스가 열리고 아이를 들여놓으려는 장면을 안에서 보고 있다가 갑자기 소영이의 외침에 놀라 달려 나온 직원들이었다. 소영은 도둑을 향해 전력을 다해 달려가 놈의 다리를 붙잡았다.

"내놔, 도둑놈아! 내 아이야~!"

아이 도둑은 갑작스런 소영의 출현에 어쩔 줄 모르다가 그만 아이를 도로에 놓고 달아났다. 그는 아이 도둑, 아니 브로커였다. 요즘은 만혼(晚婚)에 아이가 귀하고 불임녀가 증가하는 추세라 이렇게 도둑질하여 아이를 비싼 값에 팔아넘기는 브로커가 생긴 것이다. 암튼 아이는 무사히 소영의 품에 안겼고, 소영은 다가온 직원에게 울면서 아이를 넘겨주고 도망쳤다.

"이봐요, 아가씨! 잠시 얘기 좀 해요."

그가 뒤에서 소리쳤지만, 소영은 귀를 막고 미친 듯이 뛰었다. 얼마나 갔을까. 갑자기 다리에 힘이 풀려 그 자리에 주저앉고 말았다. 배가 고팠다. 소영은 천근만근 무거워진 몸을 이끌고 편의점에 들러 컵라면을 허겁지겁 먹었다. 뭐든 자기 뱃속에 넣어야 허전함을 메울 수 있을 것 같았다. 뜨거운 김 속에 아이의 얼굴이 어른거리는 것을 참으며 울면서 젓가락을 움직였다. 그리곤 친구 집에 돌아와 냉장고에서 차가운 식빵을 꺼내 미친 듯이 먹었다. 갑자기 눈물이 핑 돌았다. 어지럼증이 일면서 눈에 별 무리가 어른거려 서 있기가 힘들었다. 아까 헤어진 아가의 눈에 가득했던 별들이었다. 친구는 동해로 직장 동료들과 놀러 가고 없어서 그나마 다행이었다.

- 내가 지금 뭘 하는 거야? 꾸역꾸역 빵을 먹다니. 제정신이야?

그녀는 울음 섞인 푸념을 씹다가 먹던 빵을 놓고 그 자리에 쓰러져 잠이 들었다.

꿈인지 생시인지 하늘에서 '소영아, 축하해. 생명은 하늘이 주신 것이란다. 감사하고 복된 일이니 너는 복 받은 것이야.'라는 말이 들리더니 뒤를 이어 하늘 계단을 타고 내려온 샛별 공주가 소영의 방 창가에서 자장가를 불러주듯 노래하며 노니는 것이 어렴풋이 보였다.

아가야 잘 자거라
엄마도 갓 난 아가도 잘 자거라
소영아, 너는 장한 여자, 훌륭한 엄마란다
오로지 네 힘으로 고귀한 생명을 낳았어
세상에서 가장 위대한 것은 생명이야
넌 위대한 인간승리자, 진정한 스타야
진정한 스타는 제 몸을 태워 그 빛으로 세상을 비춘단다
제 몸을 사르지 못하면 스타가 아냐
너로 인해 하나의 소우주가 생명을 얻었어

사랑이란 하루에 천백번 이별을 선언해도
돌아서면 어느새 네 앞에서 미소 짓는 것
분홍빛 편지 없어도 마음을 사르는 눈빛
영원히 함께할 참사랑은 바로 생명 사랑에 있단다
백만 송이 사랑의 장미가 피도록 사랑을 해야
우리가 온 별나라도 갈 수 있잖아.

너는 아이를 버린 것이 아니야, 구한 거야
슬퍼하거나 무서워하지 마
네가 흘린 피에 천사들이 박수를 친단다

어린 네가 이만큼 했으면 됐어
아, 성혈(聖血)이 묻은 찢어진 옷들이
나비가 되고 꽃이 되어 새 생명을 인도하는 구나
그리운 아이는 먼 곳에 있지만
아이의 눈망울은 네 가슴에 별처럼 빛날 거야
너 슬퍼도 살아야 해
아니 너 슬퍼서 살아야 해
슬픔 속에도 행복은 있단다
어떤 고난이 와도 죽을 생각일랑 하지 마
고맙다, 윤소영
잘했어, 소영아!
내가 늘 네 곁에서 지켜줄게.

다음날, 어제 아이를 맡긴 교회 측에서 소영이 적어넣은 전화번호로 연락이 왔다.

상담사라고 자신을 소개한 여성이 소영에게 따뜻한 말로 대해주어서 소영은 끝내 울먹이고 말았다. 아이는 자기네가 잘 보살필 테니 걱정하지 말라 하였다. 그보다는 산모가 산후 조리하며 거처할 곳은 있는지 그것부터 물어왔다. 사실 소영은 지금 절벽에 부딪힌 기분이어서 무엇을 어떻게 해야 할지 갈피를 잡지 못하고 있었다.

이틀 뒤 교회 측에서 백발의 L 목사님이 소영을 찾아왔다.

"소영 학생, 수고했어요. 나이도 어린데 혼자 낳았다고? 어쩜, 힘들었을 텐데 장하기도 하지. 우리한테 미리 연락했으면 좋았을 텐데. 아이는 지금 잘 자고 있어요. 소영이가 지금 아이를 키울 수 없으니까 우리가 대신 키워줄 거야. 아무 걱정하지 말고 이젠 열심히 공부해서 꿈을 이루도록 해요. 그렇게 살면 하나님이 무한하신 당신의 사랑을 가득 담아 내려주실 거야."

그리고서 조금 애잔한 목소리로 말을 이었다.

"사람은 어릴 때의 인연과 받은 사랑이 그 사람의 일생을 좌우하지. 처음 만남이 어그러지면 그 사람의 인생은 뒤죽박죽이 될 때가 있어요. 내가 아이들을 돌보면서 얻은 경험이에요. 그래서 좋은 인연이 아가에게 오도록 최선을 다할 거에요. 그리고 소영이는 아무 것도 가진 것이 없다고 비관하지 말아요. 돈은 없을지 몰라도 마음 자본이 있잖아. 정직하고 성실하고 남을 배려할 줄 알고 특히 생명을 낳은 커다란 마음 자본을 가졌잖아요."

"네, 목사님, 고맙습니다. 감사합니다."

소영은 쏟아지는 눈물을 주체하지 못하고 손등으로 훔쳤다.

"그러니 염려 말아요. 이젠 됐어요. 아무 염려 말고 자신의 인생을 개척해나가도록 해요. 힘들면 언제든 나한테 찾아오고."

L 목사는 이 시대의 의인이었다. 자기의 큰 애가 장애를 가지고 태어나 33년이나 힘들게 보살피다가 하늘나라로 가는 아픔을 겪은 사람이었다. 그래서 지금도 아홉 명의 장애아를 자기 자식으로 키우고 있었다. 10여 년간 베이비박스에 들어온 2,000여 명의 영아들을 돌보느라 편안한 가정생활은 꿈도 꾸지 못하고 살아온 L 목사와 가족은 이 시대의 천사였다. 특히 부인은 큰아들이 하늘나라로 간 뒤 심한 우울증에 시달리고 있었는데, 기도와 찬양으로 이겨내며 헌신의 삶을 살아가고 있었다.

며칠 후 교회 측에서 소영이 거처할 작은 임대아파트를 마련해주었다. 미혼모를 위한 사랑의 집이었다. 이곳에서 잠시 머무르며 몸을 추스르고 나서 복학할 참이었다.

그 뒤 혼자가 된 소영은 조용히 자신과 대화하면서 새로운 삶을 시작하기로 하였다. 가끔 친구 윤덕이가 찾아와 위로해주고 앞날을 상의하기도 하였다. 진정 어려울 때 옆에 있어 도움을 주고 격려해주는 친구라서 소영은 고맙게 생각했다.

아이와 헤어진 지 한 달이 지나자 소영은 봄이가 보고 싶어 미칠 지경이었다. 젖이 불어나 몸살이 날 때마다 소영은 봄이를 부르며 울었다. 급기야 전화로 한 번만 아이를 보게 해달라고 사정하였으나 돌아온 건 안 된다는 대답뿐이었다. 아이가 엄마 품에서 떨어지지 않으려 하면 어찌할 것이냐고.

"그럼, 입양을 취소하고 제가 키우겠습니다."

그렇게 당차게 말했지만 돌아온 대답은 차가웠다.

"안 돼요. 아직 어린 나이의 학생인데, 경제적인 자립 없이 혼자 아이를 키우게 할 수는 없어요. 다만 6개월 후에 소영이가 경제적인 자립이 되고, 애 아빠랑 결혼하여 살게 된다면 입양계약을 파기하고 원 부모에게 돌려주는 문제를 검토해볼 수는 있어요. 아이를 되찾아 간 부모가 지금까지 16%에 이르지만, 소영이의 경우는 경제적인 문제와 나이 때문에 어떨지 장담을 못하겠지만요."

그랬다. 젊음의 열정과 현실에 대한 미숙한 반항이 이토록 많은 문제가 되어 앞날을 가로막을 줄은 꿈에도 몰랐다. 더 야속한 것은 군대 간 오빠의 태도였다. 임신한 사실을 알렸을 때도 그는 임신 중절 수술을 하라고 윽박질렀다. 그 후 출산도 알렸지만 '나보고 어쩌라구'하는 식이었다. 만에 하나라도 소영이 6개월 후에 돈을 벌어 자립 생활이 가능하다 해도 아이는 아비 없이 자랄 판이었다. 소영은 결국 아이는 입양시키고, 자신은 새로운 삶을 시작하기로 한 것이 다행이라고 여기기 시작했다. 국내 입양이든 해외 입양이든 출구는 그것밖에 없었다.

나중에 안 일이지만, 2009년에 설치된 그 교회의 베이비박스는 지난 13년간 무려 2,034명의 작은 생명을 안전하게 보호하여 사회와 가정의 품으로 돌려보냈다. 교회 홈페이지에는 이런 문구가 실려 있었다. 아이가 버려질 것을 염려하여 구출해주는 갸륵한 '사랑의 상자'에 관한 얘기였다.

- '베이비박스'는 미혼모에 의해 태어나거나 장애를 가지고 태어난다는 이유로 위험한 환경에 버려진 아기들의 죽음을 막기 위해 만들어진 시설이다.

소영은 복학하여 고교를 졸업한 뒤 미용사 자격증을 땄고, 학교 부근 미용실에 보조로 취직했다. 그리고 봄이는 교회에 맡겨진 지 6개월 후 캐나다로 입양되어갔다. 아이가 비행기를 타기 전날, 소영은 마지막으로 봄이를 안아보았다. 아이는 아주 밝게 잘 자랐고, 사람을 잘 따랐다. 소영은 아이의 품에 자신의 이름을 적은 사진을 넣어 보냈다. 먼 후일 혹시라도 아이가 뿌리를 찾아서 한국에 오면 그땐 만날 수 있으리라는 소망을 담아서. 천만다행인 것은 아이를 낳아 외국으로 입양할 때까지 시골의 소영이 엄마는 딸의 변화를 전혀 모르고 있었다. 두 아이를 데리고 사느라 늘 쪼들려서, 그리고 큰딸을 믿어서 그런 것이었으리라.

그날 이후 소영은 제 몫을 다하는 엄마가 되기 위해, 아이가 외국 유학 갔다고 생각하고 자신을 타이르며 일에 전념하였다.

- 그래, 남을 욕하거나 비난하느라 아까운 시간 낭비하지 말자. 한 번밖에 없는 내 인생인데, 그렇게 허투루 보내는 것은 나만 손해일 뿐이다. 모든 것은 결국 내 책임이야. 앞으로 10년을 살지, 50년을 살지는 아무도 몰라. 나의 행복을 만들고, 세상에 뭔가를 남겨놓고 가려면 하루 한시도 낭비해서는 안 돼. 진정한 짝은 하늘이 보내주실 거야. 더 방황하지 말자. 봄이가 엄마를 찾아올 때 부끄럽지 않은 모습을 보여주자.

그녀는 미용실 일이 끝난 뒤에도 남아 기술을 익혔고, 자기 발전을 위해 열심히 연습했다.

이듬해 함박눈이 소복소복 내리던 크리스마스이브, 소영은 언젠가 만날 아가를 위해 아가의 생일상을 차려 놓고 혼자 축가를 부르고 기도했다. 그때 별에서 온 일곱 성자와 샛별 공주가 소영의 창가에 찾아와 〈우주가 보낸 손님〉을 노래했다. 일곱 성자란 소영이 좋아하는 세계적인 7인의 보컬이고, 샛별 공주는 미스트롯2 경연에서 두각을 나타낸 여성 보컬 H 양을 말하는 것이었다.

아가는 우주가 보낸 귀한 손님이야
그 손님이 어디에 있든 다 같은 천사야
잘 대우받는 곳에 있으면 손님에게는 더 큰 행복이란다
그래도 내 아이를 멀리 보내면 슬프고 외롭지
그래, 외로우니까 사람이란다
가족이 있어도, 친구가 있어도
아아, 돈과 명예가 있어도 사람은 외로운 존재야
사람은 원초적으로 혼자니까 그래
그래도 봄이는 머지않아 훌륭한 인물이 될 거야
지금 내가 가진 것이 없다고 너무 한탄하지 마
남을 돕는 것이 내가 구원을 받는 길이야
나의 구원은 하늘에게서 받기로 하자
기도하는 마음으로 하루를 살아가자
인생은 아주 짧단다
인생은 해변의 모래알처럼 많은 시간이라고
자신을 속이는 어리석음을 이제는 멈춰야 해
오늘 하루가 곧 영원인 줄 알면
일어나서 잠들 때까지 정성을 다해 살아야지

사람은 태어나면 누구나 죽는 것이 우주의 법칙이야
그런데 우리는 언제 죽을지 몰라
어디서 죽을지, 어떻게 죽을지 몰라
그래서 항상 준비하고 있어야 해
사람이 잘살아야 할 의무가 있지만
또 죽을 때도 잘 죽어야 해
그래서 죽음을 맞이하는 예의를 배우는 것

그건 산 자에게 필요한 도리야
금수저로 태어나는 것보다 찬란하게 죽는 것이 어려워
그러니 언제나 사랑하고 배려하며
주어진 삶이 다할 때까지 천명(天命)을 알고 살아야 해

소영아, 봄이 엄마야!
모르는 것도 두려운 것도 많은 인간은
끊임없이 삶의 본질을 사유해야 한단다
기도와 사랑이 너를 구원한다
하늘이 당신의 사랑을 베풀어주신다.

샛별공주의 노래에 뒤이어 남녀 대학생들이 성가대 차림으로 나타나 탬버린과 북을 치면서 〈행복의 노래〉를 부르기 시작했다.

굶주림은 나를 살리는 회초리
가난은 인생 최고의 스승이야
배부르면 나태해지는 것이 사람이지
세상을 비웃고 원망하는 바보짓 그만해
철든 사람은 반성부터 하거든
너는 자신을 비웃어봤어?
너 자신을 혼내 봤어?
아니잖아, 오로지 내가 아니라 남이 잘못했다고
화내고 혼내고 비웃고 경멸했지
그런데도 만족하지 않아, 행복하지 않아
남의 불행을 내가 대신할 줄 모르고

남의 행복을 시기했기에 참 행복을 만드는 방법을 몰랐어
난 참 바보처럼 살았어
하지만 이제는 아냐

용기를 가져봐
용기 있게, 좋아서 하게 되면 시간 가는 줄 몰라
도자기를 빚는 도공을 봐
철공소에서 매질하는 청년을 봐
목공소에서 대패질하는 목수를 봐
논밭에 생명을 심고 가꾸는 농부를 봐
철모 속에 청춘을 가둔 군인을 봐
교단에서 사랑과 지혜를 가르치는 교사를 봐
갯벌에서 조개 캐고 굴 따는 늙으신 엄마를 봐
닥나무껍질을 삶아 한지 만드는 기술자를 봐
지하철 환승역에서 연주하는 음악가를 봐

이들은 빛의 신, 물의 신
이들은 바람의 신, 사랑의 신
이들은 인간 구원의 신이야
이들 때문에 우리는 춤추고 노래하지
아니, 이들에게 보답하려고 춤추고 노래하지
세상의 평화와 행복이 영원무궁하라고
하늘의 섭리와 인간의 정을 다듬고 빚어
시공을 넘는 지혜의 화단을 만들어나가는 거야
모든 것이 고마워, 행운을 빌어

파랑새는 우리 마음에 있어

Good luck.(행운을 빌어)

  두 곡의 노래를 들으면서 소영은 자기도 모르게 뜨거운 눈물을 흘렸다. 그리하고 나자 답답했던 가슴이 후련해지고 갑자기 고향의 엄마가 보고 싶어서 전화를 했다.

  "엄마! 나 소영이야. 엄마 보러 갈래"

  그 말을 마치고 나서 엄마의 대답도 듣지 않은 채 그녀는 버스터미널로 향했다.

거짓 천사

온갖 문명병에 시달린 인간에게 힐링과 자유로움의 상징이 된 대단 위 해수욕장

거짓 천사

여기는 관광의 메카로 불리는 P 시의 환락가.

오랜 코로나 팬데믹과 경기후퇴 그리고 고용불안 등으로 고단해진 사람들이 휴식과 힐링을 위해 모여들기 시작하면서 상가의 경기가 조금 회복되는가 싶더니 점점 '해방구'인 듯 질서를 잃어가기 시작했다.

사람이란 망각의 동물인가? 엊그제의 고난을 잊어버리고 밤낮없이 술과 도박이 가득했고, 최근에는 외국에서 마약도 은밀히 흘러들어와 사람들을 타락의 수챗구멍으로 끌어들이고 있었다. 옛날에는 마도로스의 낭만이 깃든 기품있는 도시였는데, 지금은 광란의 유흥거리로 탈바꿈하고 말았다.

이곳에는 아름다운 해수욕장을 필두로 웅장한 컨벤션, 골프장, 온천, 호텔과 놀이공원 등은 물론이거니와 모텔이니 장이니 여관, 펜션이나 민박이라는 이름의 숙박 시설이 수도 없이 늘어서 있다. 노래방은 셀 수가 없고, 실내골프장, 해양관광, 등산클럽과 낚시클럽, 자전거동호회, 관광회사도 즐비했다. 내일 세상의 종말이 온다 해도 이곳의 환락은 끝나지 않을 것처럼 질탕하고 화려해져 갔다. 미국의 라스베이거스나 일본 도쿄 신주쿠가 어떻고 비난하는 사람들도 이곳에 오면 눈이 휘둥그레지고 만다. 그런데 가관인 것은 호텔과 대형모텔 지하에 호스트바(호빠)라는 여성들만의 비밀 접대 시설이 생겨서 호황을 누리고 있다는 점이다.

 이곳에서는 환락의 늪에 빠져 허우적대다가 나락으로 떨어지는 사람, 심지어 자살하는 사람도 늘어났다. 특히 비밀 카지노에서 몽땅 털리고 나서 스스로 목숨을 끊는 사람이 통계에는 잡히지 않지만 제법 되어 실종자로 처리되는가 하면, 유골이 되어서야 발견되는 일이 한둘이 아니었다. 세상에 제일 부질없는 것이 돈을 불려볼 욕심에 노름판에 뛰어들어 그마저도 잃는 짓이건만, 도박은 마약 같아서 당사자가 죽어야 해결되는 살인 무기로 변해가고 있었다.
 해안가에는 현란한 LED 형광 간판이 랜드마크처럼 서 있는데, 거기에는 '파도는 부서져야 산다'라고 적혀있었다. 그 말은 보는 사람마다 다르게 해석될 소지가 있어서인지 아무도 이의를 제기하지 않았다. 물론 파도란 미친 듯이 달려들기도 하지만 가만둬도 부서지는 것, 구태여 '부서져야 산다'고 의미를 부여할 필요는 없었건만 그럴듯한 구호로 사람들의 말초신경을 자극하려는 의도가 아니었을까? 그래서 사람들은 스스로 부서지려고 이곳을 찾는 것인가? 부서진다는 것의 의미가 자기 변화나 미래 개척이 아니라 흥청망청 타락의 나락에 빠지는 자신을 용서하는 관용을 허락하라는 말은 아닐까?

 수요일 오후 대낮에, 관광버스 두 대가 H 호텔 앞에 섰다. 중년 남녀들이 우르르 쏟아져 내렸는데, 버스 안에서 낮술을 한 듯 모두 얼굴이 불콰하였고, 개 중에는 몸을 가누지 못해 비틀거리는 사람도 있었다. 이들은 이른바 '묻지마 관광팀'이었다. 그 뒤로 자가용 십여 대가 연이어 도착하고 귀부인 스타일의 여인들이 선글라스로 얼굴을 가린 채 내렸다. 행색이 도박과 음주 그리고 허파에 바람을 넣으러 온 사람들이었다.

그날 밤, 호텔 지하의 호스트바에서는 선수라고 불리는 젊은 남자들이 봉사자가 되어 여성들에게 봉사하고 있었다. 호칭은 모두 누나 동생이었다. 호스트바란 쉽게 말해 여자 고객들에게 선수라고 불리는 남자 접대부를 제공하는 유흥주점인데, 정식으로 등록해 운영하고 세금도 내는 서비스업종이다. 호스트바의 주 고객은 놀랍게도 유흥업소 아가씨들이 많다. 남자들한테 시달린 그녀들은 젊은 남자들을 들볶으면서 쾌감을 느끼고 스트레스를 풀었다. 그 때문인지 그녀들의 갑질은 목불인견이라, 남자를 거의 노예 수준으로 들볶고 학대했다. 그래도 돈을 뿌리니까 또 동업자로서 그녀들의 스트레스를 이해하는 젊은 선수들은 그녀들의 막가는 주문에 선선히 응하였다. 업소 아가씨 외에 또 다른 고객인 아줌마들은 신분이 다양하다. 돈 많은 사모님, 복부인, 사채업자, 노래방이나 룸살롱 사장, 유흥업소 마담, 조폭 마누라 등이었다. 그리고 정치인과 재벌의 세컨드나 여의사, 심지어 교사도 있었다. 다들 스트레스를 받는 사람들이다. 아무튼, 호스트바의 선수들은 21세기 계약형 성노예, 아니 슬픈 광대라고나 할까?

다음날 자가용 팀은 남자들과 골프를 치고 술과 섹스, 도박으로 진탕 놀다가 사라졌다. 한편 등산복을 차려입은 관광팀은 관광은

커녕 짝을 맞춰 밤낮으로 먹고 마시고 놀고 나서 올라갔다. 등산 코스가 바뀌는 이런 일은 언제부터인지 거의 일상이 되다시피 하여 관광문화를 형편없게 만들고 있건만, 그토록 '바른사회'를 부르짖는 시민단체나 종교계에서조차 이런 탈선에 대해서는 아무 말이 없었다. 과거에 일본인들의 한국 관광을 '기생관광'이라고 비난하던 것을 까맣게 잊고 그런 행태를 닮아가려고 혈안이 되어 있었다.

성길이는 H 호텔 지하에 있는 유흥업소 '썸'이라는 호빠의 선수였다. 그는 동료 중에서 고참 축에 들어 단골이 제법 있는 셈이었다. 돈을 벌어 가난한 집안을 일으켜야 한다는 일념으로 딱 3년만 이 짓을 하기로 한 것이었는데, 벌써 5년이 다 되어가고 있었다. 어려운 가정에서 겨우 전문대를 나온 그는 헬스클럽 트레이너로 사회생활을 시작했으나 수입이 변변치 않아 빠의 보안요원으로 취업했다가 여기까지 온 것이다. 처음에는 사나이로서 밸이 꼴리기는 했지만, 여자들을 상대하는 재미도 있었다. 비록 비정상적인 방법으로 봉사하지만, 하루 수입이 쏠쏠하여 유혹에서 벗어나기가 힘들었다. 그러나 몸이 서서히 망가진다는 사실을 최근 들어 느끼고 그만둘 계기를 찾고 있었다.

– 아, 나는 언제까지 이렇게 사육견처럼 살아야 하나? 이러다가는 결국 몸이 망가지고 말 텐데, 빠져나갈 방법이 없을까?

성길이가 자신을 말 잘 듣는 강아지라고 생각하게 된 이면에는 어처구니없는 사연이 있었다. 그가 이 일을 시작한 지 3년이 지나 자신의 정체성조차 잃어가기 시작할 때, 이상한 인연에 얽매이게 되었다. 몸은 이미 수많은 여자를 섭렵했지만, 첫사랑조차 해보지 못한 남자로서 마음만은 순정이 남았던지, 그가 사는 원룸 빌딩에 거주하는 차영미라는 아가씨와 사랑에 빠진 것이다. 영미는 Y 대학 정외과를 나온 뒤 국회의원의 비서로 지구당 사무실에서 근무하고 있는 지성미와 섹시미를 겸비한 잘나가는 미스였다. 나중에 안 일이지만 성길이보다 세 살 위였고, 품행이 좀 아리송한 여자였다.

그녀는 부유한 가정에서 자란 덕에 성길이와는 노는 물이나 말하는 것, 차림새나 분위기조차 달랐다. 한 마디로 귀티가 잘 잘 흐르는 지식녀였다. 정외과 출신답게 아니 의원 비서관답게 대단히 박학다식하여 그녀와 만나면 성길이는 스승을 만난 듯 세상 삶의 이치와 상식을 많이 배우고 있는 자신을 발견했다. 그때까지도 영미는 중견 정치인의 교양있는 비서였을 뿐, 자신의 사사로운 욕망을 전혀 내비치지 않았다. 예나 지금이나 타락한 사람일수록 겉으로는 성인군자 행세를 하는 법이다. 아주 지능적으로 말이다.

둘이 사귀기 시작한 지 한 달이 되던 어느 날, 성길이는 영미의 부름을 받고 나가 함께 점심을 먹었다. 그날따라 그녀의 얼굴에는 수심이 가득해 보였다. 그는 선수의 촉으로 아무래도 그녀에게 무슨 일이 있는 것 같다고 짐작하고 물었다.

"누나, 왜 그래요? 무슨 일 있죠?"
"그냥 우울해서 그래. 사는 게 고단하고…."
하지만 그녀의 표정은 신변에 큰 변화가 있었음을 설명해주고 있었다. 사실 영미는 겉으로는 쾌활했지만, 속으로는 고통을 안고 사는 여자였다. 부친이 3선 국회의원이지만 친딸이 아닌 첩의 소생이라 어려서부터 많은 갈등을 안고 있었다. 다행히 머리가 있고 미모가 돋보여 아빠의 비서로 여의도 국회의원실에서 근무하였는데, 엄마가 불의의 교통사고로 죽은 뒤 홀로 된 그녀는 더 방황하기 시작했다. 그 틈새를 비집고 들어온 사내가 있었다. 2년 전, 동해로 당원 워크숍을 갔다가 씻지 못할 치욕을 안긴 인간이었다. 유부남인 송 보좌관에게 겁탈당한 것이다. 그놈은 영미를 계획적으로 술에 만취케 한 뒤 모텔로 데리고 가 일을 저지른 것이다. 그 뒤부터 영미는 외부에 알려질까 전전긍긍하며 방황하였지만, 보좌관은 틈만 나면 핑계를 대고 그녀를 차에 태우고 서울 외곽 유원지로 데리고 나와 그녀를 농락했다. 가끔 언론 가십에 등장하는 국회에서의 성 추문이 자신에게 일어난 것이다.

그와의 탈선이 있은 지 한 달이 지난 어느 날, 아버지가 딸의 일탈을 눈치채고 불같이 화를 냈다.

"영미야, 도대체 넌 정신이 있는 거냐? 네 앞길만큼은 사리 분별 잘하여 대처할 줄 알았는데, 앞으로 어쩌려구 사고를 쳐! 네 아비 앞날을 막을 작정이냐? 죽은 네 에미는 뭐라 생각하겠어. 엉?"

"아버지, 잘못했어요. 한 번만 용서해주세요. 앞으로는 절대로 아버지 실망시켜드리지 않을게요."

"허허, 이미 소문이 났던데, 이제 어쩔 테냐? 잔말 말고 아버지가 시키는 대로 해. 그나마 봉급 받고 살고 싶으면…."

그렇게 해서 직제에도 없는 지구당 홍보부장으로 내려온 것이다. 아니 쫓겨온 것이다. 하지만 완고한 아버지에 대한 복수심리의 발현이랄까, 그녀는 아버지를 욕하면서 아버지의 부하와 놀아나기 시작했다. 그리하여 그녀는 송 보좌관은 물론 대학 동창 등 여러 명의 남자와 놀아나다가 같은 건물의 원룸에 사는 성길이를 만난 것이었다.

그녀는 성길이를 보자 색다른 욕구가 일었다.
- 그래. 이 남자는 순진하구나. 완전 내 남자로 만들어야지.
그렇게 하여 그녀답지 않게 얌전한 지성녀로 행동하여 성길이의 마음을 사로잡았다. 손만 잡고 데이트하는 순진함도 보였다. 이런 그녀의 행동에 성길이도 이성으로서 따뜻함을 느껴 진짜 누나처럼 따랐고, 영미에게 선물도 여러 번 사 주었다. 고향의 부모와는 점점 거리가 멀어지는 사실조차 잊어가기 시작하면서.
많은 직업여성과 사모님들한테 시달린 성길이는 영미를 만나면서 사랑을 배우고 있었다. 마치 달리기 선수가 자세부터 새로 배우는 것이라고나 할까. 어린아이가 걸음마를 배우는 것이랄까. 그런데 오늘은 하얀 블라우스에 검정 스커트를 입고 나타난 영미가 경건해 보이기까지 했다.
"누나 괜찮아요. 뭔지 말해줘야 내 마음도 편하다고요."
"아무것도 아니라니까."
"그럼, 나 오늘부터 잠 못 자요."
그 말을 듣고 난 영미는 성길이를 물끄러미 바라보다가 자기도 모르게 침을 삼켰다. 사실 그녀는 남자 없이는 살 수 없는 여자였다. 그런데 보좌관이란 작자가 두 달째 외면하고 있는 것이었다. 새로 채용한 여비서와 놀아나고 있는 것을 귀띔으로 알고 나서 분이 뻗쳐 견딜 수가 없었다. 그녀는 조신하게 지내라는 아버지의 분부가 있어서 함부로 놀아날 수도 없는 처지였다.

"성길아, 나 사실은 좀 힘들어."

"일이 많아요? 정치나 정당 일이라는 게 스트레스가 많다면서요?"

"응. 그렇긴 해. 근데 어떻게 알았어?"

사실 영미는 성길이가 호스트바의 선수라는 사실은 까맣게 모르고, 호텔 종업원이라고만 알고 있었다.

"네, 호텔에 있다 보니 정치행사가 많은데, 그런 말을 많이 하더라구요."

"그랬구나. 사실 국회의원이라는 거 빛 좋은 개살구야. 입으로는 국가와 국민, 민주, 정의, 청렴, 인권 등 좋은 말은 다 하지만, 온갖 비리와 부패에 쩔어서 살아가는 패거리 족속들이야. 조폭과 다름없는 대부분 사기꾼이야. 회기 중인데도 외유 나가서 나쁜 짓 많이 하고 돌아다니는 이기주의자들이고. 국회의원 몇 번 하고 나면 구렁이가 되고 말아. 낙선되면 실업자가 되니까 있을 때 챙기려고 발악을 하지. 나도 비서지만 사실 지구당에서 하는 일이라는 것이 지방 유지들 애경사 챙기는 것, 지방단체 행사에 의원 이름으로 촌지를 전하는 것, 지방 언론사 기자들 입단속하고 비위 맞춰주는 것 등이 고작이야. 지역구의원은 지역 여론이 무섭거든. 결국, 돈 쓰는 것이지. 돈 없으면 이 땅에서 국회의원 못 해 먹어. 그래서 온갖 비리와 연계되고 조폭들과도 밀접하지. 또 있다. 후원회를 만들어 이권을 챙겨주고 돈 받고, 출판기념회를 핑계로 기업인이나 지인들한테서 돈 뜯어내고 말야. 또 취직 청탁이 들어오면 적당히 알선하거나 하는 척해주지. 다 표를 바라보고 하는 사전 선거운동이지, 의원실에 근무하는 내 친구들 보면 이런 추잡한 문화에 물들어 타락한 인간 많아. 심지어 어떤 의원은 애인을 비서관으로 뽑아 데리고 다니면서 놀거나 여자를 오피스텔에 숨겨두고 있는 인간도 있어. 성길이 너처럼 정직하고 깨끗한 남자는 거의 없어. 아니 너는 희귀종이랄까? 호호호."

그 말에 성길이는 뜨끔했다.

"그런데, 넌 밤에 일이 많은가 보더라. 대부분 낮에만 원룸에 있는 것 같더라고."

"응, 돌아가면서 일하는데, 호텔 일이라는 게 좀 그래요."

두 사람은 반주를 곁들여 점심을 하고 나왔다. 영미는 이상하게 오늘은 이 녀석을 놓치고 싶지 않다는 생각이 들어 취한 척 비틀거리며 말했다.

"아, 어지러워. 못 먹는 술을 먹었더니."

"누나, 숙소로 모셔다드려요?"

"아냐, 괜히 주위에서 의심할지도 몰라. 나 잠깐 쉬다 갈게."

그러면서 그녀는 길 건너 골목에 있는 모텔을 가르쳤다.

"너는 그만 가봐. 나 저기서 잠깐 쉬었다 갈 거니까. 술 냄새 피우고 사무실에는 못 들어가잖아."

"그럼, 누나 내가 모텔에 모셔다 드릴게요."

그렇게 하여 들어간 모텔이었다. 성길이나 영미나 이런 곳은 너무나 익숙했지만, 전혀 모르는 척 영미는 짐짓 요조숙녀 행세를 하였고, 성길이는 괴로워하는 그녀를 침대에 누이고 피곤한 다리를 만져주는 고상한 서비스를 시작하다가 결국은 사고를 치고 말았다. 영미에게 성길이는 그냥 한낱 노리개에 불과한 존재였는데, 그는 그것을 알 리가 없었다.

"누나, 누나는 왕비 같아. 모나코 왕국의 그레이스 왕비. 내가 감히 가까이할 수 없는 왕비님."

"진짜? 너 모나코도 알아? 그럼 성길이는 국왕이네."

성길이는 직업상 많은 여성을 상대해 봤지만, 영미처럼 온몸이 성감대인 여성은 처음이었다. 사실 명예욕이든 물욕이든 성욕이든 소위 가방끈이 긴 사람들이 그렇지 못한 사람들보다 훨씬 더 큰 욕망을 지니고, 숱한 부조리를 범하는 것이 일반적이라는 것을 성길이가 알 리 없었다. 아무튼, 그날의 만남은 영미에게 큰 만족을 안겨주었고, 삶의 새 의지를 키워나가는 계기를 주었다. 아니 이제는 다른 남자에게 안달할 필요가 없어졌다고 하는 말이 맞을 것이다.

그녀의 행동에 대해 성길이는 홀어머니를 잃고 타향에서 혼자 사는 젊은 여자의 외로움과 소외 때문이려니 하면서 위로하고 다독여주었다. 그러면서 우둔하게도 이제야 남자로서 구실을 한 것 같은 착각을 하고 있었다. 사람이란 내게 과분한 사람의 접근은 언제나 뒤에 큰 문제를 안고 있다는 점을 영미에게 눈이 먼 성길이는 미처 알지 못했다.

성길이는 그녀를 알게 된 이후로 삶에 자신감이 생겼다. 그리고 직업의식이 강해져 근무를 더 열심히 하였고, 팁을 한 푼이라도 더 받아내어 영미에게 옷과 구두 등 선물을 사 주는 데 보람을 느꼈다. 마치 가장이라도 된 양 제법 남자의 역할을 하려 들었다. 아니 아름답고 똑똑하고 몸매조차 날씬하며 진심으로 성길이를 사랑으로 대해주는 누나를 둔 것이 세상을 다 얻은 것만큼 기뻤다. 사실 그가 상대한 여자들은 닳아빠진 업소녀이거나 살이 뒤룩뒤룩한 멋없는 복부인들이어서 그녀들을 상대할 때는 직업적 의무만으로 대했기에 살뜰한 정감을 맛보지 못하고 동물같이 행동하기만 했었다. 하지만 영미는 달라서 남자의 되찾은 순정이랄까, 그것을 영미를 알면서 얻은 것이다. 하여 누나가 없는 세상은 아무 의미도 없는 것으로 생각하고 자기 생활의 중심을 영미에게로 모았다. 그것이 그가 살아가는 유일한 낙이라도 된다는 양 헌신적인 남자가 되었다. 그녀가 시키는 일이라면 도둑질까지도 마다하지 않는 수준으로까지 변해가고 있으니 결국 그들의 앞길은 파탄으로 치달을 것은 뻔하였다.

만난 지 두달 만에 두 사람은 원룸에서 나와 아파트를 얻어 동거에 들어갔다. 영미는 제 돈을 한 푼도 내지 않았건만, 성길이는 제 원룸 전세금과 은행 대출을 얻어 제법 큰 아파트를 전세로 얻어 들어갔다. 오로지 그녀를 위하는 일이라면 목숨조차 아깝지 않은 그였다. 사랑에 눈이 멀면 사람은 일순간에 바보가 된다는 말이 맞았다. 그런데 아파트에 들어가 동거한 지 6개월쯤 지나자 그녀는 본

색을 드러내어 생활이 갈수록 사치스러워졌다. 그녀가 쓰는 돈은 오로지 성길이의 뼛골을 우린 대가였는데도 그녀는 아랑곳하지 않았다. 그러면서 그녀는 사업 준비를 하고 있노라고 둘러대었다. 더 가관인 것은 날이 갈수록 그녀의 그칠 줄 모르는 욕심에 지쳐서 성길이가 정신과 육체 양쪽으로 진이 빠져나가기 시작한다는 점이었다. 그녀와의 방탕한 생활이 급기야 병을 부르고 말았다. 성길이는 결국 폐렴과 간경화, 당뇨병을 얻어 호빠의 선수 생활도 그만두고 말았다. 아무리 젊다고 해도 건강이란 방심하면 순식간에 잃어버리기 쉬운 선물이다. 더욱이 영미가 시간이 갈수록 가방끈이 짧은 성길이를 하대하는 듯한 느낌이 짙어가기 시작한 것도 성길이를 절망에 빠지게 하는 이유 중의 하나였다. 이런 성길이의 심신의 변화는 아랑곳하지 않고 영미의 욕심은 그칠 줄 몰랐고, 성길이로부터 만족을 못 얻자 그녀는 다시 밖으로 돌기 시작했다. 급기야 지방의 유력인사들과 방탕하게 지내더니, 양에 안 찼던지 근처 사찰에서 공부하는 대학생을 만나 욕심을 채우기 시작하면서 성길이는 그녀에게 노예나 다름없는 신세가 되었다. 그녀가 시키는 심부름을 충실히 하고, 집안 살림도 도맡아 하고, 심지어 그녀의 애인과의 연락도 해주었다. 그리곤 그녀가 가끔 베푸는 애정에 감지덕지하며 살아가는 불쌍한 존재가 되고 말았다.

급기야 그녀가 H 호텔 지하의 카지노 사장과 놀아난다는 사실을 알았지만 성길이는 어찌할 수가 없었다. 화내거나 대들지도 못하고 도망갈 수도 없었다. 그랬다가는 집에서 당장 쫓겨날 것이고,

더구나 그녀를 볼 수가 없게 될지도 모른다는 공포가 그를 휩쌌다. 이런 성길의 심리변화를 누구보다도 잘 아는 영미는 성길에게 이렇게 속삭였다.

"성길아, 누나가 남들 만나고 다니니까 서운하지? 걱정하지 마. 빨리 돈 벌어서 우리 결혼식 올리고 멋지게 살아야지. 그러려고 누나가 많은 사람을 만나 투자받아 창업 준비를 하는 거야. 우리 둘이 가진 재산을 다 합하면 골프연습장 하나 인수할 수 있어. 우리 아파트 뒤에 골프 연습장 있지? 그거 인수하자. 내가 다 준비할 테니 조금만 더 참아. 나중에 봐서 너도 시골에 땅이 있으면 근저당 잡고 투자 좀 해주면 돼, 네가 사장이 될 거니까. 나를 사랑하는 네 마음 내가 왜 모르겠어. 나를 여자로서 이해해준 최초의 남자가 바로 너야. 그러니 나를 위해 조금만 참고 더 일해줘."

그렇게 교묘하게 변명하고 온갖 허드렛일을 다 시켰다. 성길이는 이제 영미의 집사이자 몸종이 되어갔다. 골프장 인수라는 건 얼토당토않은 꼬드김이었다. 정상 모리배들의 사기 수법에서 배운 짓이었을 뿐이다.

아무튼, 성길이는 날이 갈수록 영미의 가스라이팅에 순치되어갔다. 그는 영미의 말에 절대복종하고 그녀의 행복이 곧 자신의 사명이라는 이상한 판단에 빠져 행동하면서 자신의 행동이 어떤 문제를 지니고 있는지조차 모르는 심신 미약자가 되어가고 있었다.

영미의 생각도 달라지기 시작했다. 시간이 갈수록 성길이가 건강이 나빠지자 영미는 독한 마음을 먹었다. 자칫 잘못하다가는 송장을 치울지도 모르겠다고 생각한 그녀는 성길이가 스스로 자기 곁을 떠나기를 바랐다. 하지만 순애보로 접근한 영길이가 스스로 떠날 것 같지 않아 가장 강력한 충격요법을 쓰려고 계획하였다. 그녀는 지방의 토건 업자와 놀아나는 장면을 성길이에게 은밀히 촬영하라는 임무를 준 것이다. 그것으로 큰돈을 받아내고 골프장 공사에 그를 이용한다는 터무니없는 억지 주장이었지만, 성길이는 그녀의 지시가 무엇을 의미하는지도 모르고 응했다.

그 일이 있고 나서부터 성길이의 정신은 황폐해지고 육신은 거푸집처럼 바뀌었다. 눈만 감으면 송장이었다. 인간의 정신은 강한 듯하지만, 육체가 약해지면 따라서 약해지는 법, 육체는 정신의 그릇이라는 말이 맞았다.

그로부터 며칠 후, 성길이는 낮잠을 자다가 악몽에 시달렸다. 하늘에서 천사가 내려오고 있었다. 너무도 아름다워 두 팔을 벌려 천사를 맞으려는데, 자세히 보니 그 천사는 바로 영미였다. 그녀가 화려한 얇은 잠옷차림으로 향내를 풍기며 그에게 다가오고 있었다. 그는 열에 들뜬 아이가 엄마를 기다리듯이 그녀를 받아들이려 두 팔을 벌렸다. 그 순간 천사가 커다란 독수리로 바뀌더니 날개 아래에서 날카로운 발톱을 드러내어 여지없이 그의 심장을 향해 달려들어 할퀴어버렸다. 성길이는 아악! 하는 비명과 함께 심장이 도려 나가는 아픔을 느끼곤 잠을 깼다. 온몸에서 식은땀이 흘러 침대가 축축해져 있었다. 그날 그는 아무 일도 못 하고 누워만 있었다. 기력이 쇠하고 온몸이 망가질 대로 망가졌건만 영미는 모른 체했다.

그다음 날도 출근하지 못하고 거의 인사불성이 되어 누워있던 성길이는 꿈에 염라대왕을 만났다. 그런데 염라대왕이 대형 십자가를 어깨에 멘 채 나타나 아무 말 없이 방 안에 들어와 빙빙 돌고 있었다. 세상에 염라대왕이라는 존재도 본 일이 없는데, 염라대왕이 십자가를 매고 나타나다니. 그런데 언 듯 돌아보는 염라대왕의 얼굴이 영락없는 시골에 계신 아버지였다. 집에 연락 안 한 지 일 년이 넘었는데, 자식이 위기에 처한 것을 알고 염려되어 현몽한 것이리라.

– 별 희한한 꿈도 있구나. 혹시 집에 무슨 일이라도 있나.

꿈결에도 걱정이 생겨 그는 잠에서 깨고 말았다. 새벽 3시였다. 그는 창을 통해 들어오는 아름다운 불빛에 홀려 조용히 밖으로 나왔다. 바로 아파트 건너편에 있는 성당 화단에 성모상이 빛나고 있었다. 또 그 빛은 첨탑의 십자가를 타고 하늘로 이어져 마치 은하수 별빛이 내려온 듯 빛의 사다리를 만들어주고 있었다. 아직 먼동이 트기 전이라 짙은 가지색 하늘에는 왕소금을 뿌린 듯 별이 가득했다. 성길이는 오랜만에 성모상을 만나자 어렸을 때 주일학교 다니며 영세성사까지 받았던 자신의 행동이 너무 한심하여 성모상 앞에 무릎을 꿇고 크게 오열했다.

"성모 마리아여, 죄의 구렁텅이에 빠져 헤매는 저를 용서해주세요. 저는 언제까지 이렇게 살아야 하는가요. 저에게 고통에서 벗어날 수 있는 힘을 주소서!"

그러자 성모 마리아가 온화한 미소로 고개를 끄덕여주었다.

그가 통회의 기도를 올리다가 얼굴을 들었을 때 성모상은 사라지고 큰 오동나무 한 그루가 서 있었다. 그 나무 위에서는 까치 몇 마리가 노래하고 그 노랫소리에 따라 잎새마다 별빛이 가득 반짝였다. 그러더니 오동나무가 어느새 여덟 그루로 바뀌어 빛을 발하다가 거문고와 가야금, 팬플룻, 피리와 대금, 해금, 장구로 변했다. 성당 앞마당에는 어느새 장엄한 연주장이 되어 '아베마리아'가 연주되고 있었다. 뒤이어 '고향의 봄'과 '올드랭사인'이 연주되고, 알 수 없는 성가가 연이어 울려 퍼졌다. 그리곤 일곱 명의 젊은이와 샛별 공주가 오동나무를 에워싸고 춤추며 부르는 노래는 성길이의 가슴을 뜨겁게 하고, 종내에는 그를 울렸다. 성길이는 그들이 부르는 노래를 들으며 성모상 앞 벤치에서 혼곤한 잠에 빠져들었다.

그때 성길이가 아파트에서 사라진 것을 알아챈 영미는 혹시 자살이라도 하면 어쩌나, 그리되면 자기의 악행이 탄로 날까 봐 전전긍긍하다가 밖으로 나왔다. 그리곤 성모상 앞에 엎디어 있는 성길이를 발견하고 그쪽으로 가려고 움직이는데, 뭔가 강력한 기운이 발을 움직이지 못하게 하여 그만 얼어붙은 듯 마당에 서서 천상에서 들려오는 노래 〈사랑의 징검다리〉를 들었다.

    빛이 아름다운 건
    자신을 태워 어둠을 밝혀주기 때문이야
    남을 태우고 그 빛으로 내가 빛나려 든다면
    그것은 참 빛이 아냐
    우정과 어둠을 살라 먹는 악마의 빛
    지혜의 사다리를 걷어차는 추한 덫이야

사랑받고파 애를 태우지 마
사랑은 주는 것이요 미래의 꿈이야

어둠의 사랑을 찾는 사람은 추한 존재
배반의 사랑은 악마의 추한 미소
진정 황홀한 사랑은 나의 모든 것을 태워
남을 행복하게 해주며 얻는 희열과 환희야
베풀었으면 대가를 바라지 마
지극히 높은 곳에 오르려면 내 몸이 가벼워져야 해
육신도 재산도 명예도 세속의 무거운 짐 다 버리고
오로지 새털같이 가볍게 구원의 빛을 따라
날아가는 희망 새가 돼야 해

타락한 권력, 부패한 인성, 추잡한 부자, 가벼운 지성
저급한 문화력으로 황홀한 사랑을 바라지 마
그건 사랑에 대한 모욕이요, 저주야
육신을 태우는 정염의 불놀이는 누구나 할 수 있어
하지만 내 영혼을 태워 한 줄기 빛으로 만드는
성스러운 헌신의 사랑은 아무나 할 수 없어

인생은 황막한 모래사막이라 개탄하지 마
쓸쓸한 사막에도 미학(美學)이 살아 숨 쉰단다
길은 어딘 가에는 있어, 세상에 막힌 길은 없어
인생길은 좁은 길, 넓은 길, 곧은 길, 비뚤어진 길,
고갯길, 내리막길, 골목길, 논길, 산길 등 많단다

불평 말고 한 발자국씩 걸어 나가면 희망길이 보일 거야
좁은 길이라도 조금씩 걸어 나가봐
지금 걷는 길이 좁다고 불평하지 마
한 걸음씩 앞으로 나가면 꿈의 8할은 이룰 수 있어

한 줄씩 써나간 글이 한 권의 책을 만들고
동전 한 닢씩을 모아 쌀 한 가마를 사듯이
삶은 단번에 이루어지는 일이 없어
어른들이 만들어 놓은 불완전한 징검다리지만
하나씩 딛고 건너가 봐
튼튼하고 아름다운 새로운 길, 행복의 다리를 만들어봐

 그때 유명한 보컬 '일곱 성자'와 샛별 공주가 불러주는 노래를 들으면서 성길이는 뜨거운 눈물을 펑펑 흘렸다. 영미는 두려워서 얼른 그 자리를 떠서 멀찌감치서 바라보았다. 천사와 같은 아름다운 샛별 공주가 성길이를 일으켜 세워 성모상 뒤에 서 있는 성길이의 아버지에게 데리고 가는 것이 보였다. 아버지는 깡마른 얼굴로 아들을 바라보더니 눈물을 흘리며 자식을 성당 안으로 데리고 들어갔다. 그러자 하늘로 이어지던 별 사다리는 이내 사라졌고, 아버지는 아들을 성당에 남겨두고 그 사다리를 타고 하늘로 올라갔다. 성당 지붕에는 아침 햇살이 비쳐왔다. 〈천지창조〉 영화에서 보던 강렬한 빛이 성당으로 쏟아지고 있었다. 영미는 너무 눈이 부시고 또 자신이 납치라도 당할까 봐 서둘러 아파트로 돌아와 이불을 뒤집어썼다.

이튿날 저녁, 지방 TV 뉴스에서는 모 국회의원 여비서가 탄 승용차가 동해안 도로에서 바다로 굴러떨어져 그 차에 탄 젊은 남녀가 사망했다는 보도가 나왔다. 운전자는 남자인데 음주 상태였다고 한다. 사고를 당한 자는 차영미와 절에서 공부하는 대학생이었다. 성길이는 그 소식을 듣고 나서 처음에는 두렵고 무서웠지만, 진실로 통회한 것을 아버지가 용서해주신 것으로 믿고 잘못을 뉘우치며 하나님께 감사를 드렸다.

– 하나님께서, 아니 진짜 천사께서 나를 도와주셨구나. 내가 몸이 안 아팠더라면 그 차에 탔을 텐데. 아, 이런 것이 바로 천벌이구나.

그는 서둘러 고향에 전화를 걸었다. 허나 아버지는 바로 그날 새벽에 돌아가셨다는 부음이 들려와 가슴을 쳤다. 성길이는 정신을 잃듯이 달려가 영정 앞에서 한없이 눈물을 흘렸다. 그날부터 그는 직장을 그만두고 아버지가 경작하던 논으로 달려갔다. 새벽에 논에서 피어오르는 하얀 수증기가 아버지의 담배 연기 같아 그는 아침 바람을 들이마시며 회한의 눈물을 글썽거렸다.

그러자 그의 등 뒤에서 아버지의 목소리가 들렸다.

"아들아, 객지에서 고생이 많았지? 못난 아버지 만나서 그렇구나. 하지만 나는 너에게 이제 아무것도 해줄 수 없구나. 네가 참사람으로 다시 태어나 잘 살고 싶다면 세 가지 버릇을 바꾸거라. 첫째는 마음버릇으로, 부정적인 생각을 버리고 항상 긍정적인 생각을 하거라. 둘째는 말버릇으로, 비난과 불평을 삼가고 칭찬과 감사를 입버릇으로 만들어라. 셋째는 몸버릇으로, 찌푸린 얼굴보다는 활짝 웃는 사람이 되거라. 그리고 건강을 위해 몸을 단련하거라. 제발 아무 데나 기웃대지 말고, 네 행동의 결과를 예측하고 행동하거라."

성길이는 아버지의 목소리가 들려오는 뒷산을 향해 무릎을 꿇고 절을 했다.

"흑흑흑! 아버지, 저를 살려주셔서 감사합니다. 앞으로 남에게 이로움을 주는 사람이 될게요."

성길이가 엎디어 울다가 고개를 들자, 아들의 뜻을 아버지에게 전하기라도 하겠다는 듯이 장끼 한 마리가 푸드덕! 하고 날아올라 산 너머로 사라졌다.

싱잉볼(singing ball) 할아버지

우주에는 700해(7조×100억)의 별, 우리은하에만 3000억 개의 별이 있는 것으로 알려졌다. 이 중에 생명체가 있는 별이 30여 개인 것으로 추정하고 있다.

싱잉볼(singing ball) 할아버지

강원도 소백산 천문대에는 근년에 볼 수 없을 정도로 큰 눈이 내리고 있었다. 17년 만의 대설이라고 했다.

서울에서 재활용품 처리 중소기업을 경영하는 강덕구 회장과 그의 회사 직원 20명은 연초 시무식을 소백산 천문대에서 갖기로 하였다. 오랜만의 나들이라 사람들은 어린아이처럼 들떠 버스 안에서 노래를 부르고 장기자랑을 했다. 강 회장은 감개무량하여 차창 너머 흩날리는 눈송이를 바라보며 지난날을 회상하였다.

그는 남들과는 달리 등이 굽어 키가 작은 탓에 어려서부터 꼽새(꼽추, 곱사둥이)라고 놀림을 당했고, 온갖 수모를 다 견디며 고생하면서 컸다. 그는 신체적인 약점 때문에 남들보다 몇 배의 노력을 하며 오늘에 이르렀다. 지금은 H 신용금고 이사장이자 〈전재협(전국재활용품수집협회)〉 회장으로 활동하고 있지만, 장애인으로서 여기까지 오느라 피눈물로 버무린 삶을 살아왔다.

강 회장은 농촌의 보통 가정에서 태어나 자라다가 두 살 때쯤부터 갑자기 등이 휘더니 조금씩 솟아오르기 시작했다. 아니 등뼈가 곧게 자라지 않고 휘어졌다. 부모는 논밭을 팔아 갖은 치료를 다 해보았지만 선천성 기형이라 고칠 수가 없어 낙심하며 아들의 미래를 걱정만 하다가 강 회장이 열다섯 살 때 연이어 돌아가셨고, 강 회장은 친척 집에 얹혀사느라 마음고생이 심했다.

5, 60년대 한국 사회에서 꼽추는 문둥이와 함께 천형(天刑)처럼 기피당하는 존재였다. 신체적인 결함 그것도 상부 척추의 불완전한 성장으로 인해 등이 굽은 것 말고는 모든 면에서 정상인이건만 사람들은 꼽추를 무슨 불치병 환자처럼 대했다. 50년 전만 해도 꼽추가 많았는데, 요즘에는 보기 힘든 것은 아마 충분한 영양 섭취와 의학의 발달 때문이 아닌가 싶다.

그는 키가 작아 초등학교 6년 내내 교실에서도 맨 앞자리에 앉아 친구들의 따가운 시선에 시달려야 했고, 자식이 무시당할까 봐 엄마는 늘 아들을 따라다니다시피 했다. 또 덕구는 동네에서도 아이들의 놀림감이 되었다.

"야, 덕구~ 덕구~. 엘렐레 이리 온나~!"

아이들은 그를 이렇게 놀려댔다. 덕구란 시골 사람들이 개(dog)나 강아지를 부를 때 쓰는 일반적인 용어였다. 트럭을 도라꾸, 펑크를 빵꾸라고 말하듯이 독(dog)을 덕구라 부르는 식이었다. 그의 키가 작은 데다가 꼽추에다 이름이 덕구라, 학교 친구들한테 그만 강아지 취급을 당하고 만 것이다. 게다가 당시 앤서니 퀸이 주연한 〈노틀담의 꼽추〉라는 영화가 일약 유명해지면서 덕구에게는 강틀담이라는 별명이 추가되었다. 그렇다고 아이들이 악의나 불순한 의도를 갖고 그를 놀려먹는 것은 아니었다. 장난감이 별로 없고, 놀이 문화가 다양하지 못했던 6, 70년 전 시골에서는 지적 장애를 가졌거나 신체적인 결함이 있는 아이를 골려 먹는 일은 다반사였다. 꼽추와 곰보 그리고 언청이는 놀림을 많이 받는 3총사였다. 현대의학의 발달로 곰보와 언청이 역시 볼 수가 없는 세상이 되었지만. 더욱이 덕구는 농촌에서 도회지로 이사 오고 나서부터 촌놈이라는 딱지까지 붙어 그악스러운 도시 아이들이 놀려먹기에 십상이었다고나 할까.

"야, 강틀담! 이름 좋은데. 너 나중에 영화배우 하겠다."

"근데 어쩌냐, 너는 앤서니 퀸만큼 키가 자라겠어?"

"그래 가지고 성당 종탑에 오를 수가 있겠냐구?"

"어쭈, 왜 째려 보냐? 아니꼽새?"

그는 교실에서 아이들의 놀림감이 되었지만, 교사들은 아무도 놀리는 아이들을 제지하거나 눈물을 훔치는 그를 위로해주지 않았다. 그때는 담임선생이 돈푼깨나 있는 집 애들을 과외 공부시키던 시절이어서 선생의 관심은 온통 부잣집 아이들에게만 가 있었다. 다만 두 친구가 덕구를 이해하고 도와주려 애썼다. 두연이라는 친구는 아버지가 남전(한전)에 다녀서 지방 도시에서는 제법 잘나가는 집안이었는데, 점심을 굶는 덕구에게 자주 도시락을 주거나 과자를 사 주었다. 또 한 친구는 광호라는 키가 작은 아이로 고아원에서 학교에 다녔는데, 아이들이 너무 무시하고 놀려먹고 해서 자주 울었다. 별명조차 '똥깡'이라고 붙여놓고 아이들은 그 아이를 무시로 괴롭혔다. 6학년이 되자 광호는 자기를 괴롭히는 아이들을 향해 죽기 살기로 대들어 결판을 짓는 무서운 아이로 돌변했다, 광호는 덕구를 동생처럼 보살펴주었다. 나중에 들리는 바에 의하면, 서울 S상고를 나와 은행장까지 승진하여 출세했다는데, 초등학교 동창들과는 단 한 번의 연락도 없었다.

덕구네의 생활은 그야말로 극빈이었는데, 엎친 데 덮친 격으로 아버지가 사기까지 당하여 쫄딱 망하는 바람에 덕구는 겨우 초등학교를 마치고 나서 넝마주이를 하여 가계를 보태야 했다. 등이 굽은 어린 소년이 큰 마대자루를 어깨에 메고 고물을 수집하러 다니는 모양은 흡사 원숭이 비슷해서 가는 곳마다 그는 모멸감에 떨어야 했다. 심지어 배가 고파 뭘 사 먹으러 식당이나 찐빵집에 들어가도 매칼 없이 푸대접받기가 일쑤였다. 사람차별은 당해본 사람만 아는 원초적 설움이다. 그래서 덕구는 사람이 싫었다. 특히 예쁘게 차려입은 여자애들을 보면 자기와는 신분 자체가 다른 별나라 사람으로만 보였다.

언젠가 눈물 자국을 달고 집에 들어선 덕구에게 어머니가 이런 말을 했다.

"덕구야, 없이 사는 사람에게는 서러운 것이 한둘이 아니다만, 제일 큰 서러움이 뭐겠냐?"

"그거야 끼닛거리가 없어 굶는 거죠."

"그래, 제일 큰 것이 배고픈 설움이다. 그다음에는 집 없는 설움, 또 병들어도 돈이 없어 병원에 못 가보고 죽는 설움, 그리고 못 배운 설움, 빽이 없다고 이유 없이 무시당하는 설움이다. 이런 설움을 그대로 안고 살다가 죽을래? 아니면 이겨내고 여봐란듯이 살다 갈래?"

"이겨내야죠."

"그럼, 지금 네 나이와 집안 형편을 볼 때 무슨 방법으로 이겨낼래? 엄마는 이걸 말해주고 싶다. 네가 중학교도 가지 못했지만, 어떤 일이 있어도 공부해야 한다. 그것도 '적당히'가 아니라 죽을 만큼 공부해라. 공부하다 죽은 놈은 없으니께. 그러면 길이 열린다. 알것제?"

그 뒤부터 덕구의 뇌리에는 '공부하다 죽은 놈 없다'는 엄마의 외침이 서슬 퍼런 칼날처럼 들어박혀 있었다.

설상가상으로 덕구네 집은 몰락하여 산꼭대기 토담집으로 이사하였다. 덕구가 온종일 고물을 주워 고물상에 그것을 팔아서 고구마나 밀가루 또는 옥수숫가루를 사 들고 집으로 돌아오는 밤길에 만나는 것은 무수히 빛나는 밤하늘의 별이었다. 덕구는 숨이 차면 길가에 돌멩이를 깔고 앉아 하늘을 올려다보며 '아기별 삼 형제' 노래를 부르며 자기 신세를 별에 호소했다. 그때 어린 눈에 가득 들어와 반짝이며 위로해주던 큰 별이 있었다. 이름이 샛별(금성)이었지만 덕구는 그 별을 '동백별'이라 불렀다. 그 당시 한창 유행하던 이미자 씨의 '동백 아가씨' 노래가 자기 가슴에 위안을 안겨주는 것 같아 노래 제목을 빗대어 '동백별'이라 이름 붙인 것이었다.

어느 날인가. 날이 저물어 어스름이 깔릴 무렵, 덕구는 집에 올라오는 길에 돌에 앉아 하늘의 '동백별'을 바라보며 자신의 장래가 암담하다는 생각에 슬픔에 잠겨 있었다. 그러다가 피곤하여 잠시 졸았다. 비몽사몽간에 잠든 덕구의 눈에 하늘에서 반짝이는 동백별이 예쁜 소녀가 되어 나타나 미소를 띠며 말했다. 아주 아득히 먼 곳이었지만 샛별의 목소리는 덕구 귀에 똑똑히 들려왔다.

"덕구야, 힘들지? 그런데도 잘 견뎌내 주었어. 지금처럼 노력하며 살아가면 큰 꿈을 이룰 수 있을 거야. 두고 봐. 미래는 아무도 모르거든. 오직 덕구 자신만 알아. 현재를 잘 살면 과거가 보상되고, 미래도 보장이 되는 거야. 네 몸이 아프고 불편하지만, 사람들은 누구나 아픔을 지니고 살아, 겉으로 드러나지 않았을 뿐이야. 덕구 학생이 자립하고 다른 사람들을 돕는 시대가 오면 내가 곁에서 노래를 불러줄게. 물론 지금은 샛별의 공주별이지만, 그때는 '사랑의 여왕'별이 되어 있겠지? 별의 나이는 사람의 십 년을 하루로 먹으니까 덕구가 나이 들더라도 난 젊고 예쁜 별일 거야. 알았지? 힘내, 내가 지켜줄게."

그 말을 남기고 다시 반짝이며 사라졌다.

덕구는 꿈에서 깨어나 기분이 좋아져서 훌훌 털고 일어섰다.

– 그래, '동백별'이 나를 지켜준다고 했어! 이제부터 나는 '사랑의 여왕'이 지켜주는 사람이야.

아무튼, 철저한 소외 속에서 외로움을 생리적으로 터득한 덕구는 중고등학교를 검정고시로 마쳤고, 방송통신대학을 다니면서 삶에 새로운 눈을 떴다. 또한, 신체적인 장애로 현역 부적격자로 군대에 안 간 그는 열여덟 살 때부터 30년간 고물상을 하여 돈을 제법 모았다. 6.70년대에는 고물이 제법 돈이 되던 산업화 시대였다. 그 돈으로 신용협동조합을 창업하여 지금은 이사장으로 있으면서 돈이 없어 애태우는 이른바 소규모 자영업자들에게 돈을 빌려주었다. 하지만 그의 뇌리에는 늘 길거리를 헤매며 고물을 줍는 아버지 같은 노인들 모습이 떠나지 않아 그들을 위해 〈전고협〉이라는 복지단체를 만들었다. 민주화운동의 파도가 전국을 휩쓸던 시기에 그 단체를 만들면서 가진 생각은 이랬다.

– 지금은 사람들이 민주화에 취해 모두가 부자가 될 것처럼 생각하지만 민주화가 될수록 빈부 격차는 더 커질 거야. 그리고 가난 구제는 나라도 못 한다고 하지만, 노인네들이 쓸쓸하게 노년을 보내다가 혼자 죽어가게 할 수는 없지. 독거노인이 점점 늘어날 텐데, 자식도 가족도 없이 그들은 무슨 희망으로 살아갈까? 세계에서 노인 빈곤율과 자살률이 1위라는데, 경제가 발전하면 뭐하나? 앞으로 늘어나는 독거노인 대책을 잘 세워서 자립노인으로 만들어드려야지.

그는 빈자들을 위한 구휼(救恤) 사업을 소리소문없이 벌였다. 먼저 그는 힘들게 고물을 수집하는 노인들에게 손수레를 만들어주는 일부터 시작했다. 지난 30여 년간 그가 제공한 편리한 반자동 손수레는 500대, 금액으로 치면 5억 원에 달했다. 그들에게 손수레는 고급아파트보다 더 소중한 재산이 되었다. 그에 보답이라도 하려는 듯이 회원들은 고물을 수집해서 모두 그에게로 가지고 왔고, 강 회장은 그들을 존중하여 스스로 저울을 달고 대금을 가져가게 했다. 또 강 회장은 그들에게 신용대출도 해주어 자활을 도와주었다. 특히 회원 자제들이 대학에 입학하면 입학금도 보조해주었고, 학자금도 싼 이자로 융자해주었다. 강 회장의 이런 사회복지 활동은 주위에 잔잔한 감동을 주어 가장 번창한 고물상이 되었다. 역대 정부로부터 표창이나 훈장 수상의 제의가 여러 번 있었지만 그는 모두 거절하였다. 어떤 때는 장애인 몫의 비례대표 국회의원 제의도 있었으나 사양하였다.

"상을 받으려고 한 일이 아니다. 나를 믿고 도와준 분들에게 보답하고, 사람으로서 할 일을 한 것뿐이다. 또 정치는 아무나 하는 것이 아니다."

그가 가족에게 한 말이었다. 그리고 내심으로는 '동백별'이 자기를 지켜주고 있으므로 그까짓 상 같은 것은 의미가 없다고 생각했다. 그의 꿈은 〈동양평화학교〉를 세우는 것이었다. 그가 그런 꿈을 갖게 된 것은 민주평통 자문위원으로 선임되어 서울 남산의 안중근 기념관을 다녀온 뒤부터였다.

그는 안중근 의사에 대해 이토 히로부미를 저격한 애국자라는 정도만 알았는데, 서른한 살의 안 의사가 거사를 앞두고 인간적인 고뇌가 얼마나 컸을까 생각하니 가슴이 미어지는 것 같았다. 황해도에서 부잣집 아들로 태어나 유복하게 살아도 되었을 안 의사는 독립운동 자금을 마련한다고 쌀집을 하다가 망하고, 백성을 계몽해야 한다고 학교를 세웠다가 망했다. 그러다가 아예 군인으로 투신하여 '대한의군 참모중장'으로 활동하였다. 급기야 그는 고향과 가족을 버리고 함경도에 올라가 회령전투를 벌여 일본군의 간담을 서늘하게 하였는데, 일본군 포로들을 '제네바협정'대로 풀어준 것이 화근이 되고 말았다. 풀려난 놈들의 밀고로 일본군이 의병군 주둔지를 기습해 전멸시키고 만 것이다. 자신의 실수로 수많은 부하를 잃자 안 의사는 러시아 블라디보스토크 한인촌으로 피신하여 '단지(斷指)동맹'을 결행하였다. 그 후 그는 조선 통감을 지낸 이토 히로부미가 만주를 점령할 야욕을 갖고 러시아 외무상과 회담하고자 할빈에 온다는 첩보를 입수하고 권총을 휴대하여 할빈역에 잠입하였다(1909년10월26일). 그리곤 열차에서 내리는 이토를 향해 총을 쏘아 사살하여 전 세계를 경악시켰다. 강 회장은 젊은 안중근이 목숨을 내걸고 적군의 한 가운데로 뛰어 들어가 적장을 사살한 의거를 곰곰 생각해 보았다.

– 아! 안 의사는 권총을 쏠 때 단번에 쏠 수 있었을까? 자신이 그 놈을 사살하면 분명 자기는 잡혀 죽을 것이고, 고향의 부모님, 가족이나 형제 친척들도 모두 고난을 받을 텐데, 어찌 그런 대담한 행동을 했을까. 나라면 과연 쉽게 가정과 나를 버릴 수 있을까?

강 회장은 청년 안중근의 거사 뒤에 숨어 있는 인간적인 고뇌를 생각하자 눈물이 나왔다. 자신은 서른한 살 때 그런 결의와 행동을 할 수 있었는가? 아니었다. 도리어 세상과 부모와 사람을 원망하고 기구한 팔자라고 한탄만 하였었다. 자신의 옹졸한 태도를 돌아보며 강 회장은 여순 감옥에서 사형을 당하기 전에 안 의사가 마지막으로 남긴 〈장부가〉를 읽으며 참았던 눈물을 쏟아내고 말았다.

내게 남겨진 마지막 시간
내가 걷던 이 길 끝까지 가면

이룰 수 있나 장부의 뜻
내 살갗을 파내듯 에이는 이 고통
내 어머니 가슴을 헤집는 이 시간
나는 무엇을 생각하나
하늘이여 지켜주소서, 우리 꿈 이루도록
장부(丈夫)의 뜻 이루도록.

그 글 옆에는 안중근 의사가 여순 감옥에서 쓴 미완성의 '동양평화론'의 한 구절이 있었다.
"청년들을 훈련해 전쟁터로 내몰아 많은 귀중한 생명이 희생당하는 일이 날마다 그치지 않고 있다. 사람은 누구나 살기를 원하고 죽기를 싫어하는데, 청명한 세상에 이 무슨 광경이란 말인가. 이런 생각을 하면 마음이 몹시 아프다."
안 의사의 이 말은 한 나라만이 아니라 동양의 평화와 공존을 절실하게 외친 절규였다.
– 그래, 한국과 일본과 중국은 동양의 대표적인 나라야. 한국은 이 두 나라로부터 숱한 침략을 받았지만 끝내 독립국으로 우뚝 섰어. 동양 3국이 공존공영하려면 한·중·일의 젊은이들이 화합하여 공존하는 지혜와 리더십을 터득해야 해. 그것은 교육과 문화교류야. 나는 안중근 의사의 유언을 이어받아 〈동양평화학교〉를 설립해서 반드시 이 일을 해내고 말 거야. 어디에 세운다? 판문점 자리에 세우는 게 좋겠어.
그런 결심으로 절치부심하며 지내 온 세월이었다.

그러나 IMF 사태가 터진 뒤에는 집까지 저당 잡혀 힘이 들었고, 2008년 금융대란 때는 더 큰 어려움이 닥쳐와 몸져눕기까지 했었다. 그때 그의 꿈에 '동백별'이 나타나 어렸을 때 들었던 것처럼 타이르듯 이렇게 말해주었다.

"덕구야, 나이가 들었어도 너는 내게는 여전히 아이다. 매우 힘들지? 하지만 넌 이겨낼 수 있어? 너 영국의 스티븐 호킹 박사라는 과학자 알지? 호킹이 30대 초반에 사고를 당해 루게릭병 진단을 받았지. 의사에게서 앞으로 2년밖에 못 산다는 시한부를 선고받았지만, 그는 병에 굴복하지 않고 우주물리학 연구를 계속하였단다. 병세가 악화하여 기관지 절제 수술을 받은 후에는 얼굴의 움직임을 이용해 문장을 만들어 말로 전달하는 음성합성기를 사용하여 의사소통하였지. 생각해봐. 사지를 못 움직이고 말도 못하는 그가 블랙홀 연구로 세계 물리학 발전에 끼친 공로는 대단하잖아. 호킹은 의사의 진단보다 40년을 더 살아 76세까지 살았어. 인간의 삶은 그런 거야. 생명이 있는 한, 특히 사지를 움직이고 제 손으로 밥을 먹을 수 있다면 남을 원망하거나 살기 힘들어하는 것은 사치란다. 덕구야, 너는 지금 호킹보다 더 건강하게 살고 있고, 호킹 못지 않은 인간 구원 사업을 하고 있어. 네 안에는 신의 성품이 살아있으니 함부로 네 몸을 학대하지 말거라."

샛별 공주의 말을 듣고 난 뒤부터 강 회장은 감사와 봉사의 삶으로 한 걸음 더 나아가기 시작했다.

강 회장이 장애인으로 사업을 하다 보니 도움을 주겠노라고 접근했다가 사기를 치고 도망치는 사람도 제법 있었다. 무슨 펀딩이니,

코인이니, 플랫폼이니 하는 말에 속아 그도 제법 돈을 날리고 의기 소침해 있었는데, 구원의 지도자가 그의 앞에 나타났다. 금전적인 후원자가 아니라 정신의 후원자였다. 오늘의 성공을 이룩한 바탕 에는 그 어르신의 가르침이 컸다.

 어느 날, 강 회장은 친한 이웃에게 배신당한 실망감을 안고 동네 골목길에 있는 어린이 놀이터 벤치에 앉아 쉬고 있었다. 그때 어디 선가 새 소리가 청아하게 들려왔다.
 - 호르르 호록 호록 호르르르.
 웬 새소리일까? 그는 주위를 두리번거리다가 허름한 차림의 노인 이 건너편 큰 느티나무 아래 벤치에 앉아 나무를 바라보며 휘파람을 불어주는 모습을 발견하였다. 그런데 놀라운 일이 벌어졌다. 새들이 노인의 휘파람 소리에 따라 짹짹거리며 화답하더니 서너 마리가 노 인 앞에 내려앉는 것이 아닌가? 노인은 환한 얼굴로 휘파람 소리를 줄여 새들과 노닐다가 빵 부스러기를 건네주었다. 새들은 아주 열심 히 그 모이를 주워 먹느라 뛰어다녔다. 어떤 놈은 그 노인의 어깨에 앉거나 손바닥에 앉아 재재거렸고, 노인은 그 새들에게 모이를 주었 다. 강 회장은 그 모습이 너무 아름답고 환상적이어서 노인장 옆으 로 다가가 앉았고, 새들은 그만 날아가 버렸다. 그 노인장은 설핏 강 회장의 얼굴을 살피고 나서 이렇게 말하는 것이 아닌가.
 "이보시게, 자네도 몸이 많이 불편하군. 늙으면 기계나 사람이나 모두 고장이 나기 마련이지. 나도 온몸이 성한 데가 없어. 중풍을 앓아 왼팔이 잘 안 움직여지고, 이빨이 반밖에 안 남았어. 그런데 말일세. 휘파람이라는 게 입술로만 부는 게 아니더라구. 그 빠진 잇새로 바람이 나오고, 그게 휘파람이 되고 노래가 되더라니까. 허허허, 그걸 안 다음부터 나는 휘파람으로 새소리를 내고 어설프나마 노래를 부르곤 했지. 이 없으면 잇몸이라고 했던가. 원래는 하모니카 할아버지가 꿈이었는데, 이제는 숨이 차고 힘들어 포기했어. 아, 잇새로 휘파람을 불기 시작했더니 새들이 다가오더군. 동물도 사람이 따뜻하게 대하면 다가오는 거야. 나는 거의 매일 여기에 와서 새들과 대화하며 지내지. 새는 10년도 못 살지만, 늘 부지런하고 정열적이고 표정이 밝아. 또 참 영리하고 알뜰하고 깨끗한 짐승이야. 추한 새를 본 적이 있던가? 죽을 때도 저 죽을 곳에 찾아가 조용히 사라지거든. 누가 새 대가리라는 말을 했는지. 인간처럼 우둔한 짐승도 없는데. 허나 공중을 난다고 다 새가 아니고, 걸을 줄 안다고 다 사람이 아냐. 동물이나 사람이나 품질이 있더군. 암튼 내가 살아오면서 얻은 교훈이 그래. 참, 요즘 K팝이 세계 음악계를 강타하던데, 우리 조상들이 새처럼 노래하기를 좋아했지. 어떤 고난이 와도 노래를 부르며 이겨낸 세월의 증표일 거야. 자넨 노래 좀 하는가?"

"네, 기타를 좀 칩니다."

"허허, 대단한 재능이군. 그 나이에 기타라, 외롭진 않겠어."

강 회장은 노인장의 진심어린 말과 지혜가 가득한 눈빛에 감동하여 자신도 모르게 눈시울을 붉히며 일어나 절을 했다. 진심이 감동으로, 감동이 기적을 만든 현장을 본 것이다. 그러자 노인장이 껄껄 웃으며 말했다.

"내가 죽은 것도 아닌데, 절은 무슨. 내 나이 아흔다섯이야. 다섯 해만 더 살면 인생 백 년이라네. 허허, 갈 날이 얼마 안 남은 것이지. 해방되기 직전에 왜놈들 황군으로 징집되어 부산항에서 남양군도로 출발하기 직전에 일본이 항복했다는 소리를 듣고 나서 출정이 취소됐지. 6·25 때는 6사단 소속 이등 중사로 압록강 한만 국경까지 진격하기도 했어."

노인은 6.25 이야기가 나오자 신명이 나서 말을 이었다.
"그때 되놈들이 쳐들어오지만 않았더라면 통일을 이룰 수 있었지. 나는 김일성이를 사주하고 무기를 준 소련이나 100만 침략 군대를 보낸 중공이 원수라고 생각해. 그때 함께 북진한 미군은 우리나라에는 생명의 은인이야. 3년간 미군은 이 땅에서 5만4천여 명이 전사했고, 실종자와 포로, 부상자를 합하여 17만여 명이 희생당했지. 특히 놀랄 일은 미국 장군의 아들 142명이 6.25전쟁에 참전하여 그중에 35명이 전사했다는 사실이야. 아이젠하워 대통령의 아들도 1952년에 미 3사단의 중대장으로 참전했다가 전사했지. 아마 처음 들어본 말 일게야. 미국 대통령의 아들이 남의 나라 전쟁에 참전하여 전사했다는 사실은 상상할 수 없는 일이잖나? 또 미8군 사령관 워커 중장의 아들도 제24사단 중대장으로 참전하여 부자가 모두 6.25 한국전쟁에 헌신한 참전 가족이고. 또 밴프리트 장군도 한국전에 참전하여 사단장, 군단장, 8군 사령관까지 오른 인물인데, 아들이 B-52 폭격기를 몰고 평안도 순천 지역에서 야간출격 공중전투 중 괴뢰군의 대공포에 전사했어. 또 있군. 미 해병

1항공단장 필드 해리스 장군의 아들 해리스 소령은 중공군 2차 공세 때 장진호 전투에서 전사했고, 미 중앙정보국 알렌데라스 국장의 아들도 해병 중위로 참전해 머리에 총상을 입고, 평생 상이용사로 고생하며 살고 있다더군. 또 미 극동군 사령관 겸 유엔군 사령관 클라크 대장의 아들도 6.25 한국전쟁에 참전했다가 부상당했지. 그뿐인가. 6.25가 터진 1950년도에 미국 웨스트포인트 육군사관학교를 졸업하고 임관한 신임 소위 365명 중 한국전에 참전했다가 희생당한 장교가 110명인데, 그중에 41명이 전사했다는 사실을 잊어서는 안 될 것이야. 공산주의 침략으로부터 자유와 민주주의를 지키고 이름도 모르는 나라를 지켜주기 위해 아낌없이 목숨을 바친 그들이 한없이 고마울 뿐이야. 내가 어찌 그리 잘 아느냐구? 난 18년 동안 군에 있었고, 말년에는 육군본부에서 전사(戰史)를 담당하는 부서에 있었으니까."

"아, 많은 분의 희생으로 우리나라가 지켜졌군요. 저 같은 병역 면제자들은 반드시 알고 은혜를 잊지 말아야겠습니다. 그리고 어르신의 기억력이 존경스럽습니다."

"뭘, 수백 번도 더 말한 얘긴데. 그런데 이제 살만해지니까 미군 철수하라고 주장하는 사람들이 있던데, 미군이 물러가면 우리 힘으로 핵을 가진 북한군과 중공군을 이길 수 있겠나? 말이 되는 짓을 해야지. 미군이 있으니까 중국과 북한이 함부로 대들지 못하는 거야. 요즘 말로 미군이 안전판 역할을 하지. 중국도 러시아도 이 땅에 미군이 있으니까 우리를 만만하게 보지 못하는 거야. 나이 드니까 나라 걱정만 생기네그려. 6.25가 끝난 지 이제 70년이야. 그렇다고 전쟁을 잊어서는 안 되지. 평화를 주장하려면 먼저 군사력을 막강하게 해야 해. 안 그런가?"

어르신은 그 뒤에도 1·21사태와 울진 삼척 무장공비 침투, 월남전에 대해 정열적으로 설명하였다. 강 회장으로서는 정말 역전의 용사에게서 듣는 살아있는 전사 강의였다.

"네, 저도 군대는 못 갔지만, 전방에서 근무하는 장병들을 격려하는 일에 작은 힘이나마 보태고 있습니다."

"그렇다니 자네가 달리 보이네그려. 고마우이. 아무튼, 사람들이 나를 휘파람 할아버지라고 부르는 게 좋아. 완전 자유인 홀아비야. 나는 바람 소리가 좋아. 바람은 수많은 말을 하고 있어. 사람들은 그 바람의 말씀을 못 듣더군. 아마 죽기전에 바람의 소리를 들을 줄 아는 사람이 몇이나 될까?"

어르신은 처연한 얼굴로 하늘을 바라보고 나서 말을 이었다.

"어때, 내가 불쌍해 보이나?"

"아닙니다, 어르신."

"나는 노인수당을 받고, 가끔 폐지를 줍고 해서 살아. 6.25참전 수당이 좀 도움이 되지, 하지만 나는 나라를 위해 별로 한 일이 없어. 자네 동전 있나? 나한테 1,200원이 있는데, 오늘 아침에 폐지 팔아 번 돈이야. 천 원은 내 관 값으로 저금해야 하고, 200원이 남는데, 자판기 커피값이 올라 500원이더군. 300원이 부족해서 그러니 좀 꿔 주시겠나? 내일 벌어서 갚을 테니 말야. 내가 커피 동냥 하는 상습범 같지는 않지?"

강 회장은 어르신의 말을 듣고 나자 신세를 비관하고 괴로워했던 스스로가 한심하였다.

"어르신, 잠깐 여기서 기다리세요. 제가 커피 빼 올게요."

그는 재빨리 자판기 커피 두 잔을 빼 와서 나누어 마셨다.

"고맙네. 이보게, 요즘 금수저니 흙수저니 하는 말들이 유행하더군. 21세기에 수저 타령하다니 얼마나 유치한 일인고. 누구는 부모 잘 만나 금수저, 은수저를 물고 나오니 다른 이들보다 출발선이 다르긴 하지. 그런 젊은이들은 세상 무서운 줄 모르고 기고만장하여 예의염치도 모르고 반인반수(半人半獸)가 되어 날뛰고 있어. 반면에 가난한 집 자식은 흙수저를 물고 나오니까 살아가기가 팍팍하여 취업도 결혼도 하기 힘들다는 얘기들이 늘어가더군. 그런데 훌륭한 부모는 자식한테 돈보다는 교육과 교양, 신앙을 물려주는 법이지. 나는 흙수저를 물고 태어났지만, 부모나 국가를 원망한 일이 없네. 아마 자네도 마찬가지일 거야. 안 그런가?"

"네, 맞는 말씀이십니다. 우리 아이들이 살아갈 세상은 더 험하고 어렵습니다. 지금 젊은이들이 '영끌족'이 되어 힘들게 살아가는 것보다 더 힘든 세상이 온다고 생각합니다. 그러니 스스로 일어나 미래를 개척할 수 있도록 강하게 키워야 한다고 생각합니다. 물론 어른들이 정치를 잘 해야하구요."

"맞는 말일세. 오늘이라는 날은 참으로 경건하고 새로운 날이야. 이제까지 내가 살아온 날과는 전혀 다른 날이라네. 오늘 아침에 뜬 태양도 전혀 다른 태양이고. 그 태양은 밤에 어둠을 살라 먹고 일어난 거야. 인생에는 수많은 어둠이 있지. 그 어둠을 잘 먹고 소화해야 밝음이 온다네. 인류와 사회에게 유익한 일을 한 사람을 보면 남들보다 몇십 배, 몇백 배 어렵고 힘든 과정을 이겨낸 사람이더군. 자네는 몸이 부자유스러우니 더 힘들겠지. 참, 요 앞에 '다이소'라는 매장이 있잖아. 다이소 창업자의 철학이 뭐냐 하면, '천원을 경영할 줄 알아야 한다'라더군. 일리 있는 말이야. 천 원 한 장의 경영이 인생 성패를 가를 수 있다는 말, 나는 동감하네. 그래서 나도 하루에 천 원을 저금한다네. 허허허."

노인장은 약 먹을 시간이라면서 지팡이를 들고 일어서려다 주춤거리더니 의미심장한 말을 남겼다.

"사람이 죽음이 가까이 오면 자기가 먼저 아는 법이지. 그런데 내가 그러네. 지금 와서 후회해봐야 부질없는 얘기일지 모르지만 내가 무엇을 후회하는지, 그것을 자네에게 말해주고 싶구먼. 첫째 나는 나 자신에게 정직하지 못했네. 내가 살고 싶은 삶을 살지 않고 내 주위 사람들에게 보여주기 위한 삶을 살았다는 얘기야. 둘째로는 일벌레가 되어 평생을 일하면서 살았어. 세상에서 가장 소중한 가족과 시간을 더 많이 보내야 했는데, 어느 날 돌아보니까 아내는 먼저 세상을 떴고, 애들은 제 인생들을 살고 있더군. 셋째는 내 감정을 주위에 솔직하게 표현하며 살지 못했어. 내 속을 터놓을 용기가 없어서 순간의 감정을 꾹꾹 누르며 살다가 미칠 지경까지 이르기도 했다네. 더 중요한 것은 사랑한다고 말했어야 할 사람에게 사랑한다고 말하지 못했고, 용서를 구해야 할 사람에게 용서를 빌지 못했다는 점이야. 넷째로, 친구들과 너무 소원하게 살았어. 내 살기 바쁘다는 핑계였지만 지나고 보니 다 거짓이었어. 성의가 없었던 거지. 다섯째는 세상의 변화를 구경만 했다는 것이야. 추락을 두려워해서 변화를 선택하지 못했고, 튀면 안 된다고 생각해서 남들과 똑같은 일상을 반복하고 말았지. 끝으로, 돈만 벌면 모든 것이 이루어질 수 있다고 착각한 점이야. 아무리 발버둥을 쳐도 내가 벌고 싶은 만큼 돈은 들어오지 않고, 쓸데가 미리 생기더군. 허허허, 다 늙어서 돌아보니 그렇더라는 얘기야. 자네는 내 말을 잘 새겨들었으면 좋겠네. 아무에게도 못한 말을 왜 그런지 자네에게는 해주고 싶어서 유언처럼 남기네그려. 주책없다고 나무라지 마시게.”

"아닙니다. 어르신 말씀 잘 새기며 살겠습니다."

그날 어르신은 그 말을 남기고 황망히 멀어져갔다. 마치 구름처럼 눈앞에서 희미해져 갔다. 강 회장은 그날 나눈 대화와 노인장의 의연한 태도를 기억하며 어려울 때마다 되새겨보곤 했다.

남다른 신체적인 콤플렉스가 마음마저 움직여 소외와 고독으로 점철된 세월을 살아온 강 회장은 문학과 음악을 좋아하여 깜냥에 틈틈이 수백 편의 시도 써놓았고, 역사와 천문학책을 많이 읽어 그에 일가견을 갖고 있었다. 그가 산행을 좋아하는 데에는 자신의 건강을 위한 것도 있지만, 산에 오르면 세상을 내려다볼 수 있어 답답했던 가슴이 탁 트여서이다. 그리고 산은 사람을 차별하지 않았고, 또 '동백별'과의 약속이 생각나고 그 별을 보려는 염원이 가득했기 때문이었다.

그는 산에 오면 밤을 지새우며 별과 대화를 나눴다. 당연히 '동백별'이 나타나 그의 이야기를 들어주었는데, 이야기를 나누면서 그녀를 뭐라 부를까 고민하다가 비너스로 부르기로 마음먹었다. 그 별이 곧 샛별이므로. 그래서 별과 대화를 마칠 때쯤이면 늘 이렇게 찬미하듯이 말했다.

"비너스여! 나는 그대를 믿습니다. 당신은 아름다운 모습과 목소리로 만인의 마음을 위무하고 꿈과 희망을 주십니다. 인간 세상에 내려와 좋은 노래로 고난에 빠진 사람들을 위무해주세요. 그때까지 나는 더 많은 사랑을 실천하는 사람이 되렵니다."

그러면 비너스가 하얀 손을 내밀어 그를 잡아주며 말했다.

"그래요. 내 몸은 온통 노래로 뭉쳐있어요. 지구에 내려가 노래를 부를 때가 곧 올 거예요. 오늘은 당신 가슴에 고인 한을 풀어주는 노래를 불러드릴게요. 남의 말보다 당신 마음의 소리를 늘 들으세요."

그러더니 샛별 공주가 붉은 입술을 달싹이며 청아한 목소리로 〈서편제〉 창을 불러주었다. 비너스의 노랫소리가 천지에 울려 퍼지자 뭇별들도, 세상의 모든 소리꾼 그리고 가수들도 조용히 감상하였다.

    소리 소리가 뭐길래 여기까지 걸어왔나?
    모두 다 내 곁을 떠나고
    이젠 너도 언젠가는
    너만의 세상을 찾아서 떠나가겠지

나는 혼자 남아 못다 이룬 꿈을 뒤돌아본다
마음의 소리를 들어라
눈으로 보이지 않아도 넌 세상 향해
뼛속 깊은 한을 토해내 소리를 질러
사무치게 미워 나를 원망하며 깊어질 소리
그땐 알아 모든 건 시간이 필요하단 걸
사무치는 시간, 한이 쌓일 시간, 깊어질 시간
그땐 알아.
- 〈뮤지컬 서편제 '한이 쌓일 시간'〉

  그가 비너스의 노래에 심취했다가 돌아와 천문대 숙소에 짐을 풀고 잠깐 눈을 붙인 순간, 비몽사몽간에 무서운 장면을 목격하였다. 미국 뉴욕 맨해튼 거리에서 한 무리의 흑인들이 우르르 몰려다니며 식품 가게와 가전제품 상가에 난입하여 가게를 부수고 물건을 약탈해가는 모습이 보였다. 그 도둑들을 향해 키가 작은 동양 남자가 악을 쓰며 대들었지만 도리어 무수히 얻어맞고, 나중에는 칼을 맞고 쓰러지고 말았다. 그러다가 장면이 바뀌어 LA의 한인 거리에서 동양인 노인이 지팡이에 의지한 채 길을 가고 있는데, 갑자기 덩치가 큰 백인 남자가 지나가다가 노인을 무자비하게 때리고 발로 찼다. 순식간에 당한 일이라 노인은 지팡이 한번 휘둘러보지 못하고 그 자리에 쓰러졌고, 경찰이 달려와 그 노인을 병원으로 실어 갔다. 그 사이에 가해자는 도망치고 말았다. 꿈결에도 강 회장은 자기가 맞은 것 같은 아픔을 느꼈다.

그 뒤에도 악몽은 계속되었다.

이번에는 뉴욕 맨해튼 도심 한복판에서 50대의 백인 여성이 젊은 동양인 여성에게 '너희 나라로 돌아가라'라고 외치면서 후추 스프레이를 분사하고 도주하는 것이 아닌가. 그녀는 눈에 극심한 고통을 느끼며 앞을 제대로 보지 못하고 그만 주저앉고 말았다. 계속되는 악몽에 끙끙대며 돌아눕던 그의 눈에 이번에는 텍사스주 어느 도시의 멋진 고등학교가 보였다. 강 회장은 고등학교를 못 다닌 사람이라 멋진 고교 건물을 보노라니 꿈인 듯 생시인 듯 정겨웠다. 그때 갑자기 총소리가 요란하게 들렸고, 순식간에 학교 강당이 아수라장이 되고 말았다. 어떤 정신 이상자가 기관총을 들고 나타나 난사하는 바람에 여교사 세 명과 학생 이십여 명이 죽거나 다치고 말았다. 그는 기관총 난사 소리에 놀라 눈을 떴다. 분명 꿈이었는데, 곰곰 생각해보니 최근에 일어난 미국에서의 인종 차별과 증오 범죄였다.

- 세상에, 세계에서 인권과 자유가 가장 잘 보장되어 있다는 미국에서 대낮에 이렇게 인종 차별 범죄가 기승을 부리다니, 이건 근본적으로 뭔가 크게 잘못되었어.

강 회장은 아직 먹먹한 가슴으로 자리에 누운 채 창을 통해 들어오는 별빛을 바라보았다. 큰 별 세 개가 그의 마음을 위로하려는 듯 창을 들여다보고 있었다. 갑자기 차별과 혐오 속에서 말 못하고 쓸쓸하게 죽어가는 사람들의 슬픈 눈망울이 그의 가슴을 억눌렀다. 그리고 50년대 말, 생활이 어려워 미군의 손을 잡고 미국으로 건너간 어린 여동생이 생각나서 울컥했다. 헤어진 지 육십 년이 넘었는데, 여동생이 어떻게 사는지 찾아가 보지 못한 것이 가슴 아팠다.

그때 샛별 공주가 하늘에서 지구 가까이 내려와 혼란에 빠진 미국의 정경을 보고, 칼칼하나 매력적인 음성으로 일장 연설을 했다. 늦은 밤이지만 미국 전역에 울려 퍼지는 샛별 공주의 연설은 미국인들의 가슴을 강타했다. 그 별은 바로 강 회장의 친구별 비너스였다.

"미국의 신사 숙녀여! 나는 비너스 별의 공주 '사랑의 여왕'이다. 미국은 세계인들이 부러워하는 꿈의 나라가 아닌가? 자유와 평등, 인권이 최고로 보장된 민주주의 국가로 알고 많은 사람이 선망하고 있는 나라이잖은가. 미국은 개도국이나 굶주리는 나라에 많은 원조를 해주고, 정의의 전쟁으로 공산주의와 독재 세력과 싸워 인류를 행복하게 해주는 데 큰 역할을 하고 있어 인류가 감사하고 있다. 그런데 정신병자가 아니고서야 어떻게 총으로 시민을 죽이는가? 매년 총기사고로 인해 사망자가 4만 명이나 생기는 것이 미국이라는 사실을 그대들은 아는가? 희생당한 그들은 당신들의 부모이고 자식이고 애인이고 친구이다. 그들의 목숨을 빼앗을 수 있는 권리를 누가 주었는가? 어쩌다가 세계 최강 자유민주국가 미국이 약육강식의 원시사회로 돌아갔는가? 나를 지키기 위해 총기 소유가 필요하다면 내 생명이 위태로울 때 사용해야 하거늘, 화난다고 밉다고 싫다고 소중한 남의 생명을 빼앗는 것은 가장 악질적인 죄악이 아닌가? 그러고도 인권을 주장하는가?"

이 말에 미국 전역이 쥐 죽은 듯이 조용해졌다. 연이어 샛별 공주의 호통은 계속됐다.

"너희 미국인이 범하는 또 하나의 죄악은 인종 혐오이다. 도대체 백인이란 무엇이냐? 피부가 흰 것이 지배자의 상징인가? 누가 백인에게 다른 인종을 무시하고 핍박하라는 권한을 주었더냐? 그것이 청교도 정신이더냐? 미국헌법에 정했더냐? 너희가 세계를 이끄는 리더가 되려면 인간 존중의 기본부터 배워야 한다. 인종 혐오범죄는 백인이 우월하다는 인종주의에 기반한 어리석은 짓이다. 특히 일부 미국인들이 동양인에 대한 증오로 인해 동양인들은 늘 불안에 떨고 있다. 뉴욕 경찰 통계를 보라. 2020년 증오 범죄는 전년 대비 343%나 급증했고, 이 중에서 동양인 혐오범죄는 전체 증오 범죄의 25%를 차지했다. 너희가 자랑하는 FBI 발표를 보니, 미국 내에서 2020년 한해에 8,200건이 넘는 인종 혐오범죄가 벌어졌다. 아프리카인계 미국인(흑인)이 2,700건이 넘고, 아시아계 인종도 280건이나 피해를 봤다. 신고되지 않은 숫자까지 셈하면 한해에 9,000명이 넘는 아시아계 인종이 부당한 대우를 받고 슬퍼하며 괴로워하고 있다. 또 히스패닉, 유대인들도 너희가 혐오하더구나. 생각해보라, 그 사람들이 미국에 와서 무슨 범죄를 저질렀나? 설사 죄를 지었다 해도 시민이 시민을 벌할 수 있나? 당국이 법에 따라 처리하면 될 텐데, 어째서 같은 시민이 이들을 처벌하고 살상하는가? 또 경찰은 어째서 유색 인종을 범인처럼 다루는가? 인종 차별과 괴롭힘과 모욕 등으로 사람을 동물이나 도구로 취급하는 악질적인 범죄를 자행하고도 일류국가 시민이라고, 정의의 경찰이라고 자랑할 수 있겠는가? 미국 시민이 다른 나라에 가서 그런 대우를 받는다면 너희는 가만 있겠는가?"

샛별 공주의 날카로운 질책은 미국인들을 긴장시키기에 충분했다. 그 뒤를 이어 샛별을 보좌하는 핑크 별이 입을 열었다.

"너희 미국인은 들어라. 미국에는 세계 각국에서 한해에 100여만 명에 달하는 고급의 능력자들이 이민을 오고 있다. 이들이 가진 지식과 정보력, 기술과 자금력, 문화창조력으로 미국이 발전하고 지탱하는 것이다. 지난 200년 동안 외국에서 이들이 수혈되지 않았다면 현재의 미국이 있을 수 있겠는가? 어림없다. 미국은 낡고 병들어 버렸을 것이다. 그러니까 아주 까다로운 절차를 통과하여 미국 시민이 되는 외국인들, 영주권자들에게 진정으로 고마워하라. 2차대전 이후 이제까지 너희가 세계 경찰국가라고 으스댔고, 너희 맘대로 군대도 주둔시키고, 미국의 기준으로 세계를 재단했지만, 이제는 안될 것이다. 인류사는 진정한 인권과 상호존중, 평등과 평화를 모색하는 단계에 와 있다. 특히 인간성을 복원하여 참다운 인성을 지닌 자와 그 그룹만이 세계의 지도국가가 될 것이다. 너희가 인종을 혐오하니까 음식을 구하러 밖으로 나가기가 두렵다는 너희 이웃들이 있더라. 오죽하면 바이든 대통령이 한국의 보컬그룹 BTS(방탄소년단)를 불러 아시아계 인종 혐오를 막는 데 도와달라고 했겠는가? 명심하거라, 너희 조상은 차별 없는 세상을 찾아

신대륙으로 건너왔느니라. 그 정신을 다시는 잊지 말고 복원하라. 만일 사람을 죽이는 살인 범죄와 혐오범죄가 사라지지 않는다면 하나님은 미국이라는 나라의 위상을 세계 최하위 후진국 수준으로 떨어뜨릴 것이다. 알겠느냐?"

두 별의 비수같은 일갈이 울려 퍼지는 순간 미국의 모든 언론은 침묵하였다. 구구절절 폐부를 찌르는 지적이었던 것이다.

그날 강덕구 회장은 소백산 천문대에서 잠결에 꿈인 듯 생시인 듯 별들의 훈시를 함께 들었다. 그리곤 뭔지 모를 위대한 힘이 자기 가슴으로 밀려 들어오는 쾌감을 맛보았다.

이튿날, 새해 사업계획을 논의하고 다시 밤이 왔다. 일행은 천문대 연구원으로부터 우주와 천문에 대한 강의를 듣고 나서 61cm 반사망원경과 굴절망원경, 대형쌍안경을 통해 하늘의 별자리를 관찰했다. 천문대의 높다란 반구형 돔이 열리자 쏟아져 들어오는 별빛은 망원경을 눈에 대기 전에 이미 사람들을 경탄케 했다.

"와, 대단하군요."

"정말 환상적입니다."

"역시 높은 산 정상이라 별이 더 잘 보이는군요."

그러자 총무과장 박 향자 씨가 이런 말을 했다.

"저 별나라가 바로 천국이 아닐까요?"

그녀는 4년 전에 남편을 사고로 여의고 두 아이를 데리고 사는 40대 싱글맘이었다. 강 회장은 딸 같은 박 과장을 음양으로 보살펴 주고 있었다. 자기도 늦장가를 들었지만 10년 전에 아내가 암으로 먼저 세상을 떠나서 장성한 두 자녀와 살고 있는지라 그녀가 살아가는 모습을 짠하게 생각하고 있었다. 대형망원경으로 별을 바라보면서 사람들은 시간 가는 줄 모르고 아이들처럼 좋아했다. 밤이 이슥해지자 일행은 얼굴 가득 별빛을 담고 내려와 혼곤한 잠에 빠져들었다. 밖에서는 눈보라가 마치 원시시대의 역사를 설명이라도 하려는 듯이 강한 휘파람 소리를 내며 울고 있었다. 강 회장은 그 휘파람 소리에 갑자기 동네 공원에서 만난 휘파람 할아버지 생각이 났다. 몇 년 전부터 놀이터에 보이지 않으니 편찮으신가 했다. 나중에 알아보니 휘파람 할아버지는 자기의 전 재산과 하루에 천 원씩 모은 돈을 모아 2억 원을 시립복지원에 기부하고 떠났다고 했다. 강 회장이 복지원을 찾아가 보니 본관 입구 벽에 인물 사진이 걸려 그의 정신을 기리고 있었다. 그의 인자한 사진 아래에는 〈칠성부대 예비역상사 박항식〉이라고 적혀 있었다.

- 아, 이런 것이 바로 살신성인이구나. 군인으로서 젊음을 바쳤는데, 죽어서까지도 후손을 생각하시다니….

강 회장은 삶의 진정한 의미를 가르쳐준 고인에게 고개를 숙여 명복을 빌었다.

강 회장은 몇 시간 전에 본 별빛의 잔상이 남은 탓인지 새벽에 잠을 깨었다. 아니 별빛이 그의 눈 망막에서 잠을 걷어냈다고 하는 게 맞을 것 같다. 그는 천문대 야근자에게 부탁하여 대형망원경으로 하늘을 바라보았다. 아까 볼 때와는 다른 느낌이 그의 눈을 깊이 파고들었다. 아니 별빛이 그의 뇌세포를 점령해버려 아까보다 더 선명하게 빛나는 별들이 자기에게 말을 건네는 천사 같았다. 그때 박 과장이 다가와 함께 별을 바라봐주었다. 강 회장의 눈에는 가장 밝게 빛나는 북극성과 그 아래 북두칠성의 구부러진 모양이 선명했다. 그리고 남두육성(南斗六星)도 어렴풋이 보였다. 샛별은 지금은 잘 눈에 보이지 않았다. 그는 북두칠성의 모양을 살피다가 북극성과 연결되는 끝자리별인 파군성(破軍星)에서 눈을 떼지 못했다. 그 파군성은 북두칠성의 끝별로서 북극성과 연결하는 임무를 맡고 있는 지적이며 날카로운 별이었다. 그 파군성의 별빛이 어느새 주르르 긴 줄을 타고 강 회장에게 다가오는 아름다운 착각에 빠졌다. 그 뒤를 이어 일곱 개의 모든 별들이 교대로 그에게 긴 줄을 내려주고 있었다. 말이 줄이지 그것은 빛줄기였다. 그는 너무 눈이 부셔 눈을 깜박거리다가 눈물을 주르르 흘렸다. 뺨을 타고 흐르는 짭짤한 눈물이 그의 메마른 입술을 적시자 눈물을 먹었다. 왜 그런지 눈물이 달았다. 그리곤 그 자리에 주저앉아 스르르 잠이 들었다. 박 과장이 아버지 같은 노인의 고단한 몸을 침대로 옮겨 누이고 그의 얼굴을 내려다보며 속으로 말했다.

  - 아버지. 삶이 고단하시죠. 그래도 잘 살아오셨어요, 존경합니다. 사랑합니다. 아버지!

  그녀의 말을 들었는지 꿈을 꾸는지 강 회장은 미소를 띠었고, 그의 입안에 별빛이 가득 고여 하얗게 빛났다. 마치 반딧불이가 입안에 들어간 것처럼 그의 입속은 밝게 빛났다. 그리고 잠결이지만 기분 좋은 미소가 얼굴에 퍼졌다.

꿈속에서 북두칠성의 끝별인 파군성이 그에게 말을 걸었다.

"네 이름이 강덕구라 했느냐? 오래도록 덕을 쌓으라는 이름이로구나. 네 등에 일곱 개의 별이 반짝이는구나. 너는 괴로웠겠지만, 이미 네 몸에 사리(舍利)를 만들어 지니고 있느니라. 사리는 안으로 빛을 발하는 별이다. 또 빛이란 파동(波動)이라는 에너지이면서 물질이다. 빛도 움직임과 무게가 있다는 말이다. 이 둘이 서로 전환되면서 뭇 생명을 살린다. 아인슈타인이라는 학자가 특수상대성이론에서 밝혔다지? 그러니 네 등에 있는 사리는 빛에너지이면서 복덩이니라. 그러니 그것을 소중히 하거라. 70여 년 익어온 네 몸의 사리가 많은 이들에게 빛을 주고 있구나. 장한 일이로다."

강 회장은 파군성의 말을 들으며 비 오듯 흐르는 눈물을 두 손으로 훔쳤다.

- 아, 내가 평생을 등에 멘 것이 굳은 뼈가 아니라 사리였다니, 이런 황공한 말을 들으니 이제 죽어도 여한이 없구나.

그런 생각을 하며 머리를 숙이자 파군성이 애정을 담은, 그러나 단호한 목소리로 말했다.

"너는 별의 의미를 알아야 한다. 미물인 인간이 겨우 달에 다녀오고 나서 우주 정복을 떠드는 우를 범하고 있더구나. 인간은 우주에서 미세먼지만도 못한 존재인데, 우주를 정복한다는 교만을 부리다니. 그러니 별의 신비를, 우주의 철학을 알 리가 없지. 잘 들어라. 별은 우주의 사리이니라. 종교적인 창조론이 아닌 우주과학적인 견지에서 말해주마. 우주는 시공간이 무한대라 크기를 알 수 없는 곳인데, 지구 나이로 치면 940억 년 전에 나타났다. 그리고

138억 년 전에 빅뱅(대폭발. Big Bang)이 일어났고 132억 년 전에 내가 거처하는 우리은하가 생겼다. 너희가 사는 지구는 45억6,600만 년 전에 생긴 뒤로 33억 년에 걸쳐서 화산과 지진, 물과 햇빛 그리고 바람의 도움으로 생명 창조의 기운이 일어나 생명체가 생겼다. 인류의 조상은 약 600만 년 전에 나타났고, 직립 보행하는 현생인류는 300만 년 전에 나타났지. 지구의 나이에 비하면 그야말로 먼지만도 못하니라. 그렇지만 인간은 우주의 소산이요 지구에 사는 별이다. 어때? 백 년도 살기 어려운 인간에게 수백억 년을 말하니까 느낌이 오느냐?"

강 회장은 파군성의 말을 들으면서 자신의 몸이 아득한 우주 공간에서 유영하는 기분이 들었다. 그러자 파군성이 그의 평온한 얼굴을 바라보고 다시 말했다.

"지금 네가 바라보는 은하수는 미리내 또는 우리은하라고 하는데, 그 크기가 얼마나 될지 짐작이라도 하느냐? 지구과학자들이 잘 연구해놓은 통계치로 설명해주마. 네가 사는 지구가 74조 개 모여야 미리내 만하다. 미리내는 지구에서 756조km 떨어져 있는데, 지구 둘레를 190억 바퀴 도는 거리이다. 또 지구에서 우리은하의 중심인 북극성까지 거리는 4,068조km이다. 그 정도의 거리 감각이 너에게 있는지 모르겠다. 또 태양계라는 것은 우리은하의 한구석을 차지한 아주 작은 부분이고, 그 안에 있는 지구는 아주 미미한 행성이니라. 또 별은 우주의 사리이기 때문에 빛이 난다. 그중에서 지구는 특별한 사리별이고 너는 사리 인간이다. 선택받은 인간이라는 말이다. 참, 너의 등에 있는 사리는 좌종(坐鐘) 즉 앉은뱅이 종이라는 싱잉볼(singing ball)이다. 그 종이 울릴 때마다 너는 아프겠지만 네가 아픈 만큼 세상은 더욱 밝아졌단다. 좌종이 뭔지 아느냐?"

"잘 모르옵니다."

"허허, 종에는 종각에 매달려 있는 큰 종이 있고, 작은 앉은뱅이 종이 있느니라. 너는 방짜유기는 알겠구나. 유기장이 유기를 두드려 만든 앉은뱅이 종이 바로 좌종이다. 이 좌종은 참으로 그윽한 소리가 나는 악기이니라. 어떤 음악, 어떤 악기와도 앙상블이 되는 '한류 왕국'에만 있는 악기니라. 그 악기를 너는 네 등에 지고 산다. 그 악기는 방향에 따라, 두드리는 사람에 따라 다양한 소리가 난다. 그런 의미에서 너는 사랑의 인간 악기 연주자이다. 나 파군성은 북두칠성 중에서 지구와 가까운지라 너의 인간 사랑의 실천 뜻을 알고 있느니라."

그 말을 듣던 강 회장이 잠시 머뭇거리다가 물었다.

"파군성님이시여, 제가 무지하여 여쭙습니다. 우주는 무슨 빛입니까? 밤에 보면 온통 암흑인데, 태양 빛에게 그만 지는 것입니까? 그 어둠을 물리치려고 별이 나오십니까? 태양은 우리은하의 일부라고 알고 있습니다만."

"오호라, 우주의 빛을 묻는 인간은 내가 처음 보느니라. 지구처럼 생명체가 있는 별이 우리은하에는 30여 개 있는데, 인간은 이제야 생명체를 찾는다고 법석을 떨고 있구나. 그런데 아무도 우주의 빛에 관해서 묻는 이가 없더구나. 그래, 우주의 95%는 어둠이니

라. 너희가 인식하는 우주는 겨우 5%에 불과하다. 인간은 빛을 통해서만 대상을 인식하기 때문이다. 우주에는 어둠이라는 거의 무한대의 보호구역이 있느니라. 이 어둠은 절망이 아니라 신성한 공간이다. 그러니 어둠을 두려워하지 말라. 낮과 밤이 있듯이 어둠의 역할은 결코 빛에 뒤지지 않는다. 아니 빛보다 수천 배의 에너지를 갖고 활동하느니라. 빛은 다양하다. 밝은 빛, 어두운 빛 그리고 수억 종류의 색깔 빛이 있다. 암흑은 검은빛이라는 것을 알아야 참빛의 가치를 깨닫게 되느니라."

강 회장은 어둠도 빛의 한 종류라는 말에 모골이 송연함을 느꼈다. 그것은 죽음도 삶이요, 인간의 눈빛이 곧 영혼이라는 말과 같은 것이었다. 그가 고개를 주억거리며 감사의 인사를 드리자 파군성이 다시 물었다.

"사람이 죽으면 모든 것이 사라진다고 생각하지 말거라. 죽음은 소멸이 아니라 더 큰 세상으로 나아가는 것이니라. 자, 너는 삼위일체라는 것이 뭔지, 또 삼신 사상은 뭔지 아느냐?"

"네, 저의 부족한 생각이지만, 삼위일체란 셋의 귀한 존재가 모여 더 큰 존귀함으로 귀일한다는 의미인 줄 압니다. 뿌리와 줄기 그리고 이파리가 모여 나무가 되고 그 결실이 열매가 되는 이치와 같다고 봅니다. 그리고 삼신 사상은 천신-지신-인신의 삼신이 인간 세상을 바르게 이끈다는 말이라고 압니다."

강 회장의 대답에 파군성이 아쉽다는 표정으로 말했다.

"허허, 조금은 아는 도다. 우리은하의 구심점이자 우주의 중심은 바로 북극성이고, 그 북극성에 사는 신이 우주신인 천극신이시다. 너희는 신이라면 서양사람들이 믿는 '신(God)'을 우선 생각하지만, 우주에서 보는 신은 천극신이 기본이다. 천극신은 은하를 포함한 범 우주와 지구와 사람을 관장하는 절대자이니라. 그리고 그 아래 북두칠성이 우리은하와 태양계를 지도하는 칠성신이시다. 나는 북두칠성의 끝에 있는 파군성인데, 지구인들이 지극성이라고도 부른다. 나에게 기도하려고 지극정성을 다한다더구나. 천극신과 칠성신은 천신으로서 우주의 사리를 지닌 별이시다. 그리고 지구별에 사는 인간이라는 인신이 있지. 그 인간이 지닌 인성이 곧 신성(神性)이니라. 그러니 인간은 어떤 일이 있어도 하늘의 성정을 갖춰야 한다. 다시 말하마. 인간이 공경하고 부르짖는 천신은 곧 우주신이고, 그 분은 북극성과 북두칠성 안에 살고 계시다. 종교인 중에는 이를 부인하는 축도 있더라만 인간의 미미한 이성으로 더는 어느 곳에서 신을 찾아낼 수 있겠느냐? 신이 막연하게 공허한 하늘에 있다고 생각지 말아라. 하늘에 계신 아버지라는 분이 좌정하고 있는 곳은 바로 북극성이다. 그리고 삼신 사상의 삼신은 천신(천극성과 칠성신, 남두육성신), 지신, 인신을 말한다. 지신(地神)이란 지구에 존재하는 수많은 자연신이다. 너희가 토테미즘이니 애니미즘이니 하여 비하하는 그 대상 자체가 천신이 만든 지신 즉 자연신이니라. 그리고 인간 역시 천신의 혼과 육을 받아 지상에서 생을 살다가 영육이 분리되어 하늘로 오르기 때문에 결국 인신은 천신의 수하에 있느니라. 천-지-인 삼신을 제대로 알고 공경하는 인간은 참된 삶을 사는 것이고, 그런 사회나 국가는 하늘의 뜻에 좇아 살면서 지구에 천국을 건설하게 된다. 하늘의 예법을 따를 줄 아는 민족이 지구의 지도자가 된다는 말이다. 알아듣겠느냐?"

강 회장은 파군성의 말을 들으면서 무언가 큰 깨달음과 희열을 느꼈다. 그러면서도 지극정성(至極精誠)이라는 단어가 머리에서 떠나지 않아 이런 질문을 했다.

"지극성이시여, 대부분의 세상 사람들은 창조설을 믿습니다. 그 창조주가 천극신이라는 말씀이온데, 지금 지구의 모든 존재가 최초 창조할 때 그 모습 그대로입니까?"

"아니다. 모든 것은 변하는 것이 존재의 참모습이다. 45억6,600만 년 전에 지구가 생겨난 뒤로 수많은 생명체가 생겼는데, 그 생명체들은 끊임없이 변화하여 오늘의 모습을 갖췄느니라. 박테리아부터 사람까지 변화하지 않은 것이 없다. 그 변화를 진화라고 하더구나. 너희 조상이 누구인가? 서구적인 신앙에 의하면, 사람이 창조되었다는 창조설이 우세했지만, 다윈이라는 학자가 평생을 걸려 연구한 진화설은 틀린 것인가? 생각해보라. 네가 키우는 강아지가 교배를 통해 갈수록 새롭고 발달한 종이 생기는데, 식물도 마찬가지이다. 환경의 변화와 생물 종 자체의 자기 변화를 통해 진화가 나타나는 것이다."

"성신(星辰)이시여, 창조설보다는 진화설에 중점을 두시는 것 같아 놀랐습니다. 그렇다면 인간 역시 진화한 포유류라고 볼 수 있는지요?"

"그렇다. 우주에 있는 모든 존재는 변화하고 그 변화는 진화를 포함한다. 특히 척추동물의 진화가 가장 잘 드러나고 있지. 인류는 계속 진화한다. 인간은 약 600만 년 전 침팬지에서 유전적으로 분리되었다. 인간과 침팬지의 유전자는 98.4%가 일치하느니라. 이것은 유전적으로 매우 가까운 친척 관계라는 말이다. 우주의 천극신은 창조된 우주의 분신들이 더욱 나은 상태로 진화하는 것을 발전으로 생각하고 용인한다. 내 주장이 이해가 안 간다면, 최근에 아일랜드의 더블린 트리니티 칼리지 유전학 교수연구팀이 연구한 흥미로운 내용을 소개하마. 나는 인간의 지혜와 노력을 가상히 여기고 더 큰 깨달음을 얻도록 격려한다. 네가 인간을 이해하는데 도움이 될까하여 소개한다. 침팬지와 원숭이, 쥐, 말, 토끼 등 척추동물의 유전자 데이터를 인간 유전자 데이터와 비교한 결과 인간에게서 155개의 새로운 유전자를 발견했다더라. 그 유전자들은 인간만이 갖는 고유의 새로운 유전자로 생겨난 것이다. 이것이 진화이니라. 사람은 수많은 척추 포유류 동물 중에서 진화하여 나타난 고등동물이라는 말이다. 그래서 인간만이 갖는 이성과 지성, 창의와 상상, 감성을 지니게 되었느니라. 우주신은 인간의 지혜와 이성에 따라 발전 진화하며 인간의 본성과 미래를 발견해내도록 방해하지 않는다."

파군성신은 진지하게 강 회장의 질의에 답해주었다.

그때 일곱 별이 내려와 천문대 앞 눈밭에서 노래하며 승무(僧舞) 비슷한 춤을 추었다. 그 곁에 샛별공주가 하얀 드레스 같은 선녀복을 입고 함께 춤을 추었다. 하늘에서 수천 개의 좌종 소리가 간헐

적으로 들리며 춤사위를 도와주었다. 어느새 천문대는 빛으로 가득한 교회가 되어 피아노와 첼로 그리고 드럼과 좌종 소리로 가득했다. 그런데 일곱별과 샛별이 콜래보로 부르는 노랫말이 아주 심오하고 마치 강 회장을 위한 맞춤곡 같아서 그는 정좌하고 듣다가 자신도 모르게 눈물을 흘렸다. 별들은 어느새 소백산 천문대 꼭대기로 내려와 반짝이며 〈하늘이 준 사랑〉을 함께 노래했다.

아무리 유능하고 훌륭하다 해도
죽으면 누구나 어둠의 세상으로 돌아가지
한 줌의 밝은 빛에서 거대한 어둠의 빛으로 가지
삶은 인간 마음대로 되는 것이 아니야
인간에게 선택권은 자유와 사유(思惟)
사랑과 헌신, 노동의 땀, 공부와 희망,
그리고 봉사와 희생 뿐이야
출생도 사망도 인간의 영역은 아니지만
출생일과 사망일 사이를 무엇으로 채울지는
전적으로 인간의 선택이고 책임이야
죽음이 너를 찾아와 데려갈 때
미안한 마음이 들지 않도록 살아야 해
후회되지 않는 삶을 살아야 해

너는 오로지 위대한 하나(The One)야
세상에 유일하고 소중한 생명체가 바로 너야
그러니 죽을 때까지 배워야 후회하지 않아
죽을 때까지 사랑하고 봉사해야 후회하지 않아

아무리 절망적인 일이 지속될지라도 희망을 잃지 말아라
희망은 삶의 모퉁이 어디에선가 예고 없이 나타나니
그 희망을 영접할 준비를 매일매일 하거라

별이 빛나는 것은 진심으로 울기 때문이야
수백 억 년을 울고 통회(痛悔)하며 제 몸을 불태웠지
그래서 별빛은 눈물로 버무린 소금이다.
눈물과 빛과 소금은 본질이 하나이다
네가 빛나는 별이 되고 싶거든 많이 울고 희생하라
너 이외의 존재에 대해 망극(罔極)의 자세로 대하라
그리하면 수많은 별이 네 편이 될 것이다
나도 너의 별이 되었잖느냐
하늘의 별을 찾으려 말고 지상에서 사람별을 찾아라
너는 매일 낮과 밤으로 누군가의 별이 되어 주거라
그리고 내 배만 채우려 들지 말고
머리와 가슴을 매일매일 채워나가거라.

 그 노랫소리가 마치 엄마의 애잔한 자장가 같아서 강 회장은 노래를 들으며 자기도 모르게 스르르 잠이 들었다. 하늘에 있는 무수한 별들은 차츰 빛을 거두어들이고 새벽의 먼동을 밝히기 시작했다.

해변의 흑마(黑魔)

지진과 쓰나미, 대 호우와 산불 등 자연재해는 인간의 과욕이 빚어 낸 결과이고, 자연의 자기 회복 현상이다.

해변의 흑마(黑魔)

여기는 강원도 동해의 여름 바다. 한낮의 땡볕이 저녁놀에 손을 흔들자 서늘한 바람이 해변을 소요(逍遙)하기 시작했다. 뒤이어 옅은 노을이 바다 밑으로 가라앉고 어둠이 검은 차일(遮日)처럼 내려앉자 해변 여기저기에서 작은 축제가 벌어지기 시작했다. 그러다가 종내에는 어느새 무대가 차려지고 대규모 록 페스티벌이 열렸다. 해변을 가득 메운 사람들이 음악에 맞춰 춤추고 노래하기 시작하는데, 모 방송국의 해변 축제가 열린 것이었다. 사람들은 휴대폰의 전등을 켠 채 가수들의 율동에 따라 플래시를 흔들며 흥겨워했다. 그 모습은 마치 수천 개의 별이 지상에 내려와 천상의 음악에 맞춰 춤추는 것처럼 보였다. 그날 무대에는 스무 명의 가수들이 올라와 노래를 불러 청중들을 열광에 빠뜨렸다.

끝 곡으로 잔나비의 〈주저하는 연인들을 위해〉라는 노래가 울려 퍼지자 사람들은 노래를 떼창으로 따라 부르며 하나가 되었다. 마치 자기 애인에게 들려주려는 노래란 듯이. 그 노랫말은 고단한 사람들의 심사를 대변하는 듯하여 청중의 심금을 두드려 열광케 했다.

- 나는 읽기 쉬운 마음이야, 당신도 스윽 훑고 가셔요. 달랠길

없는 외로운 마음 있지, 머물다 가셔요. 음, 내게 긴 여운을 남겨줘요. 사랑을 사랑을 해줘요. 할 수 있다면 그럴 수만있다면 새하얀 빛으로 그댈 비춰줄게요. 그러다 밤이 찾아오면 우리 둘만의 비밀을 새겨요.

- 추억할 그 밤 위에 갈피를 꽂고선 남몰래 펼쳐보아요. 나의자라나는 마음을 못 본채 꺾어 버릴 수는 없네. 미련 남길 바엔 그리워 아픈 게 나아. 서둘러 안겨본 그 품은 따스할 테니. 그러다 밤이 찾아오면 우리 둘만의 비밀을 새겨요(중략).

　세상이 코로나 팬데믹의 고통에 빠져 헤맨 지가 어언 4년이 되었다. 코로나는 2023년 봄에야 겨우 한숨을 돌려 부분적으로 마스크를 벗기 시작했지만, 변이종이 자꾸 등장하고 있어서 불안이 그치질 않았다. 또한 코로나보다 몇 배 독한 놈이 나타날지 아무도 알 수 없었다.
　더구나 러시아의 우크라이나 침략전쟁이 그칠 기미를 보이지 않으면서 사람들을 더 힘들게 하였는데, 세계의 빈국에서 8억 명이 굶주리자 현대문명은 근본적인 재고를 요구받기 시작했다. 세계 경제의 다중위기에 처하여 사람들은 식품과 에너지 부족, 주택과 일자리 문제로 고통받기 시작하였고, 조금이나마 그 시름을 잊어보려고 맑은 공기와 햇빛을 찾아 여행을 다니기 시작했다. 특히 염기 가득한 바닷바람이 사람의 폐를 튼튼하게 한다는 속설에 좇아 바닷가를 최고의 힐링 처로 삼으면서 동해안은 최적의 피난처가 되기 시작했다.

백사장에 모인 사람들의 흥이 점점 고조되기 시작하자 그에 뒤따라 파도가 하얀 속살을 내비치며 어둠 속에서 조용히 일렁이기 시작했다. 어둠이 내려앉은 여름밤, 차가움 속에 열정을 감춘 파도의 흰 속살은 매우 은밀하였다. 끊임없이 뻗어 휘젓는 파도의 손길은 대왕문어의 긴 다리처럼 모래톱을 거침없이 애무하였다.

깊어가는 여름밤, 사람들은 해변에서 열광하며 노래하고 떠들고 춤추다가 젊은 축들은 흥분을 이기지 못해 제풀에 쓰러지는 사람도 나왔고, 바닷물에 뛰어들어 열기를 삭이려다가 그만 파도 속으로 사라지는 사람도 있었다. 여름밤의 열기와 푸른 물과 그 위에 노니는 하얀 파도는 사람의 이성을 마비시키기 시작하였다. 그리고 공연 내내 여기저기서 불꽃놀이가 벌어지면서 사람들은 흥분에 들뜨고 있었다.

바닷물 앞에서 불춤이라는 기묘한 조화가 연출되는 해변에서 사람들은 무슨 한풀이라도 하려는 것처럼 앞다퉈 춤을 춰댔다. 아니 숫제 발광한다고 하는 편이 맞을 듯했다. 일종의 집단광기가 야음을 이용하여 불놀이처럼 나타나면서 장작불처럼 점점 심해져 갔다. 모든 사람이 놀이마당의 주인공이 되어 흥에 겨워 날뛰는 모습은 인간의 본성이 적나라하게 드러나는 현장이었다. 조금 과한 표현인지 몰라도 '소돔과 고모라'현상이 바로 이런 것이 아니겠나 싶을 정도로 무질서가 극을 향해 치달리기 시작하였다.

이런 흥미진진한 정경을 M 호텔 7층에서 무덤덤한 표정으로 내려다보는 사람이 있었다. 바로 K 대학 철학과 객원교수인 백철이었다. 그는 밤바다의 파도 소리에 넋을 잃어 3년 전에 이곳에 함께 투숙했던 아내 생각조차 잠시 잊었다. 이제는 먼 곳으로 떠나가고 없는 그녀였지만.

― 허허. 내가 무슨 생각을 하는 거야. 젊음의 열기를 질투하는 거야? 아냐. 나를 위로하려고 온 거잖아. 그런데 뭔가 좀 이상하게 돌아가고 있는 것 같구나.

그는 자문자답하며 록 페스티벌의 열기 뒤로 펼쳐지는 파도의 하얀 물거품을 바라보고 있었다. 뭔지 모를 기이한 일이 일어날 것 같은 예감이 들어서였다. 백철은 동양철학을 전공하고 명리학에도 제법 조예가 있는 사람이었다. 또한, 천문학과 종교학 그리고 역사학에도 일견을 가진 괴짜로 소문이 난 사람이라, 학계보다는 재야의 고수들에게 더 잘 알려진 인물이고, 계룡산 신녀들에게는 오라버니로 통하는 일종의 신남(神男)이었다. 신내림을 받지는 않았지만, 그의 신기는 대단한 것으로 소문이 났었다.

― 그렇지. 요즘처럼 전쟁과 질병과 범죄 그리고 극심한 빈부 격차와 지진, 산불 등 자연재해로 인한 인명사고가 덮쳐 뒤숭숭한 갈등 세상이 된 것은 신의 뜻이 아냐. 모자란 인간들이 욕심에 빠져 만든 생지옥인데도 하늘을 원망하지만, 결국 사람이 만든 업보야. 사람들이 혼과 질서를 잃었다는 방증이지. 인간이라는 소우주가 병이 들었어. 지금 인류는 분명히 대 질환을 앓고 있어. 만물의 영장이라고 뻐기며 으스대지만, 서로를 못 믿고 질투하고 빼앗고 심지어 죽거나 죽임이 다반사로 일어나, 인간 스스로 지구와 사회의 파멸을 자초하고 있건만 미련하게도 모든 재앙을 자연이나 질병에

전가하고 있구나. 인간의 다툼은 하늘과 우주로 이어져서 그 결과가 반드시 반사되어 지구에 돌아오기 마련인 것. 인간과 우주는 하나라서 인간의 행위는 그대로 우주에 영향을 미치건만 그걸 모르고 맹목적으로 하늘을 원망하는 사람들이 늘어나니 종국에는 지구가 버티기 힘들 거야. 아득한 옛날, '빅뱅'이 나타나 우주가 생성됐다면 그와 반대개념의 거대한 소멸도 있을 수 있지. 생자필멸의 법칙은 우주라고 다를 게 없을 거야. 이제는 '빅뱅'이 아니라 '빅익스팅' 또는 '빅데스' 같은 것이 일어날 개연성이 충분해. 생자필멸이라, 태어난 것은 반드시 소멸하는 것이 우주의 법칙이니까.

　백철은 턱을 괴고 앉아 점점 파도가 높아지는 바다를 보며 이상한 상념에 빠져 헤어날 줄을 몰랐다. 밖에서는 여전히 유리지붕이 깨지는듯한 날카로운 노랫소리가 들려오는데 파도 소리가 점점 높아지고 바람도 더 불어오기 시작하여 노래는 서서히 묻히기 시작했다. 그때 하늘에서 천극신(天極神)의 묵직한 음성이 그의 귀에 들려오기 시작했다.
"나는 지구인들이 말하는 천신이다. 모든 존재는 생성과 사멸을 반복하기 마련이다. 지구라고 사멸하지 말란 법은 없노라. 이미 4억 년 전에 지구 행성이 '빅데스'로 가는 중간 단계로 지구에 네 차례의 빙하기와 다섯 번의 대멸종이 나타났잖느냐? 지구가 생겨난 지 45억6,600만 년인데, 8억년 가까이는 거의 얼음에 묻혀 지낸 세월이었다. 지구에 생명체가 등장한 것은 37억 년 전, 더구나 현생인류는 겨우 600만 년 전에 등장했으니 수많은 포유류가 멸종된 뒤 나타난 운 좋은 생명체일 뿐, 만물의 영장이라는 오만은 무의미한 것이니라. 아니 신에 대한 도전이니라. 아무튼, 지구라는 생명체는 6,600만 년 전에 공룡을 포함하여 70% 이상의 생명이 멸종당했느니라. 그런데 뒤이어 또 다른 혼돈이 예상되니 더 큰 파멸을 예방하려고 지구 생명체가 스스로 변화를 도모할 것이다. 앞으로 200년 뒤면 지구에 있는 생물 종의 30%가 사라질 것이다. 그러니 지구 스스로 살 방도를 찾아내려 애쓰는 것은 당연한 것이 아니겠느냐? 지금 지구는 많이 지쳐있어 살기 위해 몸부림을 치는 것이다. 생명체로서는 당연한 일인데 너희 인간은 그것을 모르고 하늘을 원망하는 도다."

백철은 천극신의 말에 응답하면서 이렇게 물었다.
"천신이시여, 현재의 자연법칙이 깨진다는 말씀이옵니까?"
"그렇다. 지금 이 땅에 4계절이 확연히 있느냐? 하장동단(夏長冬短)이라. 여름이 길어지고, 겨울이 짧아진 대신 혹한과 혹서가 교대로 나타나 지구의 기후를 거의 무질서로 만들고 있잖으냐? 어둠과 빛이 균형을 이뤄야 살 수 있는데, 지금 지구는 온통 빛 천지로다. 밤이 사라졌으니 지구라는 생명체도 쉼을 잃었도다. 그래서 지구는 쉼이 필요하다. 너희 인간도 피곤하면 쉬어야 하듯이 말이다. 그 쉼은 곧 잠이요, 잠은 어둠이라는 것은 다 아는 사실이 아니냐. 빛과 어둠이 공존해야 살 수 있는 지구가 빛과 열에 시달려 온난화가 지속하면 서서히 얼음나라로 바뀌고 말 것이다. 이어서 어둠의 세상이 오면 인간에게는 생로병사는커녕 생존조차 불가능해지지.

아니 인간이라는 존재 자체가 수억 년 후에 얼음이나 돌 속에서 화석으로 드러나 고고학 자료가 될 수도 있다. 아니면, 우리은하가 빛을 잃어 암흑 세상으로 변해버리고 말지도 모른다. 그야말로 '빅데스(big death)'가 나타나 모든 것이 사멸한다. 그러니 너희 인간에게 지금이야말로 혁명적 사고가 필요한 때로다. 지구가 우주의 중심이라는 천동설(天動說) 같은 허무한 신앙을, 과학적인 연구를 통해 지구가 태양을 도는 지동설(地動說)로 바꾸듯이 말이다. 분명히 말하건대, 이제부터는 하늘이 만들어 준 세상의 본질이 바로 자연이라는 겸허한 태도로 세상과 사물과 사람을 대해야 하느니라. 자연이 무너지면 사람도 지구도 같이 망하게 될 테니 말이다."

 백철이 그 말을 들으며 하늘을 올려다보는데, 툭 튀어나온 거대한 동심 원형의 지형이 빙글빙글 돌면서 그의 눈앞에 나타났다. 생전 처음 보는 무시무시한 눈처럼 생긴 산, 아니 둥근 산맥에 백철은 그만 아무 말도 할 수가 없었다. 그것은 '지구의 눈'이라고 불리는 '사하라의 눈'이었다. 지름이 무려 50km에 달하는 돌출된 눈 형태의 지형은 5억 년 전에 생성된, 우주에서도 볼 수 있다는 괴이하고 거대한 구조물이다. 이 원형 단층은 압력과 팽창, 그리고 침식 때문에 중심을 가진 원 모양을 가지게 되었으니 지구의 최후를 바라보고 증언하는 역사적인 눈이 될지도 모른다. 그 '지구의 눈'이 눈꺼풀을 위로 뜨기 시작한 순간 백 교수의 뇌리에는 갑자기 '홍익인간(弘益人間)' '재세이화(在世理化)'라는 용어가 맴돌았다. '널리 인간 세상을 이롭게 하고, 세상을 우주의 이치로 대해야 하느니라' 그렇게 말하는 듯했다.

― 아, 우주뿐만 아니라 지구에도 눈이 있구나. 그렇다면 지구는 우리 인체와 다름없는 큰 인간이다. 버림받다시피 한 아프리카 사하라사막 한가운데에 지구의 눈이 있다니, 태초에 이곳이 지구의 가장 중요한 땅이었음을 증언하는구나. 그래, 22만 년 전 사하라사막은 세 개의 강이 흐르고 숲이 울창한 삼림지대였는데, 인간의 과욕으로 폐허가 되고 말았지. 지구를 일회용 소모품쯤으로 여기고 함부로 다룬 결과 인간이 벌을 받고 있구나. 그 '지구의 눈'은 단순한 바위가 아니라 우주 이성의 눈, 바른 이치를 감시하는 눈이로구나.

백철은 거기에 생각이 미치자 약간의 공포심이 일었다.

그는 머리를 식힐 겸 밖으로 나와 천천히 소나무 숲길을 걸었다. 해변에서 노랫소리가 그치자 파도 소리가 더 크게 들리는 숲속에 들어서니 바캉스족들이 여기저기 텐트 안에서 술을 마시거나 노래를 부르거나 게임을 하는지, 왁자지껄했다. 그리고 으슥한 어떤 텐트에서는 젊은이들이 열띤 사랑을 나누고 있었다. 그들이 내 뿜는 열락(悅樂)의 소리는 백철의 가슴에도 파도로 밀려오기 시작했다.

― 그래, 어쩌면 참사랑은 생명 창조의 원초적 기쁨이니 인간이 범한 수많은 죄악에서 비롯된 우주의 노여움을 풀어줄지도 몰라. 인간은 소우주 같은 존재라서 잉태하고 출산하는 일이 우주가 수천억 개의 별을 생성하는 것과 같을 테니까. 하지만 별을 생산하는 올바른 절차가 아니라도 괜찮을까?

그는 이런 생각을 하며 다시 해변으로 걸어갔다. 그때 소나무 숲 사이로 여덟 그루의 배롱나무가 꽃을 가득 안고 서 있는 것이 보였다. 백사장은 온통 별 무리가 가득 반짝이고, 아까 플래시가 난무하던 백사장이 지금은 별의 천지가 되어 있었다. 설마 저 많은 모래알이 별이 된 것일까, 생각하며 해안 모래사장을 바라보고 있었다.

그때, 모래 속에서 기이하게 생긴 생명체들이 알에서 갓 태어난 거북이 알처럼 꿈틀대다가 일어나서 춤을 추기 시작했다. 자세히 바라보니 육면체의 별이었다. 세상에, 땅에서 별이 솟아오르다니. 도무지 이해가 가질 않았다. 그는 그 모습을 바라보다가 두려움이 일어 방으로 올라와 별들의 춤사위를 내려다보았다. 백사장에서는 여전히 형형색색의 별들이 춤을 추고 있었다. 참으로 장관이었다.
 - 아, 고객을 불러 모으려고 시장번영회나 지자체에서 준비한 퍼포먼스인가?
그런 생각에 빠져 있을 때였다. 갑자기 사위가 적막에 휩싸이더니 고히 잠들었던 수많은 새들이 우짖으며 어디론가 날아갔다. 그러자 저 멀리 어두운 수평선에서 거대한 검은 손들이 해일처럼 일어서더니 빠른 속도로 서너 겹의 하얀 파도를 김밥 말 듯이 말아서 밀어내며 백사장으로 들이닥쳤다. 마치 구룡반도 호미곶에 있는 '상생의 손' 조각상과 비슷하게 생긴 거대한 손이 해일 같은 커다란 너울성 파도를 몰아오고 있었다. 파도가 얼마나 큰지 해변과 숲속을 덮을 정도였다. 너무나 갑작스러운 파도의 급습에 사람들은 텐트를 박차고 나와 아악! 비명을 지르며 도망치기 시작했지만 많은 사람이 파도에 쓸려가고 말았다. 그야말로 순식간에 일어난 일이었다. 영화 〈해운대〉에서 거대한 해일이 도시를 덮치는 형세와 비슷하였다. 파도를 몰고 달려온 큰 손을 언뜻 보니 킹콩 같기도 하고 고래나 상어 같기도 했는데, 순식간에 들이닥친 모습은 그냥 검은 구름 같은, 아니 괴기영화에 나올법한 머리를 풀어 헤친 거대한 마왕의 형상을 한 물체였다. 그것은 흡사 장마철에 볼 수 있는 큰 저수지의 용오름이나 드넓은 평원에서 일어나는 토네이도의 검은 머리 같기도 하였다. 사람들은 혼비백산하여 비명을 지르며 서둘러 도망치듯 떠났다. 그러자 그 흑마(黑魔)는 – 그렇다. 흑마라고 불러야 제격일 것 같다.– 뒤로 물러서는가 싶더니 다시 한번 거대한 해일을 입으로 내 뿜으며 해변으로 들이닥쳐 숲을 쓸어가 버렸다. 마치 남극 해변에서 큰 고래가 파도를 이용하여 몸체를 감추고 있다가 펭귄이나 바다사자 새끼들을 낚아채 가듯이 그 흑마는 단숨에 쓸어갔다. 해안가 숲은 큰 나무만 서 있는 곳이라서 파도가 들고나기가 한결 쉬워 천막들은 온데간데없이 사라지고 말았다.

잠시 후 해양경찰이 비상 사이렌을 울리며 도착하였고, 해상구조대가 피해 상황을 조사하였다. 바다는 언제 발광했냐는 듯이 다시 고요를 되찾았고, 해변은 끓는 수제비 솥 가장자리에 거품이 일 듯 잔물결만 사륵대고 있었다. 조사 결과에 따르면, 30여 명의 청소년이 순식간에 실종되고 말았다. 그들은 서울에서 캠핑온 대학생들이었다. 해양구조대는 몇 시간 동안 바닷속과 해변 일대를 수색했으나 사라진 사람의 흔적은 어디에도 없었다. 정말 귀신이 곡할 노릇이었다. 큰 파도가 들이닥쳐 소나무 숲은 다 부러지거나 넘어져 있는데, 여덟 그루의 배롱나무는 여전히 단단한 몸에 꽃을 안은 채 의연하게 서 있어서 사람이 나무로 변했나 싶기도 하였다.

　백철은 하도 기가 막히고 무서워서 여명이 밝아올 때까지 한잠도 못 자고 창밖을 바라보고 있었다. 백사장에는 어느새 그 많던 별들이 자취를 감추고 평온만이 감돌았다. 해가 떠오르려는 지 여명이 불그스레한 기운을 파도에 실어 보내더니 갑자기 부연 해무가 한바탕 모래사장을 휘감고 돌았다. 그 뒤를 이어 검은 안개 꾸러미가 그물처럼 넓게 퍼지면서 육지로 서서히 올라와 뒷산으로 올라가 버렸다. 마치 오랜 바다 생활에 지친 어부가 자기 집으로 달음박질로 찾아가듯이. 백철은 그 모습을 똑똑히 보았다.
　- 아. 그 검은 괴물은 바로 큰 산불에 그을고 타버린 산의 정령(精靈)이었구나. 그럼 산불에 화가 난 산신의 노여움을 해신이 받아주며 서로 통하였다는 것인가?
　백철은 무릎을 쳤다. 몇 년 전, 강원도 고성 일대에서 일어난 큰 산불로 온 산이 모두 새까맣게 타버렸고, 뒤이어 울진과 삼척 강릉 일대에서 다시 대형 산불이 일어나 거의 한 달 동안 산을 태웠었다. 그 산불로 타 없어진 나무들은 분명 생명체였고, 죽은 나뭇재와 사목(死木)들이 동해로 흘러내려 재띠를 형성하여 그 커다란 띠가 동해를 빙빙 돌아다녔다. 집 잃은 나그네처럼 제 살던 땅을 바라보면서 물속에서 슬피 울며 떠돌았다. 그때 그 산불 재를 다독여

준 것이 동해의 용왕이었다. 전설 같은 얘기인지 모르지만, 동해 용왕은 산불의 잔재들을 자기 품에 안고, 산을 태운 죄를 물어 춤판을 벌이는 젊은이들을 보속(補贖) 대용으로 데리고 가 버린 것이다. 무지한 인간이 자연의 죽음 앞에 경건해 하기는 커녕 나락으로 떨어지는 모습을 더는 볼 수 없었던 것이다.

그다음 날부터 바닷가에는 흑마가 나타나지 않았고, 밤이면 백사장은 다시 별들로 가득 찼다. 밤하늘의 별들이 모조리 해안으로 내려온 듯 눈이 부셔서 사람들은 황홀해 하다가 이전의 사고 때문에 두려워서 접근을 꺼려하며 멀리서 감상만 하였다. 해변에서 횟집을 하는 한 여인이 가게 문틈으로 내다보다가 이웃 가게 여인에게 이렇게 말했다.
"이건 분명히 산신님과 용왕님이 노하신 거야. 사람들이 산불을 많이 내고 바다를 더럽히니까 벌을 내리신 게야."
"맞아요. 형님. 용왕님이 노하셨나 봐요. 이제 어찌 된대요. 장사를 못 하는 것은 아닌가요?"
두 여인이 그런 말을 나누는 사이에 백사장에서 놀던 별들은 순식간에 해안가를 말끔히 청소하고 나서 북으로 이동하여 휴전선을 넘어 해금강과 금강산 일대에 동화 같은 마을을 만들어 놓고 돌아왔다. 사람들은 이제 별들의 향연이 펼쳐지는 백사장에서 감히 난장을 펼칠 생각을 하지 못한 채 경건하게 손을 모아 소원을 빌었다. 청진에서 피난 왔다는 한 할아버지는 '드디어 통일이 오는가 보다'라고 말하며 눈시울을 붉혔고, 어떤 할머니는 해설가를 자처하면서 이렇게 말했다.

"저 큰 별들은 분명 하늘에서 인간에게 보낸 경고이니라. 하늘의 별이 땅에 떨어져서 빛을 내니 하늘의 뜻이 지상과 연결된 것이야. 그러니 삼가 태성님들을 경배하고 매사에 근신해야 하느니라."

사람들은 해안부대와 경찰의 협조를 얻어 바다에 나갔다가 유명을 달리한 뱃사람들과 수영객들을 위한 추모제를 치러주었다. 그렇게 하자 일주일이 지난 어느 날, 갑자기 많은 별이 사라지고, 큰 별 일곱 개와 작고 빛이 강한 별 하나가 백사장을 장식했다. 마치 운동회가 열리는 학교 운동장에 만들어 세운 조형물같이 아름다운 왕별들이 조용히 반짝이고 있었다. 아울러 배롱나무들도 꽃을 흩날리며 별빛에 화답하고 있었다. 밤이 이슥하여 은하수가 그 빛을 더하고 여기저기서 별똥별이 떨어지기 시작할 때 백사장에서는 기이한 일이 벌어졌다. 그때는 파도도 잠잠하여 마치 천지가 숨을 죽인듯했고, 바람도 불지 않았다. 심지어 왁자지껄하던 술집에서조차 누군가 단속이라도 한 것처럼 조용할 때였다.

여덟 개의 별들이 배롱나무 숲으로 들어와 강강술래 하듯이 나무를 에워싸고 빙빙 돌며 노래하는 것이 보였다. 그야말로 별들의 노래, 아니 별들의 찬가였다. 어디선가 은은하게 배롱나무와 별들의 향 내음이 퍼지기 시작했다. 일곱별과 샛별이 부르는 노래는 도무지 현대인은 알아듣기 힘든 소리요 음이었다. 별이 노래하다니, 정말 꿈같은 광경에 사람들은 두 손을 모으고 바라보았다. 노래 가사는 이러했다.

아이사타 사타려와
아이사타 사타려와
파나류 지산에 흑수 백산에
하라돋지 사타려와
하라돋지 사타려와
신단수 신시에 아사달 쥬신에 빛이 와
어비이 지이야 하늘이시여
이제는 우리를 어비이 지이야
다물내 나미홀 다물내 나미나
이제는 아리 쥬신 돌아와

그 노래는 동방에서 수천 년을 전해오는 〈태쥬신가〉였다. '태쥬신'이라는 말은 '위대한 조선'이라는 말이다. 조선(朝鮮)이란 '태양이 뜨는 아침의 나라'라는 의미로 동이족이 세운 고대국가의 통칭이었다. '다물'이라는 말은 고구려의 건국이념으로 '고조선의 옛땅을 되찾는다'는 의미를 지닌 순 우리말이다.

칠태성과 샛별은 이 노래를 몇 번이나 반복해서 부르면서 춤을 추기 시작했다. 처음에는 승무(僧舞) 같은 고요한 춤사위로 시작하더니 이어 장터 굿 형태로 바뀌고, 종내에는 비트 음악으로, 로큰롤로 바뀌면서 춤도 격렬해졌다. 그 노래에 맞춘 듯 다시 바닷바람이 불고 물결이 일기 시작했다. 그리고 별똥별들이 무수히 쏟아졌다. 사람들은 넋을 잃은 듯 그 광경을 바라보았다. 그러자 삼신(三

(神)할미를 자처하는 여인의 입에 빛이 하나 들어가자 더 높이 덩실덩실 춤추며 노래를 불렀다. 여린 그녀의 몸에서 어찌 그런 소리가 나오는지 모를 정도로 그녀는 강렬한 음성으로 해변을 장악했다. 마치 웅변하듯, 창자를 에는 듯한 노래가 이어졌다. 그녀의 노래에 맞춰 파도도 함께 출렁였다.

생명이 탄생한 곳, 신성한 그곳에
인류가 탄생한 곳, 신성한 그 성지에
파나류(천산) 지산에, 흑수 백산에
태양이 뜨는 곳, 신성한 그곳에
태양이 뜨는 곳, 신성한 그 성지에
신단수 신시에, 아사달 쥬신에 빛이 와
어여삐 여기소서, 하늘이시여
이제는 우리를 어여삐 여기소서
잃어버린 강과 바다와 땅을 되찾으니
이제는 옛 조선의 큰 영광이여 돌아오라

탐랑성(貪狼星)이여
거문성(巨門星)이여
녹존성(祿存星)이여
문곡성(文曲星)이여
염정성(廉貞星)이여
무곡성(武曲星)이여
파군성(破軍星)이여
천상의 북두 일곱 성좌여

그리고 사랑의 샛별 공주여
  하늘의 무궁한 지혜와 용기를 동방 군자국에 펼쳐주소서

 그녀는 〈태쥬신가〉를 즉석에서 풀어 노래했고, 북두칠성 신과 샛별 신을 찬미하며 경배하였다.
 그날 밤, 별들은 새벽까지 동해바닷가와 해금강, 금강산, 삼일포에서 노닐다가 어디론가 사라졌다. 그 별들이 사라진 금강산과 해금강 일대는 갑자기 열대우림 같은 모습으로 바뀌고 말았다. 바나나와 파인애플 농사를 짓는 사람도 보였다. 백철은 머지않아 이 땅이 아열대 기후로 변할지도 모른다는 생각에 부르르 몸을 떨었다.
 잠시 눈을 감고 그 별들이 향한 곳을 탐색하니 바로 강화도 마리산이었다. 마리산은 7만 년 전까지 서해가 육지였을 때 중국 산동성 태산과 맥이 이어진 길산(吉山)이었고, 마리산에 참성단이 있는 것은 중국 산동성 태산(泰山)에 있는 천단(天壇)과 맥을 같이 하는 것이었다.
 그날 이후 마리산 참성단에는 일곱 별이 밤마다 떠서 등대처럼 천단을 비추었는데, 얼마나 빛이 영롱했는지 사람들은 그 빛을 '마리산 오로라'라고 불렀다. 그 오로라의 영험이 알려지면서 많은 사람이 찾아와 기도하고, 천제를 지내기도 하였다.
 그 후로 강화도 마리산은 서울의 북한산, 북한 개성의 송악산과 묘향산 그리고 중국 산동성의 태산과 요녕성의 의무려산을 이어주는 기운이 충만한 신묘한 명산이 되었다.

천극신(天極神)의 분노

천체의 중심에서 밝게 빛나는 북극성과 그 주위를 도는 북두칠성의 운행. 우리 민족의 전통종교인 신교(神敎)에서는 이 두 별이 인간의 생사길흉과 연결되어 있다고 보고 숭배해왔다.

천극신(天極神)의 분노

　동해에 나타났던 큰 별 무리와 검은 마왕은 타락해가는 인간성을 경고하고, 죄의식을 잃어가는 지구인들에게 각성과 반성의 기회를 주기 위해 은하계를 주관하는 천극신(天極神)이 내려보낸 하늘의 사신들이었다.
　그렇다면 천극신은 누구인가? 그는 우주 만물을 창조한 여호와 하나님, 천제, 하느님, 신(god), 절대자로 불리는 창조주를 말한다. 그 천극신은 모 종교에서는 하늘에 계신 아버지이며 아니 계신 데가 없다고 추상적으로 말하지만, 우주의 중심인 북극성에 좌정해 있다고 믿는 것이 초원문명권에 사는 사람들이 갖고 있는 아주 오래된 신앙이었다.

　아무튼 하늘에서는 하늘의 뜻에 반하는 지구 인간들의 활동에 제동을 걸어야 할 때가 왔음을 인지하였다. 인간의 사악함을 징계한 '노아의 방주' 사건 이후에 4천 년간 인간 세상은 그런대로 조용하였었다. 하지만 중세에 접어들어 종교조차 타락하여 영혼의 소금 역할을 못하였고, 18세기부터 300여 년간 전쟁과 다툼이 지속되고, 인간이 세상을 죄악의 구렁텅이로 몰아넣는 점을 하늘은 우려하였다. 그 우려에 대한 경고는 유성(별똥별)의 발생과 충돌이 해가 갈수록 증가하는 것, 기후 급변으로 인한 자연재해의 급증과 온난화의 가속화 등으로 지구인들의 눈에 보이기 시작하였다. 하지만 인간은 그런 이변의 원인이 어디서 비롯된 것인지를 놓고 서로를 비난하거나 남 탓하기에 급급하였을 뿐, 하늘의 지극한 우려를 읽지 못했다. 지구인들은 지구가 스스로 병들어가는 현상을 기후변화라는 자연 탓에 돌리거나 ET 같은 외계인의 지구침략이 다가왔다는 등 헛소리를 하며 사이비 과학에 의지하는 푸닥거리를 벌이고 있었다.

인간의 인식을 넘어선 우주적인 존재를 우리는 미확인물체(UFO)라 부른다. 그런데 지구인들이 본 UFO는 추상적인 외계인이 아니라 우주의 정령으로서 감추려 해도 속일 수 없는 실체임이 드러났다. 미 국방성은 2022년 5월, UFO 400개가 인간의 능력으로는 확인할 수 없는 물체라고 발표하였다. 이제까지 별것 아닌 것으로 치부해왔지만 더는 속일 수 없는 지경에 도달했음을 실토한 것이다. 이것은 인간의 기술과 실력으로는 도무지 알 수 없는 존재가 우주에 있다는 최초의 고백이자 지구과학자들의 양심선언이다. 그로 인해 이제 우리는 UFO에 대해 새로운 정의를 내려야 할 때가 되었다.

밤하늘에 불타며 사라지는 유성이 '어둠의 정령'이라면, 외계인의 형상을 하거나 다른 모습으로 나타나 높은 빛을 내며 뭔지 모를 자체 활동을 하는 비행물체는 인간에게 경각심을 안겨주는 '천극신[우주신]의 경고'라고 여겨야 할 것이다. 이런 하늘의 뜻을 간파하지 못한 인간은 외계인의 시체를 목격했노라, 외계인이 곧 지구를 침략할지도 모르니 우주 전쟁까지 준비해야 한다는 철딱서니 없는 주장을 서슴지 않았다. 언론도 사이비 과학이론을 들먹이며 우주 정복 이야기들을 소설처럼 쏟아내곤 했다. 마치 우주는 인간을 위해 존재하는 것처럼 으스대면서 천문학적인 비용을 들여 장난감 같은 위성을 쏘아대고, 핵무기라는 극단의 파괴 무기를 만들어 지구 자체를 병들게 하고, 우주를 쓰레기장으로 만들면서 소수의 이익을 높이려는 어리석음을 범하기 시작했다. 이것은 개미 한 마리가 죽을 둥 살 둥 하여 겨우 동네 뒷산에 올라간 것을 두고 히말라야 정복이라는 교만을 떠는 것과 같았다. 아니, 한 컵의 물을 태평양에 붓고 그로 인해 수량이 증가하여 쓰나미가 발생했노라 의기양양해하는 어리석은 주장과 같았다.

- 허허, 큰일이구나. 80억 지구 인총 중에서 8억이 굶주려 목숨이 경각에 달려있는데 똑같은 신의 아들인 사람을 구제할 생각은 아니 하고 신의 영역에 세력을 뻗치려 들다니 괘씸하구나. 인간의 뇌와 상상력으로는 가늠할 수 없는 것이 우주라는 것을 왜 모르는가. 신의 영역을 침범하려는 인간계를 각성시킬 필요가 있구나.

천극신은 이렇게 판단하고 지구인의 각성을 위해 두 가지 방법을 활용하였다.

첫 번째는 지구에서 벌어지는 자연의 자정작용이자 자연의 회귀 몸부림으로 나타나는 수많은 자연재해를 그대로 방치하여 인간이 자연의 무자비한 공격에 접하여 스스로 깨달아 자연에 순종하도록 하고, 나아가 인간이 나약한 존재라는 점을 일깨워주려 하였다. 그 시도는 다양한 형태로 등장하였다. 지구인이 감당하기에 벅찰 정도인 진도 7 이상의 강력한 지진과 화산폭발, 쓰나미와 해일, 대규모 산불, 계절을 무시한 폭설과 집중호우, 홍수, 산사태, 지독한 가뭄의 지속, 극지방과 고산지대 빙하의 상실과 온난화, 식물계와 곤충계의 교란, 특정 동식물의 실종, 각종 특이 병균, 예를 들면 스페인독감, 홍콩 독감, 사스, 에이즈, 에볼라, 메르스, 광우병, 신종플루, 코로나19, 원숭이두창 같은 것들의 발생을 일체 방관하는 것이었다. 그런 시도는 천극신의 돌봄이 인간 세상에 얼마나 소중한 것인가를 깨닫게 하기에 충분했건만 인간은 여전히 인간의 과학기술 능력으로 그런 재해를 모두 이겨낼 수 있다고 오만하게 굴었다.

두 번째로 인간의 각성을 위한 시도는, 인간이 욕망을 제어하지 못하고 서로 파멸로 이끄는 무력전쟁, 인종싸움, 종교싸움, 산업현장에서의 사고 다발, 살상과 파업, 강도, 살인, 강간과 같은 극악무도한 범죄의 다발, 자살자의 속출, 마약의 창궐, 인륜 도덕의 타락, 이혼의 급증, 성의 파괴와 동성애자의 급증 등으로 인한 인성의 사악함을 보고 절망하다가 인간 스스로 자신들의 한계를 알고 이성을 되찾아 해결하는 노력을 기울여줄 것을 바랐다.

하지만 인간은 도전과 극복이라는 나름의 오도된 지혜로 신의 경종을 무시하고 오히려 더 많이 지구를 파괴하고 인성을 좀먹어 천극신이 태초에 만든 우주 질서를 어지럽혀놓았다. 심지어 자칭 세계 최고의 과학자라는 사람, 시인이라는 사람은 '신은 죽었다'고까지 극언을 퍼붓고, 인간의 파멸을 재촉하기도 했다. '신은 죽었다'는 말은 참으로 교만한 언동이었고, 그로부터 인간은 더욱 무도하고 악랄해지기 시작하자 지구라는 거대한 생명체는 인간을 외면하고 파멸을 향해 질주하기 시작하였다.

우리는 하루의 반이 밝음이고 반이 어둠인 줄 알지만, 그것은 지구에서의 단순 체험이요, 인간 인식의 한계일 뿐이다. 실제로 광대무변한 우주의 95%는 깜깜한 어둠이다. 우리가 인식하는 세계는 겨우 5% 정도라는 이야기이다. 그러나 어둠은 아무것도 없음이 아니라 엄연한 암흑물질이요 암흑에너지로서 천극신의 보호를 받는, 빛의 세상보다 더 크고 중요한 역할을 하는 세계이다. 이 암흑물질의 가치를 알지 못한다면 우주의 원리나 에너지를 알 수가 없어서 우주가 그냥 신비하고 무서운 존재로 여겨질 따름이다. 이 암흑을 어떤 이는 공(空)이라고 정의하기도 했는데, 이 공이란 없음이 아니라 무한 가능성을 뜻하는 것이다. 비움이라는 것은 없는 것이 아니라 그 자체가 이미 존재하는 형상인 것이다. 따라서 하늘이나 우주는 거대한 형상이자 에너지 덩어리이다.

우리는 인간을 소우주라고 부른다. 이 말은 인간의 신체와 영혼은 우주의 축소판이라는 이야기이다. 이를 뒤집어 말하면, 우주도 육체와 영혼을 지닌 생명체이다. 인간의 피부나 외부로 돌출된 오관은 신체의 5% 정도일 뿐이다. 눈에 보이지 않는 오장육부의 장기와 핏줄, 그리고 뼈와 살, 신경 등이 95%를 차지한다. 그리고 인체의 신비한 속성이나 에너지를 살피건대, 인간 의술로는 5% 정도밖에 헤아리거나 치료하질 못한다. 한 예로, 의사가 6개월밖에 못 산다고 시한부 판정을 내린 암 환자가 마음을 비우고 깊은 산으로 들어가 자연과 함께 생활하면서 -우주의 기를 받아 살면서- 자연 치유되어 상당히 오래 사는 현상을 본다. 필자의 지인도 3개월 시한부라는 폐암 말기 선고를 받았지만, 산(자연)으로 들어가 작은 텃밭을 일구며 자연식을 하여 10년 이상 살다가 갔다. 추위와 더위, 식사와 보온 등을 자연에 맡기다시피 하고 살아서 천명을 다한 것이다. 이것은 자연이 지니는 본연적인 에너지가 자연에서 멀어짐으로써 병을 얻은 사람을 회복시킨 예이다.

　그래서 자연은 인간의 본성이자 어머니이다. 이처럼 자연으로 돌아가는 훈련을 자주 하는 것, 죽어서 흙으로 돌아가려 말고 살아서 자연과 친화하는 것이 건강과 수명을 연장하는 방법이라는 것, 인간의 육신이란 정신의 그릇이므로 건강하게 관리해야 한다는 것을 천극신은 알려주건만, 인간은 도리어 육체의 쾌락에 탐닉하여 건강을 해치고, 삶의 환경이 극도로 사악한 도시를 만들어 자기들의 명을 재촉하고 있다. 사람은 복잡하고 비위생적인 도시를 만들어 싸우고, 도시는 사람을 점점 죽음으로 내모는 현상이 나타나고 있는 것이다.

　재언컨대, 자연과 우주의 기운은 사람의 눈에 보이는 것이 5%요, 안 보이는 것이 95%이지만 각기 독립적인 존재가 아니라 상통하는 것이다. 이런 진리는 암흑에너지의 실체와 가치를 아는 지혜로운 사람에게만 허락하는 천극신의 선물이다.

 이러한 암흑물질과 암흑에너지 이야기는 곧 우주가 크기를 가늠할 수 없는 인간의 모습을 한 무한대의 생명체라는 말이다. 인간이 작은 생물이라면 우주는 매우 큰 생명체이다. 그런데도 인간은 인간 생명권과 인권의 존엄성, 생활권은 강조하면서 지구상에 존재하는 여타 생명의 천부권, 우주의 생명권과 우주권(宇宙權)의 존엄에 대해서는 가타부타 언급이 없고, 초자연의 세계라는 모호한 말로 얼버무리면서 아예 연구조차 하지 않으며 외면해왔다. 그래서 자연의 한 분자나 원자에 불과한 인간이 대자연을 정복한다는 무례한 용어를 사용하고, 그런 허튼 정책들을 남발해 온 것이다. 이에 천극신은 인간을 계도하고 벌할 방도를 찾고 있었다. 물론 단번에 지구 자체를 소멸시킬 수도 있지만 그것은 창조주로서의 본무가 아니라고 생각한 것이다.

 - 아무리 지혜가 부족한 인간일지라도 우주를 공허하고 가치 없는 어두운 공간으로 치부하거나 지구 쓰레기를 내다 버리는 쓰레기장으로 만들어 우주를 더럽히고 병들게 하다니 괘씸한 일이로다.

 - 자신들이 살아가는 지구파괴에 앞장선 인간들이 생명의 원천인 우주까지 병들게 하는 망동을 벌여 결국 우주 파괴로 이어지는 것이니, 이것을 내 어찌 방치할 수 있겠는가?

 행성 가운데 지구인에게 가장 가까운 금성은 지구보다 매우 뜨거워서 사람이 살지 못하지만, 지구인들이 화성 못지않게 사랑하는 상서로운 별이다. 그 샛별에는 샛별 공주라는 여신이 살고 있었다. 어느 날 샛별 공주가 잠시 집을 나와 우리은하계를 여행하였다. 그녀가 먼저 찾은 곳은 은하수 곁에 있는 남두육성(南斗六星)의 여섯별이었다. 멀리서 바라보니 주전자 모양의 거대한 별점이 보였다.

"거기 반짝이는 여섯 별님은 누구신지요?"

그러자 주전자 모양의 꼭지에서 빛을 내는 큰 별이 말했다. 아주 고운 미인 별이었다.

"우리는 남두육성이라는 여성별이오. 남쪽 하늘에서 인간의 행운과 장수를 지켜주는 별이라오. 세상에서는 우리를 우유 국자(milk deeper)라고 부르기도 한다오. 엄마별이라고나 할까요. 지구에 사는 인자한 여성별들은 모두 우리와 같은 인간별이오."

그 말을 들은 샛별 공주는 우유 국자라는 말이 너무 정감이 가서 호호호! 하고 웃었다.

그다음 그녀가 찾아간 곳은 북두칠성(北斗七星)이었다. 일곱의 남성별들이 국자 형상을 하고 천극신이 사는 북극성을 천천히 돌면서 은하계의 질서를 잡아주고 있었다. 그녀가 그들에게 물었다.

"이토록 강한 빛을 띠고 운행 중이신 별님들은 누구신가요?"

그녀의 말에 국자 모양의 손잡이 부분에 있는 탐랑성이 대답했다.

"우리는 북두칠성이라 하오. 천극신께서 우주라는 대양에 작은 돌을 던져 물수제비 뜨는 놀이를 하다가 방울마다 별이 생겨 일곱 별이 생겼다오. 하하하, 그건 농담이고, 우리는 북쪽 하늘에서 우주의 운행을 돕고, 인간의 생명 즉 탄생과 죽음을 주관하는 별이

오. 인간들은 우리에게 치성을 드리면서 신생아의 잉태와 무병장수, 질병의 치유를 빌고 있소. 하지만 저승사자를 우리가 가지고 있어서 생애가 끝난 생명을 지구에서 회수하는 임무도 맡고 있다오. 그렇게 회수한 것들은 무한 공간인 블랙홀에 넘겨 사라지게 한다오. 밤하늘에는 아름답게 반짝이지만 사실은 준엄한 사명을 띠고 있어요."

그 말에 샛별 공주가 잠시 움칫하자 거문성이라는 두 번째 별이 부드러운 목소리로 말했다.

"두려워 마시오. 사람도 별도 나아가 태양까지도 생명이 다하면 사멸하는 것이니까. 또 사멸이란 사라지는 것이 아니라 형체가 변하는 것뿐이오. 나무가 타면 재가 되고 또 그 재가 거름으로 변하여 뭇 생명을 살리는 것처럼. 그런데 그대는 참으로 매력 있는 별이구려. 남두육성은 아닌 것 같은데, 기운이 선하고 강하구려. 참 멋진 요정 같은 별이오. 이제부터 우리는 그대를 행운별이라 부르겠소. 우주와 지구를 구하는데 우리와 함께해주시겠소?"

그 말에 샛별 공주는 흔쾌히 동의하고 샛별로 돌아왔다.

그로부터 얼마 뒤 샛별 공주는 천극신을 찾아가 우주의 생김새와 규모 그리고 이웃 별에 관해 많은 이야기를 들었다. 일종의 우주 학습을 한 것인데, 그녀가 들은 이야기를 종합하고 스스로 깨달은 바를 적어보면 이렇다.

- 우주는 '빅 휴먼(big human)' 즉 거대한 생명체이다. 우주는 약 2,000억 개의 은하와 2,000억 개의 태양, 700해(垓.7조×100억)에

달하는 별들을 거느리고 있는데, 상상하기 힘든 '거대한 천간(天幹)'이다. 〈성경〉에 사람은 하나님의 모습과 같이 창조되었다 했으니 우주의 모습과 외형 내형의 구성 역시 인간과 같아서 우주라는 생명체도 이성과 감성 그리고 근육과 뼈, 신경, 피와 오장육부가 있다. 우주는 암흑과 그냥 돌덩이가 아니라는 얘기이다. 그보다 더 중요한 것은 우주는 인간의 지혜보다 수천억 조, 아니 계량할 수 없을 정도로 더 지혜롭다. 우주의 지혜는 그 크기를 헤아릴 수가 없다. 인간이 100년짜리 소우주라면 2,000억 개의 은하가 모인 은하계는 중우주이며, NASA가 말하듯 크기가 940억 광년인 대우주는 영원한 생명이다. 사람이 영생을 원하거든 우주의 정신과 섭리에 따라 살면 된다.

- 우리가 눈으로 보는 우리은하(미리내)의 크기를 보면, 지름이 10만 광년(9,468경 km)이고, 두께는 2만 광년(1,800경 km)에 달하는 크기의 별 무리로서, 지구의 74조 크기이다. 또 우리은하에 살고있는 별의 수는 약 3000억 개이다. 하지만 우리은하 이웃인 안드로메다은하는 1조 개의 별이 있다. 은하마다 크기와 별의 숫자가 다르다는 말이다.

- 지구 행성이 소속된 태양계는 우리은하의 오리온 좌 팔 안쪽에 있다. 태양에서 은하 중심까지의 거리는 약 2,600광년(24경 3천조km)이다. 지구가 태양을 한번 도는 데는 1년이 걸리지만, 태양계가 은하계를 한번 공전하는 데는 약 2억 5천만 년이 걸린다. 태양의 수명은 약 100억 년인데, 태양이 일생 동안 40회 정도 은하계

를 공전하면 소멸한다. 태양의 현재 나이는 46억 살이다. 앞으로 54억 년 후에는 태양이 소멸한다는 얘기이다. 하지만 태양은 크기가 작아졌다가 다시 커지고 자체가 활성화하여 불멸할 것으로 예상하지만, 우주의 이치는 아무도 알 수가 없다.

- 태양계가 우리은하를 공전하는 속도는 초속 220km(시속 79만 2,000km)이고, 우리은하는 초속 630km(시속 226만8,000km)의 속도로 이동 중이다. 우리은하가 지금 암흑의 우주 어디로 가고 있는지, 왜 가는지는 아무도 모른다. 오로지 천극신만이 아는 비밀이지만 블랙홀로 향하고 있다. 우주의 모든 물질은 이동과 변화를 그 속성으로 한다. 하나도 멈춘 채로 존재하는 것이 없다. 자연이니 우주니 하는 것의 존재 이치와 실체는 이토록 무서운 것이다.

샛별 공주가 천극신에게서 우주의 운행과 만물의 생성에 대한 지식과 정보를 듣고 나서 이렇게 물었다.

"천극신이시여! 그렇다면 지구 인간은 자연을 파괴한 죄과로 멸종당하는가요?"

그러자 천극신은 안타깝다는 표정을 지으며 이렇게 말했다.

"너는 샛별에서 온 공주라고 했느냐? 좋다. 너는 이미 많은 선험적인 지식을 갖고 있기에 내가 말하는 바를 쉽게 깨우칠 것 같도다. 그리고 앞으로 너는 샛별을 떠나 지구별에 내려가 지구의 멸망을 막기 위해 할 일이 많을 것 같구나. 너는 귀한 행운별 같은 존재이니 자중자애하거라. 그러면 다시 한번 너에게 지구학에 대해 설명을 해주마. 앞으로는 혼이 담긴 노래를 부르도록 연마해주길 바란다는 뜻이니라. 알겠느냐?"

"네, 그리하겠습니다. 천극신님!"

그리고 나자 천극신이 다음과 같이 보충 설명해주었다.

"지구가 생긴 지 8억 년 뒤인 37억 년 전에 지구상에 수많은 생명체가 생겼다. 지금 지구가 지니고 있는 생명체의 수보다는 적었겠지만 말이다. 그런데 37억 년 동안 지구상의 생명체들은 무려 다섯 번이나 멸종의 위기를 겪었다. 생명체가 등장한 33억 년 후인 4억3천만 년 전에 85%가 멸종하였고, 3억7천만 년 전에 75%, 2억 4,500만 년 전에는 무려 95%의 동물이 멸종당하였다. 2억1,500만 년 전에는 80% 그리고 6천600만 년 전에는 75%가 멸종하였다. 지구의 생명체는 불행하게도 영속성이 없다시피 사멸과 소생을 반복한 것이니 스러진 생명체들의 입장에서는 참으로 불행한 일이로다. 왜 멸종당하였을까? 누가 이 생명들을 멸종시켰을까? 멸종당한 생명들은 억울하지 않았을까?"

"수많은 자연재해 때문이 아닐까요? 전쟁으로 인한 것도 있구요."

"그렇다. 우주는 자체 질서의 회복을 위해 여러 방법으로 자체 조정을 한다. 행성 간에 충돌도 그 한 방법이다. 그 외에 초화산의 폭발과 지각변동, 지구 질병의 확산, 환경오염과 삼림파괴 등으로 인한 기후변화로 지구온난화와 냉각화가 연이어 일어나게 했다. 한 마디로 지구 자체가 열로 끓거나 얼음으로 뒤덮여서 생명체가 살 수가 없도록 한 것이다. 생명체가 살아남는 적절한 조건이 없어지면 모든 생명체는 멸종하고 만다. 지구라는 큰 생명체도 자구책 차원에서 자기가 품고 있는 생명체들을 정리하는 것은 매우 자연스런 것이다. 이런 면에서 보면 코로나의 창궐 역시 지구의 자정작용 중의 하나이다. 지구의 사랑은 존엄하지만, 생존의 한계를 지키는 활동은 지극히 계산적이다. 무릇 지구 자체를 포함하여 모든 조직은 생존이 우선이니라."

"아, 그러니까 우리가 겪는 재해는 지구의 자정작용이라는 말씀이시군요. 그런데 갈수록 재해가 더 잦아지는 것은 무슨 이유인가요?"

"지구의 자정작용이 한계에 부딪힌 것이지. 20세기에 접어들어 생물의 멸종 속도가 110배나 빨라졌다고 세계적인 과학잡지 〈네이처〉가 분석하고 있더구나. 또 앞으로 200년 후, 그러니까 서기 2200년쯤에는 지구에 있는 포유류의 25%가 멸종당한다고 하니 인간도 살아남는다는 보장이 없다. 인간이라는 동물도 과거 빙하기 때와 같이 소멸당할 가능성이 큰 포유류이다. 불행하게도 그것을 인간은 아직 모르고 있더구나. 사실 지구는 이미 여섯 번째의 대멸종기에 접어들어서 지구에 사는 7만6,000종의 생명 중에서 30%가 멸종위기에 처해 있다. 이미 지구상에 벌과 나비와 새들이 많이 사라지고 있지 않느냐? 이처럼 역사상 가장 빠르게 멸종 시기가 다가오는 것은 인간의 탐욕과 타락이 큰 원인이다. 인간이 지구를 마치 1회용품으로 오인하고 마구 남용했기 때문에 인간 자신을 사멸로 몰아가는 현상이 발생하고 있다. 인간이 스스로 자살 당한다고나 할까? 이것은 마치 철근 콘크리트 아파트가 수백 년 지탱해갈 것처럼 착각하고 대강 짓고, 함부로 다루고 치장만 하다가 강한 태풍에 무너지고 마는 것과 같다. 또 하나, 지구가 더워지니 스스로 옷을 벗느니라. 온난화의 주범은 바로 인간이다. 화석연료는 물론 수많은 가스를 무한정 남용하는 바람에 대기가 따뜻해져서 북극지방의 얼음이 녹아 바다에 담수(淡水)가 증가하고. 그 결과 바닷물에 염도가 떨어지니 당연히 바닷물이 지구를 도는 속도가 떨어져 오염도가 깊어지고, 이에 따라 지구 전체의 온난화가 더 심해지는 것이다. 물이나 공기는 지구의 더위와 추위를 조절하는 역할을 담당하는데, 그것이 소금을 잃어 제 속도를 내지 못하고 있는 탓이다. 소금이란 모든 생명체가 살아가는데 필수 영양소이니라."

샛별은 천극신의 설명을 들으면서 지구의 멸망이라는 끔찍한 환상이 떠올라 그것을 막을 방도는 없는지 물었다.

"저어, 지구라는 별은 매우 아름답고 잘 가꾸어진 행성입니다. 그런데 멸망을 예방하는 방법은 없는지요?"

"처음에는 나도 인간의 사악함이 미풍에 불과하여 지구의 자정작용으로 잘 처리될 줄 알았노라, 그러나 그것은 나의 순진한 생각이었다. 하여 나는 지구 행성을 강타하는 행성을 보냈느니라. 6,600만 년 전, 5차 대 멸종 시기에 거대한 운석을 지구에 충돌시켜 충격을 주었다. 그 흔적이 지금 멕시코 유카타반도에 지름 170km의 거대한 상처로 남아있느니라. 그 길이는 서울에서 강릉까지에 달할 만큼 크지. 그때 충격은 원자폭탄 5,000개요, TNT 1억 메가톤에 달했지. 그로 인해 지구에서 가장 큰 공룡을 포함하여 포유류

75%가 멸종당했느니라. 포유류가 죽는다는 것은 인간의 죽음을 시사하는 것이다. 지금 그 흔적이 170km에 달하니 지구에 떨어지기 시작할 때는 그 행성의 크기는 수백 배가 되었을 것이다. 그런데도 인간의 욕심은 그칠 줄을 몰랐다."

"그렇게 불의 심판을 하셨다면 이제는 지구인들의 이성에 맡기시면 안 되는지요?"

이 말에 이어 천극신은 애잔한 표정으로 이렇게 말을 이었다.

"샛별 공주는 듣거라. 은하계에서 지구는 특별한 존재였단다. 내가 만든 생명체 중에서 신과 근접한 동물이 살 수 있도록 태양빛과 열, 공기와 대기, 물과 흙 그리고 많은 자원을 만들어주었다. 그것은 지구 인간에게는 축복이었느니라. 그러나 인간은 신의 영역에 도전한다면서 바벨탑을 쌓아 올리고, 가짜 신을 만들어 우상숭배를 하고, 심지어 인간이 신이라고 우쭐대며 수많은 범죄를 저질렀느니라. 또 가짜 별을 쏘아 올려 달과 화성, 토성, 심지어 명왕성까지 더듬고 다녔으니 그것은 우주의 율법을 위반하는 망동이어서 얻을 수 있는 것은 티끌 수준이었다. 달과 화성에 식민지를 건설한다는 야욕을 아직도 버리지 못하고 있지만, 지구와 같은 여건은 태양계 어디에도 없다는 것만 확인하는 수준이었지. 신이 인간에게 준 공간은 지구였음을 잊어버린 무지의 소치였다."

거기까지 말을 마친 천극신은 달을 가르치며 말했다.

"저 달을 보거라. 달이 지금 병들어 있느니라. 인간은 지구의 자식이라 할 수 있는 달에 달려가 무자비하리만치 많은 우주 쓰레기를 버려 달의 몸에 수많은 생채기를 만들어 놓았더구나. 달은 지금 지구인이 만든 약 5억 개의 상처로 심하게 앓고 있고 쓰레기장으로 변하고 있다. 달 역시 생명체인데, 자식을 그렇게 망가뜨리는 부모인 지구인을 용서할 수 있겠느냐? 생각해보거라. 샛별 공주, 네 몸에 5억 개의 상처가 있다면 건강하게 살아갈 수 있겠느냐? 또 지구는 1,000km 높이의 대기권이 있어 지구에 접근하는 외부 물체를 공기 마찰로 거의 다 태워 없애지만 달은 대기권이 없어서 다가오는 물체는 모두 달 표면에 떨어지게 돼 있고, 그대로 생채기나 웅덩이로 남는다. 게다가 달에도 일부 지역에 약간의 물이 있어서 지구인들이 버린 우주 쓰레기가 달에 수많은 병균과 박테리아를 남겨 병원균을 키우고 있다. 또 하나. 현재 지구 궤도를 돌면서 정상적으로 운영되고 있는 인공위성은 8,000개에 달하는데, 고장이 나거나 폐기된 인공위성이 무려 3,000개가 있고, 지름 10cm 이상 우주잔해물(파편)이 3만6,000개나 떠돌고 있다. 1cm 이하의 물체를 종합하면 우주 쓰레기는 무려 1억3천만 개이다. 그것들이 대기권 밖에 있다가 기능을 상실하면 대기권으로 들어오지. 그때 대기 마찰과 지구 중력에 의해 서서히 고도가 낮아져 지구로 추락하면서 분해되거나 땅이나 바다에 떨어져 대기와 지구를 오염시키고 있다. 또한 고도 500km 이상에 있는 우주물체는 10년 이상 계속 존재하는데, 그것을 모르고 무조건 우주에 위성들을 쏴대고 있으니 그 결과가 얼마나 불행할지 인간은 생각조차 않고 있구나."

"아, 인공위성을 포함하여 수많은 발사체가 그런 잘못을 저질렀군요. 사람들은 위성을 쏘아 올릴 때 박수치며 좋아했는데요."

"그렇다. 지구인들이 쏘아 올린 위성은 아이들 장난감 비행기에 불과하다. 그래도 나는 5억 년 이상 지구를 지켜보며 지극성(파군성)을 포함한 북두칠성 신을 통해 은하계의 운행과 지구별의 영속(永續)을 조력하도록 도와주었다. 하지만 지구인들은 무책임하게 자신들의 삶의 그루터기인 지구파괴를 일삼아왔기에 나는 지구별의 생사에 관하여 심각하게 고민하기 시작했다. 물론 늦게나마 인지가 발달한 소수의 선각자들이 지구 행성의 몰락이 가까워져 오고 있음을 깨닫고 경고하기 시작한 것은 다행이긴 하지만, 너무 늦은 것은 아닌지 모르겠구나."

그날 학습을 통해 샛별 공주는 지구의 위기가 심상치 않은 상태라는 것을 인식하고 고심하기 시작했다. 미흡한 자신이라도 지구를 구하기 위한 행동을 시작해야 할 때가 아닌가, 깊이 고민하기 시작한 것이다. 그래서 이렇게 말했다.

"하지만 천극신이여! 지구인들도 환경보호를 하면서 지구 보호에 힘쓰고 있는 줄로 압니다. 인간의 이성에 맡기면 안 될는지요?"

"오호, 나도 그러길 바란단다. 하지만 갈수록 지구의 자기소멸을 우려하고 있단다. 돌이켜보면, 지금으로부터 250년 전, 지구에는 산업혁명이라는 것이 나타나 대량생산 대량소비가 시작되었지. 옛날에는 추위에 견디기 위해 굴을 파고 들어가 자연의 보호를 받았지만, 산업혁명 이후부터 인간은 다르게 행동했다. 지하 수천 미터를 파고 들어가 지구의 살과 뼈와 피에 해당하는 수천 종의 지하자원을 파내고, 피 같은 물을 가두고, 대기를 오염시켜 숨 쉴 수 없게 하는 등 자연 질서를 흩트려 놓았다. 그 때문에 인위적인 지각변동이 생겨 지구가 몸살을 앓기 시작한 것이야. 지구라는 우주별의 살과 피와 뼈가 상하고, 허파와 간까지 상했는가 하면, 지구의 피와 같은 물과 지구의 기운인 공기를 제멋대로 악용하여 지구 생명체가 병이 들기 시작했지. 그런데도 지구의 주인이라는 인간은 위기를 인식하기는커녕 서로 더 많은 것을 갖기 위해 전쟁하고 다투었다. 영토전쟁, 자원전쟁, 식량 전쟁, 물 전쟁, 시장쟁탈 전쟁, 심지어 종교까지 전쟁에 가세하여 정치적 이익 탈취에 정신을 잃어가더구나. 한마디로 물질적인 욕구를 채우려는 어리석음으로 제 생명의 보금자리를 파괴하느라 정신을 잃더구나. 산업혁명이라는 것은 우주와 지구의 입장에서 보면, 지구파괴의 대범죄 예비에 불과했다. 달리 말하면, 우주의 윤리나 은하계의 율법으로는 용서할 수 없는 지구 행성 파괴 공작이 인간의 두뇌와 손에 의해 악랄하게 시작된 것이야. 더구나 20세기에 접어들어 무수히 쏘아 올린 인공위성이 지구가 살아 움직이는 앞마당인 대기권의 질서를 흩뜨리고, 전자파나 전기파 등으로 지구 행성은 물론 태양계와 은하계의 신경조직을 방해하기 시작했다. 아울러 인간의 생체리듬도 망가뜨려 수많은 병마에 시달리게 하고. 이제는 내 말뜻을 알겠느냐?"

샛별 공주는 천극신의 설명에 감사와 절망감이 들어 제 별로 돌아와 인간과 지구를 구할 방도를 찾느라 골몰하기 시작했다.

어느 날 지구를 내려다보던 우주의 관장자인 천극신이 혀를 차며 혼잣말을 했다.

- 아, 내가 실수했나 보다. 우주의 큰 뜻을 펴보려는 유일한 시

도로 지구를 만들어 낙원으로 꾸며줬는데, 인간 세상이 자멸 지경이니 큰일이구나. 잘 되었으면 지구가 외롭지 않게 비슷한 행성 수십 개를 만들어 친구 별로 지구 가까이 보내주려 했건만 이게 무슨 일인가. 차라리 빙하기를 그대로 존속시켜 인간을 멸종시킬 것을, 괜히 간빙기를 두어 구제했나 보다. 아니면 더 망하도록 놔뒀다가 인간이 멸종당한 뒤 좀 더 충실한 생명체를 지구의 주인공으로 삼는 게 옳았을지도 모르겠다.

우주의 대 주관자인 천극신의 이러한 독백은 우주 전체로 퍼져 2,000억 은하신들이 그의 우려 섞인 말을 들었다. 북두 칠성신 역시 그 말을 들었다. 북두칠성은 지구별에서 평균 잡아 756조km 거리에서 지구를 지켜보고 있었는데, 이제나저제나 인간이 반성하려나 마음 졸이고 있던 차였다.

북두칠성의 주신인 무곡성신은 북두칠성 가운데 가장 우두머리이고 천극신의 경호 별이자 인간의 수명을 주관하는 성신이다. 그 무곡성은 태양보다 63배나 밝아서 그 기운이 파군성으로 이어져 북극성과 연결하는 중책을 띠고 있었다. 무곡성신이 천극신의 독백을 듣고 걱정이 되어 조심스럽게 아뢰었다.

"네, 천극신님께서 그리 생각하시는 것도 무리가 아니옵니다. 인간이라는 미개한 동물이 우주의 진리와 큰 뜻을 파악하지 못하고 괴물처럼 날뛰고, 소중한 지구 행성조차 유지하지 못하고 스스로 죽이고 있으니 참으로 한심하고 안타깝습니다."

그러자 하늘의 복주머니라고 불리며 시비곡직을 가르는 역할을 하는 거문성신이 말했다.

"우리가 인간을 너무 왜소하게 만들어 낸 것이 아닌가 합니다. 그래서 인간 지혜의 용량이 너무 작아서 이성과 감성뿐만 아니라 상상력, 창조성이 우주의 먼지만도 못한가 봅니다. 하니 지구별을 이만 거둬들여 재창조하는 것도 좋을 듯합니다."

그 말에 이어 천기(天氣)의 출입을 담당하는 파군성신이 말했다.

"외람되오나 태초에 인간 생명부터 창조하는 것이 아니었다고 생각합니다. 바람이나 소리부터 만들어 저희끼리 간난신고 끝에 생명체를 만들어 나가는 고난과 상생의 시기를 수십 광년 부여해줄 것을 그랬습니다. 지구별을 너무 빨리 독립적 위치로 올린 것이 화근이 된 것은 아닐까 싶습니다."

천극신이 이들의 말을 조용히 경청하였다. 그 뒤에 죄인을 심판하는 염정성신이 입을 열었다.

"그러나 지구의 인간생명체가 모두 사악한 것은 아닌 줄 압니다. 그들도 자체 정화를 위해 깜냥으로 노력하고 있고, 각종 제도와 법규를 만들어 선한 세상을 만들어보려 힘쓰고 있는 줄로 압니다. 특히 종교라는 것을 만들어 하늘 공경의 정신을 갖도록 노력하고 있습니다. 그러니 미물에 불과한 그들일지라도 이성을 회복하고 감성을 덥혀줄 자극을 준다면 개선될 여지가 있다고 생각합니다."

염정성신의 뒤를 이어 탐랑성신도 이를 거들었다.

"저도 그 주장에 동의합니다. 생명이란 한번 만들어 놓으면 영속성을 지니기 마련입니다. 생명의 기운은 우주의 기운이요, 우리 칠성신의 기운이기도 합니다. 생명을 주었다가 빼앗는 것은 우주의 섭리가 아니라고 생각됩니다."

이번에는 하늘의 재물을 관장하는 문곡성신이 여섯 성신을 돌아보고 나서 말했다.

"여러 성신의 말씀이 다 옳습니다. 이제 와서 피조물인 인간에게 죄를 물어 무엇하겠습니까? 제 생각은 이렇습니다. 네 번의 빙하기를 주었고, 수많은 자연재해를 주어 각성시키려 했으나 지구인들의 반성이 아직은 요원하지만, 그렇다고 우리의 책임을 회피해서는 안 될 것입니다. 인간 역시 소우주요 또 우리와 같은 모습을 하고 있으니 우리 자식들이 아닌가요? 자식이 잘못하면 매로 벌하는 방법도 있지만, 교화시키는 방법도 있을 것입니다. 내 여러 성신의 주장을 명각하여 인간 세상을 바꿀 방도를 마련해 보겠습니다. 회초리로도 안 되면 교육과 문화적인 접근법으로 지구별의 위기를 스스로 이겨내 보도록 사자를 내려보낼 것입니다."

그리고 나서는 천극신에게 간청했다.

"천극신님께서는 조금만 더 지켜봐 주시옵소서."

문곡성은 얼마 전 찾아온 샛별 공주와 북두칠성의 아바타인 일곱 성자들을 활용할 것을 염두에 두고 있었다.

문곡성의 간곡한 말에 천극신은 일단 관망하기로 하였다.

"그렇게 하도록 하시오. 하지만 무한정 시간을 줄 수는 없소. 앞으로 200년을 줄테니 인간을 교화하여 지구와 우주의 질서를 바르게 잡아보시오. 만약 그 후에도 지구가 지금처럼 계속 망가져 간다면 제5차 빙하기를 마련하여 지구 생명체의 90%를 소멸시킬 것이오."

북두칠성 신들이 진지한 토의를 하는 중에 지구의 동방 한 모퉁이에서는 한가위를 맞이하여 한 가족이 모여 윷놀이를 하고 있었다. 칠성신들은 인간들이 노는 모습을 내려다보다가 깜짝 놀랐다. 십여 명의 가족이 오손도손 모여앉아 천 조각에 윷판을 그려놓고 화기애애하게 놀고 있었는데, 그 행동이 기이했다.

"도야!"
"개야!"
"걸 받아라!"
"네 말, 잡았다!"
"나는 윷이요! 한 번 더! 또 윷이요!"
"자, 모요! 한 번 더. 에이, 도로구나!"
"와아, 뒷모다! 한 칸 물러나!"
"이크, 어서 도망가자!"

그들의 언행을 보고 칠성신들이 깜짝 놀랐다.
"아니, 이것은 칠성의 운행을 본뜬 놀이가 아니오?"
"그렇군요. 이들은 우주의 이치를 조금은 아는 사람들입니다."
"참, 의외의 모습이로다. 우둔한 지구 인간들이 어찌 칠성도를 그리며 놀이를 한단 말이냐?"

사실 윷판을 보면, 우주를 동서남북 4구역으로 나누고 구역마다 7개의 말 자리가 있는데, 사방의 전체 자리는 28개이다. 윷판의 중앙 방(方)인 '방혀'는 북극성을 뜻하고, 윷판의 점들은 28개의 별자리를 표시한다. 윷판 바깥에 둥근모양은 하늘을 뜻하고, 안이 사각으로 모난 것은 땅을 표시한다. 이를 천원지방(天圓地方)이라 한다.

말이 네 개인 것은 땅의 숫자요, 도개걸윷모의 다섯 가지는 하늘의 수인데, 하늘은 그 수를 인간에게 유용한 다섯 가지 동물로 내려보냈다. 도는 돼지, 개는 개, 걸은 양, 윷은 소, 모는 말이다. 이 다섯 동물을 크기와 속도에 좇아 말의 이름으로 정한 것이다. 또 이것은 고조선과 부여시대의 관직명이기도 했는데, 그 나라가 유목국가였기 때문이다.

윷판을 운행하는 이치는 우주의 운행과 비슷하다. 시작점에서 모가 나오거나 몇 번을 던져 다섯이 되면 가던 길을 꺾어 북극성(말판 중앙에 있는 큰 별)을 향해 이동하게 되어있다. 북극성으로 가는 가장 빠른 말 수는 여덟 개이다. 윷판의 한 가운데에는 북극성이 있어서 우주의 원리를 조정하여 가장 빠른 길을 안내하고, 교통정리를 해주고 있다. 그래서 가장 늦은 말이 동서남북 4천(四天)을 빙 돌아 21수 만에 한 모가 나온다면, 중간치는 17수, 가장 빠른 말은 12수 만에 한모를 할 수 있다. 그리고 말끼리 도착점이 일치하면 업고 함께 가거나 뒷말이 앞말을 잡아먹는 약육강식의 생존경쟁도 포함되어 있다. 그런데 네 개의 윷가락을 하늘에 던져 땅에 떨어지게 하는 것, 말을 운영하는 것은 어디까지나 인간의 손과 지혜에 달려있다. 그리고 윷판을 벗어난 윷가락은 무효 처리가 되니, 이 역시 우주판의 자체 통제력이다. 아마 유성처럼 사라지는 원리리라.

아무튼, 주어진 윷놀이는 윷가락 네 개를 이용하여 인간 자력으로 우주의 운행을 따라 여행하도록 짜여 있다. 천지의 기운을 온몸에 받아 사람이 말의 기수가 되어 승부를 결하는 것이다. 이 윷놀이는 개인 게임과 단체게임이 있어 집단의 응집력을 키우는 데도 좋다. 다만 게임의 규칙은 어디까지나 우주의 율법에 따른다.

그러자 장면이 바뀌고 한 할머니가 새벽에 우물에서 정화수(井華水)를 떠서 장독 위에 올려놓은 채 기도하고 있었다. 그 할머니는 물그릇을 움직여 무곡성과 파군성의 별 그림자를 물그릇에 담아놓고 두 손을 합장하며 빌고 있었다.

"비나이다, 비나이다. 칠성님께 비나이다. 온 세상이 병마와 굶주림으로 힘든 이때, 이 나라가 잘되고, 우리 집안이 무탈하고, 식구들이 건강하게 해주세요. 지극정성으로 비나이다."

할머니의 말을 들은 파군성신은 깜짝 놀라 할머니의 입을 주시했다. 분명히 지극성(至極星)을 부르고 있었다. 지극성이란 북극성에 가장 가까운 별이면서 칠성신들의 기운을 들고 나게 하는 총무별인 파군성 자신을 말하는 것이었기 때문이었다.

"오호라, 지극정성이라니! 저 할미가 나를 부르는 도다. 저렇게 간절히 기도하는 인간이 있구나."

파군성신은 할머니의 기도를 들어주어 그 집 안에는 모든 질병이 범접하지 못하게 해주었고, 할머니의 수명을 연장하여 100세를 살게 해주었다.

그다음은 경주 불국사 사찰이 나타났다. 사찰 대웅전의 지붕 합각 부분에 만(卍)자가 보였다. 그것을 본 문곡성신이 말했다.

"오라, 지구인들이 믿는 불교라는 것이 칠성 신앙과 관계가 깊은가 보구나. 어찌 칠성신과 북극성신의 자전(自轉) 원리를 알아냈을까? 불교가 일어난 나라에서도 모르는 일인데. 참 기묘한 종족이로구나."

사찰 지붕의 만(卍)자는 북두칠성이 하루에 한 번 북극성을 공전하는 방향 즉 역(逆) 시계방향을 적시한 것으로 지구 어디에도 없는 우주의 운행 이치와 닮게 살려는 간절한 기도의 증표였다. 이 만(卍)자는 만(萬. 万) 자와 같은 것으로 길상만덕(吉祥万德)이 모인다는 뜻이다. 그것을 사찰의 대웅전 지붕에 올리고 하늘을 향해 경배하니 하늘 공경의 뜻을 아는 사람들이리라. 그런데 과거 나치가 사용한 하켄크로이츠(Hakenkreuz · 갈고리 십자가)는 북두칠성의 공전운동과는 반대 즉 시계방향으로 표시된 것이어서 결국 하늘의 운행과 반하여 세상을 참화로 불러들이고 말았다는 평을 듣는다. 윷놀이 역시 북두칠성처럼 시계 반대방향으로 나아간다.

문곡성신이 다시 사찰을 내려다보다가 칠성각을 발견했다. 그 안에는 칠성신을 모시고 있었고, 여신도들이 배향하고 있었다. 이를 본 문곡성신은 감동하였다.

"이 작은 지구에 우주의 섭리를 알고 공경하며, 그에 따라 생멸하려는 종족이 있다는 것이 기특하구나. 여기가 어디인고? 아, 지구의 동방의 작은 나라, 3억 년 전에 만들어준 고구마같이 생긴 오래된 땅이로구나."

또 하나, 문곡성신은 경남 남해의 다랑논을 보고 경탄을 금치 못했다. 다랑논 역시 시계방향과는 반대로 돌며 위로 감아 올라가고 있었다. 척박한 섬에서 쌀농사를 지을 수 있는 유일한 땅인 다랑논이 북두칠성의 운행과 같은 방향으로 작동하고 있었다. 이러한 시계 역방향으로의 이동과 움직임은 무한시간을 보장하고 건강과 장수를 비는 것이었다. 또한 남해 다랑이 마을에서 치매를 앓고 있는 팔순 노모를 모시고 사는 50대 아들 내외의 효심을 보고 감동하여 그 집 농사가 매년 풍년이 들도록 해주었다.

  문곡성신은 여러 성신의 의견을 듣고 치열한 논의를 거친 끝에 그 작은 땅에서 사는 사람들에게 지구를 살리는 사명을 주기로 하였다. 다만 그 이치를 제대로 깨우치고 인간을 이끌만한 인물을 군자국에서 찾아 지도자로 삼고, 칠성 정신을 체득한 젊은이들을 선발하기로 하였다.

인간 빅뱅(Big Bang)을 준비하라

백두산 천지 폭포 아래 은환호(銀環湖) 앞에 있는, 중국 도교에서 중시하는 약왕신(藥王神)의 모습을 한 동상. 민간에서는 이를 백두 산신으로 부르기도 한다.

인간 빅뱅(Big Bang)을 준비하라

중국 만주 땅에 황금빛 벼가 출렁이는 9월 하순, 백철 교수는 인천국제공항에서 직항편으로 길림성 연길에 들어갔다. 중국이 코로나 때문에 외국인의 입국에 까다로운 시기였지만 중국 Y 대학 초빙교수라는 직함으로 일 년에 몇 번 출강하는 터라 입국이 허용되었다. 연길시에 도착하여 오후에 강의를 마친 백 교수는 국제호텔에 들어 고단한 하루를 정리했다.

이튿날 새벽에 잠을 깬 백 교수는 길 건너 건물에 걸린 '설운도 노래방'이라는 간판을 보고 노래의 힘, 한류의 영향력을 실감했다. 한국의 사드(고고도방어미사일) 배치를 핑계로 벌인 중국의 경제보복이 여전하지만 물 밑에 흐르고 있는 문화의 힘은 중국 정부도 어쩔 수가 없었나 보다.
 - 아, K팝과 K드라마 등 한류는 공산주의 이념조차 무너뜨리는구나. 우리가 가진 문화의 힘으로 거대 중국과 호혜로 맞설 수 있다니 참으로 다행이다. 하지만 한류가 일시적인 흥행놀이가 돼서는 안 되겠구나.
 이런 생각을 하며 식당에 내려가니 호텔의 아침 식사에도 한국식 불고기와 김밥이 나왔다.

그런데 백 교수의 눈에는 중국이 조선족자치주에서 한국문화를 제거하려고 애쓰고 있다는 사실이 하나둘씩 보이기 시작했다. 10여 년 전만 해도 거리 상점의 간판이 위에 한글, 아래에 한자로 씌어 있었는데 이제는 완전 한자투성이고, 한글은 시늉만 한 간판이 늘어났다. 또 큰 상점들은 모두 한족이 주인이고, 조선족은 허드렛일하는 종업원으로 전락해있었다. 연변조선족자치주 정부의 핵심 국장은 모두 한족으로 바뀌어 있었다. 말만 자치주이지, 실제로는 한족 사회로의 동화 작전이 전개되고 있었다. 그것은 〈중국사회과학원〉이 주동이 되어 암묵적으로 벌이고 있었는데, 연길에는 〈길림성사회과학원 연변분원〉을 설치하여 철저히 통제하고 있어서 겉만 자치행정일 뿐이었다. 중국 공산당의 '백두산공정' '진달래 문화공정'에 의해 조선족자치주의 질적인 변화, 쉽게 말하면 한족화(漢族化)가 서둘러 진행되고 있는 모습이 확연히 보였다.

— 아, 자치주가 성립된 1952년에는 조선족이 200만이었는데, 이제는 겨우 70만에 불과하니 한민족의 그루터기가 언제 없어질지 모르겠구나. 중국 내 유일한 조선족자치주인데, 이것이 사라지면 만주 땅에 한민족의 정신적 역사적 구심점이 없어져 만주족처럼 되고 말 텐데. 지금 1천만 명에 달하는 만주족은 자치구나 자치주가 없지 않은가. 그것은 중국 정부가 청나라의 근간인 만주족의 부활을 경계한 탓이리라. 조선족 사회의 교란은 조선족의 고향인 대한민국이 중국보다 발전하니 조선족이 한국을 조국으로 알까 두려운 것일까?

아무튼, 연변에서 조선족의 위상은 갈수록 저하되고 있었다. 이는 백 교수만이 느끼는 우려는 아니었다. 우리가 동족으로 생각하고 애정을 갖고 있는 조선족은 중국의 주류인 한족 이외에 55개 소수 민족 중의 하나인 '중국 조선족'이라는 지위에 불과하였다. 그래서인지 연변 용정에서 태어나 서울 연희전문학교(연세대)에 다닌 윤동주 시인도 중국에서는 중국 조선족 시인이라고 불리고 있었고(윤동주는 중국으로 귀화한 적이 없음), 용정시 대성 중학 교정에 있는 윤동주 시인의 기념석에 있는 '서시(序詩)'는 중국어로 번역되어 적혀있었는데, 시의 맛을 잃은 문자의 나열에 불과하였다. 참고로, 윤동주는 한시를 쓴 적이 없다.

아침 식사 후 그는 서둘러 백두산 탐방에 나섰다. 백두산 아래 산장에서 며칠을 보내며 기를 받기로 하고 차를 빌려서 네 시간을 달려 이도백하(二道白河)라는 산중 마을을 지나 백두산 밀림에 도착했다. 백두산으로 오는 도중에 내린 휴게소나 송강진(松江鎭)이라는 시가지에서 들리는 말은 모두 중국어였다. 주유소에서조차 한글은 사라지고 없어 조선족자치주라는 명칭이 이제는 생소할 지경이었다.

- 오, 우리 조상이 단군 시대부터 5,000년을 살아온 땅이 이제는 완전 중국 것이 되고 말았구나.

백 교수는 처연한 심정을 안고 백두산 입구에 도착했다. 산문(山門)에 있는 세움 간판도 한글 병행은 사라졌다. 전에는 '장백산'이라는 한글 명칭 아래에 '長白山'이 병기되어 있었는데. 알고 보니 백두산은 연변에 있지만 길림성정부가 직할하는 국제관광지로 바뀌고 말아 백두산이 빠진 연변조선족자치주는 팥소 없는 찐빵 신세였다.

한민족 마음의 고향이자 역사의 증인인 백두산!
백두산은 10월 초면 벌써 첫눈이 내리는 곳이라 산문으로 들어가는 길가에는 차가운 왕 서리가 삐죽삐죽 화살처럼 솟아 있었다. 그는 배낭을 메고 서둘러 천지 등반길에 올랐다. 시간이 부족하여 지프를 타고 올라가 천문봉에서 내려 다시 천지를 굽어보는 장소까지 걸어 올라갔다. 그리곤 얼음이 얼기 시작하는 천지를 향해 합장 기도하였다. 정말 간절한 염원을 담아 빌었다.

- 백두의 신이여! 배달 민족을 굽어살피시고 앞날을 밝혀주소서. 1만 년 배달의 혼이 다시 부흥하여 민족이 하나 되어 인류에게 홍익의 희망을 선사하고, 세계사를 환하게 비출 힘을 주소서.

기도를 하는 중에 어디서 나타났는지 큰 까마귀 몇 마리가 까악! 까악! 하며 곁에서 울어댔다. 개인적인 천제를 마친 백 교수는 서둘러 하산한 뒤 장백폭포까지 걸어갔다. 폭포 아래에는 '천지 등반 불가' 간판이 서 있지만, 관리인에게 탄원하여 1천 계단을 기다시피 올라갔다. 완전 통제 지역이라 민간인은 오를 수가 없지만 어쩐지 마지막일지도 모른다는 생각이 들어서 모험을 감행한 것이다. 안내자의 말에 의하면, 천지 폭포 옆으로 난 계단을 오르다가 낙석을 맞아 죽은 사람이 여럿이라 했다. 몇 년 전에는 서울 모 대학 교수도 이 계단을 오르다가 사고로 죽었단다. 1천 계단을 거의 기어오르다시피 하여 그는 20억 톤의 천지 물이 폭포로 이어지는 수로인 달문(闥門)을 거쳐 천지에 닿았다. 땀이 비 오듯 하여 천지 물에 손을 담그고 잠시 생각에 잠겼다.

- 아, 천지 물 아래에는 부글부글 수천 도의 용암이 끓고 있겠지. 하늘호수 천지가 지닌 물과 불의 기묘한 조화가 대단하구나.

이렇게 생각하자 도리어 머리가 맑아졌다. 건너편 장군봉 일대는 북한 땅, 아니 한국 땅이다. 민족의 성산을 내 땅을 거쳐 오르지 못하고 중국으로 오른 것이 서글펐지만, 이것이 현실이니 어쩌랴.

백두산은 역사상 15회나 폭발이 있었던 휴화산이다. 그중에서 서기 946년 밀레니엄 대폭발은 진도 7에 달하는 그야말로 공포의 폭발이었다. 그것은 기원 이후 지구에서 일어난 세 번째의 대규모 화산폭발이었다고 한다. 그 결과, 그때까지의 높이 3,800m의 산이 1,000m가 날아갔다. 아니 천지 호수 깊은 곳까지 따진다면 무려 1,500m가 날아가 버린 셈이다. 천지가 생긴 것도 그 때문이었다. 용문산이나 치악산 크기의 산이 하나 날아간 것이다. 이 화산폭발로 무려 10억 톤에 달하는 화산재가 25km 상공까지 솟아올라 동해를 넘어 일본 홋카이도에까지 날아가 화산재가 5cm나 쌓였고, 백두산에서 470km나 떨어진 개성에서도 천지를 진동하는 큰 울림이 들렸다고 한다. 이 화산폭발 후 분출한 용암은 달문을 지나 폭포가 쏟아지는 계곡을 따라 무려 70km나 흘러가 북간도 일대를 죽음의 땅으로 만들었다. 그 결과 발해국의 재기를 막아버렸다. 천지 호수와 폭포 아래에 있는 시커먼 화산암들은 결국 죽음의 결과

물이었던 것이다.

 검푸른 푸른 천지 물가에 앉아 눈을 감고 명상에 잠긴 그의 눈에 갑자기 하늘이 검게 변하더니 백두산의 검붉은 용암이 하늘 높이 솟아오르는 장면이 보였다. 무서운 환상이요 환청이었지만 눈을 뜰 수가 없었다. 화산이 폭발하여 흘러내린 용암이 두만강 너머 연변에서 목단강까지 흘러가 만주 땅을 그야말로 아비규환 아수라장을 만들었고, 수많은 사람이 피난을 떠나고 있었다. 가장 슬픈 장면은 미처 집을 떠나지 못한 아녀자들이 용암 구덩이에서 헤어 나오지 못하고 소리도 못 지르고 지푸라기처럼 타 없어지는 정경이었다. 또 용암의 한 줄기가 함경도 풍계리 쪽으로 뚫고 나와 김일성 사적지가 즐비한 밀영 일대와 삼지연 땅을 뒤덮자 일대는 온통 불구덩이가 되었고, 여기저기서 엄청난 폭발음이 들리고 사람들의 비명이 계곡을 가득 메웠다. 길주 일대는 순식간에 한 줌 잿더미로 바뀌고 말았다. 그 뒤 두만강은 검붉은 용암을 식히는 작은 계곡으로 변했다. 주야로 내뿜는 용암과 연기는 세상을 지옥으로 만들었다. 백 교수는 지옥 불이란 바로 이런 것이겠구나 생각하며 전율했다.

 비몽사몽간에 시공을 초월한 비극을 본 뒤 망연자실하여 앉아 있는 그의 앞에 검은 피부에 곱슬머리 노인이 도사처럼 붉은 도포를 두르고 나타났다. 그의 목소리는 사람의 것이 아니라 산짐승의 외침 비슷했지만, 이상하게도 백 교수의 귀에는 계곡의 맑은 물소리로 들렸다.

"허허, 맹랑한 놈이 예 앉아 있구나. 네 놈은 남쪽에서 왔구나. 나는 백두 산신이다. 그런데 사람들은 나를 약왕신(藥王神)이라 부르더구나. 예로부터 중국에는 인간이 현생에서 무릉도원을 꿈꾸는 도교(道敎)라는 종교가 있었다. 네놈이 얼마나 아는지 물어보마. 약왕이란 누구인고?"

백 교수는 도사의 위엄에 눌려 공손히 대답하였다.

"네, 약왕은 당나라 때 손사막(孫思邈)이라는 이름난 명의(名醫)였습니다. 약의 신선, 치료의 신선으로 이름난 분인데, 사람들이 그분을 신화로 만들어 약왕신으로 모시게 된 것이 시초라고 알고 있습니다. 지금 중국 사천성 청성산의 상청궁(上淸宮)에 약왕신이 모셔져 있습니다."

"허허, 제법이로구나. 대개 종교는 초월적인 존재를 신으로 모시지만, 도교에서는 훌륭한 사람을 신으로 모시느니, 그래서 도교의 본원에 약왕신을 모셨느니라. 어찌 보면 내세의 구원보다 현세의 복락을 추구하니 가장 인간적인 종교라고나 할까, 허허허."

백철은 약왕의 말을 듣고 나서 도교와 약왕에 대한 궁금증이 조금 풀려 이렇게 말했다.

"약왕님, 말씀을 듣고 나니 중국인들이 현세 지향적인 도교에 심취한 까닭을 알겠나이다. 도교 사원에 가면 불교 사원에서 사용하는 향과는 비교가 되지 않을 정도로 큰 향과 향로를 보았사옵니다."

"허허 그러하냐? 하지만 현세 지향적인 종교란 곧 속세의 풍족함을 위해 전 힘을 다하는 것이라서 종교라기보다는 하나의 도덕학이라 함이 마땅하니라. 도교가 아니라 도학(道學)이라는 말이다. 나는 겉모습은 손사막의 기운과 정신을 잇는 약왕의 모습이지만, 그 실은 백두산 산신이니라. 나의 원이름은 〈호국백두악태백선인실덕문수사리보살(護國白頭嶽太白仙人實德文殊師利菩薩)〉이다. 백두산 약초꾼들이 나를 약신(藥神)이라 부르며 제사를 지내더구나. 나를 약초 대장으로밖에 못 보는 인간의 사유력이 안타깝지만 할 수 있느냐? 아무튼 천지현황(天地玄黃)이라 하였으니, 우주는 암흑으로 그윽하고 아득한 법이다. 찰나에 불과한 생명이 어찌 우주의 큰 뜻을 헤아릴 수 있으랴. 하지만 삶의 본질이 우주의 빛에 있음을 알아야 참삶을 사느니라."

약왕신의 말을 듣고 나서 백 교수는 백두산과 인간 그리고 종교에 대해 많은 생각을 하게 되었다. 그가 백두산의 연원에 대해 궁금해하자 약왕신이 밝은 표정으로 말해주었다.

"음, 백두산은 약 2,840만 년 전, 쥐라기 시대에 화산활동으로 생겼느니라. 지구가 불덩이였을 때니까 여기저기서 수없이 화산이 폭발하고 지구 전체가 불덩이였지. 지구에 현생인류가 생긴 것이 300만 년도 채 안 되는데, 2천800만 년 전의 지구는 인간의 상상을 불허하는 곳이야. 그렇다고 해도 인간은 위대한 존재이다. 우주의 섭리로 생겨난 생명체이니까. 허나 인간 중에서 자신이 소우주라는 사실을 깨닫고, 죽어서 다시 큰 우주로 가는 사람이 몇이나 될까 걱정이로다. 그런데 너는 어찌해서 내 머리에 무단침입을 했는고? 제법 천문 지리를 안다고 까부는 것이냐? 네까짓 게 뭘 안다고 철학이니 정치니 천문학이니 떠드는가? 인간의 지식이니 경제니 문화라는 것, 다 모아도 우주정신에 비하면 티끌만도 못한 것이니라. 너는 백두산 폭발의 위엄(威嚴)을 보고도 자연에 대한 경외감이 없느냐? 이 폭발은 우주의 기침이요 지구 자연의 자정(自淨)을 위한 몸부림이니라. 하지만 이런 화산폭발 같은 건 우주의 조화에 비하면 성냥 한 개비에도 못 미치느니라. 그러니 이제 거짓 도사 짓 멈추고, 겸손하게 네 갈 길을 가거라."

백철은 약왕신의 말을 듣고 머리 숙여 읍하였다. 그런데 자기도 모르는 사이에 어느새 천지에서 내려와 은환호(銀環湖)라는 소천지 앞에 도착해 있었다. 그곳에는 약왕신이 미리 와 있었다. 백두 산신의 영험이 그를 끌고 온 것이었다.
"백두 산신이시여, 소생의 입산을 허락하여 주십시오."
그가 엎드려 절하자 약왕신이 화산재로 얼룩진 시커먼 동굴 앞 큰 바위에 걸터앉아 입을 열었다. 날은 어느새 어두워져 백두산 하늘에는 수억 개의 별이 맑은 얼굴을 내밀고 반짝이기 시작했다.
"자, 이 은환호를 보아라. 네 눈에 보이는 별들의 기운을 내가 이곳에 담았느니라. 2천 평 남짓한 작은 소천지이지만, 깨달음을 얻은 인간의 혼령이 별이 되어 이곳에 잠들었느니라. 지금 네 눈에 하늘의 별이 몇 개나 보이는가? 딱 한 번 하늘을 일별하고 세어야 하느니라."
백철은 약왕신의 말대로 눈을 감았다가 뜬 뒤 하늘을 바라보고 별을 헤아렸다. 마치 성무(星霧)처럼 뿌옇게 보이는 은하수에도 큰 별이 보였다. 눈을 한번 돌렸을 뿐인데 천 개의 별을 셀 수가 있었다. 지금까지 50년 넘게 살면서 밤하늘의 별을 세어본 일이 없었는데, 오늘은 아주 선명하고 쉽게 그리고 재빨리 셀 수 있어 기뻤다.

"네, 다 세었습니다. 천 개를 요."

백철은 기쁨에 넘치는 어투로 말했다. 그러나 약왕신은 웃으며 말했다.

"그래 제법이로구나. 조선시대에 만든 '천상열차분야지도(天上列車分野之圖)'에도 1,467개의 별이 있더구나. 그것이 인간의 한계로다. 우리은하에는 3천억 개의 별이 있느니. 좋다. 멀리서 찾아온 놈 같아서 내가 살려주마. 지금부터 내가 하는 말을 듣고 네 심장이 고운 소금 통으로 바뀐다면 너에게 큰 능력을 보태주마. 다만 네 생명은 심장과 뇌에 우주가 만들어준 소금의 기운이 있을 때, 노래와 춤이 충만할 때만 연명할 것이니라."

"네, 백두 산신님. 명심하겠습니다. 부디 진리를 알고 저를 깨닫는 지혜를 주소서! 하루아침에 바르게 사는 삶의 도를 깨우친다면 저녁에 죽어도 마땅히 받드는 것이(조문도석사가의 朝聞道夕死可矣) 제 삶의 좌우명입니다."

"잘 새겨들거라. 지구별은 스스로 빛나지 못하는 멍청이별이다. 지구 자체가 발광체가 아니듯이 인간도 저 혼자는 빛을 발할 수가 없느니라. 혼자 고고한 척하는 자칭 도인이요, 지식인이요 하는 작자들은 모두 위선자들이다. 자, 너는 우주의 셈에 대해 얼마나 아는가?"

약왕신의 말에 백 교수는 감히 입을 열지 못했다.

"너는 블랙홀(black hole)이라는 말을 들어봤을 거다. 블랙홀은 검은 구멍이니 인간의 지혜로는 도저히 깨달을 수 없는 시공간을 말하지. 즉 빛과 물질이 사라지는 지점인데, 시공간의 원리를 설명해 주는 동시에 우주에는 우리가 이해할 수 없는 신비한 지역이 있다는 사실을 말해준다. 블랙홀은 질량이 극도로 압축되어 아주 작은 공간에 밀집한 천체를 말한다. 우주에서 가장 빠른 존재인 빛조차 빠져나가지 못할 정도로 중력이 강한 무시무시한 초자연의 세계이지. 블랙홀로 들어가는 것은 블랙홀 안에 머무를 뿐이다. 이 블랙홀은 이 세상과는 다른 저쪽 세계, 즉 일종의 내세(來世)라고 볼 수 있느니라."

"백두 산신이시여, 블랙홀을 사람이 볼 수 있나이까?"

"그렇다. 지금까지는 우주신의 영역으로 알았지만, 다행히 인간의 관찰력이 발달하여 2019년에 지구에서 5천500만 광년 떨어진, 태양질량의 65억 배에 달하는 블랙홀 'M87*'의 그림자를 관측해서 빛의 고리 안쪽에 존재하는 블랙홀의 모습이 처음으로 드러냈더구나. 이는 주변 빛이 중력에 휘어 둥글게 만들어진 속에 내부 빛이 빠져나오지 못해 형성된 공간인 블랙홀의 '그림자'를 본 것이다. 그것은 '지옥의 문'이라고나 할까? 그런데 근년 들어 두 번째 블랙홀을 찾아냈다. 지구에서 2만7000광년(25경 km) 떨어진 우리은하의 중심에 위치한 '궁수자리A*'라는 블랙홀을 발견한 것이다. 태양의 질량보다 430만배나 큰 블랙홀이다. 태양보다 430만 배나 크고 무거운 물질이 은하계의 중심에 자리 잡고 있으면서 무언가를 계속

빨아들이며 우리은하계의 교통정리를 하고 있다는 얘기이다. 시효가 지난 생명체를 비롯한 모든 물질을 빨아들여 연소시키는 곳이 아닐까 싶구나. 그런 블랙홀은 우주원리의 수억분의 일도 아닌데, 그나마 찾아낸 인간의 지혜가 놀랍도다. 또 우리은하에 있는 총 3천억 개의 별 중에서 지구처럼 생긴 행성은 60억 개가 있고, 생명체가 사는 행성도 30개 정도가 있다."

"산신님, 생명체가 있는 별이 30개나 있다는 말씀인가요?"

"그렇다. 우리은하 안에 30개의 별에 제 나름의 문명이 존재하는 것이다. 지구인들이 ET 같은 외계인 타령을 시도 때도 없이 하는 것은 다 이유가 있었다. 다만 생명체가 있는 가장 가까운 행성이 지구에서 1만7천 광년(16경 km)이나 떨어져 있어서 지구인들은 그동안 외계인을 감지할 수 없거나 상상의 생명체로 여기고 있었을 뿐이다. UFO라는 것과 연관이 없다고 단언할 수 없도다. 16경 km의 거리가 얼마나 먼 거리인지 짐작이 가느냐? 네가 하루에 100km씩 간다고 해도 약 4조4천억 년을 달려가야 새로운 생명체가 사는 가장 가까운 행성에 도달할 수 있다는 얘기니라. 어떠냐, 이제 우리은하와 우주의 규모에 대해 조금 이해하겠느냐?"

백 교수는 약왕신의 말에 두 손을 맞잡고 읍하였다.

"산신님, 무궁한 우주의 신비함을 가르쳐주심에 황공하고 감사할 따름입니다."

"네가 귓구멍이 좀 뚫린 것 같아 좀 더 말해주마. 우리은하의 구심점이 어디냐? 바로 북극성(Polaris)이다. 북극성에는 천극신이 계셔서 우주의 영원한 존립과 운항을 위해 활동하면서 북두칠성(The Big Dipper)이라는 청칠성(靑七星)을 휘하에 두었다. 지구인 중에 제법 하늘의 이치를 아는 자들은 이 북두칠성을 칠성신으로 받들어 모시지. 지구에서 북극성까지의 거리는 4,068조km. 북두칠성까지의 거리는 그보다 훨씬 가까워서 756조km이다. 북두칠성에서 다시 3,312조km를 더 가야 북극성에 닿는다는 말이다. 지구에서 북극성까지는 지구에서 태양까지 거리의 2,700조 배에 달한다. 내가 수치로 우주에 대해 말해주는 것은 너희 지구인들은 하늘의 별을 동네 구멍가게에서 파는 별사탕쯤으로 대수롭지 않게 생각하는 잘못을 범하기 때문이니라. 네 표정을 보니 약초 대장인 내가 왜 이리 수치에 밝은가 하고 묻는구나."

백철은 자신의 사고 영역을 벗어난 거리 관념에 자세를 고쳐 머리를 숙이고 잠자코 듣고만 있었다.

"흠, 그런데 138억 년 전, 우주가 대폭발하는 빅뱅의 혼돈 중에 청칠성(靑七星)이 생겨날 때 적칠성(赤七星)이란 놈이 망극성(亡極星)으로서 태어났다. 모든 생성에는 정(正)과 반(反)이 함께 생긴다. 이 망극성은 눈에 보이지 않는 망령 같은 존재니라. 귀신이나 퇴마라고나 할까? 이 망극성이 유성으로 사라질뻔한 잡철(雜鐵)을 모아서 적칠성(赤七星)을 만들어 수하에 데리고 태양계를 교란하려 달려들었다. 빅뱅은 신비한 물질을 창조하고 수많은 행성을 만들었지만, 그와는 반대로 적대적인 생명체도 나타나게 했던 것이야. 이것은 창조 과정에서 나타나는 불가피한 일이다. 지구상에 질병 박테리아나 다른 생명체를 죽이는 암과 같은 나쁜 질병 생명체가 존재하는 이치와 다를 게 없다. 또 사람이 출생할 때부터 아주 못된 인성을 유전적으로 안고 태어나 인간 세계에 악행을 자행하는 유해인간이 있는 이치와 같다. 이 못된 망극성과 적칠성은 태양계를 멸망시키고 자칭 신 우주 질서를 세우려는 야망을 품고 활동하였다. 그 못된 활동 중의 하나는 인간들끼리 미워하고 싸우도록 충동질하여 우주의 진리에서 벗어나는 행위를 벌이며 살게 하고 있다. 그게 뭔지 아느냐?"

백 교수는 적칠성이라는 사악한, 눈에 보이지 않는 영이 지구상에 횡행하여 지구와 인간을 파멸로 이끈다는 이야기에 눈이 번쩍 떠졌다. 그러자 갑자기 북한 김정은이와 미사일, 핵무기가 생각났다.

"네 소생이 알기로는 그로 인해 지구에 수많은 재앙이 빈발하고 있는 것이 아닐까 합니다. 그것은 전쟁, 질병, 빈곤, 차별, 혐오, 무지, 소외, 강도, 강간, 투옥 그리고 살인과 같은 반인륜적인 범죄들입니다."

"오냐. 제법이구나. 지금 지구별은 이 적칠성이란 놈들의 속임수에 속아 멸망을 향해 치닫고 있다. 우주의 자손인 사람들끼리 싸우고 미워하고 죽이고 속이고, 심지어 다른 생명체들을 무자비하게 도륙하고 말이다. 이와는 반대로 청칠성은 평화, 자유, 평등, 부유, 건강, 배려, 행복, 사랑의 뜻을 펴기 위해 노력해오고 있는데, 악마의 활약이 그악하다 보니 어느새 악의 활동이 돋보이기 시작하고 말았다. 그에 따라 나약한 인간들은 우주성과 신성에서 벗어나 악마의 영역으로 이동 중이다. 쉽게 말하면, 사람의 인성이 사악해지기 시작했다는 얘기다. 악화(惡貨)가 양화(良貨)를 밀어내고 득세하듯이 사악한 인총이 무시로 나타나 적칠성(赤七星)의 꼬임에 부화뇌동하여 세상을 어지럽히고 있지. 가장 위험한 인간이 뭘까?"

"네, 전쟁을 일으켜 평화를 해하는 자와 인간의 생명과 정신을 해치는 자입니다."

"그래, 옳은 말이다. 그것은 바로 사람을 도구로 악용하는 독재자, 민주라는 이름으로 사람들을 거짓 선동하고 이용하는 저열한 정치인, 물질에 혼까지 뺏긴 물질론자, 생명을 파괴하는 자 그리고 인륜을 파괴하여 인간성과 공동체의 정체성을 파괴하는 자들이다. 지금 지구 세상을 보면 인간이 약 1만 년에 걸쳐 쌓아놓은 고매한 지성(知性)조차 산술적이고 기계적인 평등과 실용이라는 애매한 현실 가치로 눌러서 인륜이나 도의가 사라진 악의 소굴로 바뀌어 나가고 있다. 그런데도 정치인은 물론 누구 하나 이를 바로잡으려 제 몸을 바치지 않고 있다. 심지어 구원의 메시아를 자처하는 자들도 제 부귀영화에 골몰할 뿐이더구나. 어떠냐? 네가 사는 나라는 예로부터 군자국이라 했거늘, 아직 인의예지(仁義禮智)가 살아있는가?"

백철은 약왕신의 말에 아무 소리도 못 하고 머리만 주억거렸다. 그가 근무하는 대학을 비롯하여 학회와 단체에도 수많은 반인륜, 불의의 범죄가 판을 치고 있으므로. 하지만 너무 일방적인 설교만 듣는 것 같아서 한마디 거들었다.

"약왕신이시여, 인간 세상도 자체 정화를 위한 수단으로 법과 도덕, 윤리, 종교와 신앙 그리고 문화예술이 등장하였나이다."

그리 대답했지만 '네 나라가 신의와 염치를 아는 사람들이 사는 군자국이냐'는 질문에는 자신 있게 대답할 수가 없었다. 언제부터 인가 인간성조차 메말라가는 이기주의 사회가 돼가고 있었기 때문이다. 백 교수가 머뭇대자 약왕신이 이렇게 말했다.

"그래, 종교와 예술을 통한 사랑은 지구별과 인간이 제대로 된 생명체로 살아가는 데 필요한 빛과 소금 같은 것이니라. 천극신은 지구별이 위기 상황에 처한 것을 일찍이 간파하시고 우주와 우리은하 그리고 태양계의 원활한 운행을 방해하는 이들을 선도하기 위해 몇 명의 성자를 지구에 보내어 인간의 본성을 깨우치게 하였느니라. 인간은 우주의 뜻을 거스르면 반드시 파멸하고 말기에 이것을 예방하기 위한 배려였지. 천극신이 지구에 보낸 네 분의 성자는 이것을 깨닫고 알려주려고 애쓴 사람으로서 석가모니, 공자, 예수 그리고 마호메트라는 선지자이다. 너희는 그들을 성자 또는 구세주라 부르더구나. 그들은 종교라는 인간 교화 수단을 가지고 천극신의 뜻을 인간 세상에 전하려 자신을 바치며 노력하였다. 심지어 순교까지 했지만 사악한 인간들은 천극신의 사자까지 죽음으로 내몰았다. 인간들은 이들 인신의 뜻까지 악용하는 지경에 이르더니 다툼과 분열이 심화하여 종교전쟁까지 벌였고, 결국에는 인신의 역할이 한계에 다다르고 말았다. 참으로 불행한 일을 인간 스스로 만들고 있다. 인간의 이성이나 감성이 마비되어 세상에 악의 종자가 가득 뿌려지고 타락하기 시작하자 천극신은 인간 세상 삼라만상에 가득 고인 사기(邪氣)를 풀어주기 위해 새로운 시도를 하였느니라. 작은 땅을 천국으로 만들어 그것을 한 뼘씩 넓혀보자는 구도이다. 너는 아느냐? 지구의 보물섬이 어디인가를?"

"지구에 보물섬이라면 때 묻지 않고 잘 보호된 남태평양의 무인도가 아닐는지요?"

"아니다. 사람이 사는 작은 나라이다. 3억년 전에 생겨난 땅이요, 1억2,000만 년 전인 중생대 백악기 전기에 몸길이 2m가 넘는 뿔공룡이 살았던 곳이다. 그 땅은 아시아 최대의 공룡서식지가 있었던 곳이기도 하지. 그리고 70만 년 전부터 사람이 사는 유구한 역사의 땅, 네 번째 빙하기에도 원시인들이 석회동굴로 피신하여 살아남았던 땅, 청칠성(靑七星)의 기운이 가득한 동방 땅이니라. 지금은 청동오리와 검은 두루미 등 겨울 철새들의 천국이기도 하고, 세계에서 공룡 발자국이 가장 많은 곳이다."

"아, 네….”

백철은 긴가민가한 심정으로 약왕신을 바라보았다.

"삼천리 금수강산이라 불리는 동방의 작고 아름다운 나라가 지구의 보물섬이니라. 지금은 남북으로 갈라져 있지만, 그곳은 일찍이 천극신이 대륙에서 분리해 보호한 땅이다. 그곳에 자라고 있는 모든 생명은 다른 지역의 것보다 더 값지고 소중하고 영민하여 뛰어난 재질과 품질을 지녔도다. 천극신은 그 땅에서 자라난 청년들을 선택하여 은하의 정신을 불어넣어 홍칠성(弘七星)이라 이름했다. 너는 북두칠성을 알겠지? 하늘의 북두칠성은 천칠성(天七星)이라 하고, 그 기운을 받아 지구로 보낸 일곱 청년을 홍칠성이라 부르는데, 이들에게 인류 구원의 사명을 주어 보냈다. 더불어 샛별에 사는 비너스 공주에게는 지구에 내려가 인간을 음악과 춤으로 교화하는 임무를 부여했느니라. 정치나 경제 국방력 강화만이 능사로 아는 인간 세상에 문화와 예술의 힘을 발휘하도록 배려하신 것이다."

"그럼 그 홍칠성과 비너스가 구세주입니까?"

"아니다. 그들 여덟 명의 사람별[人星]은 종교나 인종, 지역, 빈부, 성별, 국적, 세대의 차별 없이 온 세상 인류가 하나가 되어 화목하게 살아가도록 하늘의 메신저 역할, 나아가 소통과 교화의 역할을 맡은 순수한 젊은이들이다. 그들은 악무신(樂舞神)으로 음악과 춤의 신이다. 이들은 새로운 인간 세상을 만들기 위해 활동하는 청년들로서 동양에서는 선랑(仙郞)이라고 부르기도 하고, 서양에서는 'K팝 스타'라고 불린다. 인류에게 빛과 소금의 역할을 하는 인간별이지. 이들의 소임은 대동세상(大同世上), 즉 원 월드(one world)를 만드는 일이다. 이미 10여 년 전부터 활동을 시작하였는데, 아마 당분간 그들이 지구인을 하나로 묶는 역할을 할 것이다. 그 뒤에는 각자가 큰 별이 되어 활동하다가 필요하면 연합할 것이고, 또한 남두육성을 닮은 여성별들도 함께 참여할 것이니라. 그들 말고 또 다른 칠성들이 더 나타날 것이다. 동방의 군자국에는 앞으로 무수한 인별들이 탄생하여 지구에 새로운 역사를 만들 인간 빅뱅을 도모할 것이다. 너는 그들을 아느냐?"

그러고 보니 세계적으로 유명해진 보컬 그룹이 생각났다. 언젠가 그 멤버 중 하나가 서울 〈예술의 전당〉에서 한글사랑 활동을 한 일도 기억이 났다. 또 최근에 미스트롯으로 혜성과 같이 등장한 우읏

빛 피부의 MZ세대 가수가 생각났다. 그가 잠시 생각을 가다듬는 사이에 백두산 제 일봉인 장군봉(병사봉) 너머에서 은은한 노랫말이 들려오기 시작하더니 여덟 개의 별이 은환호로 내려와 춤추며 〈구원의 노래〉를 부르기 시작했다.

    지구별 80억 인간의 고향은 바로 하늘나라
    우주에서 보면 지구는 아주 작아
    그 속에서 행복하게 사랑하며 살기를
    하늘은 간절히 바랐었지
    그런데 인간은 하늘의 뜻을 거역하고 있어

    인간의 지식이라는 것, 아주 하찮은 거야
    인간의 감성이라는 것, 너무 얇고 가벼워
    광명과 암흑을 선악으로 구분하는 것
    매우 일차원적 아메바 같은 사고야
    인간은 고등동물이라면서 왜 싸워?
    곤충들도 공존하는데 사람은 왜 다투지?
    배가 고프고 외로워서?
    땅과 재물이 탐나서?
    더 잘 먹고 더 잘 입고
    더 좋은 집에서 살고 싶고
    더 멋진 사랑을 위해 온갖 비열한 수법을 쓰는 거야?
    하지만 우주의 섭리는 그걸 용서치 않아
    죽은 뒤 문제가 아니고 살아서 문제가 되지
    악을 물리치겠다고 더 큰 악마가 되면

이승에도 지옥이 있음을 알게 돼

　　마음에 칼을 갈고 입에 독을 품는
　　그런 사람은 구원받지 못해
　　뜨거운 눈물을 흘릴 줄 알아야 해
　　별들의 눈물은 영롱한 소금 빛으로 빛나지
　　그걸 사람들은 별빛이라고 찬양하는 거야
　　샛별이 해 질 녘과 해 뜰 녘에 밝게 비치는 건
　　인류가 스스로 구원받을 마지막 기회라는 메시지야.

　백두산 약왕신이 말한 '별에서 온 일곱 성자'는 우주의 섭리로 한반도에 내려온 북두칠성의 아바타인 홍칠성(弘七星)이었다. 또 샛별 공주는 지구인들에게 가장 친근한 금성의 딸이었다. 그들의 고향은 하늘이었다. 그들의 소명은 춤과 노래 그리고 포용과 사랑으로 인류의 가슴을 원초적 본성으로 되돌려 인간을 선하게 하고, 세상을 평화롭게 하는 데 있었다. 홍칠성과 샛별 공주는 빛으로 가득한, 썩지 않는 세상을 만들고, 영원히 빛나는 지상의 별, 썩지 않을 인성과 문화, 역사의 별을 추구하였다. 여덟별을 지구에 내려보내면서 천극신은 그들에게 이렇게 당부했다.

　- 너희는 인간의 참 본성과 능력과 마음을 지닌 소우주이니라. 하늘이 80억 인총을 다르게 만든 것은 다툼과 싸움을 방지하기 위함이었노라. 그러나 추위와 빙하로 벌 받은 지 겨우 1만 년, 그것은 우주의 1초도 안 되는 짧은 시간인데, 인간은 어느새 세상을 해

치는 독이 가득한 생명체로 변하였나니, 이것은 하늘의 뜻이 아니도다. 빛은 암흑이 받쳐주어 에너지가 될 수 있다. 인간은 암흑의 철학과 신앙에 무지하니 슬프도다. 어둠은 절망이요 파괴요 없음 뿐이라는 무지의 궁극에서 꽃을 피우려 하다니 무모한 일이다.

- 한 송이의 꽃이 피어나려 해도 얼마나 많은 생명의 합심이 있어야 하는지 인간은 모르더라. 제 어미가 열 달 품어 새끼를 출산하는 것만 생명 생산인 줄 알더라. 빛과 바람과 흙과 물의 합심, 우주의 기운이 혼을 만들어 불어 넣어주고, 벌 나비의 춤사위가 없으면 길가의 패랭이꽃 하나 피어나지 못하고, 진딧물 한 마리 생기지 못하지. 연약한 벌 한 마리가 천만 번의 날갯짓과 단 25일밖에 살지 못하는 희생으로 꿀과 꽃과 아름다운 생명이 탄생하는 줄 인간은 모르더라.

- 무지한 인간이 가슴조차 차갑게 변하고, '이성의 상자'라는 뇌수까지 욕심으로 가득하니 그 욕심이 절망과 사망을 낳도다. 심장과 폐와 간이 제 기능을 상실하여 고매한 생명체가 굳어가고, 소중한 공동체가 제 본체를 잃어버려 가느니, 이것은 우주의 뜻이 아니다. 인간의 폐가 시멘트처럼 굳어버리는 코로나라는 질병을 내린 것은 따뜻한 가슴을 회복하라는 우주신의 마지막 경고이니라. 너희는 반드시 감성을 바로 세워, 죽어서 천국을 찾으려는 어리석음을 버리고 살아서 천국의 기쁨과 열락을 공유하도록 하여라. 인종과 지역과 땅과 바다, 종교와 삶의 방식을 탓하거나 나무라지 말

고, 평등 세상, 자유 세상을 누리도록 일깨워주거라.

- 자연법은 천지의 율법이다. 자연으로 들어가면 모든 것이 느리지만 자연은 그침이 없이 움직인다. 이웃끼리 자유롭고 행복하게 사는 그 가치를 널리 알려 세상을 이롭게 하라. 홍익(弘益)의 거룩한 이치를 펴거라. 민주가 육체라면 자유는 혈(血)이니라. 자유 평등 세상을 만드는 데 힘쓰거라. 본디 방(方)이란 공간을 초월하는 오묘한 삶의 철학이다. 너희가 태어난 인연의 방은 올바르게 사는 삶의 방식이요, 정의롭고 평화로운 나라와 세계를 이름하나니, 너희는 평화와 기쁨과 함께 번영하는 멋진 처방전을 지니고 다니며 어디서든 펼치거라. 너희는 지상에 영원한 소금별이 될 것이니라. 소금별은 빛과 소금이 결합한 가치의 결정체이니 빛만으로 밝음이 지속하는 건 아니다. 부패를 막는 소금이 있어야 참 광명이 지속한다.

- 행복이란 인간이 의미 있는 일을 하는 데서 얻는 것. 행복이든 불행이든 그것은 모두 너희가 만드는 것이다. 불행할 때는 이기적으로 살았구나 반성하고, 행복할 때는 나 대신 고통 받는 사람이 있겠구나 그렇게 생각하고 살도록 깨우쳐줘라. 사랑보다 더 위대하고 보람 있는 삶은 없다!

이런 천극신의 당부를 듣고 난 홍칠성과 샛별 공주는 이에 화답하기라도 하듯이 춤을 추며 〈빛과 소금이 되리〉라는 노래를 불렀다. 백철은 자기도 모르게 덩실덩실 따라 춤을 추었다. 이런 그의 흥을 백두산 약왕신은 미소를 띠고 바라보고 있었다.

우리는 지구와 인간을 살리는 소금별
작지만, 보석처럼 빛나는 생명의 별
빛과 사랑과 정의의 메신저
지구와 인류가 다시 빙하시대로 돌아가지 않도록
평화와 조화가 숨 쉬는 세상이
다시는 암흑으로 바뀌지 않도록
동방의 빛으로 온 세상을 찬란하게 비추리

뉘우치는 눈물도 짜고
수고하는 땀방울도 짜다는 것을 알리리라
한 방울의 눈물 속에, 한 방울의 땀 속에
꼭꼭 숨어있는 소금 아이들
세상이 독성으로 물들어 썩지 말라고
눈물과 땀은 소금 맛을 잃지 않느니
그 사랑의 힘으로
때로는 다이너마이트도 터뜨리고
때로는 바다에 프러포즈도 하면서
불타오르는 댄스를 출거야
모두가 엄마 아리랑을 부를 거야

세상의 모든 부모에게 피와 땀과 눈물을 요구하고
최초의 시작이 있던 때를 잊지 않고

그 길을 찾는 방법을 끊임없이 탐색할 거야
꿈을 잃지 않는 삶이 행복이라는 증거를
세계의 아미(ARMY)들에게 알려 줄 거야
사랑의 여왕 팬들에게
배를 띄워 희망의 나라로 가자고 말해줄 거야
우리의 꿈, 우리의 길을 잃지 않을 거야
아니 기어코 우리의 갈 길을 찾아내어
영원한 봄날을 그릴 거야
세상을 구원하는 일에 우리 생명을 바칠 거야

시방 삼세(十方三世) 시공간을 넘어
영원한 평화와 번영을 추구할 거야
정의와 진실의 화살처럼 늘 참되게 살다 갈 거야
세상을 소복소복 낙원으로 만드는 새로운 DNA가 될 거야.
그 DNA가 끊임없이 분열하여 생명을 이어가도록
빛으로 존재하자고 기도하는 마음으로 혼을 바쳐
춤추고 노래할 거야
뿌라비다(Pura Vida)!
오, 행복한 인생!
아모르 파티(Amor Fati)!
네 운명을 사랑하라!

운명을 가르는 하늘 소리

강화도 마리산에 있는 천원지방(天圓地方) 형태의 참성단(塹星壇). 예로부터 천제(天祭)를 지내온 성소이다.

운명을 가르는 하늘 소리

 백철은 '7인의 성자들'과 샛별 공주의 노래를 들으며 백두산 아래 은환호에 몸을 담갔다. 차가운 물 안에서 그는 벅차오르는 환희 속에 자신이 새로 태어난 듯 정신이 맑아졌다. 약왕신은 그에게 로마 교황이 행하듯이 은환호의 성수로 거룩한 대례를 행해주며 이렇게 말했다.
 "네 이름이 백철(白鐵)이라 했느냐? 그것은 곧 금이요 만물의 지표를 의미하나니 참으로 귀한 이름이로다. 네 사고가 건전하고 네 꿈이 갸륵하며, 네 능력이 범인과는 다른지라, 내 너에게 특별히 의식을 시행해주고 두 가지 선물을 주려 하노라."
 백 교수는 약왕신의 말에 대답을 못 하고 머리를 숙여 경의를 표했다.
 "네 영육의 건강을 위해 호삼(虎蔘) 두 뿌리를 주노라. 호랑이 형상의 백 년 묵은 산삼이다. 백두산 지하삼림(地下森林)에 내려가 구렁이 밭에서 구해온 귀한 보물이니 천지 물에 잘 씻어서 천천히 씹어 먹거라. 아마 네 몸이 몰라볼 정도로 가벼워지고 머리가 명석해질 것이니라."
 그러면서 약왕신은 손수 은환호 물에 한 뿌리를 씻어서 백 교수에게 주었다. 그는 두 손으로 받아 읍하고 눈을 감고 천천히 씹어 먹었다. 입안에 씁쓰레한 기운이 돌다가 박하 향 같은 기운이 가득하고 머리가 맑아지면서 몸이 부채처럼 가벼워지기 시작했다. 늘 묵직했던 머리와 몸에 기적이 일어난 것이다. 산삼이 몸에 좋다는 것은 알았지만 아무리 생각해도 신비하기만 했다. 그런 그를 바라보던 약왕신이 다시 말했다.

"네가 먹은 것은 그냥 산삼이 아니라. 우주의 기운까지 받은 것이니라. 둘째 선물은 너에게 사람의 마음을 읽을 줄 아는 심안(心眼)을 주겠노라. 사람의 목소리를 듣고 그의 성품과 지혜, 건강 상태까지 알아내는 성상(聲相)의 신통력(神通力)을 주겠노라. 너는 사람의 인상이나 골상, 수상, 족상 등은 이미 깨우쳐 알고 있더구나. 그러니 이제 음성을 통해서 사람의 가치를 가릴 수 있다면 금상첨화일 것이니라. 은환호에 몸을 담그고 사흘을 지내거라. 그리하면 네 귀와 목이 새롭게 열려 소리를 구분할 수 있는 재주를 터득할 것이니라. 그리고 동방국에 돌아가면 네게 할 일을 주리라. 그것은 네가 지난 세월 간난신고를 당하면서도 입보다 귀를 소중히 하고 살아온 데 대한 선물이니라."

은환호에 몸을 담근 백철의 눈에는 높은 산 위에 깃발이 휘날리는 성채가 있고, 황금색 봉황 일곱 마리가 태양을 지나 은하수로 날아가는 모습이 보였다. 그 성채는 만주에 있는 고구려의 봉황성(요녕성 봉성), 즉 을지문덕 장군이 수양제의 수군을 대파한 전선사령부가 있는 높은 산성이었다. 일곱 마리의 봉황은 7대주 7대양의 부흥을 상징하는 태양새요 하늘새였다.

아무튼, 백두산에서 돌아온 뒤부터 백철은 소리에 관한 성상학(聲相學) 분야를 선험적으로 터득하고 더 연마하여 전문가가 되었다. 이른바 모든 음성과 소리에 달통하는 기운을 얻은 것이다. 구체적으로 말하면, 그는 사람의 음성을 듣고 그 사람의 모든 것을 판단하는 능력을 터득해 가졌다. 그리고 땅과 물의 소리와 천둥 벼락 등 하늘의 소리까지 예민하게 들을 수 있는 성상학(sound features science 聲相學)을 정립하여 내 것으로 만들었다. 여기에 더하여 동물과 식물이 내는 소리까지 듣고 이해하는 정도에 이르렀으니 그는 '소리의 인신(人神)'이라고 해도 과언이 아니었다. 어느 날인가는 고요의 소리도 그의 귀에 들렸다.

사람의 목에서 나오는 소리는 그 사람 자체를 표현하여 드러내는 숨길 수 없는 증표이며, 나아가 그 사람의 가치를 판단하는 내밀한 기준이 된다. 우리가 똑같은 노래를 불러도 사람마다 음색 음량 음질 그리고 음의 깊이가 달라서 분위기와 느낌이 다른 것은, 그 사람이 가진 본래의 소리의 모습 즉 성상 때문이다. 사람의 음성은 아무리 가식을 붙이고 가음(假音)을 내도 속일 수가 없다. 이것은 이미 범죄심리학에서도 입증하고 있어 범의(犯意)의 진위를 가려내는 매우 중요한 근거가 된다. 그러니까 일종의 '목소리 지문'이 곧 성상(聲相)인 것이다.

백철은 사람의 목소리는 그의 유전적 특징, 집안의 병력(病歷), 인품과 성격, 지식과 교양, 건강 정도, 문화적 향유 수준, 신심(信心)의 함량을 반영하는 소리의 대종(大宗)이라고 보았다. 더불어 목소리 주인의 개성과 풍류와 명예, 권세와 재산의 정도도 함유하고 있으며 그의 수명과 미래까지 암시해주는 기운이라고 분석하였다.

사람이 귀로 들을 수 있는 가청주파수는 20Hz에서 20KHz 사이지만, 보통은 베이스 저음 한계인 87Hz에서 소프라노 고음 한계인 1KHz 사이다. 그런데 백철은 이런 가청주파수의 상하로 20% 이상의 음을 더 들을 수 있고, 그 음의 질까지 파악하는 능력을 지니게 되었다.

백철은 백두산을 다녀온 뒤 정기건강검진 중 우연히 발견한 뇌종양을 치료하는 과정에서 CT와 MRI를 촬영하는 도중에 성상을 간파하는 능력을 기적처럼 확인했다. 좌뇌와 우뇌에서 배출하는 소리가 다르게 들리면서 파도치듯 소리의 물결이 일렁이는 속에 수많은 별이 쏟아져 내리고 우주의 모든 소리가 그의 귀와 뇌를 자극하는 무시무시한 체험을 한 것이다. 그로 인해 좌뇌와 우뇌에 울리는 소리의 파장을 구분하고 분석해내는 힘을 얻었다. 두 번째 CT 촬영 때는 우뇌 쪽에서 천둥 같은 목소리로 '천지현황!'이라는 굵은 음성이 또렷하게 들렸다. 바로 백두산 약왕신의 목소리였다. 그 당시에는 무서움에 떨었고, 마치 환청 속에 사는 것 같아 사람을 피해 다녔었다. 하지만 어떤 사람의 음성이 질적으로 구분되어 들리는 것을 그는 자연스럽게 분석하여 기억할 수 있었다. 사람들이 지하철에서 나누는 이야기, 교수의 강의, 성직자들의 설교나 강론, 라디오방송 MC 등의 목소리를 심층적으로 분석할 수 있을 뿐만이 아니라, 새와 동물들의 소리도 어느 정도 이해할 수 있는 능력을 지니게 되었다. 그런 능력은 따로 훈련하거나 해서 얻은 것이 아니라 자연스럽게 머리에 입력이 되었다. 심지어 TV에서 노래하는 가수들의 목소리를 듣고 나서 그 가수의 성패를 진단하여 맞히기도 하였다. 우리가 가수들의 노래에서 느끼는 감동 수준은 이성과 팩트가 아니라 감성에 좌우되는데, 백철은 그 감성의 질과 깊이까지 간파한 것이다. 하지만 그럴수록 그는 겁이 났다.

- 아, 이게 뭐지? 하늘이 나에게 왜 이런 이적(異蹟)을 주시지? 혹시라도 나를 시험하려는 악마의 유혹인가? 무섭고 두렵구나.

그는 사람을 만나 대화하면서 상대방의 목에서 나오는 후성(喉聲), 머리끝에서 나오는 두성(頭聲) 그리고 심장에서 올라오는 심성(心聲)까지 들었고, 그 깊이와 특질을 분석하는 능력을 갖추게 되었다. 그리고 누군가와 대화하다가 앞뒤에 숨겨진 여분을 찾아내어 상대가 말하지 않아도 속내까지 짚어내는 집음(執音) 능력도 지니게 되어 스스로 두렵기도 했지만, 과묵(寡默)의 가치를 터득하여 잘 이겨내고 있었다.

그는 자신의 성상학 테스트를 통해 모 TV 방송에서 가진 가수선발 프로그램인 미스터트롯과 미스트롯 경연 예선을 듣고 결선에 들 수 있는 7명씩을 정확히 맞혔다. 특히 그가 주목한 것은 남자가수 K와 여자가수 H양이었다. 두 사람은 경연에서 최고에 이르지는 못했지만, 백철은 어떤 자리에서 이렇게 말했다.

"서양의 오페라까지 섭렵한 K는 음악 세계가 넓고 젊은 나이에 겪은 고난의 스펙트럼이 심상에 고여 있어서 세계적인 가수가 될 자질이 있다. 또 자신을 잘 제어할 줄 알며 인간성이 풍부하며 인

내심이 강하고, 남을 포용하는 능력이 뛰어나고, 노력하는 가수라서 장수할 것이다. 그리고 H양은 아이돌가수 출신으로서 동서양의 미를 겸비한 얼굴, 인형같은 몸매 그리고 남이 흉내 낼 수 없는 창법을 갖고 있다. 판소리를 연마하여 동양적인 폭넓은 목소리에 한(恨)과 흥(興)이 공존하는 음색을 지녔고, 자기경영 능력이 뛰어날 뿐더러 낙관적인 심성이 장점이다. 또 어떤 실패도 돌파할 수 있는 강인한 심성을 지녀서 역시 세계적인 가수가 될 것이다. 이 두 사람은 빛과 바람의 노래를 부를 줄 알아서 한국음악의 신세계를 열어나갈 것이다. 이 둘의 공통점은 목소리에 신명이 가득하다는 점이다. 신명이 약하거나 죽은 소리는 음악이 아니라 잡귀의 울부짖음일 뿐이지. 그래, 작은 실패에 낙망하거나 좌절하는 사람은 내공을 기르지 못하고, 내공이 약한 사람은 성공할 수 없어."

그의 말은 적중하여 날이 갈수록 그 두 사람은 한국 가요계에서 특유한 위치를 차지하기 시작했다.

백철이 사람의 음성을 분석하는 나름의 기준은 8가지였다.
- ⊙ 소리통이 굵은가 얇은가에 따라 주상(柱相)과 지상(支相)
- ⊙ 목소리가 맑은가 탁한가에 따라 청상(淸相)과 탁상(濁相)
- ⊙ 목소리가 자신의 품성을 잘 드러내는가 감추는가에 따라 현상(顯相)과 은상(隱相)
- ⊙ 목소리가 직접적인 표현인가 간접적, 우회적인가에 따라 직상(直相)과 곡상(曲相)
- ⊙ 목소리가 정직한가 부정직한가에 따라 정상(正相)과 부상(不相)

⊙ 목소리에 빛이 나는가 어두운가에 따라 광상(光相)과 암상(暗相)
⊙ 목소리의 톤이 남을 이끌어가는가, 이끌려가는가에 따라 도상(導相)과 추상(追相)
⊙ 목소리가 유쾌 발랄한가 음란한가에 따라 쾌상(快相)과 음상(淫相)으로 나누었다.

이 여덟 가지 기준으로 사람의 성상을 평가하였고, 필요로 하는 사람에게 조언해주었다. 오래전에 삼성그룹의 고 이병철 회장이 사람을 쓸 때 인상과 골상을 중요시하여 사람을 뽑은 결과 삼성그룹의 인적 토대가 탄탄했고, 결속이 강했다는 주장이 재계에서는 전설처럼 전해오고 있어서 기업에서 사원을 채용할 때 서구적인 채용기준만으로는 부족한 무엇이 있다는 나름의 경험칙을 그는 믿었다. 아니나 다를까, 재계에서는 백철의 견해를 듣고자 초청하거나 음성을 녹음하여 가지고 와서 자문을 받기도 했다. 심지어 종교계에서도 목회자들이 그의 성상통력(聲相通力)을 인정하고 존중해주었다.

백철은 목회자 중에서는 TV 방송을 통해 잘 알려진 J 목사의 음성이 가장 호소력이 있다고 평가하여 그를 일약 스타덤에 올려놓는데 크게 기여하였다. 그리고 정치인 중에는 K당의 J, S 의원, D당의 L의원의 성상이 좋아서 앞으로 큰 역할을 할 수 있으리라 전망했다. 반대로 젊은이들로부터 큰 호응을 받다가 나락으로 떨어진 젊은 정치인은 그의 잔망스러운 성상에 상당한 이유가 있다고 분석했다.

그의 판단기준에 의하면 사람의 음성은 다음과 같은 네 계층으로 구분할 수 있다.

◉ 최고 신뢰 자는 위에 제시한 8대 특성에서 90% 이상을 받는 사람으로 그는 진인(眞人)이라 불린다. 목소리가 밝고 맑으며 솔직하고 정직하며 유쾌한 사람으로서 최적의 파트너이다.

◉ 두 번째로 신뢰 가능한 사람은 80% 이상을 얻은 자로 수인(秀人)이라 불린다. 진인보다는 조금 낮지만 신뢰할 수 있는 사람이다.

◉ 70% 정도를 얻은 자는 일을 시켜보고 시험하여 판단해야 할 사람으로 양인(良人)이라 불린다. 인턴부터 일을 시켜볼 사람이다.

◉ 50% 미만자는 함께 일하지 못할 자로 배인(背人)이라 불린다. 즉 목소리가 탁하고 은밀히 속을 감추며 상대를 떠보면서 계산하는 사람, 돌려 말하여 은근 유혹하는 음색을 가진 자는 최악이다. 그의 음성에는 인간 성정이 부족하여 함께 일을 도모할 수가 없다.

백철은 이런 기준으로 사람의 음성을 분석하여 대했고, 그 정확도가 놀라움을 스스로 인식하였다. 정치인들이 각종 선거에 출마하여 연설이나 대담을 하는 것을 듣고 그는 대번에 그의 진의를 계량화해냈다. 그리고 그 사람의 인간적인 품성과 신뢰도 그리고 미래를 예견하는 신기(神氣)에 주위 사람들도 놀라곤 했다.

백철의 진단은 20대 대통령선거에 출마한 후보들의 말의 신뢰도를 진단하여 내놓은 데서 결정타를 날렸다. 그는 여야 후보자의 언변을 분석하여 당선확률이 높은 순으로 지목하여 정확하게 맞혔다. 특히 친지들과 모임에서 대선에 출마한 여야 후보자들의 성상을 분석하여 각각의 품질을 그릇으로 비교, 제시함으로써 박장대소하게 만든 일은 유명하였다. 그는 네 명의 후보를 항아리, 두레박, 바가지, 종지로 비유하면서 국민은 항아리를 선택할 것이라고 예견했다.

그 후 신정부가 들어서서 신임 국무위원에 대해 국회 청문회가 열리고 있을 때 백 교수는 6명의 낙마자를 지적하여 4명이 낙마하였다. 남은 두 명은 억지로 임명한 꼴이 되었지만 결국 관직을 떠나고 말았다. 그는 늘 이렇게 한탄했다.

- 안타깝도다. 시대의 명을 타고난 큰 인물임에는 분명한데, 사람을 제대로 쓸 줄 모르도다. 인재가 넘쳐나는 나라에서 왜 그리 율사(律士)들만 등용할까? 21세기에 20세기식 인사를 하는구나. 계속 이런 인사를 고집한다면 인간자원의 강이 고갈되고 맥이 경직되어 아무것도 이룰 수 없고, 허둥대다가 임기를 마칠지도 모르겠구나. 성공적인 지도자가 되려면 진실과 겸손, 책임의식이 강해야 하고, 초야에 묻힌 인재까지 찾아내어 중용하고, 매사를 역사적 관점에서 보고 판단하고 강력하게 실천해나가야 하거늘.

백철의 성상(聲相) 간파력(看破力)은 일차적으로 누구의 면전에서 소리를 채집하여 계량적으로 분석하는 것과 우리 민족이 지닌 독특한 에너지인 정(情 amity.heart to heart)이라는 텔레파시를 통하여 상대에게 감정 이입을 통하여 끄집어내는 것이었다. 그의 성상 판별력은 참선과 수양을 통해 염력으로 자리 잡았다. 그런 영성 훈련을 몇 년간 한 결과 이런 결론에 도달하였다.

― 하늘은 고도로 수양이 된 사람에게 지도자 자격을 준다. 언론이나 여론조작, 또는 적의 지원으로 지도자의 반열에 오른 사람은 반드시 후과(後果)를 남겨 본인과 가문에 해를 끼치며, 역사에 해로운 인물로 기록된다.

백철은 조상신과 역사 정신이 그에게 예지력과 지혜를 주고 있다고 굳게 믿고 있었다. 하여 천기(天氣)를 함부로 말한다는 것은 참으로 무서운 일이라 두려워하여 가급적 이를 밖으로 내색하지 않았다.

어느 날 꿈에 백두산 약왕신이 나타나 말했다.

"너는 삼신(三神)의 택함을 받아 높은 수준의 사리 분별력과 인간 심성을 꿰뚫어 보는 안목을 지니게 되었느니라. 인간은 누구나 그런 염력(念力)을 지녔는데, 다만 영이 타락하면서 그 기운을 잃었느니라. 너만은 아직 맑은 영을 지니고 있어 그런 힘을 주어도 낭비하지 않겠구나 싶어서 주게 되었도다. 다만 경계할 것은 모든 기운이란 채움이 없이 사용만 있다면 금방 사라지는 햇무리 같은 것이니라. 그러니 끊임없이 수도 정진하여 너의 영을 맑게 유지하거라. 그리고 함부로 나대지 말거라."

꿈에서도 너무나 명료한 백두 산신의 당부를 들은 날부터 백철은 자기가 지닌 성상분별 능력을 함부로 사용할 경우, 하늘의 징벌이 있을 것을 예견하고 자중하며 살아가고 있었다. 그 때문에 가족조차도 그의 이런 신비한 능력을 감지하지 못하고 있었다. 그의 좌우명은 지족자부(知足者富), 족함을 아는 자가 부자라는 것이어서 물질의 유혹에 초연하며, 매사에 근검하고 깨끗하게 자신을 가꾸고 살려고 애를 썼다.

그러나 그의 신비한 '인간품질감별' 능력이 세간에 알려지기 시작하면서 전국의 고관대작들이 그의 집에 줄을 이었다. 땅을 보는 사람을 지관(地官)이라 한다면, 그는 인관(人官)이라 해도 과언이 아니었다. 하지만 그는 사람들이 과욕을 부리는 것이 싫었다. 도대체 의식주가 풍족하고 어느 정도 지위와 명예를 얻은 사람들이 무엇을 더 바라고 발악해대는지 걱정스러웠다. 나이 60이 넘어서도 자신을 돌아보고 판단할 줄 모르는 사람들이 정치권이나 군인, 관직에서 높은 지위에 오르려고 발버둥 치는 것이 이해가 가지 않았다. 하여 그들 속에서 허둥대다가는 자신의 명을 다하지 못할 것을 깨달은 백철은 강화도 마리산 참성단에 올라 기도하였다.

일주일 동안 미숫가루와 물만 먹으며 참성단에 무릎 꿇고 하늘을 우러러 기도하다가 잠시 설핏 잠이 들었을 때였다.

개천각(開天閣)이라는 기와지붕이 보이고, 그 안에서 푸른 불빛이 새어 나오는 것을 보았다.

- 저게 무슨 빛일까?

그는 궁금하여 발길을 그쪽으로 돌려 내려갔다. 기와집 한 채가 외딴곳에 있는데, 가운데 문이 열려 있었다. 그 안에서 오색찬란한 빛이 나오고 있어서 그는 두 손을 모아 합장하고 읍한 다음에 천천히 그 안으로 들어갔다. 그때 갑자기 한 동자(童子)가 나타나 그를 안으로 안내하였다. 건물 안에는 많은 영정이 놓여 있었는데, 맨 먼저 눈에 띈 것이 단군왕검의 초상이었다. 그 옆으로 환웅, 치우천왕과 고추모(주몽), 고담덕(광개토대왕), 대조영, 금태조 아골타, 세종대왕 등의 초상이 보였다. 그 아랫줄에는 이순신, 을지문덕, 연개소문, 이순신 등의 역사상 유명한 명장들이 보였다. 그리고 을파소와 서희, 의암 손병희를 삼문(三文)으로 모시고 있었다. 아울러 큰 가르침을 주신 조상으로 이기, 이상룡, 신채호, 홍범도, 오동진, 계연수 등을 모셨다. 그는 향을 피워 예를 행하고 무릎을 꿇고 앉아 명상에 잠겼다. 그때 동자가 노래하듯 낭랑한 목소리로 말했다.

"이곳은 후손들이 흠모하는 동이의 어르신 스물 네 분을 모신 곳입니다. 이 땅 어디에도 민족사의 위인들을 한 곳에 모신 데는 없습니다. 우리가 모시는 천지인 삼신 중에서 가장 중요한 분은 바로 조상신입니다. 조상님들을 잘 공경하고 그분들의 정신을 이어받는 후손이어야 미래가 있습니다. 겨레의 성산인 마리산을 찾는 사람은 많으나 조상을 찾는 사람들은 적으니 후손들이 인덕이 박복해질까 두렵습니다. 부디 이 점을 헤아리시어 후손들이 조상님을 경모하는 마음을 갖도록 지도하여 주세요. 그리고 역사와 전통을 되찾아 주세요. 현재와 같은 혼란 속에서 우리가 의탁할 것은 전통과 역사입니다. 전통을 무시할 때 인간과 사회는 위기를 맞습니다. 요하홍산문명을 창시한 이래 9,000년 이어온 민족의 전통과 역사를 존중하고, 사랑으로 충만한 옥토가 되어 많은 사람에게 사랑을 실천하는 마음을 가질 수 있도록 지도하여 주시기를 바랍니다."

그 동자는 자신을 역사의 여신이라고 말하곤 홀연 사라졌다. 백 교수는 뭔가 깊은 감흥과 기운이 제 안으로 스며드는 것을 느끼면서 일어섰다. 밖에는 함박눈이 그치고, 그가 걷는 눈 위에 오로라 빛의 정령이 가득하여 가뿐한 걸음걸이로 걸어가기 시작했다.

그때, 한 무더기의 검은 구름을 타고 장수 하나가 내려왔다. 구름은 신선이나 타는 줄 알았는데, 환두대도(環頭大刀)를 찬 구 척 장수가 백철의 앞에 나타나 물었다.

"오, 네가 신기(神氣)를 깨우쳤다는 백철이라는 인물인가? 내 백두 산신에게서 들었느니라. 내 너의 화랑 수련에 감동하여 만주 땅 흘승골성(紇升骨城)에서 내려왔느니라."

"네, 소생 백철이라고 하옵니다. 흘승골성이라면 고구려의 첫 도읍지가 아닌지요?"

"그래, 맞도다. 지금은 오녀산성이라고 부르는, 내가 사는 곳이니라. 나는 아골타(阿骨打)라고 한다. 금나라를 만주 땅에 세운 신라화랑의 후손이며, 신라 경순대왕의 7세손이다. 금나라의 금은 신라 김 씨를 말하노라. 금나라를 이어 후손인 누르하치가 후금 즉 청을 건국했느니라. 애신각라(愛新覺羅)라, 신라를 사랑하고 그 은혜를 기억하라는 명제를 갖고 청나라가 중국을 이끌었느니라. 하여 나의 혼에는 신라 화랑도와 고구려의 조의도(皂衣道)가 함께 하느니라."

백철은 금나라 태조 아골타 장군이 신라화랑의 후손이며 고구려의 조의도를 함께 갖췄다는 말에 감동이 일어 우러러보며 물었다.

"소생, 감히 여쭈옵니다. 소생은 신라화랑에 대해서는 좀 아오나, 고구려 조의도에 대해서는 문외한이라 부끄럽사옵니다. 아골타 황제께서는 고구려의 조의도에 대해 하교하여 주시기 바라옵니다."

"그래, 네가 솔직해서 마음에 든다. 고구려가 700년 동안 중원 세력과 자웅을 다투며 우뚝 서서 동북아를 호령한 줄은 너도 잘 알 것이다. 고구려는 한반도의 4배가 되는 영토에 350만의 국민, 30만명의 군대를 보유한 나라니라. 고구려군 중에는 개마무사(鎧馬武士)라고 불리는 강력한 철기병이 있어 전쟁터에서 용맹하게 싸웠다. 하지만 그 철기병의 작전을 진두지휘하고 핵심 전투에서 승리를 쟁취하도록 지도한 근간 군대, 현대군으로 말하면 특수부대가 있으니 그것이 바로 조의 선인(皂衣仙人)이다. 조의는 관등급으로 보면 3등급에 속하고, 그 아래 선인은 선배라는 의미를 지닌 정예 병사로서 한 명의 조의가 100여 명의 선인을 이끌었다. 현대군으로 치면, 조의는 특수부대 대대장이다. 이들은 전쟁이나 국가 유사시 대단한 전력을 보여주어 왕권과 국가를 수호한 충용한 군대이니라. 조의(皂衣)는 고구려의 동맹제(東盟祭)에서 장원으로 선발된 인물들이 뽑혔느니라. 그중에서 가장 출중한 인물을 고구려 최고의 무인 계급인 조의대두형(皂衣大頭兄) 또는 대모달(大模達)로 임명하였다. 이 관직은 1,000명 이상의 군을 지휘할 당주(幢主)이다. 고구려 역사상 위대한 장군으로 20만 군을 이끌고 113만 수나라군을 살수에서 무찌른 을지문덕 장군이 바로 고구려 대모달 중 한 명이었다. 그 살수가 북한의 청천강이 아니라 요녕성의 초자하와 대양하라는 것은 알겠지?"

이렇게 말하고 난 아골타 장군은 북쪽을 향해 읍하였다. 백철은 내친김에 더 물었다.

"황제 폐하, 조의 선인의 훈련은 어떠했으며 전쟁터에서 어떻게 싸웠는지요?"

"조의 선인은 단군조선 이전부터 있었던 인의예지신(仁義禮智信)의 오상지도(五常之道)와 단군조선의 수두교(蘇塗敎)의 가르침을 받았고, 신선이 되는 훈련을 한 사람들이라서 무술이 탁월하였다. 평소에는 산속에서 학문과 무술을 닦았는데 수박(手搏), 활쏘기, 기마술에 천재적인 소질을 발휘하였느니라. 또 성곽을 쌓고, 도로를 내고, 백성들을 교화했느니라. 이를 현대적 개념으로 보면 국가안보와 국민교화를 겸비한 무사 집단이라고 할 수 있지. 전시에는 군대의 선봉에 서서 싸워 적의 간담을 서늘하게 하고, 아군의 사기를 높이고, 적의 정보를 수집하거나 주요 인물을 암살하여 적을 교란하였다. 이 조의군은 전쟁터에서 죽는 것을 영광으로 알았던 충용스런 군대이다. 또 삭발하고 허리에 검은 띠를 두르고 있어 마치 승군이나 죄수집단같이 비쳐서 외적에게는 공포의 대상이었느니라. 현대 들어 이 검은 띠는 유도와 태권도의 고단자들이 매는 띠로 바뀌었지. 아무튼 당나라 군에서는 '고구려의 조의 선인을 만나면 피하라'는 지침까지 내렸을 정도이니 얼마나 용감무쌍한 군대였는가를 알 수가 있지."

"아, 잘 알겠사옵니다. 현대 군에 고구려의 조의선인도가 이어졌으면 좋겠습니다."

"옳은 말이다. 대륙을 경영하던 호쾌한 고구려군의 정신과 호국

기상을 국가 지도자와 군의 간부들이 계승하도록 절치부심해야 네 나라가 살아갈 수 있느니라."

"명심하겠나이다. 하오나 황제 폐하, 어이 하천(下天)하셨는지요?"

"허허, 이곳에는 나를 조상으로 알고 경모하는 갸륵한 후손들이 있어 나는 마리산 산신으로 남아있느니라. 내 너에게 천명(天名)을 하나 지어주마. 이제부터 너는 지두(地斗)라는 천명을 갖고 살아가거라. 북두(北斗)와 남두(南斗)는 하늘에 있고, 땅에는 지두(地斗)가 있다는 영험한 계시이니 잘 받들거라. 너 지두는 한반도 땅을 홍익태백으로 만들어 만주와 연결하는 데 심혈을 기울이거라."

그 말을 들은 백철은 다시 한번 절하였다. 그가 머리를 들자 개천각 앞 땅바닥에는 '지두(地斗)'라는 글씨가 검은 붓으로 선명하게 쓰여 있었다. 그때부터 그는 세속의 이름 대신 지두 선생이라는 천명을 사용하였다.

그 뒤로 백철은 모든 활동을 접고 계룡산에 있는 중악단(中嶽壇) 너머 일월궁(日月宮)에 지두 선사라는 이름으로 은둔하였다. 하지만 세상과 절연하기는 거의 불가능한 일이어서 일월궁에는 간혹 치성을 드리러 오는 높은 벼슬아치들의 부인들, 대기업 임원들, 군 장성 부인들이 어찌 알고 그에게 자문을 구하기도 하였지만, 그는 구름처럼 떠도는 사람이라 여간해서는 만나기가 어려웠다.

2020년 8월 어느 날, 그는 세상 구경차 상경했다가 서울 강남역 지하도 휴게 공간에 앉아서 오가는 사람들을 무심히 바라보고 있었다. 그날따라 무더위가 기승을 부리는 것이 아마 한줄기 소나기라도 내릴성싶었다. 그때 그의 옆자리에 50대 중반의 여인이 앉아 전화로 대화를 나누고 있었는데, 백철의 귀에는 장성한 딸이 속상하게 해서 고민이라는 말이 들렸다. 백철은 설핏 그녀를 바라보고 나서 눈을 감고 그녀의 목소리를 분석해봤다. 그녀의 목소리에는 병색이 완연했다. 그것도 신경계통이 망가지고 있었다. 조만간 그녀는 큰 변을 당할 것 같다는 느낌이 왔다. 하여 조심스럽게 말을 건넸다.

"저, 실례지만 요즘 건망증이 심해지거나 자고 나면 혀가 굳는 증상이 나타나지는 않으신가요?"

그녀는 백철을 힐끗 쳐다보며 멈칫대다가 그가 도인 비슷하게 생겼음인지 이렇게 토로하였다.

"네, 맞아요. 최근에 일어난 일을 자꾸 까먹어요. 옛날 일은 생각이 나는데요. 선생님, 한의사이신가요?"

"의사는 아닙니다만, 여사께서는 곧 뇌졸중이 옵니다. 빨리 병원에 가셔서 진단부터 하세요. 어떻게 아느냐구요? 댁의 목소리를 들으니 점차 말씨가 어눌해지고 있어요. 전보다 말하기가 조금씩 힘이 들 겁니다. 이대로 놔두면 며칠 내로 쓰러지십니다. 뇌졸중도 급성이 있고 만성이 있는데, 지금 당장 병원에 가세요"

그녀는 그의 말에서 진정성을 느꼈던지, 아니면 자기 몸이 정상이 아님을 알아차렸는지 고맙다는 인사를 남기고 서둘러 떠났다.

지하도의 서늘한 기운을 맞으며 앉아 있던 그의 귀에 이상한 소리가 감지되었다. 파도 소리도 아니고 동해안의 록 페스티벌 현장에서 들었던 '악마의 노래'도 아닌 꿀꿀거리는 물소리가 그의 귀를 때렸다. 그는 귀를 막고 눈을 감았다. 그래도 물소리는 여전히 들려왔고, 그 소리는 점점 더 커졌다.

– 아. 비의 성상(聲相)이구나. 엄청난 수량인데 이걸 어쩌나? 자칫하면 이 지하도가 죽음으로 가득 차겠구나.

그때였다. 밖에서 천둥 벼락 치는 소리가 하늘을 무너뜨리듯 요란하게 들려왔다. 갑작스런 비에 사람들이 우산을 쓰고 지하철역으로 들어오기 시작했다. 순간적으로 사태를 간파한 백철은 앉았던 의자 위로 올라가 큰 소리로 이렇게 소리쳤다.

"여러분, 이곳에 곧 홍수가 일어납니다. 빨리 이곳을 피하세요. 이 강남역은 지대가 깔때기 형국이라 사방의 물이 이곳으로 몰려와 침수됩니다. 빠질 곳이 없어요. 빨리 피신하세요. 가게들도 문을 닫고 빨리 대피하세요."

그리고나서 재빠르게 통제실로 뛰어가 역무원에게 말했다.

"큰물이 밀려 들어옵니다. 열차를 멈추지 말고 그냥 통과시키세요. 제 말 명심하시고 빨리 움직이세요!"

그가 있는 힘을 다해 소리를 질러도 사람들은 '웬 미친 사람인가' 하는 시선만 준 채 귀담아듣지 않았다. 지하도에는 사람들이 점점 더 많아졌다.

그때 바로 앞의 액세서리 가게 여주인이 그에게 다가와 말했다.

"선생님, 진짜 이 지하도가 물에 잠기나요? 그럼 가게도 물에 잠기겠네요? 어쩌죠. 제 퇴직금으로 겨우 마련한 가게인데…."

그녀의 목소리는 맑고 탐욕스럽지 않았다. 하여 그는 그녀 가게로 들어가 같이 짐을 챙기는 것을 도와주었다.

"최대한 바닥에서 높은 곳으로 물건들을 올려놓으세요. 물이 가게 안으로 들어오면 다 젖습니다. 그리고 귀중품은 꼭 챙기시고요."

두 사람이 재빠른 동작으로 물건을 정리하고 셔터를 내리고 밖으로 빠져나오는데 출구 쪽에서는 비명이 터져 나오기 시작했다. 그제야 다른 가게 주인들이 서둘러 수습하려 들었다.

그날은 수도권 일대에 집중호우가 쏟아져 380mm가 넘는 비가 단시간에 쏟아졌다. 80년 만의 대 폭우였다. 갑작스러운 폭우로 배수관이 역류하여 넘친 물이 지하도로 들어오기 시작했고, 지하도 출입구에는 계곡처럼 물이 쏟아져 내렸다.

두 사람은 서둘러 강남역보다 지대가 14m나 높은 역삼역 쪽으로 빠져나와 은행 건물에 들어가 비를 피하고 있었다. 순식간에 폭포 같은 물줄기가 강남역으로 쏟아져 들어가는 것이 보였다. 지하도에 갇힌 사람들은 계단 손잡이를 잡고 힘들게 올라오려 했지만, 한 청년이 물에 휩쓸려 아래로 곤두박질을 쳤다. 그날 강남역 일대에서 4명의 실종자가 나왔고, 일대는 호수가 되어 모든 차량이 그대로 멈춰 아수라장이 되고 말았다.

그때 그의 눈에 도림천의 범람이 보이고. 그 물이 신도림역으로 쏟아져 들어가는 형상이 나타났다. 그는 서둘러 서울시에 전화하여 이 사실을 알렸고, 재난본부가 재빨리 움직여서 신도림역 수몰

위기를 막았다.

비가 그친 뒤 여러 대의 소방차가 동원되어 강남역의 물을 빼고 정상화하는 데 꼬박 하루가 걸렸다. 무서운 재앙이 단 두 시간에 일어난 것이다.

그 후에 지하철역에서는 당일 침수 경고를 한 사람을 찾고 있었으나 백철이 액세서리 가게 주인에게 함구해 달라고 말한 덕에 아무도 그의 행적을 알지 못했다.

예측을 불허하는 자연 재앙을 대도시의 번화가에서 체험한 그는 며칠간 머릿속에서 강남역으로 폭포처럼 밀려 들어오는 물소리가 그를 괴롭혔다.

"이놈아, 너만 살려고 도망치다니. 네가 가진 함량이 겨우 그것밖에 안 되더냐? 그러고도 각자(覺者)라고 자랑질을 할 테냐?"

물소리는 그렇게 호통치고 있었다.

그런 번뇌에서 벗어나고자 그는 신라화랑이 수련했듯이 전국의 명산대천과 지기(地氣)가 가득한 곳을 찾아다니며 기도하고 몸을 단련하였다. 기운이 넘치는 곳에 이르면 국태민안(國泰民安)을 위해 기도하고, 기운이 사악한 곳에 이르면 그 기운을 보(補)하는 기도를 드리는 것을 필생의 업으로 알고 실천하고 있었다. 가는 곳마다 액음(厄音)이 들리면 자신의 정체를 숨기고 보(補)할 방책을 처방해 준 다음에 홀연히 떠나곤 했다. 그의 행방에 대해 모 주간지 취재팀이 추적하였으나 찾지 못하였다. 계룡산 일월궁의 지정암 선사만이 그의 행방을 알고 있었다.

별에서 온 성자들

세계 유일의 최고 천일염 생산지인 전남 신안(新安)의 염전. 증도의 함초(鹹草)와 함께 인류의 건강을 지키는 건강식품이다.

별에서 온 성자들

지금으로부터 45억6,600만 년 전 지구가 탄생한 직후, 지구에는 커다란 재앙이 닥쳤다. 지구의 4분의 1 크기인 화성만 한 행성이 지구와 비스듬히 충돌한 것이다. 거대한 별이 지구를 강타하자 지구는 그야말로 박살이 나서 큰 불덩어리 두 개가 떨어져 나갔다. 그런데 그 덩어리들이 분리된 직후 지구의 엄청난 열과 인력으로 한 개는 지구에 자석처럼 흡수되어 버렸고, 다른 한 개가 오늘날의 달이 되어 지구의 위성이 되었다. 이때 달이 탄생하는 데 걸린 시간은 겨우 3, 4시간에 불과하였다. 그로 인해 지구는 온통 안팎이 뒤집히며 요동을 쳤고, 오랜 기간 내부의 진통을 겪으며 새로운 모양으로 재탄생하였다. 흡사 임산부가 아이를 출산하듯이 그런 고통을 겪고 나서 몸을 추슬러 현재의 지구 모습으로 자리를 잡은 것이다.

지구에서 분리된 달은 초기에는 지구와 아주 근접하여 지구를 돌면서 강한 인력으로 지구의 많은 자원과 물을 움직여 해양생물의 생성에 큰 도움을 주었다. 그 후 달은 지구에서 점점 멀어져 지금은 38만4,400 km나 떨어졌고, 매년 4cm 정도씩 멀어지고 있다. 그 결과 달의 인력도 약해져 지구 해양의 조수간만에 미치는 힘도 약해지기 시작했다. 해수의 흐름이 느려지면 온난화가 가속되기 마련인데, 그것을 보완하려고 지구는 여름철에 허리케인을 자주 만들어 바닷물을 뒤집어 놓고 있었다.

지구가 만들어진 초기에 북두칠성의 큰 별인 문곡성신은 은하계의 운행을 점검하던 중 지구가 머지않아 불안정한 상태에 빠질 것으로 판단하고 지구 추를 비스듬히 만들어 놓았다. 그러자 지구가 스스로 움직여 땅과 바다를 안정된 위치로 조정하였다. 그런 움직임이 수억 년에 걸쳐 이루어져 큰 산맥과 바다와 큰 강이 생겼고, 지층이 안정을 되찾았다. 그러니까 지금 지구의 모습은 수억 년의 자체 천지 공사를 통해 이루어낸 우주의 작품인 셈이다.

하지만 지구에는 자연을 능멸하는 새로운 세력이 등장하였다. 그것은 다른 생물체에 비해 압도적인 지혜와 힘으로 지구를 경영하던 인간이라는 동물이었다. 인간에게 이성보다는 감성이 넓어지면서 세력 다툼이 그치질 않아 지구의 기운도 쇠락할 조짐이 나타나기 시작한 것이다. 누가 시킨 것도 아니련만 중세에 접어들어 십자군 전쟁에 이어 근세에는 산업혁명이 일어났고, 뒤따라 등장한 소위 현대 첨단 문명이라는 것이 도리어 우주의 섭리를 거역하는 방향으로 나가고 있어서 우주의 질서에 심각한 훼손을 가하기 시작했다. 이렇게 이기적으로 세계 질서가 요동치는 상황을 우려하던 문곡성신은 인간과 생명, 지구의 평화와 구원이 절실하다고 판단하여 지구별에 또 다른 거대 행성을 충돌시켜 모든 생물을 사멸시킬 것인가, 아니면 지구를 살려서 인간계가 새로운 문명을 창출하도록 할 것인가를 놓고 다른 여섯 성신과 토론을 벌였다. 지구의 타락과 변모는 우주의 운행에 큰 문제가 되기 시작했다는 인식 때문이었다. 토론 요지는 다음과 같다.

문곡 우리은하에는 3,000억 개의 행성이 있습니다. 그중에 지구별이 천극신의 의향에 따라 각별한 사랑을 입어 인간이라는 고등동물이 살고 있음도 잘 아실 것입니다. 오늘 우리가 '은하 회의'를 연 것은 인간의 지구관리가 제대로 안 되어 심각한 상황인바, 앞으로 지구별을 어찌할 것인가에 대해 여러 성신의 의견을 듣고자 합니다. 기탄없이 말씀해주세요.

탐랑 우주의 정신을 이어받은 지구별이 제 본령에서 많이 벗어난 것은 사실입니다. 어떤 별보다도 자체 변질이 극심하고 최초에 만들어진 모습에서 많이 벗어나 있습니다. 지난 1만년간 지구기후의 안전핀으로 작동했던 극지방 기후체계가 혼돈에 빠졌습니다. 이것은 만물의 영장이라 자칭하는 인간의 오만과 타락에서 비롯된 것입니다. 나는 인간들의 각성을 위해 은하계와 태양계의 운행에 변화를 주어야 마땅하다고 생각합니다.

거문 하지만 태양계 행성 운행의 변화는 수많은 생물체의 사멸을 가져옵니다. 지구인들의 횡포가 미운 것이지 여타의 생명까지 앗아갈 필요가 있는지 생각해봐야 합니다. 사실 지구인들은 미련하기 짝이 없습니다. 자기들이 만들어낸 지식과 기술, 정보로 세상을 움직일 수 있다는 오만에 빠져 있습니다. 심지어 다른 행성을 정복하겠노라는 망발을 서슴지 않고 있어요. 현재 상황을 방치할 경우, 지구별은 자체 폭발하여 사라질지도 모릅니다. 지금 지구별에 발생하고 있는 폭염과 가뭄, 혹한과 산불, 지진과 화산폭발 등 많은 재앙이 곧 그 조짐입니다. 그것을 막아주고 개선하는 방향으로 노력하는 것이 바람직하다고 생각합니다.

녹존 그 방법이 문제입니다. 그래서 제 의견은 화성과 지구의 위치와 역할을 바꾸면 어떨까 합니다. 물론 지구가 화성보다 4배나 커서 한냉체로 바뀌면 지구에 사는 생명체가 다 사멸하겠지만, 그것은 당연한 일입니다. 잘못된 생명체는 사멸하는 것이 우주의 법칙 아니겠습니까? 지구 역사상 네 번의 생명체 대 정리가 있었으니까요. 그 대신 화성이 지구보다는 크기가 작지만, 지구의 역할을 하여 뭇 생명이 새로 일어나 살아가도록 하면 되겠지요.

염정 그렇지만 화성에 지구인 같은 생명체가 나타나려면 수십억 년이 걸릴지도 모르는 일이 아닌가요. 물론 행성이라는 생명체도 순환의 원리에서 벗어날 수는 없는 만큼, 지구별과 화성의 역할 교체도 의미 있는 일이라고 생각합니다. 사실 태양계에서 몇 개 행성의 위치와 역할 변화는 우주의 운행에 큰 문제가 되지 않아요. 그리고 지구를 꼭 화성이 아니더라도 생명체를 지닌 30여 개의 행성 중에서 가장 적합한 것과 위치와 역할을 바꿀 수도 있다고 생각합니다.

무곡 염정의 주장대로 된다면 수성과 금성, 목성과 토성, 천왕성과 명왕성의 위치도 재고해야 할 것입니다. 차라리 태양계를 완전히 재 정리하는 것이 나을 겁니다. 사실 태양은 지난 46억 년 동안 일하느라 많이 지쳐있습니다.

파군 하하하, 그거 좋은 생각이십니다. 지구인들이 변화와 도전을 주장하는데, 이런 우주의 변화 시도에 대해 어떻게 대응하고 도전하여 극복하는지도 지켜볼 기회가 아닐까요? 만약 지구와 화성의 위치가 변해도 지구인들이 살아날 수 있다면 태양계는 생명의 신기원을 맞을 수 있을 것입니다. 반대일 경우에는 지구인들은 소멸당하겠지만요.

문곡 그렇습니다. 병든 지구를 깨끗한 화성으로 그 위치와 역할을 바꾸는 것도 의미가 있을 것입니다. 더 이상 화성에 지구인의 인공물이 떨어지지 못하도록 하는 것이 급선무이구요. 현재와 같이 타락한 지구인과 병든 지구는 재창조를 위해 화성과 역할 바꿈을 해보는 것도 좋지요. 물론 6,600만 년 전 공룡이 전멸했듯이 인간이라는 생명체도 전멸하겠죠. 하지만 지구인들은 어리석게도 모두가 죽는다면 도리어 공평하다고 생각할 겁니다. 우둔하고 이기적이기 때문이지요. 인간이 사멸함으로써 우주의 질서가 잡힌다면 더 좋은 일일 것입니다.

칠성신이 지구인과 지구별의 운명에 대해 논의하는 것을 북극성에 있는 천극신이 들었다. 오죽하면 이런 얘기들까지 나누려나 하면서도 한편으로는 서글픔을 감추지 못하다가 불호령을 내렸다.

"아니, 성신들은 뭣들 하는 것인가? 우주의 질서와 생명을 어느 누가 깨뜨린다는 말인가? 안될 말이다. 한번 만들어진 우주는 영원무궁한 생명이오. 어둠과 밝음의 에너지가 서로 도움을 주고받아 무한대로 생명을 이어가는 존재이다. 그러니 지구별과 지구인의 운명에 대해 가타부타할 생각은 말라. 어느 행성이든 자정작용을 통해 그 생명을 이어가는 것이다. 태양을 보라. 46억 년간 스스로 태우고 타서 제 몸의 불을 영원히 살리고 있지 않은가? 태양의 위성들은 그 태양의 자식들이고, 아비의 에너지와 생명을 받아 이어가는 후손들이다. 그러니 파괴나 자멸 또는 행성의 위치교환을 말하지 말고 스스로 위치를 바로잡는 자정능력(自整能力)과 스스로를 정화시키는 자정능력(自淨能力)을 키워줄 방책을 논의하여 보고하라. 참고로, 인간의 문제는 인간 스스로 풀도록 하라. 정신과 육체의 모든 부패를 멈출 최고의 비상한 물질이 분명 지구 어딘가에는 있을테니 그것을 찾아 이용하는 방법을 강구하라. 그리고 인간의 영(靈)을 정화할 영적인 사자들을 찾아보라. 성신들에게 말하노니 인간은 소우주라는 사실을 잊지 말라."

천극신의 불호령을 받은 칠성신은 엎드려 절하며 분부대로 시행할 것을 약조하였다.

그 후부터 칠성신은 지구에서 벌어지고 있는 여러 문제에 인간의 인간에 의한 인간을 위한 해법 찾기에 골몰하였다.

그 일차적인 시도가 타락하고 오염된 지구를 지구인의 자정으로 회복하기 위해 우주의 칠성 정신을 실천할 사자를 선발하여 새로운 소명을 부여하는 일이었다. 그 사자는 북두칠성을 닮은 인칠성(人七星)으로 지구의 동방에서 자란 맑은 영혼을 지닌 일곱 청년이 선택되었다. 그들은 일찍이 동해백사장에서 검은 '상생의 손' 파도에 의해 하늘의 선택을 받은 청년 중의 일부였다. 나중에 그들이 방탄(防彈)이라는 이름을 사용했는데, 그 뜻은 '젊은이들이 살아가면서 겪는 힘든 일, 편견과 억압을 막아내겠다는 작은 단체'의 뜻이었다. 달리 말하면 새로운 지구인의 성장을 촉진하는 염원을 담고 활동하는 보컬 그룹이었다.

그들은 북두칠성의 기를 받아 총명하고 청순하고 건강하며 재주가 많았다. 가장 중요한 것은 그들이 지금까지 지구별에서 활동한 어느 보컬 그룹보다 인류애가 충만하고, 사색적이며 도덕적이었다는 점이다. 그들이 지향하는 모토는 '너 자신을 사랑하라(Love Yourself)'였다. 그들 동방 군자국의 인칠성은 북두칠성이 지닌 에너지 일부를 허용받아 지니게 되었다. 또한, 동방국의 오랜 역사와 문화 정신이 만들어낸 '널리 인간 세계를 이롭게 한다'는 홍익인간의 전위(van-guard)답게 행동하여 '한류라는 세계사적인 신문명'을 창출하여 보급하느라 애를 써왔다. 그런 공로를 인정받아 지구를 구할 사도(司徒)로 선정된 것이다. 이런 선택은 지구의 멸망을 막아보려는 천극신과 칠성신들의 바람이 반영된 것이었다.

따라서 이들 7인의 성자에게는 북두칠성의 명칭을 사용할 수 있는 자격이 부여되어 각자에게 '탐랑-거문-녹존-문곡-염정-무곡-파군'이라는 이름이 붙었다. 그들은 북두칠성의 사자로서 인류와 지구를 구원하는 일에 헌신하는 임무를 가졌다. 그러다가 은하계에 북두(北斗)가 있으면 남두(南斗)가 있다는 것을 감안한 파군성신은 남두의 우두머리로 샛별 공주를 뽑아 '사랑의 여왕'으로 명명하고 7성자와 활동을 함께 하도록 하였다. 그 북두와 남두를 보조할 지구의 인물로 지두(地斗) 선사가 선정되었다.

한편, 우주의 칠성신은 인간의 심성과 육체의 부패를 멈출 물질을 지구 안에서 찾기 위한 노력을 전개하였다. 인간의 부패는 곧 지구의 부패로 이어질 수 있기 때문이었다. 그리하여 지구가 생긴 이래 태어나고 죽고 하기를 거듭한 끝에 살아남은 가장 진화된 7만여종의 식용 동식물 중에서 인간의 부패를 멈출 식품을 찾아내려 힘을 쏟았다. 인간이 먹는 식료품은 인간의 의식과 정신 그리고 육체의 건강을 좌우한다고 판단했기 때문이다. 먼저 문곡성신은 유라시아 대륙을 살펴본 뒤에 서역과 동양이 맞물린 우랄산맥 동쪽, 중국의 톈산산맥과 신강 지역을 내려다보았다.

신강(新疆)은 이슬람교를 믿는 서역인들의 영토였고, 북부 실크로드의 핵심지역으로 현재의 중국과는 전혀 다른 나라였다. 손오공과 삼장법사, 저팔계의 이야기로 유명한 화염산(火焰山)이 사막과 잇닿아 황량한 모습을 보여주고, 바다보다 100m나 아래에 있는 투루판 지역에서는 바다가 육지로 변하여 돌처럼 굳은 돌소금을 사람들이 퍼내서 트럭에 싣고 있었다. 그곳은 인간이 살아가기에는 매우 부적합한 곳이었다. 문곡성신은 그 소금을 맛보았다. 무척 썼다. 그것은 말라버린 해수가 수만 년 동안 굳어서 된 돌덩이 즉 광물질에 불과하여 염기만 보유한 석탄 덩어리와 같았다. 햇빛과 바닷물과 바람이 빚어낸 신선한 살아있는 소금이 아니라 죽은 소금이었다. 또 나쁜 염기(鹽氣) 때문에 주변 땅이 생명을 잃어 온 땅이 사막으로 바뀌고 있었다. 진정 땅조차 죽이는 물질은 다른 생명을 살리는 물질로서는 자격 미달이었다. 투루판의 소금은 지구의 사멸과 인간의 부패를 막을 수가 없고, 생명을 살리는 물질로는 적합하지 않다고 판단했다. 그보다는 죽은 땅을 살리는 일이 우선이라고 여기고 서둘러 대책을 수립했다. 죽은 땅을 살리는 것은 바로 맑은 물을 흐르게 하는 것이었다.

신강성 우루무치 교하성(交河城)에서 투루판과 청해성을 거쳐 감숙성 돈황까지의 모든 땅은 그야말로 버림받은 곳이었다. 사막의 모래바람에 신기루가 생겨 사람들을 죽음으로 안내하기도 하였다. 하여 문곡성신은 우루무치에 있는 높이 5천m의 박격달봉의 2천m 높이에 있는 천산(天山)에 화산을 폭발시켜 그 정상에 3개의 깊은 천지를 만들어 하늘의 물이 고이게 하였다. 이 천산 천지의 물을 지하에 뚫은 수로(水路)로 이동시켜 수천 km 길이의 지하 물길을 만들어 오아시스에 물이 솟아 나와 사막에 농사를 짓게 하였다. 그로부터 생산된 포도는 후대에 '녹색의 진주'라는 이름으로 인기가 급상승하였다. 그 농사법이 신통한 것은, 가는 구멍이 뚫린 관을 땅속에 묻거나 땅 위로 늘여서 지하수로에서 끌어올린 물을 나무뿌리에 한 방울씩 떨어뜨려 나무를 살리는 점적 관수(點滴灌水) 기술을 사용하였다는 점이다. 그 작업을 하는 곳이 바로 수정방(水井坊)인데, 수백 곳이나 생겼다. 사막의 물 한 방울이 생명을 살린다는 정신이 중국의 명주(名酒) 〈수정방〉으로 생산되어 애주가들의 사랑을 받는 이유였다. 아무튼, 이런 지하수로가 3천 리나 이어지는 중간지역 돈황에 초승달 모양의 월아천(月牙泉)을 만들어 물이 가득 고이게 하였다. 월아천은 달과 기운을 주고받으며 살아있어서 아무리 메마를 때라도 물이 고여 있었다. 그리하여 돈황(燉煌)과 서안(西安) 일대에 새로운 문명을 일으키도록 조력하였다.

그때 북두칠성의 끝별인 파군성신은 지구의 하늘이라 불리는 티베트지역의 차마고도(茶馬高道)라는 높고 구불구불한 길을 살펴보았다. 그 차마고도는 지구에서 가장 오래된 문명과 문화 경제교역로로 그 길이가 무려 5,000km에 달하는 험준한 산길이다. 우리가 흔히 말하는 실크로드보다 200여 년 앞서 만들어진 인류 생존의 길이다. 중국의 차와 티베트의 말을 교역하던 것에서 시작된 차마고도는 지금도 중국의 차와 소금을 티베트의 곡식과 교역하는 높고 험준한 길이다. 이 길 주변에는 5,000m 이상의 고산 준봉들이 즐비하고, 사계절 눈 덮인 산과 수백에서 수천 미터에 이르는 깎아지른 듯한 협곡 등이 많아 도저히 사람이 다니거나 살 곳은 아닌 성싶지만, 지금도 활용되는 명승지이자 교역로이다.

파군성신은 푸얼차(普洱茶)의 원산지인 중국 운남성 시샹반나(西雙

版納)에서 쿤밍(昆明)-따리(大理)-리장(麗江)-샹그릴라(香格里拉)-더친(德欽)을 거쳐 티베트의 망캉(芒康·마캄)-린즈(林芝·닝트리)-라싸(拉薩)를 지나 네팔, 인도로 이어지는 도로를 유심히 내려다보았다. 그중에서 차마고도의 거점인 옌징(鹽井)에서 물지게를 지고 특별한 일을 하는 여인들을 보았다. 여인네들이 물동이에 소금물을 퍼서 묽은 흙으로 매끄럽게 다듬은 작은 밭에 계속 붓는 것이 보였다.

옌징(鹽井)은 말 그대로 소금[鹽] 우물[井]이 있는 산중 마을 이름이다. 그 마을 앞 계곡에는 황토물이 무서운 속도로 흘러내리고 있었다. 파군성신은 놀란 눈으로 여인들을 보았다.

— 아, 해발 4,000m에 소금 마을이 있다니, 인간의 생존 욕구는 참으로 무섭구나.

옌징의 염전(鹽田)은 가파른 산기슭에 나무틀로 얄팍한 지붕 비슷하게 만들어 세운 뒤 황토를 발라 말리고, 그 위에 소금물을 퍼다 부어 5일간 말린 후 그것을 긁어내어 홍염(紅鹽)을 만드는 방식이었다. 산비탈을 따라 100여 개의 작은 소금밭이 빼곡하게 들어서 있고, 각각의 염전에는 소금물이 얇게 깔려 있었다. 10대 소녀부터 노인까지 마을의 모든 여성이 다 동원되어 소금물이 가득한 우물에서 염수를 퍼 올려 물지게에 담아 힘들게 비탈길을 올라가 염전에 퍼붓고 있었다. 염전 밑으로 염기가 흘러나와 만들어진 하얀 소금 고드름을 따다가 빻으면 고급의 백색 소금이 되지만 그 양이 적어 사원에 시주용으로 쓰일 뿐이었고, 상거래로는 소금 바닥을 긁은 홍염 또는 도하염(渡河鹽)이 이용되었다. 소금을 만드는 것은 여인네들이고, 그것을 야크 등에 싣고 차마고도를 넘어 티베트로 넘어가서 곡식이나 물품을 사 들고 오는 것은 마방(馬幇)인 남자들의 몫이었다.

  홍염을 만드는 소금물은 메콩강의 상류인 란창강에 있는 우물에서 퍼온다. 이곳의 소금 샘물은 히말라야산맥이 융기하여 생성되면서 갇힌 엄청난 바닷물이 샘물의 형태로 솟아 나오는 것이다. 얼마나 많은 바닷물이 산맥 아래 갇혀있길래 수백 년을 두고 솟아 나오는지, 기적 같은 일이 일어나고 있었다. 아니 지금도 인도양과 연결되어 바닷물이 솟아오르는지 모르는 일이다. 아무튼, 그 소금물을 대나무로 만든 물동이에 퍼담아 염전에 부어 넣고 햇볕에 말려 소금을 생산하는데, 이는 가장 원시적인 형태의 천연 염전이다.

  한 무리의 마방(馬幇)이 2, 30마리의 야크 등에 홍염을 가득 싣고 차마고도를 넘고 있었다. 출발 당시에는 날씨가 더웠지만 5,000m 고개에 올라가니 눈보라가 흩날려서 야윈 야크들이 힘겨워했다. 그러자 마방은 잠시 휴식을 취하면서 야크의 입에 홍염 한주먹씩을 먹이고 있었고, 야크들은 그것을 허겁지겁 핥아먹고 있었다. 파군성신은 사람 모습으로 나타나 나이 지긋한 마방에게 물었다.

  "허허, 이보시오. 험한 산길을 넘는 동물이 몹시 배가 고플건데 뭘 좀 먹여야 하지 않겠소? 좀 전에 보니 소금을 먹이던데, 그것으로 끼니가 되겠소?"

  그러자 마방이 이렇게 말했다.

  "선지자여! 그게 아니오라 당장 피로에 지친 야크들에게 지금 필요한 것은 소금입니다. 소금을 먹이고나서 눈으로 갈증을 삭인 뒤

옥수수 알갱이를 먹일 것입니다. 사실 소금만 먹여도 며칠은 끄떡 없습니다. 소금을 먹어야 병들지 아니하고 힘이 나서 험한 산길을 걸을 수 있습니다."

늙은 마방은 파군성신을 선지자라 부르며 공손하게 답했다.

"그렇구려. 참 현명한 식생이군. 그래도 비싼 홍염을 먹이다니 아깝지 않소?"

"아닙니다. 야크는 제 가족이나 같은 녀석들입니다. 힘든 일을 하는 이 녀석들에게는 좋은 소금을 많이 먹여야 합니다. 질이 나쁜 소금을 먹이면 건강하지 않고, 새끼도 나쁜 종자를 낳습니다."

"그렇구려. 자, 이제부터 험한 길을 내려가야 할 터인데 위험하지 않겠소? 내가 하늘에서 수많은 별을 운행하는지라 동물들의 길 안내는 쉬운 일이니 내가 안내해드리리다."

"아닙니다, 야크들이 제 길을 잘 알고 갈 것이니 괘념하지 마시고 가시던 길을 가소서."

일행은 다시 출발 채비를 차려서 길을 떠났다. 아슬아슬한 절벽 길이 이어지는 데, 눈보라가 심히 몰아쳐 자칫하다간 대형 사고가 날 형국이었다. 파군성신은 신통한 성력(星力)으로 눈보라를 잠재워 일행이 위험한 코스를 벗어나게 도와주었다. 그런데 고도가 조금 낮아지자 차가운 얼음과 잔설이 남아있는 곳에서 능선을 기다시피 하며 뭔가를 찾고 있는 사람들이 보였다.

"여보시오. 눈 속에 뭐가 있다고 그렇게 찾으시오?"

그 말에 얼굴이 새까맣게 그을은 중년남자가 퉁명스럽게 대답했다.

"야차굼바!"

그렇게 말하면서 풀도 아니고 버섯도 아니고 곤충도 아닌 이상한 것들을 찾아 소중하게 자루에 넣고 있었다. 바로 동충하초(冬蟲夏草)라는 버섯균류였다. 동충하초는 겨울에는 곤충이고 여름에는 약초가 되는 신비로운 식물이라고 알려져 있지만, 사실은 박쥐나방이나 큰 번데기 같은 곤충의 내장을 양분 삼아 겨울을 나고 여름에 자실체가 성장하는 균류의 일종으로, 쉽게 말하면 기생 버섯이다. 겨울을 나면 곤충의 내장은 사라지고 버섯과 같은 성분으로 가득 차게 된다. 그래서 불로초라고 불리는 버섯인데, 약초로 쓰이지만 채취할 수 있는 양이 매우 적어서 중국에서는 금값의 두 배에 해당하는 귀한 약재로 거래된다. 따라서 눈이 녹기 시작하자마자 사람들이 서둘러 채취에 나선 것이다.

그 남자의 말을 들은 파군성신은 이 동충하초가 인류를 구원할 식품이 아닐까 생각해보았다. 그와 함께 동방 군자국의 인삼도 유명한 보약이자 고급 식품으로 알려져 있어 고려하기로 하였다.

어쨌거나 마방이 이끄는 소금 야크 떼가 목적지에 당도하자 금세 장이 섰다. 마방들은 소금을 보리로 바꾸었고, 야크 우유를 버터처럼 만든 수유 덩어리는 소금보다 더 비싼 값에 물물교환하고, 시장에 가서 옷감과 신발 등을 샀다. 21세기 정보 문명 시대에도 고대의 유목민 생활이 여전히 진행되고 있었다.

그때 녹존성신은 현생인류가 문명을 시작한 아프리카 사막지대를 살펴보면서 인류를 구원하고 환경을 보호할 귀한 식품을 찾기 시작했다.

그가 눈을 적도지방으로 돌리자 이상한 광경이 보였다.

우간다의 퀸 엘리자베스 국립공원 안에 있는 카트웨라는 커다란 호수에 수천 명의 남녀가 옷을 걷어붙이고 들어가 무엇인가 찾고 있었다. 그 호숫물이 시커먼 흑색이어서 도무지 이해가 가지 않아 자세히 들여다보았다. 호수 가에는 수백 개의 검은 물웅덩이가 있었는데, 아낙네들이 굽은 널빤지로 무엇인가를 긁어서 걷어내고 있었다. 알고 보니 흑염(黑鹽 검은 소금)이었고, 그곳은 바로 소금 호수였다.

카트웨 호수의 바로 위쪽에는 아득한 옛날 지각변동으로 바닷물이 갇혀있다가 거대한 소금 바위로 변한 덩어리가 땅 아래에 숨어 있었는데, 깨끗한 물이 흘러 들어가 그 소금 바위를 천천히 녹여 염수로 만들어주었다. 그 결과 중동의 사해가 지닌 30%의 염도보다 훨씬 높은 염분을 지닌 소금 호수가 되어있었고, 아낙네들은 그 호숫물을 끌어들여 가둬놓고 일정한 시간이 지난 뒤 소금을 긁어내고 있었다. 이웃 나라 탄자니아의 나트론호수도 '신의 산'에서 흘러 내려온 염수가 고여 소금 호수가 되어있었다. 두 곳에서 작업하는 여인들의 팔과 다리는 온통 소금 독으로 까맣게 범벅이 되어 있었다. 그리고 남자들은 얼기설기 뗏목을 묶어 만든 배 같은 것을 타고 호수 가운데로 나가고 있었다.

– 물고기를 잡으러 가는 건가? 그런데 이렇게 시커먼 소금 호수에 물고기가 살까?

녹존성신은 한 뗏목 위에 올라섰다. 갑자기 나타난 녹존성신을 젊은이들은 우러러 바라보았다.

"나는 북두칠성에서 내려온 사자요. 여러분이 하는 일이 궁금하여 그러니 볼 수 있도록 해주시오. 필요하면 나도 도우리라."

그러자 한 젊은이가 기겁하며 말렸다.

"성자님, 여기는 위험한 곳입니다. 만일 이 소금물이 성자님의 눈에 들어가면 눈을 심하게 다칠 것이오, 살에 닿으면 깊은 상처를 입을 것입니다. 저희 몸을 보세요. 모두가 소금 독이랍니다. 그러니 일을 방해하지 마시고 그만 가시지요."

녹존성신이 그 말을 듣고 그들의 몸을 살펴보니 그야말로 참혹하였다. 온몸을 테이프나 천으로 친친 동여매고 호수에 들어가 긴 쇠꼬챙이로 바닥을 쑤셔 소금 덩어리를 찾아내어 그것을 부숴 손으로 더듬어 건져내느라 얼굴은 물론 온몸이 염독으로 가득하고, 발가락 등 살이 썩어들어가는 사람도 있었고, 심지어 일하다가 소금 독으로 죽는 사람도 나왔다. 이때 한 늙은이가 말했다.

"성자님, 이런 곳에 오래 있으면 안 됩니다. 당신의 생식기에 이 독한 소금물이 스며들면 영영 남자구실을 못 하고 아이를 낳지 못해요. 그러니 빨리 나가세요."

그랬다. 지독한 염수 안에 온종일 몸을 담그고 일하는 남자들의 생식기에 염분이 스며들어 자기들도 모른 채 불임 자가 되고 만 사람이 부지기수였다.

녹존성신이 물 밖으로 나오니 호숫가에는 단단한 검은색 소금 덩어리가 산처럼 쌓여 있었는데, 모서리가 하나같이 날카로운 비수

같았다. 그 소금 덩이를 건조해 잘게 부순 가루를 보니 역시 흰색과 검은색이 반반인 흑소금이었다. 아마 호수 바닥에 오래전부터 침전되어 썩은 부유식물이 검은색을 만들었나 보다. 아무튼, 그 소금 작업에 종사하는 사람이 5천 명이요. 그것으로 생계를 유지하는 사람들은 2만 명은 넘었다. 이곳에서는 한 해에 20만 톤의 소금을 생산하여 아프리카지역에서 소용되는 소금을 20%나 충당한다고 했다.

녹존성신은 소금독 해독제를 나눠주면서 주민들이 맑은 물을 마셔서 몸의 염기를 배출할 수 있게 관정 작업을 해주도록 동방의 군자국에게 부탁하였다. 그 군자국은 세계적으로 가뭄에 시달리는 지역에 샘과 관정을 파주는 봉사활동을 하는 단체가 여럿 있어 수십 개의 우물을 쉽게 파주었다.

한편, 염정성신은 칠성 정신을 삶의 철학으로 지니고 사는 동방의 작은 땅을 인류의 부흥지로 만들어주는 계획을 세우기 시작했다. 이미 7만 년 전의 대륙 땅으로 만들어 되돌려줄 필요는 없다고 생각하여 한반도를 대륙과 섬의 중간 요충지로 하되 사람이 살기 좋은 땅으로 남아있도록 하였다. 또 그곳에서 살아가고 있는 사람과 자원과 뭇 생물들에게 신비한 힘을 불어넣어 주어 인류의 원향을 되찾는 사자(使者)가 되게 해주려고 시도하였다.

그 뒤에 무곡, 파군성신과 함께 지구별에서 간택된 7인의 성자와 샛별 공주를 활용하여 그들에게 지구인과 지구의 자멸을 예방할 수 있는 사명을 맡기기로 하였다.

그들에게 임무를 부여하는 날, 무곡성신이 이들에게 말했다.

"너희 여덟 사자는 듣거라. 사람으로서 우주의 운행과 생명을 주관하는 칠성신의 선택을 받은 것은 큰 영광이니라. 그만큼 너희의 책임이 막중하다는 말이다. 그 소임을 다하라고 너희에게 다섯 가지 능력을 부여하노니 삼가하여 이를 사용해야 하느니라. 이것은 너희에게 주어진 사명이니, 영광으로 알고 너희의 운명을 사랑하거라."

이렇게 말하고 나서 이들에게 다섯 가지 능력을 부여하였다.

"첫째, 너희에게 우주의 음과 세상의 소리를 연결하며 소리를 통해 인간의 감성을 맑게 정화하는 힘, 노래와 춤과 문화적인 높은 소양을 갖춰 인류에게 환희와 영감을 줄 수 있게 하리라. 둘째, 너희의 육신을 자유자재로 움직이어 춤을 춤으로써 신과 인간을 기쁘게 하여 화목함을 보장하고, 인간의 소원을 하늘에 전할 수 있는 능력을 주노라. 셋째, 너희에게 삶의 바른 이치를 헤아리는 혜안, 사랑과 연민 그리고 부의 에너지를 주노라. 넷째, 너희에게 조상의 지혜를 탐색하는 탐구력과 출중한 공간 이동의 능력을 주노라. 다섯째, 너희에게 인간으로서는 최고의 미모를 주고, 빛과 열을 이용하여 지구상에 존재하는 물질의 가치를 높일 수 있는 변화 추동의 능력을 주노라. 이를 종합하면 너희는 준(準) 지신(地神)의 지위를 부여받는 것이다. 이 모든 능력은 천극신 님의 무극한 배려로 주어지는 것이니 함부로 자랑 말고 적절히 이용하여 인간과 세상이 원시반본(原始反本)하여 원초적인 생명의 본원으로 돌아가 평화롭고 행복하게 살아갈 수 있도록 정성을 다하라."

그 말을 들은 여덟의 인간별이 읍하자 이번에는 파군성신이 말했다.

"들어라. 나 파군은 지구별과 천극신 그리고 칠성신을 연결하는 사자이니라. 너희는 지구의 아주 작은 땅에서 선발된 맑은 청년들이요 숙녀이다. 너희가 태어나고 자란 동방은 다음 세기에 인류 구원의 사자들이 셀 수 없이 나타나 세상의 밝은 빛이 될 땅이니라. 지금 지구별은 거의 말세 지경에 이르렀나니 너희가 천극신을 대신하여 하늘의 우려를 전하고 바르게 이끌어주기 바란다. 그런 과정에서 필요하다면 지구가 지닌 모든 자원을 활용하도록 허락한다. 빛의 에너지, 바람과 구름과 비, 천둥, 벼락, 물과 불, 소리 그리고 생물과 무생물 등의 이용이 다 거기에 해당한다."

파군성신이 맑은 음색으로 말하며 하늘의 기운을 전하는 빛을 발하자 일곱 청년과 샛별공주는 눈이 부셔 감고 말았다. 그리곤 어디론가 자신들의 몸이 신속히 이동하는 느낌을 받았다.

잠시 후 그들이 도착한 곳은 동방의 산중 마을이었다.

그들의 눈에는 엄청난 화마가 산을 감아 타고 올라가며 불지옥을 만드는 모습이 보였다. 때마침 불어닥친 동풍이 강한 세력으로 불길을 부추기며 산을 태우고 있었다. 순식간에 나무들이 까맣게 타 죽고, 생나무가 타서 나는 푸른 연기가 온 산에 가득하였다. 산양과 노루들 그리고 산토끼와 다람쥐, 꿩들이 비명을 지르며 이리저리 불을 피해 달아나고 있었다. 무서운 불길을 피하지 못하고 타죽은 새들의 시신이 낙엽처럼 뒹굴었다. 수백 년 된 늙은 소나무들이 불 속에서 누런 송진 핏물을 흘리며 신음했다.

인칠성(人七星)은 우선 물을 찾았고, 샛별공주는 바람을 잠재우려 성력(星力)을 발휘하였다. 하지만 가뭄이 계속되어 마실 물조차 부족한 상황인데다 온난화가 진척되어 건조해져서 불을 끌 물이 부족하였다. 아니 숫제 겨울 가뭄이 초여름까지 이어져 대지는 온통 화로가 되어있고, 비가 내리지 않아 산은 흡사 마른 종잇장 같았다. 대기의 순환이 막혀서 바람도 흙도 물도 메말라 죽어가며 아우성을 치고 있었다. 화마는 마을 수십 곳을 덮쳐 많은 집과 축사들을 불태웠다. 심지어 사찰과 암자, 교회도 불타 사라졌다. 사람들과 소 돼지 닭들이 불을 피해 도로와 해안으로 몰려나왔으니, 자연의 순환 리듬이 인간의 욕망 앞에 무참하게 허물어지는 정경이 눈앞에 전개되고 있었다. 성자들은 우선 급한 대로 동해의 물을 바람으로 휘감아 올려서 산불을 진압하였다. 샛별공주는 바람의 방향을 조정하여 불길이 마을과 산 정상으로 향하지 않도록 하였다. 얼마 후, 불이 사그라진 산은 푸름을 잃고 까맣게 변하여 재만 바람에 날리고, 이재민들은 잿더미로 바뀐 집과 산을 바라보며 망연자실하여 피눈물을 흘리고 있었다. 거대한 산불로 인해 산나물, 버섯, 산삼도 사라지고 목재도 100년 동안은 구경할 수 없게 되고 말았다. 이런 산불 재해는 지구촌 곳곳에서 시도 때도 없이 일어나서 사람들을 죽음으로 내몰고 있었다.

- 아, 지구가 죽어가고 있구나. 이대로 방치했다가는 인류가 전멸당하겠어.

칠성자와 샛별공주는 지구촌의 재난이 어디가 심각한지 살피기 위해 지구의 이곳저곳을 돌아보았다. 가장 먼저 눈에 보인 것은 북극의 빙하가 반 이상 사라져 '지구의 냉장고'가 녹고 있었고, 그로 인해 태평양의 수량이 급증하여 지구가 기후 조절 기능을 상실해 가는 장면이 보였다. 북극에서 떨어져 나온 유빙이 북태평양 곳곳에 떠다니고 있어 이 유빙들을 다시 북극으로 모아들였다.

그리곤 인도 대륙에서는 20만 평에 달하는 쓰레기 야적 산에 불이 붙어 수없이 피어오르는 독성이 강한 연기에 숨을 쉴 수가 없었다. 성자들은 즉각 히말라야 설산에서 거센 눈보라를 치게 하여 그 화마를 잡았다. 그다음, 그들은 신속히 이동하여 미국 뉴욕의 거대한 쓰레기 소각장에서 꾸역꾸역 피어오르는 매연을 만났다. 굴뚝에서 24시간 뿜어져 나오는 매연은 세계 어느 공장지대보다 더 심했고, 악취까지 진동했다. 게다가 로키산맥이 열흘째 수십 킬로미터의 거대한 불띠를 이루며 타고 있었다. 뉴욕의 쓰레기 소각장을 본 탐랑이 말했다.

"이건 말이 안 돼. 아까운 물품들을 왜 이렇게 태우는 거야? 재활용은 전혀 안 하는군. 미국이 선진국 맞아?"

그러자 샛별이 시큰둥하게 대답했다.

"그러게요. 소비는 선진국인 것 같은데, 사람의 인성은 후진국이네. 저거 봐요, 비닐봉지 안에 고깃덩이, 빵 덩어리, 뜯지도 않은 햄 캔이 그냥 버려져 있어. 가난한 사람들에게 나눠주면 안 되나? 배고픈 사람들에게 무료 급식도 해줄 수 있을 텐데."

이번에는 아프리카지역을 살펴본 무곡이 말했다.

"저길 봐, 아이들이 굶어 죽어가고 있어. 지구촌에서 굶주리는 사람이 8억 명이라는데 이들은 사람이 아닌가? 어린아이가 일 년에 600만 명씩 굶어 죽어가고 있어. 이들에게 인간다운 존엄은 없어. 이들은 먹을 것이 없어 인류 최고의 문명 시대에 굶어 죽고 있어. 밀림에 사는 동물보다 못하잖아. 앞으로 얼마나 많은 사람이 굶어 죽을는지. 세상이 왜 이렇게 불공평한 거야?"

이번에는 염정이 말을 이었다.

"지구에서 하루에 버려지는 음식물 쓰레기가 13억 톤이야. 이것은 20억 명이 먹을 음식이야. 인류가 먹는 식량의 3분의 1이 버려지고 있어. 이건 무지무지한 낭비 아냐? 도대체 비싼 비료 주고 힘들여 가꾸어 농사지은 식량인데 왜 버리는 거야? 식량 부족을 말하기 전에 식량을 잘 써야지. 정치가들, 환경론자들, 인권론자들은 다 뭘 하는 거야? 유엔은 또 뭘하고? 왜 그냥 두고 보는 거야? 한쪽에서는 버리고 한쪽에서는 굶주리고, 이런 불합리를 없애는 것이 중요할 것 같아."

그러자 거문은 한동안 지구의 이곳저곳을 살펴보고 나서 말했다.

"지구환경을 죽이고 있는 것은 인간이야. 어느 동물이나 식물도 이렇게 지구를 괴롭히진 않아. 세계 곳곳에 번지고 있는 산불을 끌 수 있는 비가 제때 내리지 않는 것도 인간이 지구를 덥게 만든 업보야. 지구의 대기 순환 질서가 깨진 탓이지. 그런데 인간들은 그것을 기후 위기라고 말만 앞세우며 기름진 음식을 먹으면서 헛된 토의만 하느라 시간을 낭비하고 있어."

산불이 어렵사리 진화된 동방국 동해안 지역의 시커먼 산에서는 밤마다 산의 정령이 울어대는 소리가 바다에까지 전달되었다. 그 소리가 동해의 파도 소리와 맞물리면서 슬프고 무서운 광상곡이 밤마다 연주되었다. 하여 성자들과 샛별공주는 자연의 혼령에게 인간을 대신하여 속죄하는 한편, 이재민에게 희망을 안겨주려고 해변에서 제를 지냈다. 아니 한바탕 심금을 울리는 한풀이 굿을 했다. 해금과 피리, 대금, 가야금, 장구, 태평소, 징까지 이용하여 죽음에 빠진 산과 바다. 그리고 수많은 생명의 명복을 비는 추념제를 지냈다.

언제 나타났는지, 칠성자의 후배인 일곱 명의 보컬그룹 킹덤(Kingdom)이 제왕의 위엄이라도 보이려는 듯 갖가지 디자인의 곤룡포를 차려입고 나와 힘을 모아 노래를 불렀다. 이들은 해금의 애절한 연주에 맞춰 줄타기도 하고, 탈춤도 추었다. 이때 진도 진도 씻김굿을 하는 만신(萬神)도 가세하여 천극신에게 간절한 기도를 올렸다.

아무튼, 성자들과 샛별공주가 얻은 결론은, 인간의 탐욕이 결국 인간과 지구를 불행하게 만든다는 점이었다. 하여 우선 인간 밥상을 검소하고 자연의 이법(理法)에 맞도록 정비하는 일에 나섰다. 그것은 이미 천극신이 지시한 바 있지만, 지구상에 존재하는 식자재 중에서 가장 기본이며 중요한 것, 즉 모든 음식에 올바른 간을 맞춤으로써 인간의 건강을 돕고, 불필요하게 음식 자료를 낭비하는 폐단을 없애는 방법부터 찾기로 했다.

이들의 눈에는 고기가 풍성하게 준비된 식탁도, 수십 가지의 반찬이 상다리가 휘어지도록 차려진 식탁도 죄악이었던 것이다. 인간이 무슨 권한으로 다른 동물을 맘껏 잡아먹으며, 움직이지 못한다고 풀들을 마구잡이로 뽑아먹는가? 그러다가 큰 동물이 인간을 먹이로 하려 들면 가차 없이 사살하는 것은 모순이 아닌가? 적어도 만물의 영장이라면 영장답게 먹는 것도 자제하고 사랑할 줄 알아야 하는 것이 아닌가.

앞서 말한 대로, 성자들은 소금의 약효와 묘미를 알아차리고 세계 유수의 소금 생산지를 돌아보고 있었다. 그들이 찾아내려고 애쓴 것은 지구환경의 구원과 음식 맛의 비법을 구비한 천연 소금이었다.

소금은 가장 원초적인 생명의 근원이다. 사람을 비롯하여 모든 동물은 소금을 먹지 않으면 죽고 만다. 초식동물인 코끼리도 자연에서 소금을 섭취하려고 산속 깊은 오지로 들어가 염기가 배인 붉은 황토를 혀로 핥는다. 야생 원숭이들도 염기가 풍부한 흙더미를 혀로 핥으며 에너지를 보충한다. 외양간의 소에게도 여물 이외에 스스로 핥아먹을 수 있는 단단한 소금 블록을 던져주고 있다. 예로부터 소금을 먹어야 소가 건강하게 자라고 새끼도 잘 낳는다고 했다. 사람이 사막이나 높은 산에 올라 기진맥진할 때 소변을 받아 마시면 살아나는 것은 소변에 섞여 있는 염분이 인간을 살리기 때문이다. 이처럼 소금은 모든 동물을 살리는 최고 필수 음식이다. 심지어 식물조차 소금 성분이 없으면 광합성 작용을 하지 못한다.

일곱 성자와 샛별공주는 지구를 썩지 않게 한 것이 소금이라는 점에 착안하여 지구에서 가장 좋은 천연 소금이 생산되고 있는 지역을 찾아냈다. 그곳은 중국 신강성의 암염(巖鹽 돌소금)이나 우간다의 흑염, 중국 차마고도의 홍염과는 달랐다. 그곳에서는 천연 해수를 모아 햇빛을 이용하여 미네랄이 가득한 천일염을 만들고 있었는데, 바로 동방의 다도해 서쪽 끝 신안(新案)이라는 바다마을이었다.

찌는듯한 여름날, 햇볕이 따갑게 내리쬐는 100만 평 신안 태평염전 들판에는 소금 알갱이들이 보석같이 반짝이며 익어가고 있었다. 가끔 새들도 찾아들고, 지렁이와 민물고기들도 개천으로 기어올라와 염분을 먹고 사라지는 곳. 개천가에 자라는 함초(鹹草 통통마디)와 염생식물(鹽生植物)들이 파랗게 빨갛게 빛나는 것이 수줍은 처녀의 볼처럼 아름답고 평화로운 바닷가 마을.

파란 하늘 아래 펼쳐진 넓은 염전에서 일곱 성자와 샛별공주는 신안의 천연소금에 축복을 내리기 위해 우주의 선물을 전하는 춤사위를 펼쳤다. 밤이 이슥하여 밤하늘의 별들이 온통 싸라기별처럼 빛을 발할 때 성자들은 우주에서 보내온 빛의 원소인 광자(光子)를 온 염전과 남해안 바닷물에 뿌렸다. 현재 생산되고 있는 소금의 질적인 보장을 도모하고, 영원무궁하게 질좋은 소금이 생산되도록 빛의 광자를 뿌려준 것이다. 그것은 빛의 원천이어서 일단 그것을 받은 해당 물질은 성분의 변화가 없이 효과를 영원히 지속시킨다. 그 광자가 온 바닷물과 땅속 깊이 파고들어 소금 알갱이들을 소금

원석에 충실한 보석으로 만들어내었다. 그 작업 때문에 신안염전 일대는 그야말로 빛의 천국이 되었고, 인부들이 잠자는 막사에도, 함초 가득한 갯벌에도 빛이 충만하였다. 그 빛은 인공 전깃불이나 화톳불이 아닌 태고 천연의 빛이어서 은은하면서 현란하였다. 마치 북극의 오로라나 우주 해파리 같은 빛이었다.

그들은 북두칠성신의 힘을 빌려 신안염전 일대에 인간의 입맛을 소금으로 만족시킬 수 있는 우주의 비법이 스며들게 하였다. 며칠간 밤을 도와 드넓은 염전과 염전으로 스며드는 바닷물에 우주의 에너지를 퍼부어 우주 소금(cosmetic salt)으로 바꾸어 놓았다. 일명 '우염(宇鹽 CS)'은 음식물의 특성에 따라 맛이 변화하여 최적의 맛을 내게 하는, 하늘이 만들어 준 비밀의 소금이었다. 어떤 음식 재료든 '우염'을 뿌리고 버무린 뒤 맛을 보면 인체에 필요한 적절한 염분과 음식마다 원재료 고유의 맛을 증가시키는 신비한 맛의 원소가 되었다. 이 '우염'은 그 후 일약 국제적인 명품이 되었고, '우염'을 이용하여 만든 한류 식품, 예컨대 된장, 고추장, 김치, 불고기, 비빔밥, 김밥은 세계공식 식품이 되었고, 이것을 넣어 만든 소주와 막걸리, 빵과 국수도 공인 품목이 되었다.

그러던 중에 일곱 성자와 샛별공주는 신안 증도라는 섬의 갯벌에서 몸집이 지렁이같이 오동통하게 생긴 이상한 풀을 발견하였다. 푸른색인 것도 있고 붉은색을 띤 것도 있었다. 한 깡마른 사내가 갯벌에서 그 잡초 같은 풀을 가꾸고 있었다. 문곡이 그 남자에게 물었다.

"아저씨. 이게 무슨 풀인가요? 제가 보기에 붉은 색깔의 풀도 있고, 초록색 풀도 있는데. 소여물이라도 가꾸는 것인가요?"

그러자 사내는 문곡의 용모와 기상에 눈이 부신 듯 잠시 미간을 찌푸리더니 이내 정색을 하고 말했다.

"네, 이것은 함초라는 염생 식물이온데, 소금기가 있는 갯벌에서만 자라는 하늘의 선물이랍니다."

그의 말을 듣고 난 샛별공주가 다시 물었다.

"아니 염분은 식물을 살지 못하게 하거나 고사시키는 것이잖아요. 그런데 어찌 풀이 소금을 먹고 이렇게 풍성하게 자라며 신의 선물이라는 말인가요?"

"네, 이곳 신안염전 일대 특히 증도에는 천연의 자연 보전이 잘 되어있어 5억 년 전부터 자생했던 고대 식물이 지금도 자라고 있답니다. 함초라고 부르는 것이지요. 아마 세계 유일의 보물 염초일 것입니다."

"아, 5억 년이라니. 태곳적 식물이군요. 참 귀한 원초(原草)를 만났네요."

그의 말이 맞았다. 함초가 자라는 신안 염전 일대의 갯벌은 지구상에 유일한 고대 함초의 서식지였다. 함초는 소금을 빨아들여 광합성 작용을 하여 소화하면서 자란 식물이고, 그 함초를 이용하여 만든 함초소금은 최고급의 소금이 되어 심지어 의약품 같은 대우를 받았다. 짜디짠 소금을 먹고 소화한 식물이니 얼마나 약효가 높을까. 이 함초소금이 새로운 '우염'으로 자리를 잡으면서 신안 일대는 국제적인 명소가 되었다.

성자들과 샛별공주가 우주에서 내려 준 빛의 광자(光子)를 이용하여 신안염전 일대를 우주 소금의 본고장으로 만들고나자, 함초를 키우는 양 사장이 침구(鍼灸)계에서 명성이 높은 구담 선생을 모시고 왔다. 구담 선생은 나이 100세가 넘었는데도 꼿꼿한 자세, 정정하고 우렁우렁한 목소리로 소금에 대해 재미있게 설명해 주었다.

"여러분, 염분이 없으면 지구상에 어떤 생물도 살 수가 없어요. 소금은 인간을 비롯한 동식물이 살아가는데 반드시 필요합니다. 여러분, 사람이 일주일만 소금을 먹지 않으면 죽습니다. 사람의 핏속에는 0.9%의 염분이 들어있는데, 핏속에 소금기가 부족하면 큰일 납니다. 사람이 건강하게 살려면 천연 소금을 섭취해야 해요. 소금기를 취하지 않으면 뇌기능이 저하됩니다. 그러나 광물질 등 불순물 함유량이 많은 돌소금이나 정제염을 많이 섭취하면 고혈압, 신장병, 심장병을 일으킬 수 있어요. 이곳 신안의 천일염은 인체의 질병을 막아주고, 부패를 방지하는 의약품과 같은 식품입니다. 지하에서 힘들게 일하는 광부들이 술안주로 잘 먹는 것은 바로 무를 소금에 절인 짠지입니다. 여러분, 인체에서 중요한 두 곳이 바로 뇌와 심장이잖아요? 그런데 심장이 멈추면 뇌도 죽습니다. 그러니 심장작동이 원활해야 하지요. 그 심장에 가득한 것이 바로 피인데, 만약 이 피가 염기가 없이 수돗물 같다면 과연 사람이 살 수 있을까요? 우리가 사람의 심장을 염통(鹽筒)이라고 하는 것은 심장이 '소금통'이라는 말이지요. 염기가 있는 피가 가득 고인 곳이 심장이라서 심장은 '소금통'인 것입니다. 사람이 수많은 암을 앓지만 심장암은 없지요? 소금이 심장을 강하고 튼튼하게 만드는 바람에 병균의 접근을 막은 것이 아닐까요? 이곳 신안 바닷물의 염도는 천연 그대로 3%인데요. 이 신안 바닷물을 염전에 가두고 햇빛에 말려서 염도를 높이고, 다시 간기를 빼서 독성을 제거하면 진짜 소금이 되는 것이지요. 바닷물과 햇빛, 바람과 흙이 만든 하늘의 선물입니다."

 사람들은 구담 선생의 말을 들으며 연신 고개를 끄덕였다. 그러자 신안 함초소금의 개척자인 양 사장이 물었다.
 "선생님, 수입 소금과 국산 소금이 무슨 차이가 납니까? 또 의사들이 짜게 먹지 말라고 하는 이유가 뭔가요? 그리고 짜게 먹으면 고혈압이 된다고, 피가 탁해진다고 하는데 모든 소금이 다 그런가요?"
 "네, 소금은 크게 두 가지 종류가 있어요. 하나는 암염(돌소금) 또는 정제염이고, 다른 하나는 청정한 이곳 서남해안의 다도해에서 깨끗한 바닷물 원수를 끌어들여 햇볕에 건조하여 만드는 천일염과 천일염을 먹고 자란 함초에서 뽑아낸 함초소금입니다. 이 천일염과 함초소금은 인간의 불로장생을 위해 신이 주신 선물입니다. 서양 의사들이 짜게 먹지 말라는 것은 일차적으로 정제염을 말하지만, 아무리 좋은 소금일지라도 과도하게 섭취하지 말라는 얘기지요."
 사람들은 구담 선생의 구수한 입담에 매료되기 시작했다

"여러분, 우리나라 의술은 예로부터 한방이오 한의였어요. 그런데 양의(洋醫) 즉 현대의술은 모두 미국 등 서구에서 들어왔지요. 미국 소금은 주로 암염이나 정제염인데, 이것들은 미네랄이 없는 염화나트륨(NaCl)이라는 화학적인 소금으로 그냥 짜기만 할 뿐 맛이 없어요. 다시 말하지만, 의사가 소금을 많이 먹지 말라는 것은 바로 이 암염과 정제염을 많이 먹지 말라고 해야 맞는 말입니다. 하지만 우리나라 음식에는 천일염을 사용하지요. 김치 하나를 봐도 천일염으로 김장을 하지 돌소금으로 합니까? 그러니 맛이 있고, 발효가 잘되니 소화를 돕고 장을 튼튼하게 하고 다이어트 효과까지 주지요. 다만 잊지 말아야 할 것은 천일염이라 할지라도 너무 짜게 먹으면 물을 들이킨다 해도 염도를 중화시키기가 어려워요."

구담 선생의 말에 한 할머니가 말했다.

"어쩐지, 우리 시골 사람 중에는 배불뚝이가 없잖아요. 선생님, 김치를 먹어서 그렇지요?"

"맞습니다. 김치가 세계적인 발효음식으로 유명해진 것은 천일염을 사용하기 때문이지요. 돌소금으로 김치를 담그면 쓰고 짜기만 하고 맛이 없죠. 우리나라 김치는 미국, 영국, 네덜런드 등 유럽 여러 나라와 홍콩, 일본, 중국 등지에 매년 2,000억 원어치나 수출되고 있어요. 한국 천일염의 가치를 인정한다는 뜻이지요. 아무튼, 인간의 몸에 필요한 것은 미네랄이 풍부한 천일염입니다. 당연히 미국 의사들은 소금이라 하면 미네랄이 없는 정제염이나 돌소금을 생각하니까 많이 먹지 말라고 하는 것이지요. 그런데 우리나라 병원 의사들은 미국식 의술을 배웠고, 아직도 미국 의학의 영향을 많이 받아 짜게 먹지 말라는 이론을 그대로 따르고 있는 것입니다. 분명히 짜게 먹지 말라는 말은 맞아요. 천일염이 만병통치약도 아닙니다. 소금은 단지 조미료의 역할을 합니다. 조미료를 많이 쓰면 몸에 해로운 것처럼 천일염이라 할지라도 과용하면 안 됩니다."

구담 선생의 이 말에 사람들은 동감의 박수를 쳤다. 그때 최 사장이라는 염주(鹽主)가 공손하게 물었다.

"선생님, 병원에 가면 응급환자나 기력이 쇠해진 환자에게 링거를 놓아주는데 그 링거의 성분이 염수라던데 맞는지요?"

"네, 맞습니다. 링거는 소금물입니다. 여러분이 잘 아시다시피 사람의 몸은 70%가 물입니다. 그 물에는 0.9%의 염분이 있습니다. 사람의 몸을 정상으로 회복시키는데 제일 중요한 것이 바로 핏속의 염도를 조절해주는 것이지요. 여러분 생각해보세요. 바닷물은 소금물인데, 일생을 바닷물 속에서 사는 거북이는 900년을 산다고 합니다. 소금기가 건강에 중요하다는 증거가 아닌가요? 물론 거북이에게는 특수한 거름 장치가 있겠지만요. 또 링거가 바로 식염수인데 그것이 혈관으로 바로 들어가면 우선 사람이 깨어납니다. 무더위에 훈련하는 병사들은 소금물을 자주 마시게 하죠. 그러면 일사병에 걸리지 않아요. 환자에게 소금물을 혈관에 직접 주사하는 링거가 사람의 기력을 회복시킨다면 음식을 통해 천일염을 먹는 것도 똑같은 효과를 준다고 봐야겠지요. 안 그래요?"

그의 설명을 듣고 있던 샛별공주가 아름다운 목소리로 말했다.

"구담 선생님! 중국인들이 선생님을 중국의 유명한 의성(醫聖)인 화타(華陀)와 같은 분으로 인정하는 것으로 압니다만, 이 천일염이 그리 좋다면 더 많이 생산하여 세상에 보급하는 것이 좋지 않나요?"

"아, 귀한 신녀님이 오셨군요. 그대는 별의 기운을 지니셨네요. 그리고 몸에 질병도 없으시고 마음이 평화로우십니다. 더불어 많은 이들에게 사랑하는 마음과 안정과 기쁨을 드릴 운을 지닌 분이십니다. 맞습니다. 햇볕과 바닷물과 바람과 흙 그리고 사람의 정성이 하나가 되어 빚어낸 천일염은 인류를 구원하는 마지막 천연 상비약이 될 것입니다. 다만 아무리 천일염이라 해도 염전에서 거두어 곧바로 사용하는 것은 아닙니다. 워낙 많은 양의 바닷물을 증발시켜 추출한 소금이기에 독소가 있어요. 그것을 그늘에서 다시 천연 바람을 쐬어 간기를 빼주어야 합니다. 간기는 오래 뺄수록 좋은 소금이 됩니다. 간기가 빠진 천일염은 그렇게 짜지 않아 맛이 좋아서 사람을 소생시키는 진짜 금덩이 같은 소금(素金)이지요. 또 천일염으로 간장을 담가두고 수백 년이 지나면 천상의 맛이 납니다. 그래서 그것을 씨간장이라고도 하지요."

그러자 건강하게 생긴 한 부인이 나서서 말했다.
"저는 어려서부터 염전 집 딸로 자랐어요. 그래서 그런지 이제까지 감기 한 번 안 걸리고 두드러기조차 안 생겼어요. 구담 선생님, 천일염이 중요하다는 말은 많이 들었는데요, 방부제 역할도 하는지요?"

"네, 천일염은 대단한 천연 방부제입니다. 우리 몸은 소금에 큰 반응을 나타냅니다. 과도하게 소금에 노출되면 몸이 상하고, 반면에 몸 안에 염도가 부족하면 세포가 썩어들어갑니다. 즉 부패하는 것이지요. 생선도 소금으로 간해서 둬야 상하지 않듯이 사람 몸도 마찬가지예요. 여러분 간고등어 아시지요? 그와 비슷합니다. 염기가 없거나 적으면 인간의 오장육부는 염증으로, 피부에는 아토피 증상, 발에는 무좀 등의 세균번식이 나타나요. 너무 싱겁게 먹거나 무염식을 하면 몸에 염증을 키우게 된다는 말입니다. 더구나 지금 우리가 먹는 소금은 대부분 정제염입니다. 정제염이란 소금에 다른 물질을 섞어서 사람들의 입에 맞게 만든 것인데, 소금 역할을 제대로 못 해요. 소금 맛이 아니라 들들하고 찝찝하죠. 요즘은 소아부터 성인들까지 아토피라는 병으로 고통을 당하고 있는데, 심한 사람은 문둥병이라고 생각할 정도로 온몸이 흉해지고, 진물이 나는 등 고통을 견디다 못해 성격이 민감해지거나 포악해집니다. 몸속에 좋은 염도가 부족하여 사람의 몸이 부패하고 있다는 증거입니다. 다시 말하지만 질 좋은 천연 소금을 알맞게 먹어야 몸의 부패를 막을 수 있어요. 사람 몸의 부패를 방지하는 물질에는 소금 말고 또 무엇이 있을까요?"

구담 선생의 질문에 소금 가게에 근무하는 은주라는 여직원이 당돌하게 대답했다.

"네, 선생님. 소금 말고는 설탕과 알코올이 있습니다."

"맞아요. 소금, 설탕, 알코올 이 세 가지가 우리 몸의 부패를 막지요. 그중에서 인간의 몸은 소금을 이용하여 부패하지 않도록 창조되었어요. 설탕과 알코올은 그 해독이 이미 입증되어 과식하면 부패를 막기는커녕 몸에 매우 해롭습니다. 그런데 소금을 안 먹으면 몸은 부패를 방지하려고 무엇인가 요구하게 되죠? 이때 설탕을 많이 먹거나 술을 마십니다. 인간 신체의 본능이지요. 어떤 시골 할머니는 백설탕을 많이 탄 커피를 물 마시듯이 드시는데, 그 설탕이라는 것이 정제과정을 통해 미네랄을 모두 제거한 당분일 뿐이라 먹을수록 더 강한 백설탕을 찾게 됩니다. 그래서 설탕을 한 숟가락 타던 것을 나중에는 열 숟가락을 타게 되지요. 또 어떤 할아버지는 수십 년간 콜라만 마시고 사는 분이 있는데, 이 역시 염분 부족을 당분으로 만회하려는 자연스러운 몸의 반응이지만, 건강에 해로울 뿐입니다."

그 말에 한 할머니가 외면하며 '그럼 나는 뭘 먹누?' 하며 입을 삐죽거렸다. 그때 코가 빨간 주태백이 같은 한 노인이 물었다.

"선생님, 술이 몸의 부패를 막는다고 했으니 음주가 나쁜 건 아니겠지요?"

"아, 애주가이시군요. 몸에 염도가 부족한 사람이 알코올을 마시기 시작하면 몸은 알코올을 내 몸의 부패 방지용으로 착각하고 염분이 부족함을 느낄 때마다 알코올을 찾게 됩니다. 알코올은 중독성이 있어서 몸이 만족할 수가 없으니 더 많이 마시죠. 결국, 주량만 늘 뿐 소용이 없어요. 오히려 알코올 중독이 되어 간을 해칩니다. 주태백이 아저씨를 살리는 길은 술이 아니라 소금물입니다. 알코올에 중독되면 결국 몸이 망가지고 각종 성인병과 수족을 벌벌 떠는 수전증까지 오게 됩니다. 이런 사람에게 천일염을 조금 먹이면 신기하게도 알코올 중독에서 벗어나 평정을 되찾게 된다는 연구사례가 보고되고 있습니다. 그 외에 각종 질병과 천일염은 밀접한 관계를 맺고 있어요. 심지어 불면증, 우울증, 정신착란증, 온 전신의 뼈 마디마디가 쑤시는 신경성 류머티즘성 관절염 환자들에게 천일염을 먹이면 수일 내에 증상이 사라지는 현상이 일어납니다. 병원에서 비싼 돈 주고 맞는 링거 효과 같은 것이지요."

"그럼 소금이 치료제인가요? 거의 만병통치약 같은데요?"

"아니죠. 소금은 의약품이 아니라 부패를 막는 식품 원료이자 간을 맞추는 조미료이지요. 자, 교회 나가시는 분들, 구약성경(레위 2:13)에 보면, 모든 예물에는 반드시 소금을 치라는 말씀이 있지요? '소금은 너희와 나 사이에 맺은 계약의 상징이므로 너희 모든 예물에 이 소금을 쳐야 한다'고 적혀있어요. 소금이 인간관계에 신성하고 필수적인 생명을 구하는 식품이라는 말이죠. 또한, 신약성경에 '너희는 세상에 빛과 소금이 되라'라는 말은 세상을 행복하게, 세상을 부패하지 않게 하라는 이치를 설파한 것이 아닐까요? 이제 우리는 소금은 나쁘다는 편견에서 벗어나야 합니다. 좋은 소금을 적당히 먹으라는 말이 맞아요. 여러분, 혹시 병원에서 환자식을 먹어본 일이 있나요?"

그 말에 아까 그 부인이 말했다.

"작년에 제가 신부전증으로 입원했는데, 도대체 병원 밥이 간이 안 맞아서 먹을 수가 없더라고요. 미음인데 밍밍해서 도저히 먹을 수가 없었어요."

"맞아요, 참 싱겁지요? 환자의 위를 편하게 해준다는 처방으로 짜고 매운 음식을 멀리하는 것인데, 그것은 임시변통입니다. 입원

환자에게 나오는 식사를 몇 개월만 먹으면 건강한 사람도 병이 들 수밖에 없을 만큼 싱겁습니다. 게다가 하얀 쌀죽은 더욱 환자에게 도움을 주지 못하는 밥상입니다. 왜냐고요? 섬유소가 거의 없는 쌀죽은 위를 편안하게 할지는 몰라도 영양소가 아주 부족해요. 그래서 오래 먹으면 영양부족에 걸려요. 병원식은 그야말로 응급처방이지 정상적인 식사는 아니지요."

"아, 환자식이 일반인에게는 안 맞는다는 거군요."

"네 맞아요. 또 암세포가 가장 싫어하는 것이 다섯 가지가 있습니다. 그것은 햇빛, 물, 소금, 섬유소, 비타민C 등입니다. 햇빛이 잘 드는 창가에 누운 환자가 그렇지 않은 환자보다 빨리 퇴원하는 것은 햇빛을 받기 때문이지요. 환자에게 싱거운 흰죽을 먹이고 소금물인 링거를 맞히는 것은 이치에 닿지 않아요. 다만 링거에 영양제를 섞었다면 조금 다르지요. 그리고 생수만 많이 마셔도 사람의 성격이 차분해진다는 연구, 실험 발표가 있습니다. 물과 소금, 햇빛은 건강의 필수요건입니다. 나이 들면 하루에 좋은 물 한 되는 마셔야 합니다. 아시겠어요? 나이 들면 냉수보다 온수를 드셔야하구요. 기름진 음식을 먹은 뒤 찬물을 마시면 위와 내장에 그 기름기가 그대로 달라붙어 내장 비만이 돼요. 소금만큼 중요한 것이 내 몸의 70%를 차지하는 물입니다."

그러자 증도에서 함초를 키우는 양 사장이 물었다.

"짜게 먹으면 피가 탁해진다고 하던데, 맞는 말인지요?"

"네, 현대인의 사망 이유 중에서 가장 높은 것이 암이고, 두 번째가 심장질환, 세 번째가 뇌혈관질환입니다. 다른 말로 하면 혈액이 문제라는 것입니다. 일반적으로는 피가 탁하다는 말은, 핏속까지 오염이 되고 노폐물이 침전되어 피가 뻑뻑한 오염물질로 변해 혈액순환이 안 되는 것을 말합니다. 그러니 순수 생수와 천일염을 충분히 섭취하면 건강한 혈액, 즉 맑고 깨끗한 피가 되어 몸을 건강하게 유지해 줄 것입니다. 나의 몸이 0.9%의 염도를 유지하게 되면 엔간한 병균이 내 몸속에 들어와도 이길 수 있어요. 천일염과 깨끗한 식수는 약이라고 해도 좋습니다. 그리고 이곳 신안 증도는 유네스코 생물권 보전지역으로 갯벌 생태를 보전하는 람사르 습지 국제 인증을 받은 천혜의 생태 청정 지역이죠. 여기서는 미네랄이 풍부하고 깨끗한 청정 다도해의 바닷물과 좋은 일조량 그리고 60년 이상 정성을 다해온 노력이 더하여 세계에서 단 0.1%만 나오는 천일염을 생산하고 있지요. 그래서 이곳 소금은 단순 조미료가 아니라 생명의 약입니다."

그러자 샛별공주가 익살스러운 표정으로 물었다.
"선생님, 그럼 신안 소금 주스를 내놓으면 잘 팔리겠는데요?"
"아, 그럴 날이 올지도 모르지요. 휴대용 산소도 구입하여 흡입하는 시대니까, 절박한 상황에서는 소금 주스도 나올 만하겠어요. 다만 현재로서는 꼭 그렇게까지 하여 소금을 섭취할 필요는 없습니다. 김치나 동치미 등에 넣어 먹으면 되니까요. 실제 동치미 국물을 겨우 내내 먹어두면 최고의 감기 예방요법이지요. 여름엔 물김치로 만들어 시원하고 간간하게 음료수처럼 수시로 마시는 것도 좋습니다."

이야기를 마친 구담 선생을 모시고 일곱 성자들과 샛별공주는 너른 염전 평원을 돌아다니며 지신밟기 하듯이 발을 구르며 〈우주별 소금노래〉를 불렀다. 그 노랫소리 하나하나가 염전에 깊이 파고들어 우주 소금의 신비한 약효를 더 깊게 해주었다.

소금은 만물을 살리는 자연의 보약
사람과 동물은 소금 없이는 하루도 못살아
내 몸에서 나가는 모든 노폐물은
소금기가 없으면 못 나가
그러니까 내 몸에 염분이 부족하지 않게 해야 해
내 몸의 0.9%는 소금이야
우리가 좋아하는 김치
미네랄이 가득한 천일염으로 담가야지
오미(五味)를 담은 최고의 음식
그것이 천일염, 함초소금
그리고 대나무 통에 아홉 번 구운 죽염이야

너 자신을 소금처럼 빛과 희망의 바람으로 익혀봐
아니 간기를 완전히 빼고 알갱이만 남겨봐
진짜 행복의 요소를 챙겨봐
천일염은 빛과 바람과 흙이 만든 우주 소금
고기든 채소든 찌개든, 달걀부침이든, 수프든
이 우주 소금 하나면 모든 음식은 제맛이 나지.

천극신의 배려로 만들어낸 소금은 피라미드형 보석별 소금인데, '우주 소금'으로 불리고, '신안 소금'(Neo_Fun vil Salt)이라는 브랜드로 국제상표등록이 되었다. 그 종류는 굵은 소금, 가는 소금, 고추소금, 마늘소금, 강황소금, 생강소금, 죽염, 도라지소금, 함초소금 등으로 구분되어 식용으로 또는 약용으로 사용되기 시작했다. 특히 신안 증도의 염생식물인 함초의 약용성분이 입증되어 함초소금이 K-food의 한 분야로 자리 잡아 다이어트와 한방용으로 불티나게 팔리기 시작했다.

이제 우주 소금은 전 세계로 퍼져 병원과 식당은 물론 가정에서 필수 식자재가 되었다. 심지어 소금 주스가 콜라 등 음료를 압도하기 시작했고, 우주 소금빵은 동방국에서 개발한 최고의 바게트로 세계 제빵업계에서 정평이 나기 시작했다. 신안 소금은 식품 가게와 백화점에서 최고의 인기 선물 상품이 되어 비싼 값에 팔렸다. 그래서 그냥 소금이 아니라 '생명을 살리는 금(life-saving gold)' 즉 소금(蘇金 LSG)이라 불리기도 했다. 나아가 한국 천일염의 약효가 한의학계에서 입증되어 비싸게 팔리기 시작했다. 그리고 염전에서 일하는 사람들은 이제 제염기술자로 불렸고, 높은 대우를 받았다. 아무튼, 신안 소금은 세계 식탁에 혁명을 일으켰다. 그 소금은 각종 식자재의 고유 맛을 찾게 해주었고, 음식물 쓰레기를 반감시켰다. 신안의 우주 소금이 각광을 받기 시작하자 세계 각지에서 천일염 개발 열기가 붐을 이루었고, 이에 따라 다른 조미료의 역할이 축소되어 자원 보호와 지구오염이 현저하게 줄어들기 시작했다. 아울러 이곳에서 생산되는 우주 소금의 명성이 높아지자 신안염전과 이웃의 보라마을인 퍼플빌리지(pupple village)를 찾는 관광객이 중국의 해남도(海南島)나 태국의 파타야, 베트남의 다낭을 찾는 수보다 더 많아졌다.

그리고 신안에는 세계 최초로 〈동방염전학교(Eastern Salt Farm School)〉가 개교하였고, 한류 건강식품을 배우려는 유학생들이 세계 각국에서 줄을 이어 찾아왔다. 아무튼, 신안소금은 세계 식탁에 혁명을 일으켰다. 그 소금은 각종 식자재의 고유 맛을 찾게 해주었고, 음식물 쓰레기를 반감시켰다. 사람들은 그 우주 소금의 결정(結晶)이 별을 닮았다고 하여 '샛별소금' 또는 '성자소금(saint-salt)'이라고도 불렀다. 이 신안소금의 생산량이 점차 증가하고, 세계 각국에서 천일염 생산이 늘어나면서 인류는 보다 싼값에 건강에 유익한 소금을 이용할 수 있게 되었다. 하지만 신안일대는 천연 소금의 메카로 자리 잡고, 기술 로열티를 받아 지방재정에 큰 도움을 받기 시작했다.

특히 샛별 공주는 신안의 소금 판매대 여러 곳에 신비한 힘을 불어넣은 '사랑의 소금 지팡이'를 걸어놓아 우주 소금의 품질을 보증하는 신표(神標)로 삼았고, 그 지팡이는 노인들의 장수를 도와주는 '마법의 지팡이'로 소문이 나기 시작했다.

하늘의 수(數) 7(seven)

몽골 초원지대와 시베리아, 북미대륙에 있는 전통적인 유목족의 가옥인 게르(Ger)

하늘의 수(數) 7(seven)

여기는 몽골 고비사막 부근의 초원지대.

8월 한여름이지만 밤이 되자 날씨는 쌀쌀해지기 시작했다. 한국에서 온 여행객들은 초원의 숙소인 게르(빠오)에 짐을 풀었다. 이들은 몽골과 시베리아 대륙이 한민족의 시원과 밀접한 관련이 있다는 점, 몽골의 밤하늘 별들이 무변 광대하고 별빛이 찬란하다는 말에 방학을 맞아 별 여행을 떠나온 사람들로, 서울 강남의 C 교회 마성태 목사, K 대학 철학과의 백철 교수, 서울 강남 D고교에서 역사를 가르치는 김정국 선생, 같은 학교에서 지리를 가르치는 우지민 선생과 그녀의 딸 김란희 학생, Y 대학에서 물리학을 강의하는 서남준 강사, 여류시인 정제이, 소설가 박진, 그리고 황부옥 집사와 여대생 유지나 등 열 명이었다.

그들은 게르 밖에서 양꼬치구이와 난로 뚜껑에 구운 밀빵으로 늦은 저녁을 먹으며 별 무리로 가득 채워지고 있는 검푸른 하늘을 바라보곤 감탄을 금치 못했다. 수많은 별 중에서 북극성이 가장 돋보였고, 국자 모양의 북두칠성이 은하수를 동남쪽에 거느리고(?) 멋지게 반짝이고 있었다. 그 아래 남두육성도 누운 주전자 모양을 하고 은근한 빛을 내보내고 있었다. 밤이 되니 낮과는 달리 날씨가 싸늘해졌다.

어느 정도 허기를 달랜 뒤, 마 목사가 말했다. 그는 60대 중반으로 교계에서 신망이 높은 목회자였고, 몽골에서 전도사로 활동한 경험도 있어 몽골어를 어느 정도 구사할 줄 알았다.

"참으로 장관이군요. 우주는 창조주 하나님께서 만든 작품이라 인간의 상상을 초월합니다. 말이나 글로도 다 형용하지 못하고, 그림으로도 다 못 그리고 카메라로도 다 촬영하지 못하고, 글로도 다 형용하지 못할 영광스러운 장면입니다. 저는 몽골에 올 때마다 늘 감사기도를 드렸습니다. 서울에서는 인공적인 불빛이 많아 우주의 신비를 볼 수 없었는데, 여기서는 헤아릴 수 없을 정도로 별이 많이 보이거든요. 이 많은 별의 수가 얼마나 되는지, 인간의 셈으로는 계산하기 어려울 것 같습니다. 정말 창조주의 능력을 재확인하는 숭고한 밤입니다. 한국 같았으면 이런 밤하늘 아래에서 캠프파이어를 즐길 수 있겠지만, 여기는 우선 불을 피울 화목이 부족하니, 손난로로 손을 녹이며 얘기를 나누시죠."

그러면서 전방에서 군 장병들이 사용하는 손난로를 한 개씩 나눠주었다. 손으로 주무르면 열이 발생하여 손을 덥힐 수 있는 기특한 작은 천 주머니이다. 그러자 김정국 선생이 말했다.

"네, 게르 주위에서 잠자고 있는 가축들에게 방해가 되지 않는 선에서 대화를 나누면 좋겠습니다. 그리고 몽고(蒙古)라는 말은 몽골인들이 아주 싫어하니 안 쓰도록 해주세요. 몽고는 '아둔한 옛것'이라는 매우 부정적이고 비하적인 말입니다. 중국이 칭기즈칸과 그 후손 원나라의 백년 통치에 수치심을 느껴 붙인, 좋지 않은 말이지요. 국호는 몽골(蒙兀 몽골인민공화국)이고, 수도는 울란바토르입니다. 몽골이라는 용어는 '용감한 사람들의 중심'이라는 뜻입니다. 몽골의 영토는 한국의 15배에 달하지만, 인구는 350만 명 정도입니다. 몽골족이 85%이구요."

그들은 갑자기 한기를 느껴 숄이나 목도리를 꺼내어 걸치고 둘러앉았다.

그들 머리 위에서는 길고 짧게 흰 선을 그으며 유성들이 앞다퉈 떨어지고 있었다. 어떤 것은 빨랫줄같이 동에서 서로 길게 포물선을 긋다가 사라졌다. 사실은 대기권 밖에서 지구로 떨어지다가 불타 없어지는 유성들의 사망 신고인데, 사람 눈에는 마치 하늘에 그림을 그리는 한 컷의 동영상 같았다.

그때, 눈이 별처럼 맑고 키가 큰 게르 주인 남자가 나무뿌리 한 더미와 마른 말똥 한 무더기를 가지고 와서 일행이 둘러앉은 한 가운데에 모닥불을 펴주었다. 불이 탁탁! 소리를 내며 타기 시작하자 사람들은 따듯한 온기에 마음조차 훈훈해져 안심했다. 유지나는 말똥이 타는 냄새가 풀잎 타는 냄새와 같다는 점에 적이 놀랐다. 그때 주인이 주전자에 뜨거운 수테차를 담아내며 말했다.

"오울쯔승다 바이르태밴. 수테채 오가래(만나서 반가워요. 우유 차 드십시오.)"

이에 마 목사가 찻잔을 들어 고수레하며 대답했다.

"마씨 암트태 베인. 바야를라(아주 맛있어요. 감사합니다.)"

그러자 백철 교수가 입을 열었다.

"몽골인들도 우리처럼 고수레하지요. 이 고수레는 북방 민족이 음식을 먹을 때 하늘과 자연에 먼저 바치는 아주 귀한 풍습입니다. 일종의 기도와 같은 경건한 의식입니다. 모든 음식은 자연으로부터 온 것이라는 인식이 깔려 있지요."

사람들은 따뜻한 밀크차를 마시며 하늘의 별을 보느라 넋을 잃고 있었다. 그러자 주인 남자가 마두금(馬頭琴)이라는 몽골의 전통 현악기를 갖고 나와서 연주하며 '흐미(Khomei)'라는 노래를 부르기 시작했다. '흐미'는 옛날 몽골 선조들의 숨결이 서린 알타이산맥을 찬미하는 노래로, 사람의 목소리가 아닌 묘한 울림 내지 떨림 같은 노래였다. 초원을 떠도는 만물의 혼이 그의 목소리에 빙의(憑依)된 듯 거칠고 밝고 맑은 떨림이 듣는 이의 신경을 가볍게 전율시켰다. 주인 남자는 들숨 날숨을 자유자재로 구사하면서 목에서 저음을 내는 동시에 맑은 고음을 내었는데, 한 입으로 고음과 저음을 동시에 내는 창법은 유목민 조상 대대로 내려온 것이라 했다. 창법도 독특하지만, 그 소리 역시 인간의 목소리는 아니었다. 말 그대로 초원의 자연 소리, 하늘의 휘파람 소리 또는 영혼의 노래 같았다.

연주가 끝나자 사람들이 박수를 쳤고, 뒤이어 Y 대학에서 물리학을 강의하는 서남준 강사가 입을 열었다.

"마두금 악기와 흐미, 참 멋진 소리를 내는군요. 어쩌면 우주의 소리인지도 모르겠어요. 또 참으로 많은 별이 보이네요. 정말 우주가 광대무변하다는 느낌이 듭니다. 우주의 크기가 얼마나 될까요? 과학적인 자료를 보면 약 940억 광년이랍니다. 빛은 1초에 30만 km, 하루에 259억5,000km를 갑니다. 1년 걸려 가는 거리는

1광년(약 9.5조km)입니다. 우주의 크기는 9.5조km×940억 년이니 우리의 상상을 초월하지요? 1광년은 시속 100km의 차로 간다면 무려 약 400만 년이 걸리는 거리죠. 그런데 우주는 빛이 940억 년에 걸쳐 가는 거리만큼 크니까 그야말로 광대무변, 도무지 사람의 인식이 닿지 못할 크기입니다. 그리고 지구가 속한 우리은하에는 약 3,000억 개의 별이 있는데, 저런 은하가 우주에는 약 2,000억 개가 있다고 하니 상상조차 하기 어렵습니다. 또 은하마다 평균 3,500억 개의 별이 있다고 합니다. 저기 보이는 은하는 자잘한 별들이 모여서 흐르는 물처럼 보여 은하수라고 표현하지만 크기가 지구 정도 혹은 그 이상 큰 별들 3,000억 개가 모인 별들의 집단입니다. 겨우 100년 정도 사는 인간의 시공간과는 차원이 완전 다르죠."

그의 말을 듣던 황부옥 집사가 물었다.

"그럼, 도대체 우주에는 별이 얼마나 있다는 건가요?"

다른 사람들도 흥미를 갖고 서 강사의 입을 주시했다.

"네. 약 2,000억 개의 은하에 3,500억 개씩의 별이 있으니 우리가 아는 숫자로는 표현이 어렵습니다. 수학적으로 보면 2,000억×3,500억=700해(垓)의 별이 있다고 해요. 해라는 숫자는 경(京)의 만 배가 되는 수입니다. 억(億)의 만 배가 조요, 조(兆)의 만배가 경이구요, 700해의 별이라는 것은 그 수가 7조×100억 개입니다. 7조를 100억 번 곱한 숫자만큼 많은 별이 있다는 얘기입니다. 참, 해(垓) 다음의 숫자는 자(秭)라고 해요. 경(京)의 1억배, 해(垓)의 만배에 달하는 숫자이지요. 아무튼, 별의 숫자는 그야말로 어마어마하죠? 한 가지 흥미 있는 비교를 해볼까요?"

그가 말하는 도중에 긴 유성이 하늘을 갈랐다. 무려 5초 가까이나 찬란한 빛을 내며 제 몸을 사르며 사라졌다. 정말 큰 유성이었다. 서 강사는 말을 계속했다.

"여러분! 두 손을 벌려서 모래를 담아 모으면 그 손아귀에 모래알이 몇 개나 들어갈까요?"

"한 100만 개는 들어갈걸요."

"아니, 50만개 정도요."

어른들의 이야기를 듣고 있던 김란희 학생이 말했다.

"제 생각으로는 어른 손이라면 모래알이 500만 개는 들어갈걸요."

사람들이 여러 주장을 하자 서 강사가 말했다.

"여러분, 손이 참 작으시군요. 더 쓰세요. 란희 학생이 그래도 근접했어요. 예, 모래알의 크기가 균일하다는 전제하에 성인 남자의 양손에 담을 수 있는 모래알은 약 840만개 정도랍니다. 제법 많지요? 그러면 지구상에 존재하는 모래알은 몇 개나 될까요? 사하라 사막, 나미브 사막, 시나이사막, 네게브사막, 고비사막을 포함한 전 지구의 사막과 수많은 해수욕장과 크고 작은 해변과 사구의 모래알을 다 합쳐서 말입니다."

이에 대해서 대답도 가지가지였다. 1천 조, 9천 조, 그리고 셀 수 없다는 말도 나왔다.

"네, 과학자들이 추산한 지구상 모래의 숫자는 100해 정도랍니다. 1조를 100억번 곱한 수만큼이니까 거의 무진장한 숫자이지요. 세계 80억 인구가 다 성인이라고 보고 두 주먹을 오므려 모래알을 다 담아도 7경 정도에 불과합니다. 하지만, 우주의 별은 700해이니 지구상의 모래알 수 100해보다 7배가 많다는 얘깁니다. 이제부터는 모래알같이 많다는 말보다는 하늘의 별만큼 많다고 해야 하지 않을까요? 우리가 '하늘만큼 땅만큼 당신을 사랑한다'고 말하는데 진짜 맞는 말입니다. 하하하, 안 그래요?"

그러자 박진 작가가 말했다.
"정말 별의 숫자가 상상을 초월하는군요. 저는 우리은하계의 별이 한 1천만 개쯤 되지 않을까 했는데, 3,000억 개라니요. 그렇다면 우리가 눈으로 볼 수 있는 별의 숫자는 얼마나 될까요?"
"네, 사람의 육안으로 볼 수 있는 것은 약 6,000개 정도라고 합니다. 지구에 가까운 것들만 보이기 때문이지요. 아마 여러분이 누워서 별을 세어본다 해도 1,000개를 세기 힘들걸요. 저는 한 100개 세다가 눈이 아파서 그만뒀어요. 하하하."
그러자 황 부옥 집사가 물었다.
"그럼, 우주에 은하가 2,000억 개라는데, 태양은 한 개인가요? 아님, 몇 개 더 있나요?"
사람들은 태양이 몇 개나 있느냐는 그녀의 물음에 뜬금없어하다가 궁금하다는 표정을 지으며 돌아보았다. 사실 황 집사는 어느 날 꿈에 태양이 세포분열 하면서 온통 하늘이 수많은 태양으로 가득 차는 꿈을 꾼 일이 있었다. 그녀의 질문을 받은 서 강사는 놀라지 말라는 표정을 지으며 말했다.

"네, 우주에 태양은 최소 2,000억 개가 있습니다. 2,000억 개의 은하당 태양이 하나씩 있는 것으로 봐서 그렇다는 것입니다. 어떤 은하에는 두, 세 개의 태양이 있다고 하니 이보다 더 많을 것입니다. 우리는 평생 한 개의 태양만 바라보고 살다가 죽는데, 태양이 2,000개도 아니고 2,000억 개라니 상상이나 됩니까? 그만큼 우주는 광대한 것이지요. 그 통계조차 과학이 발달하면 더 늘어날 것으로 생각합니다."

세상에, 태양이 2,000억 개라니? 사람들은 벌린 입을 다물 줄 몰랐다.

란희는 유지나 학생의 어깨에 기대어 호기심 가득한 눈으로 빛나는 밤하늘을 바라보며 노래를 흥얼거리고 있었다.

그렇다. 우주(宇宙)라는 말은 '무한한 시간과 만물, 모든 천체까지 포함하는 끝없는 공간의 총체'를 말한다. 영어로는 공간(space, cosmos, universe). 한자로는 '집 우(宇), 집 주(宙)'가 우주이다. 하늘에 있는 거대한 집, 인간의 상상을 초월한 크기의 집을 말한다. 시공을 초월한 무한대의 세계가 우주인 것이다. 우리는 서울 강남에 100평대의 아파트나 10만 평 정도의 대지가 최고인 양 뽐내지만, 940억 광년인 우주의 크기에 비하면 그것은 먼지만도 못한 것이다.

그때 우지민 선생이 입을 열었다. 그녀는 지리교사였다.

"저도 별에 대해 관심이 많아요. 지금 유성이 엄청나게 떨어지네요. 별똥별이라고도 하고 유성 혹은 유성체라고 하는 저 순간의 불빛은 지구 대기권에 진입하는 순간 불타 없어지는 우주의 찌꺼기나 별에서 떨어져나온 부스러기가 만들어내는 마지막 발광 모습입니다. 지름 몇 미터급 유성체는 지구에 충돌하기 전에 대기권에서 불타서 사라지만, 궤도에 따라 지구에 피해를 주기도 한답니다. 미국항공우주국(NASA)에 따르면, 하루 동안 지구에 떨어지는 별똥별은 대략 100톤 정도라고 합니다. 그것은 10kg짜리 쇠나 돌덩이 1만 개가 매일 지구를 향해 떨어진다는 말이지요. 대단하고 무섭다는 생각이 듭니다. 그러나 지구의 대기권이 대부분 다 방패처럼 막아주어 태워버리고 설령 지구에 떨어진다고 해도 바다에 떨어지니까 우리가 잘 볼 수 없습니다."

우 선생의 말에 황 집사가 물었다.
"선생님, 우리나라에도 유성이 떨어진 적이 있나요?"
"네, 있어요. 약 5만 년 전, 경남 합천 초계면 대암산(591m) 부근에 지름 약 200m나 되는 거대한 운석이 떨어져 지금 그 흔적이 큰 그릇처럼 움푹 파진 7km에 달하는 지형으로 펼쳐져 있어요. 지구에 충돌할 때는 그 충격이 어마어마했을 것입니다. 사람이 살았더라면 아마 극심한 피해를 봤을 겁니다. 지금 그곳은 초계분지라고 부르는데, 행글라이더 훈련지로 사용한답니다. 그리고 2014년 3월 17일, 경남 산청군 대곡면 단목리의 유리 시설 하우스에서 주먹만 한 크기의 운석이 발견됐는데, 무게는 약 150g입니다. 주먹만 한 돌덩이치고는 좀 가볍지요? 그것은 운석이 대기를 빠른 속도로 통과할 때 표면이 마찰 때문에 녹아떨어져 나가게 되죠. 아마 운석의 속살도 이 강한 마찰열에 의해 가벼워지는 것이 아닌가 해요. 운석의 표면에는 마찰로 생긴 껍질 같은 '용융각'이라는 것이 있어요. 이 '용융각'은 운석의 바깥 표면을 이루고 있는 1mm 내외 두께의 얇은 껍질을 말합니다. 뱀의 허물 같은 것이라고나 할까요. 산청에 떨어진 운석은 화성과 목성 사이에 있는 소행성대에서 떨어져 나온 것으로 판단되는데, 지구 인력에 이끌려 대기권에 진입한 후 경남 함양·산청 인근의 상공에서 폭발하고 그 나머지가 땅에 떨어져 박힌 것이지요. 암튼 주먹만 한 크기이지만 1,000km 상공의 대기권에 진입할 때는 수천kg 크기의 운석이었을 것입니다."

"그럼 유성이 지구에 떨어져 피해를 준 적이 있나요?"

"네, 물론입니다. 1908년에 지름 50m의 소행성이 시베리아 툰드라 지역에 충돌하여 2,000km²의 삼림이 불에 타 사라졌고, 수천km 떨어진 영국에서도 그 폭발음이 들렸답니다. 당시 폭발의 위력은 2차대전 때 일본 히로시마에 투하된 원자폭탄의 1,000배에 달하는 것으로 추정되었어요. 어마어마한 위력이죠. 그리고 2013년에는 지름 17m 크기의 소행성이 러시아 첼랴빈스크 민가에 떨어져 주민 1,500여 명이 다치고, 7,200여 채의 건물이 파손되는 피해를 보았습니다. 대기권을 뚫고 낙하하는 그 파괴력이란 엄청난 것이지요. 우리가 50m 높이의 옥상에서 벽돌 한 장을 떨어뜨리면 아래에 주차된 승용차가 박살 나는 것을 볼 수 있잖아요? 하물며 지구 표면에 지름 17m~50m짜리 돌덩이가 도달하려면 대기권에 무시무시한 속도로 진입할 때는 크기가 그보다 수천 배였겠지요?

또 지름이 1km 이상이 되는 소행성이 지구에 떨어지면 지구 전체 기후에 변화를 일으킬 수 있다고 하는데, 이 시간에도 지구를 돌고 있는 지름 1km 이상의 소행성이 153개나 된답니다. 지구의 안전도 보장하지 못한다는 얘깁니다. 만약 지름 10㎞급의 소행성이 지구와 충돌하면 지구 생물은 대멸종을 당합니다. 한 예로, 공룡이 멸종된 것은 지금으로부터 약 6,600만 년 전 중생대에서 신생대로 넘어가는 시기였는데, 이 시기에 대단히 큰 행성이 지구와 충돌해 멕시코 동북부에 길이가 무려 170km에 달하는 흔적을 남겼어요. 당시 소행성 충돌로 먼지기둥이 치솟아 태양광을 차단하고, 지구 환경이 급변하여 혹한이 몰려오는 바람에 생물 종의 약 70%가 멸종한 것입니다. 이때 지구에서 가장 큰 동물인 공룡도 멸종당했지요."

그러자 이번에는 백철 교수가 입을 열었다.

"미래학자들은 지구가 망할 세 가지를 말하고 있어요. 첫째는 소행성의 지구 충돌, 둘째는 기후변화, 셋째는 인공지능(AI)의 배신을 듭니다. 두 가지는 자연적인 것이고, 하나는 인공적인 것이라고 볼 수 있죠. 먼저, AI의 배신이란 인공지능이 인간 수준의 지능과 감성, 창의성을 가지면 인간의 조종을 벗어나 지구를 파괴할 수도 있다는 얘기죠. 아직은 인공지능이 사람을 조종할 수준은 아니지만 앞으로 발전하여 고도의 지능과 생각, 어느 정도의 감성 수준을 갖게 된다면 인공지능 스스로 인간의 통제를 벗어날 수 있다는 우려입니다. 그리고 큰 소행성의 충돌은 지구의 자전축을 변화시킬 것입니다. 지금 지구 축이 23.5도 동쪽으로 기울어져서 자전과 공전을 하고 있는데요, 강력한 소행성의 충돌로 지축에 변화를 일으킨다면 지구 생태계에는 대혼란이 일어날 것입니다. 지구의 축이 똑바로 서는 대변혁을 예상한다면, 한대지방이 온대로, 온대가 한대로 바뀌니까 동식물이 대부분 적응을 못 해 소멸하겠지요. 온대기후인 한반도가 시베리아 한대 기후로 바뀐다고 생각해보세요. 지구는 대혼란이 일어날 것이고 많은 생명체가 사라질 것입니다."

그의 말을 받아 우선생이 다시 물었다.

"그럼, 기후변화가 곤충 생태계에도 치명적인 피해를 주겠네요?"

"물론이죠. 기후변화와 서식지 파괴, 살충제로 인해 이미 많은 곤충이 사라졌거나 줄어들고 있어요. 세계에는 약 1,000경(京) 마리의 곤충이 있답니다. 이 곤충들은 지난 4억 년간 있었던 다섯 번의 집단 멸종을 이겨내고 꿋꿋하게 생존해왔는데, 최근 27년간 지구의 곤충이 75%나 감소했어요. 잉글랜드에서는 반딧불이가 75%가 줄었고, 미국에서는 호박벌, 일본에서는 나비, 이탈리아에서는 쇠똥구리가 사라지고 있어요. 이탈리아에서는 보공나방의 수가 급감하여 이것을 먹고 사는 긴주머니쥐가 굶어 죽고 있답니다. 우리나라에서도 꿀벌이 최근에 130억 마리가 사라졌고, 제비와 참새도 보기가 힘들어졌어요. 세계 100대 농작물의 71%가 꿀벌에게 수정을 의존하고 있는데, 곤충 특히 꿀벌과 나비가 사라지면 인간의 식탁은 밀과 쌀, 옥수수로만 채워지게 됩니다. 곤충 없이는 인간도 살 수 없다는 얘기지요. 그러니 무분별한 살충제 사용을 자제하고, 친환경농법을 사용해야 합니다. 농지 일부를 아예 야생상태로 남겨두어 곤충들의 삶터로 제공할 필요가 있어요. 저는 앞으로 자연 꿀벌농장을 만들어 운영하고 싶어요."

그의 말을 듣던 정제이 시인이 거들었다.
"이 황량한 몽골대륙에도 곤충이 살고 있겠지요. 잠깐만요. 이곳 몽골평원은 매우 건조한 기후라서 물 한 방울도 귀한 곳입니다. 그러니 한 바가지 물로 양치하고 세수하고 머리 감고 해야 합니다. 여기서 물을 길어오려면 못해도 한 시간은 걸어가야 할 겁니다. 다만 이곳의 물은 오염이 안 돼서 식수로 사용합니다. 빗물 그대로이기 때문이지요. 세상에서 가장 깨끗한 물이 바로 빗물입니다. 석회질이 없는 가장 순수한 천연수이거든요. 그래서 빗물로 농사를 짓고, 화단의 꽃도 만발하게 합니다. 여러분 화분의 화초가 빗물을 맞으면 수돗물을 뿌린 것보다 더 잘 자라고 빛이 나지요. 영양가가 풍부하기 때문이지요. 머리를 감을 때도 빗물이 최고라는 것은 다 아시죠?"

바로 그때였다. 하늘에서 후드득! 소리가 나더니 갑자기 소나기가 퍼붓기 시작했다. 모닥불을 다스리던 주인장이 소스라치게 놀라 일행을 게르 안으로 들게 했다. 그리곤 집에 있는 크고 작은 그릇을 있는 대로 다 내놓고 빗물을 받았다. 또 빨랫감들을 게르 지붕과 나뭇더미 등에 올려놓고 비를 흠뻑 맞혔다. 자연 빨래를 하는 것이었다. 가축우리에 있던 짐승들도 기분이 좋은 듯 조용하였다. 일을 마친 주인장은 만면에 웃음을 머금고 게르 안에 들어와 연신 기쁜 표정을 감추지 못했다. 마 목사가 그에게 다가가 말했다.

"바야르 후르게예(축하합니다)."

그러자 주인장이 흡족한 표정으로 대답했다.

"바야를랄라(고맙습니다)."

마 목사가 그에게 축하한다고 말한 것은 이렇게 좋은 비가 내리니 얼마나 좋으냐는 인사였다. 그래서인지 주인장은 연신 싱글벙글하였다. 비는 약 20분 정도 내리다가 뚝 그쳤다. 그리곤 다시 맑은 밤하늘을 보여주었다. 하늘은 마치 세수하고 나온 얼굴처럼 더욱 맑았고, 별들은 더 아름답게 반짝였다. 일행은 하늘을 바라보며 감탄을 연발했다.

그때 큰 별 하나가 강렬한 빛을 내뿜더니 그 별에서 둥그런 불덩이 하나가 떨어져 나와 이들이 있는 곳으로 내려오기 시작했다. 사람들은 공포감보다도 신비한 기운을 만나는 기분으로 그 불덩이를 바라보았다. 우리에 있던 양과 말들도 환영이라도 하는 양 일제히 놀라 소리를 질러댔다. 주인장은 공포에 질린 눈으로 동물들을 바라보고 있었다. 그 불덩이는 서서히 빛을 감소시켜 운무로 바뀌더니 땅에 내려앉았다. 사람들은 하도 신기하고 궁금하여 그 운무를 바라보았다.

바로 운무가 걷히고 나자 어여쁜 처녀가 다이아몬드 같은 빛나는 보석이 박힌 왕관을 쓰고 웃으며 나타났다. 자태는 귀족의 딸 같고, 얼굴은 흡사 인형 같고, 살결은 순백의 별빛이었다. 그녀는 사뿐히 걸어오더니 일행 앞에서 노래하듯 말했다.

"여러분, 참 좋은 밤이에요. 저는 샛별에 사는 공주인데, '사랑의 여왕'이라고 합니다. 하늘에서 내려다보니 좋은 분들이 앉아 별 이야기를 나누시길래 궁금해서 내려왔답니다. 그런데 그냥 내려오기가 미안해서 선물을 내려보냈는데 받으셨지요? 호호호."

그녀의 말에 주인장이 머리를 조아리며 감사를 표했다.

"네, 선녀님, 비를 내려주셔서 감사합니다. 이곳에서는 물이 귀한데, 빗물을 선물로 주시니 정말 감사합니다. 우리 땅 전체에 이만한 양의 비가 내렸다면 그 가치가 아마 수억 달러는 될 겁니다. 선녀님이 우리를 살리셨어요."

"네, 그리 생각하신다니 고마워요. 빗물은 가장 순수하고 영양이 많은 물이니까 양이나 말에게도 먹이시고, 식수로도 사용하세요."

사람들은 그녀의 소탈하고 화사한 웃음에 따라서 웃었다. 유지나 학생은 너무나 아름다운 샛별 공주의 모습에 얼굴이 발개지고 콧등이 시큰해졌다. 어렸을 때 돌아가신 유난히 뽀얗던 엄마 얼굴이 떠올라 마음이 울컥해졌다. 지나에게 엄마는 천사였다. 지나의 얼굴을 바라보던 샛별 공주가 그녀의 어깨를 토닥이며 말했다.

"지나 학생, 참 예쁘군요. 나랑 이름이 비슷하네, 지구인들은 나를 지극히 빛이 난다고 하여 지윤이라 부른다던데, 호호호. 그런데 지나 양 노래 잘 부르죠?"

"……."

지나가 머뭇거리자 란희가 지나의 손을 잡았다. 세 여자는 한목소리로 노래를 시작했다. 어느새 샛별 공주의 친구들인지 작은 별 수십 개가 그녀의 머리 위에 가까이 내려와 반짝이고 있었다. 세 처녀는 〈엄마 아리랑〉을 노래하였고, 지나는 돌아가신 엄마를 생각하느라 눈가가 촉촉이 젖었다. 사람들은 박수로 장단을 맞추며 호응하였다.

아리랑 아리아리랑 아라리요
아들 딸아 잘 되거라 밤낮으로 기도한다
엄마 아리랑
사랑하는 내 아가야 보고싶다 우리 아가
천년만년 지지 않는 꽃이 피는구나
아리랑 아리랑 사랑, 음, 사랑, 음
엄마 아리랑
아리아리랑 아라리요 쓰리쓰리랑 아라리요
우리 엄마 사랑은 아리랑 엄마 아리랑
엄마 아리랑 아리랑 아리아리랑 아라리요
우리 엄마 무병장수 정성으로 기원하오
엄마 아리랑
사랑하는 내 어머니 보고 싶소 울 어머니
서산마루 해가 지고 달이 뜨는구나
아리랑 아리랑 사랑, 음, 사랑, 음
엄마 아리랑(중략)

사람의 심금을 울리는 세 처녀의 노래가 끝나자 사람들은 박수를 쳤고, 작은 별들도 반딧불이처럼 머리 위를 빙빙 돌면서 축하해 주었다. 일행 중에 백철 교수와 황부옥 집사가 노래를 따라서 불렀고, 어느새 알고 나왔는지 주인 남자가 마두금으로 노래에 맞춰 연주를 해주었다. 노래가 끝나자 샛별 공주가 일행과 함께 앉아 다음과 같은 이야기를 해주었다.

"우리는 힘들 때나 기쁠 때나 엄마를 부릅니다. 나를 낳아준 생명의 모체이기 때문이기에 가장 잘 나를 이해하고 사랑해줄 것이라는 믿음 때문이지요. 그런데 우주는 만물의 어머니입니다. 따라서 누구나 이 우주의 사랑을 받아 생명을 영위해 나가는 것이지요. 태양과 빛은 아버지요, 별과 달과 어둠은 어머니입니다. 인간은 아주 작은 인식 속에서만 살다가 생을 마감하는데, 진정 자신을 구원하려면 큰 인간인 우주를 인식해야 합니다. 지구라는 생명체는 살과 뼈가 산맥이요 육지이고, 피와 물이 곧 바다요 강입니다. 지구에 물이 70%인 것이나 인체에 물이 70%인 것은 지구가 대단히 큰 생명체라는 것을 말합니다. 참, 지나 학생. 학교에서 지구과학 전공했지요? 한 가지 묻겠어요. 동방군자국에 내리는 빗물은 얼마나 될까요? 또 지구에서 강수량이 많은 곳과 적은 곳은 얼마나 차이가 있을까요?"

샛별공주의 말에 지나가 잠깐 머뭇대다가 대답했다.

"네, 제가 배운 바로는 한국에는 일 년에 약 1300억 톤의 비가 내립니다. 연평균 강수량이 1,300mm에 달하여 세계 평균치보다 300mm 정도 높아서 수자원 면에서는 축복받은 나라죠. 또 지구에서 가장 비가 많이 내리는 지역은 라이베리아의 몬로비아로 연간 강수량이 5,000mm가 넘구요, 가장 적게 비가 내리는 곳은 이집트의 룩소르 지역으로 연간 0.02mm에 불과합니다. 무려 25만

배나 차이가 납니다. 같은 아프리카인데 동서지역이 이토록 차이가 난다는 것은 참으로 알 수 없는 자연의 조화 같아요."

"지나 학생이 잘 아는군요. 동남아와 인도, 아프리카 서부지역의 강수량이 가장 많고, 이집트와 남미의 페루지역의 강수량이 가장 적어요. 한국은 매년 1,300억톤의 비가 내려 축복받은 나라인데, 빗물의 95%를 바다로 흘려보내고 있으니 아깝지 않은가요? 왜 그 물을 잘 간수하여 사용할 줄 모르는지 안타까워요."

그러자 정제이 시인이 말을 받았다.

"맞습니다. 저는 지구에 내리는 빗물은 우주의 젖이라고 생각합니다. 그 물로 생명이 태어나고 살아가니까요. 그러니 그 물을 함부로 내버리거나 오염시키는 것은 우주의 뜻을 거스르는 것이고, 스스로 성장과 영양을 포기하는 것입니다. 정말 아까워요. 치산치수라는 말이 그냥 생긴 게 아니지요."

일행은 갑자기 쏟아졌던 하늘의 축복에 다시 한번 감사하며 하늘을 우러러보았다.

샛별 공주는 어느새 일행 틈에 앉아 하늘을 올려다보며 잔잔한 미소를 짓고 있었다.

이번에는 김란희 학생이 우지민 선생에게 물었다.

"선생님, 지금도 지구 주위에 많은 소행성이 떠다니나요?"

"그럼요, 우리 눈에는 달과 큰 별들만 보이지만 현재 지구 공전 궤도 주변에는 2만5,000개가 넘는 소행성이 있는데, 이 중에서 지름이 140m 이상인 소행성 약 2,100여 개가 지구에 위협이 된답니다. 참, 2004년에 미국의 킷피크 천문대에서는 2029년에 지구와 충돌할 수 있는 소행성을 발견하고 아포피스(Apophis 파괴의 신)라고 이름 붙였지요. 아포피스의 지름은 340~390m로 추정됐는데, 당시 계산으로 지구와의 충돌 확률은 2.7%라서 굉장히 우려했어요. 다만 이동궤도가 분명해지면서 2029년 4월 13일에 지구에서 3만 1,000km 떨어진 거리에서 스쳐 지나가는 것으로 최종 확인되어 가슴을 쓸어내렸지요. 그런데 그 거리는 정지궤도 위성의 고도 3만6,000km보다 안쪽으로 들어오는 것입니다. 그때 지구에 근접하여 지나가는 소행성을 연구할 기회가 왔다고 판단하고 우리나라를 비롯하여 많은 나라가 연구에 박차를 가하고 있어요. 이번 기회에 한국 우주과학의 수준을 과시할 수 있었으면 좋겠어요. 아무튼, 지구에 근접한 2만5,000개 소행성의 궤도를 시뮬레이션으로 100년 뒤까지 예측한 결과, 지구와 충돌할 확률이 1% 이상인 것은 없다고 해요. 그렇다고 충돌 가능성이 전혀 없는 것은 아니죠. 십억분의 일의 확률로라도 소행성이 지구와 충돌한다면 지구에 대재앙이 생기거나 지구가 사라지는 일이 벌어질지도 모르니까 생각만 해도 무서운 자연의 섭리이지요. 6,600만 년 전에 소행성의 충돌로 지구의 공룡이 멸종한 일이 있는데, 그때보다 더 큰 소행성이 충돌한다면 위험은 더 크겠지요."

"그러면 이제 안심해도 되나요?"

"하지만 미국의 나사(NASA) 발표에 의하면, 앞으로 지구와 충돌할 가능성이 큰 것은 1999년에 발견된 베누(Bennu)라는 소행성이에요. 베누는 평균 지름이 490m(둘레 약 1500m)에 달하는 소행성으로 2178년~2290년 사이에 지구와 충돌한 가능성이 0.037%로 예측되는 소행성인데요. 앞으로 160년 뒤의 일이겠지만 미리 대비해야 할 겁니다."

"아니, 소행성이 지구와 충돌할 가능성이 있다는 말씀인가요?"

란희 학생의 질문에 사람들은 유 선생을 쳐다보았다.

"네, 지금 상황으로는 그래요. 하지만 미 항공우주국이 새로운 실험을 시작했어요. 소행성의 궤도를 수정하는 연습을 사상 최초로 했어요. 지구에서 1,100만 km 떨어진 곳에서 지구와 달처럼 움직이는 소행성이 있어요. 디모르포스(지름 약 163m)라는 위성이 1.2km 떨어진 곳에서 디모스(지름 780m)의 주위를 11.9시간에 한 번씩 돌면서 770일 주기로 태양을 돌고 있어요. 그런데 2022년 9월 27일 지구에서 우주선(무게 620kg)을 발사하여 10개월간 시속 2만 4,000km로 날아가 인위적으로 충돌하여 디모르포스의 궤도를 수정하는 요격 작전을 전개해서 성공했어요. 그때 부딪친 속도는 초속 6.6km로서 마하 19를 넘는 무서운 속도입니다. 이 실험은 우주선을 일부러 보내서 소행성에 충돌시키는 인류의 첫 시도였는데, 디모르포스의 중심에서 25m 떨어진 곳에 우주선을 충돌시켜 약 1,000톤의 암석 등이 디모르포스에서 떨어져 나갔습니다. 이로 인해 공전주기가 33분 단축되었습니다. 이것을 '다트 미션(dart mission 적중임무)'이라고 하는데, 지구로 날아오는 소행성의 위협에서 인류를 지키려는 '지구방어 시스템'의 가능성을 확인한 것이지요. 인류가 최초로 천체의 움직임을 인위적으로 바꾸는 데 성공한 것입니다. 이 실험의 성공으로 지구로 접근하는 베누라는 소행성에도 우주선을 보내어 충돌시켜 베누의 궤도를 바꿀 수 있을 것으로 예상하고 있어요."

우지민 선생의 차분한 설명을 들은 지나 학생이 말했다.

"제발, 베누라는 행성이 지구를 비껴갔으면 좋겠네요."

그때 정제이 시인이 하늘을 가리키며 말했다.

"세상에, 저렇게 아름다운 별이 쇠나 돌덩이고, 지구에 위협이 된다니 믿어지지 않아요."

그 말을 받아 백철 교수가 김란희 학생을 바라보면서 말했다.

"학생이니까 많이 궁금할 거예요. 먼저 우스개 같은 질문을 하나 할게요. 아까 지구에는 100해의 모래알이 있다고 했는데, 지구에 사는 개미는 몇 마리나 될까요?"

란희 학생은 잠시 갸웃하더니 웃으며 말했다.

"교수님, 제 생각으로는 사람 숫자와 비슷하지 않을까요? 많아야 100억 마리 정도요. 추운 한대지방에는 개미가 못 살 테니까요."

"아, 그럴듯한 말이네요. 헌데 지구에 사는 개미는 2경 마리가 된답니다. 홍콩대와 독일 뷔르츠부르크대의 공동 연구 결과예요. 2경 마리면 80억 인구 한 사람이 개미 250만 마리와 더불어 사는 셈이지요. 이만큼 생명은 경이로운 것이지요."

그때였다.

밤하늘을 바라보던 일행은 경악을 금치 못했다.

북두칠성이 빠르게 빙그르르 돌면서 자리바꿈을 시작하더니 지구에서 바라보기에 숫자 7자로 정렬하는 것이 아닌가. 일곱 별이 춤을 추듯 사뿐사뿐 별빛을 다스리며 선명한 7자를 만들어 빛을 내고 있었다.

그러자 마 목사가 손을 모아 기도하기 시작했다.

"하나님 아버지, 아버지의 전지전능하심을 보여주시니 감사하옵나이다. 하나님이 천지를 창조하신 일주일이 7일임을 현몽하시려고 직접 북두칠성을 만드셨고, 오늘 비로소 7자로 형용하여 주시니 감사하옵나이다."

사람들은 마 목사의 기도에 모두 머리 숙여 기도하고 '아멘'을 외쳤다. 사실은 북두칠성 일곱별은 시간이 지남에 따라 시계 역방향으로 북극성을 돈다. 그래서 7자 모양으로 나타나는 것을 밤하늘 별을 관찰한 사람이면 알 수가 있다.

김정국 선생은 순간 7이라는 행운의 숫자에 대해 섬광 같은 느낌이 머리를 스치고 지나갔다. 생각할수록 참 묘미가 있는 숫자가 아닌가? 그는 일행에게 이렇게 제안했다.

"여러분, 7이라는 숫자를 러키 세븐이라고 하지요? 일곱 개의 별이 모인 북두칠성을 보면서 든 생각인데, 그 북두칠성을 고대인들은 우주 질서를 잡아주는 별, 생명을 관장하는 별로 인식했답니다. 그래서 우주에서는 7이 행운의 숫자 또는 완성의 의미일 겁니다. 여러분이 아는 대로 7에 관한 이야기를 한번 말해보시겠습니까? 아까 목사님이 말씀하신 천지창조 7일, 해와 달과 태양계를 도는 5개의 별을 상징하는 일월화수목금토(日月火水木金土)와 같은 명칭인 일주일 7일이 있네요. 그것을 지구 자연의 7대 요소로 바꾼다면, 해와 달, 물과 불, 나무, 흙 그리고 쇠군요. 이 7대 요소가 없으면 사람은 살 수가 없어요."

그의 말에 이어 다음과 같이 7에 관하여 다양한 견해가 쏟아졌다. 사람들은 말하면서도 '왜 그럴까?'라는 말을 반복하며 웃었다.
- 음력 7월 7석에 견우직녀가 만난다.
- 딸부잣집은 대개 7공주이다.
- 무지개는 7색이다.
- 7현금(七絃琴)이라는 제례(祭禮)용 악기가 있다.
- 사찰에는 북두칠성을 모시는 칠성각(七星閣)이 있다. 이는 불교가 전래한 뒤에 한민족의 천신교 사상을 포교에 이용하고자 한 것이다.
- 사람 이름에 칠성이 칠복이가 있고, 칠삭둥이라는 말은 조금 모자라는 아이를 칭한다. 칠성이라는 상표가 든 음료도 있다.
- 미운 일곱 살이라고 하여 7세 어린아이 성장 과정 지도의 어려움을 말한다.
- 칠첩반상은 한식의 기본 상차림으로 밥, 국, 김치, 장류, 조치(찌개나 찜) 이외에 숙채, 생채, 구이, 조림, 전유어, 마른반찬, 회 따위의 반찬을 담은 접시가 일곱인 밥상이다.
- 사람이 죽으면 관 아래에 칠성판(七星板)을 깔고 일곱 개의 구멍을 뚫는다. 사자의 혼령이 북두칠성으로 간다는 뜻이다.
- 임진왜란은 하필 7년 전쟁이고, 7년대한(七年大旱)이라는 말로 큰 가뭄을 표현한다. 이건 러키 세븐과는 정반대이다.

◉ 유클리드의 기하학에는 정4, 정5, 정6, 정8각형은 있지만 정7각형은 없다. 이파리가 7장인 꽃도 없다. 어쩌면 그만큼 신비하고 작도가 어렵다는 것이다. 그러니 7은 우주의 숫자이고, 북두칠성이 이를 대변한다.

◉ 백제왕이 왜왕에게 신표(神標)로 하사한 칠지도(七枝刀)라는 칼이 있다.

여기까지 말하면서 사람들은 7이라는 숫자가 참 묘미가 있다는 점을 알고 웃었다. 그러자 유지나 학생이 불쑥 말했다.

"우리나라의 세계적인 보컬 그룹 방탄소년단(BTS)도 일곱 명이죠. 그들은 RM(김남준), 뷔(김태형), JIN(김석진), 슈(민윤기), 제이홉(정호석), 지민(박지민), 정국(전정국)이거든요. JIN과 제이홉은 얼마 전에 군에 입대했어요. 또 킹덤(kingdom)이라는 남자 보컬 그룹도 7명이구요, 요즘 핫해지는 첫사랑(CSR)이라는 걸그룹도 7명이에요. 어때요? 아 참, 삼삼칠 박수도 있네요."

사람들은 그녀의 말에 박수치며 웃었다. 정제이 시인이 말을 받았다.

"아 그렇군요! 지금 빌보드100 차트에 1위로 등극한 한국의 보컬 그룹 방탄소년단이 일곱 명이지요."

그때, 수많은 유성이 낙하하기 시작하자 7인의 성자들이 나타나 경쾌하게 춤을 추며 7과 관련된 새로운 가사의 랩송을 불렀다.

지구는 7대 주야

6대주 말고 또 하나, 아라비아 주가 있어.

중동이라고 부르는 곳

아라비아, 페르샤, 메소포타미아, 사라센 제국을 세웠고

아득한 옛날 동방박사 세 사람이 찾아가

예수 탄생을 경배한 곳

그곳이 바로 페르시아왕국, 수메르문명이 태동한 중동이야

이곳은 분명 아라비아주야

이슬람 스물두 개 나라가 모여 사는 열사의 땅

석유와 가스자원이 풍부한 곳

이곳은 그리스 로마 문명의 발상지였지

동서양 문명을 이어준 이 찬란한 문명을 왜 무시하는 거야

여기에 사는 사람들을 따돌리지 마

무슬림, 유대인, 기독교인, 조로아스터교인, 바하이교인

이들이 평화롭게 살아야 세계평화가 와

오오, 아라비아주의 제국이여

찬란한 페르시아 문명처럼

다시 한번 마법의 제국으로 피어나라

'7인의 성자'가 노래하자 하늘의 북두칠성이 무지개로 변하면서 현란한 오로라 색을 입었다. 뒤를 이어 거대한 지구본이 하늘로 떠오르고, 북극의 오로라가 지구를 감싸 안았다. 북두칠성이 오로라에 안겨 도는 모습은 그야말로 환상적이어서 일행은 정신줄을 놓고 있었다. 그러자 웅장한 백제의 황금 대향로가 우주에 떠서 12개의 구멍을 통해 향을 피워내고 있었다. 뭉게구름처럼 펴 나오는 향

을 바라보며 사람들은 자기도 모르게 합장하였다. 그 향기 안에서 비트 섞인 빠른 음악이 흘러나왔다.

　백학 한 마리가 공중에서 춤을 추자 오로라 한 가닥이 몽골초원을 감싸 안았고, 동물 우리에 있던 수십 마리의 양들이 잉태의 축복을 받았다. 샛별 공주와 일곱 성자는 그 향이 흩어지는 방향을 따라 공중에서 유영하듯 환상적인 춤을 추며 노래했다.

　　인류문명은 7대 문명이야
　　이집트, 메소포타미아, 황하, 아스텍, 마야, 잉카문명
　　그리고 요하발해문명이 있어
　　1만 년 전에 요하와 발해가 만들어낸 고대문명
　　요하 문명의 주인공은 바로 동이족, 우리의 조상이지
　　배달국 단군조선 고구려 발해 문명의 모체였어

　　지구가 마지막 빙하기에 빠져 얼음덩어리일 때
　　동북아에 얼어 죽지 않은 소수의 인간이 있었어.
　　바로 한반도 석회동굴에 숨어 산 사람들
　　이들이 제4 빙하기가 끝나자 신석기 문명을 만들었어
　　수많은 조개무덤이 바로 그 증거야
　　그들이 요하 일대 발해만에서 만든 것이 요하홍산문명이야.
　　이렇게 우린 원래 호탕하고 큰 사람들이야.
　　옛날에 요하는 중국 땅이 아니었거든

　　중국은 홍산문명이 자기 조상 것이라고 우기다가
　　역사에 없는 황제족을 만들어냈어.

복희, 수인, 신농씨, 치우씨, 헌원황제가 모두 황제족이라 우기네
세 사람 모두 동이족인걸 역사가 증명하는데
이제는 고구려 발해가 중국 지방정권이라고 우기네
우리는 힘을 길러 역사와 민족과 문화를 지켜내야 해
세계와 함께하는 선의의 민족주의가 바로
강대국에 둘러싸인 한국이 살길이야.

그 노래에 열 명의 관광객은 흐뭇한 미소를 머금고 박수를 쳤다. 그리고 별을 보며 천문과 우주와 지구 세상의 이치에 대해 이야기를 나누느라 먼동이 틀 때까지 잠을 이룰 수가 없었다.

대륙에 살아있는 '한혼(韓魂)'

지구 담수의 20%를 담고 있는 시베리아 바이칼 호. '샤먼의 바다', '풍요로운 호수'라고 불릴 만큼 신비한 곳으로 숭배를 받는 큰 호수이다. 약 3000만년 전에 생성된 호수로 길이가 636km, 면적이 한국의 1/3 크기이고, 깊이가 1,642m에 달한다.

대륙에 살아있는 '한혼(韓魂)'

　몽골초원에서 별 관광을 마친 일행은 울란바토르 박물관에 들렀다. 그곳에서 강인한 칭기즈칸의 후예인 몽골이 구소련에 의해 70년간이나 식민 통치를 받는 바람에 회복이 불가능할 정도로 피폐해졌다는 사실을 알고 전율하였다. 우리가 당한 일본의 식민 통치 35년의 배에 달하는 긴 세월을 몽골족은 나라를 잃고 헤매었다. 그 후 몽골은 국세가 약해져서 남쪽의 내몽골지역은 중국에 빼앗기고, 북쪽의 부랴트족이 사는 비옥한 지역은 구소련에 빼앗기고 말아 지금처럼 황량한 넓은 초원과 고비사막 일대의 효용성이 떨어지는 국토에서 살고있는 것이다. 역사에 영원한 강국은 없다는 사실을 몽골 역사는 증명해주고 있었다. 일행은 동이의 갈래 족인 몽골인들의 역사에 동병상련의 감성을 안고 가슴 아파했다.

　다음, 시베리아 문명의 시원을 찾아 울란바토르 공항에서 소형 비행기를 타고 중부 시베리아로 북상하여 이르크추크 공항에 내렸다.
　시베리아의 여름 날씨는 예상과는 달리 더웠다. 일행은 이르크추크의 한 호텔에서 러시아 역사학자인 W 뚜첸 교수를 만났다. 그는 키가 구척장신에 한국어를 능란하게 구사하는 학자여서 일행을 놀라게 했다. 그는 우리 말을 능숙하게 구사하고, 한문에 달통한 학자이자 단군조선에 관한 한 세계적인 권위자였다. 분명히 백인인데, 말하는 것은 영락없는 한국 사람이었다.

김정국 선생이 함께 뚜첸 교수와 인사를 나눈 뒤 자리에 앉아 입을 열었다.

"뚜첸 교수님, 뵙게 되어 반갑습니다. 교수님께서는 단군조선 역사의 전문가로 알려져 있습니다만, 한국인도 아닌 분이 어떻게 단군조선에 관해 연구하실 생각을 하셨는지 궁금합니다."

그의 말이 끝나기가 무섭게 뚜첸 교수가 말했다.

"네, 잘 말씀하셨어요. 저는 아시아 역사를 연구하면서 한국 역사가 매우 중요하다는 것을 알고, 많이 연구한 사람입니다. 그런데 내가 만난 한국인들을 보면 참 한심하다는 생각이 들어요. 입으로는 반만년 유구한 역사를 자랑하면서 정작 자신들의 역사에 대해서는 신념이 없어요. 단재 신채호 선생의 말씀대로 조선 사람들은 왕조가 바뀌면 전 왕조의 역사를 모두 부인하고 없애버린다고 했는데, 그 때문인가요? 대한민국 건국 후에도 정권이 바뀌면 전 정권을 모두 적폐라고 부인하거나 말살해버리더군요. 그러니 역사 기록이 영속적이지 못하고, 그 양도 형편없어요. 반만년 역사라고 자랑하지만 생각해보세요. 단군사, 부여사, 고구려사, 신라사, 백제사, 고려사에 관한 진짜 기록이 없잖아요? 후세인들이 간략하게 또는 자기들 입맛대로 기록한 일부만 전해오지요. 그러니 지금도 단군을 신화 같은 존재로만 알고 있는 사람이 많더라고요. 신화라는 것이 뭐예요. 확인되지 않은 전설 같은 이야기라는 것 아닌가요?"

그의 갑작스런 비판에 사람들은 얼굴을 붉히며 어쩔 줄 몰라 했다. 하지만 그는 태연히 할 말을 이어갔다.
"저는 아시아 역사를 연구하면서 단군조선에 푹 빠졌답니다. 그래서 중국과 한국의 사학계를 살펴봤는데, 중국은 단군의 흔적을 아예 지워버렸고, 한국은 여전히 일본 식민사학에서 헤어나지 못하고 있더군요. 그래서 북한을 택했어요. 물론 북한이 공산국가이고 주체사상에 함몰되어 역사조차 독재정치에 이용하고 있지만, 그래도 단군조선과 고구려 역사는 자료가 많이 있어서 연구차 그곳으로 갔습니다."

그의 음성은 우렁우렁했고, 어투는 단호했다. 이에 유지나 학생이 당차게 말했다.
"교수님, 걱정하시는 말씀은 알겠습니다만, 우리 젊은이들은 단군조선을 비롯한 고대사에 대해 많은 관심을 갖고 있답니다."
"그래요? 그렇다면 다행이군요. 그런데 관심만 갖고 될 일이 아니에요. 여러분에게 묻겠어요? 진짜 역사 공부를 하려고 나를 찾은 겁니까? 아니면 관광차 들른 것입니까? 관광차 온 것이라면 그만 돌아가는 게 낫겠어요."

너무 단호한 그의 주장에 사람들은 말을 잇지 못했다. 란희 학생은 노골적으로 불쾌한 표정을 지었다. 그런 표정을 읽고 난 뚜첸 교수는 미소를 띠며 말했다.

"제 말에 좀 황당했을 겁니다. 내가 지금까지 만나본 한국 사람들은 놀러 다니는 데만 관심을 갖더라고요. 시베리아까지 와서 제 민족의 뿌리와 역사에는 관심 없고, 먹고 마시고 쇼핑하는 데만 빠져 있더라는 말입니다. 여러분, 집에 족보(族譜) 갖고 계시지요? 그 족보가 바로 여러분 집안의 역사잖아요. 세계에서 한국인의 족보는 유명합니다. 그렇게 뿌리를 중시하는 민족은 없습니다. 그런데 개인과 집안의 역사는 귀하게 생각하면서 국가 민족의 역사에는 별로 관심을 두지 않는다는 것이 문제입니다. 몇 대조 할아버지가 무슨 벼슬을 했다는 것은 자랑하면서 나라를 세운 시조인 단군왕검에 대해서는 신화려니 하고 무시하는 사람이 많아요. 단군은 실존 인물인데, 신화로 만든 것이 일본이라는 것은 아시죠? 그런데, 지독히도 일본을 미워하고 심지어 '죽창가'를 부르며 일본타도를 외치는 사람들이 역사 인식은 일본의 식민사관을 따라가는 사람들이 많아요. 독립한 지가 곧 80년이 되는데, 아직도 한국인은 일본 식민지에 사는 것 같습니다. 한국은 정치광복은 했지만, 역사광복은 못 한, 반푼 짜리 나라 같다는 말입니다. 애국심이 강해서 일본이라면 치를 떠는 머리 좋은 한국 사람들이 왜 일본이 만들어 주입시킨 반도사관, 식민사관, 황국사관에서 벗어나지 못하는지 도무지 모를 일입니다. 단군조선은 고대에 대륙을 경영한 동아시아의 강국인데, 겨우 한반도에 살면서 외침이나 당하다가 중국 한(漢)나라에 망한 보잘것없는 나라로 평가절하하거나 신화로 치부하니 한심합니다. 여러분, 단군이 신화라면 산신령 같은 존재라는 말인가요? 단군조선은 전해 내려오는 이야기나 전설일 뿐 국가가 아니라는 건가요?"

그의 질타에 일행은 아무 말도 할 수가 없었다. 백철 교수도 이 러시아 학자가 도대체 얼마나 우리 역사를 알까, 반신반의하면서 듣고 있었다.

"최근 미국의 유력 매체인 '유에스 뉴스 앤드 월드 리포트'가 세계 86 국가를 선정하여 랭킹을 매겼는데, 그 랭킹 기준이 '강력한 나라' '좋은 나라'를 선정하는 것이었어요. 강력한 나라란 다른 나라에 영향을 주며 세계가 관심을 갖고 신뢰하는 나라를 말하는데, 한국이 세계 6위를 차지했습니다. 미국·중국·러시아·독일·영국 그리고 한국 순이었어요. 한국은 강력한 나라라는 인식이 높다는 말입니다. 반면에 '좋은 나라'는 국민의 행복을 느끼는 수준인데 한국이 20위였습니다. 더 나쁜 통계도 있어요. 유엔기구(SDSN 2023.3.20)에서 〈2023년 세계 행복보고서〉를 발표했는데, 한국인은 137개국 중에서 57위였어요. OECD에서 발표한 조사에서는 38국 중에서 34위였구요. 비록 주관적인 행복도였지만 한국인은 행복하지 않다는 의견이 지배적입니다. 또 한국 공직자들의 부패 정도가 세계 26위라는 저조한 성적이더군요. 이것은 앞으로 정치가 풀어야 할 과제입니다. 아무튼 경제 강국으로 우뚝 섰고, 또 한류가 지구촌을 휩쓰는 문화강국이 되었는데, 그 힘이 어디서 비롯된 것인가요? 바로 누적된 역사의 힘에서 나온 것이라는 것을 모르는 분은 안 계시죠?"

그의 말에 일행은 한국에 대한 관심이 참 깊은 사람이라고 생각했다. 황 집사가 멈칫대다가 물었다.

"교수님, 말씀을 듣고 보니 찔리는 데가 많습니다. 그런데 왜 역사를 배워야 하는지, 아이가 물었을 때 뭐라고 대답을 해줘야 하나요?"

"네, 우리가 역사를 배워야 하는 이유는 분명합니다. 우리는 역사로부터 불편한 진실을 찾아내어 회복 탄력성(resilience)을 배워 성장할 수 있기 때문이죠. 역사는 흘러간 과거의 이야기가 아니라 미래를 여는 에너지입니다. 젊은 세대에게 역사는 암기식 시험과목이 아니라 미래를 푸는 열쇠라는 점을 알려줘야 합니다. 참, 저기 김정국 선생께서도 역사 교사라고 하셨지요? 학교 교육에서 역사란 그저 고리타분한 옛날이야기라고 치부해버리나요? 단군조선은 미개한 부족 연맹체 정도로만 소개하나요? 그게 틀렸다는 겁니다. 미개인들이 모인 부족국가가 어찌 '8조의 금법'을 가졌고, 청동기 문명을 발달시켰겠어요? 단군조선은 5,000년 전에 동아시아 최고의 문명국가였어요. 물론 지금의 시각으로 보면 매우 원시적이지만 당시로서는 최고의 문명국이었어요."

이에 대해 김정국 선생은 역사 교사답게 말했다.

"네, 사실 한국 사학계는 일본 조선총독부 조선사편수회에서 근무한 이병도 씨를 추종하는 사람들이 관변사학을 자처하면서 지금까지 일본 식민사학의 유습을 버리지 못하고 있습니다. 그리고 최근에는 공산주의 유물사관과 주체사상 계열이 여기에 뛰어들어 역사교육과 역사의식을 혼탁하게 만들어 아이들의 정체성을 교란하고 자유 민주의식을 무너뜨리려 하고 있습니다. 그래서 한국사의 뿌리인 단군조선 즉 원조선(고조선)을 재조명하는 것이 우리 사학계에 지워진 큰 사명이라고 생각합니다."

"역시 훌륭하십니다. 단군조선 시대는 중국이 자기들의 뿌리라고 자부하는 하은(상)주(夏殷(商)周) 시대와 같은 시기입니다. 그 나라들은 1,200년 동안 단군조선의 지원을 받고 살았어요. 4,000년전 단군조선은 중국이나 몽골, 시베리아, 일본열도, 동남아 어느 지역보다도 문명이 발달한 선진국이었거든요. 근거가 뭐냐구요? 요하 홍산문명의 유물유적이 설명해주고 있습니다. 여러분이 다녀온 몽골은 단군이 세운 나라입니다."

그 말에 일행은 아연 긴장한 눈으로 다음 말을 기다렸다

"놀라시는군요. 제4대 오사구 단군 원년인 서기전 2137년에 단군이 그 아우 오사달을 몽구리 한(몽골 왕)으로 봉했어요. 몽골인들이 지금 한국 사람과 DNA가 40%가 일치한다는 연구결과가 있는데, 그것은 몽골인의 조상이 단군조선, 부여국, 고구려 사람이기 때문입니다. 여러분이 실증주의나 속지주의 사학에 함몰되어 있으니까 모르는 겁니다. 만주지역을 토대로 한 단군조선이나 부여, 고구려, 발해 문명이 한반도와는 거리가 머니까 실증하기가 힘들겠지요. 그렇다고 없었다고 단정해버립니까? 몽골인들은 한국을 솔롱고스 즉 무지개가 뜨는 나라, 고향 나라라고 부릅니다. 그런데 한국인들은 자신이 몽골리안이라고 합니다. 그렇다면 한국인의 조상이 몽골인인가요?"

그의 반문에 백철 교수가 이견을 말했다.

"교수님, 국제적으로 동북아의 대표적인 인종을 몽골리안이라고 하지 않습니까?"

"맞아요. 바로 그것이 서양인의 시각과 잣대로 동양사를 보는 시각이지요. 한 예로, 서양인들은 요하 북방에 살았던 용맹한 유목족인 동호(東胡)인들을 보고 퉁구스(Tungus)족이라고 했거든요. 그들은 퉁구스라는 인종이 아니라 동이족의 갈래족이었어요. 동호라는 발음을 서양식으로 한 것이 퉁구스일 따름입니다. 또 몽골리안이라는 용어는 몽골족이 중원과 한반도를 점령하여 통치한 일이 있어서 서양사람들이 그렇게 부르는 겁니다. 거듭 말씀드리지만, 동북아의 고대사에서 단군조선을 제외하면 아시아 역사는 이해할 수가 없어요. 그만큼 단군조선은 아시아 고대사에 중요한 위치를 차지합니다. 그런데 한국은 어째서 그처럼 중요한 고대사를 부인하는지 모르겠습니다. 일본이나 중국은 없는 역사도 만들어내는데, 한국인은 어째서 있는 역사도 없다고 그러는지, 도대체 알 수 없는 나라요 국민이라는 겁니다. 조상을 부인하는 어리석은 짓을 하면서도 부끄러운 줄을 모르고 있어요."

일행은 그의 질타를 그대로 들을 수밖에 없었다. 그의 말이 전적으로 옳았으므로 항의를 할 수 없었다. 사람들의 놀란 눈을 바라보며 뚜첸교수는 할 말을 이어갔다.

"단군조선은 2096년을 존속했던 국가입니다. 2천여 년 동안 단군조선 한 국가가 유지되는 동안에 중국은 4개 왕조가 명멸(明滅)했어요. 그게 어디일까요? 요임금-순임금의 요순(堯舜)시대, 그 이후 하나라-은(상)나라-주나라 시대, 그리고 춘추전국(春秋戰國)시대를 지나 진(秦)나라, 전한(前漢: BC. 202~AD. 8) 시대까지 2천년을 이어지게 됩니다. 과연 어느 나라가 강국일까요? 망하고 없어진 나라인가요? 아니면 수천 년을 지속해온 단일 국가 단군조선일까요?"

뚸첸 교수의 발언은 일행의 가슴을 불망치로 강하게 두드려주고 있었다.

"중국은 3,000년 동안 수많은 나라가 내부 싸움으로 지새웠기 때문에 기록된 역사조차 믿을 게 못 돼요. 중국에서 정사로 인정받는 〈24사〉라는 중국 역사책은 당대에 기록한 사서가 아니라 명나라 이후부터 거의 새로 편찬한 짜깁기 책입니다. 이 〈24사〉와 조선시대의 사대주의 사학이 만든 거짓 정보 때문에 한국인들은 단군조선이 중국에 시달려오다가 망한 것으로 아는데, 전혀 그렇지 않아요. 단군조선은 고대 중국의 나라들을 지배했고, 베풀어주면서 살았습니다. 또 러시아 역사가들은 러시아 왕실의 뿌리를 요하 문명을 일으킨 일단의 선각자그룹의 후손으로 인정하고 있어요. 고대 러시아 땅은 얼어붙은 동토라서 나라를 세우는 건 꿈도 못 꾸었어요. 나중에 단군조선에서 이주한 분들이 원주민과 힘을 합쳐 시베리아 문명을 일으킨 것입니다. 아무튼, 단군조선은 동아시아에서 매우 중요한 국가였다는 사실을 잊지 마시기 바랍니다."

일행은 그의 일갈에 혼이 나간 듯했다. 일행의 반응을 살핀 뚸첸 교수는 남쪽 하늘을 향해 합장했다. 그러자 거대한 화면이 벽에 펼

처지더니 청동검과 청동거울, 청동방울이 나타나 요란한 소리를 내면서 번쩍였다.

"자, 보세요. 이것이 뭔지 아시지요? 이것은 단군조선의 신기삼종(神器三種) 즉 단군이 지배자임을 증명하는 통치증표인 청동기들입니다. 중국이나 일본, 러시아를 비롯한 아시아권 어느 나라에도 없는 지도자의 증표입니다. 당시로서는 최고의 문명인 청동기를 사용했어요."

그가 설명을 마치자 단군조선의 기마군이 말발굽 소리를 요란하게 내며 남쪽으로 진군하고 있었다. 맹렬히 달려가는 기마군 앞에 홍수가 져서 난장판이 된 황하 일대가 나타났다. 단군조선 군사들은 말에서 내려 재빠른 동작으로 주민들을 이끌고 홍수를 관리해주어 홍수피해를 막았다. 그 기마군을 지휘하는 왕은 단군왕검의 장자인 부루(夫婁)였고, 장수는 예(乂)라는 대장이었다. 중국 순임금 때 단군조선에서 군사를 보내어 수재민을 구제해주는 광경이었다. 일행은 장엄한 이야기 전개에 입을 다물지 못했다. 그러자 뚜첸교수가 말했다.

"자, 어때요? 중국 〈24사〉에는 이런 내용이 안 나오지요? 맞습니다. 그런데도 중국 〈24사〉를 금과옥조처럼 떠받드는 한국 사학계가 참 안 됐어요. 여러분, 타이완의 중정(中正) 박물관에 가보셨나요? 그곳에는 동북(요하) 문명이 황하 문명보다 2,000년이나 앞섰다고 밝히는 거대한 지도가 걸려 있어요. 중국에서는 감히 내놓지 못할 자료이지요. 자, 다음은 중국인들이 자랑스러워하는 태산으로 가볼까요?"

그가 손을 한번 휘젓자 하늘에 산동성 태산이 나타났다. 무변 광대한 평야에 우뚝 솟은 태산은 중국 동부에서는 가장 높은 산으로 동악(東嶽)이라 불렸다. 태산 아래에 수십 리에 달하는 황제의 행렬이 보이고, 산 아래에 대묘(岱廟)라는 큰 사당에서 황제가 봉선(封禪) 천제를 지내는 모습이 보였다. 봉선 천제는 중국 왕조사에서 가장 근엄하고 장대한 행사를 말한다. 진시황이 행사를 마치자 이어 당나라의 현종이 제를 지냈고, 뒤이어 청나라의 건륭황제가 나타나 천제를 지냈다. 태산은 그야말로 황제의 행차로 완전 축제의 산이 되었다. 진시황이나 당의 현종, 청의 건륭황제가 누구인가? 중국사에서 걸출한 황제들이 아니던가? 왜 태산까지 와서 천제를 지낼까? 그것은 아득한 옛날, 동이 국가인 배달국 천왕들이 이곳에 올라 하늘에 제를 지낸 전통이 6,000년을 이어 내려와 이를 계승하는 유습인 것이다.

태산 정상에는 중국의 최고 신으로 여기는 옥황대제를 모시는 옥황정(玉皇亭)이 보였다. 북두칠성신이 내려보낸 일곱 성자가 7,400여 개의 계단을 한걸음에 뛰어 오르내리며 힘들게 오르는 사람들을 돕는 모습도 보였다. 일행은 마치 자신들이 태산에 올라간 기분을 느꼈다.

뚜첸 교수가 일행을 돌아보며 다시 말문을 열자 벽에 있던 그림이 사라졌고, 사람들은 박수를 쳤다.

"어떻습니까? 제가 바이칼 신의 도움으로 역사를 되돌려보았습니다. 이래도 여러분의 고대사를 모르겠습니까? 배달국과 단군조선이 허깨비요 신화입니까? 배달국의 도읍지인 신시(神市)가 바로 이곳 산동성 태산입니다. 그 아래 너른 들판이 아사달이구요. 어떤 사람들은 신시라는 말을 종교적으로 해석한 나머지 의심하여 매도하는 이도 있던데, 신시는 중심도시 즉 수도라는 뜻입니다. 기독교식으로 말하면 에덴동산이지요. 단군 시대와 삼한 시대에는 수두(蘇塗)라고 불렀지요. 이곳 태산에서 배달국의 초대 거발한 환웅천황이 환인 천제의 뒤를 이어 나라를 세웠고(BC.3897년), 18대 거불단 환웅까지 1,565년간 나라가 지속되었지요. 중국 역사에는 나오지 않는 얘깁니다. 왜냐하면 한족의 역사가 아니라 동이족의 역사이니까요. 아무튼 호랑이를 토템으로 하는 환족(桓族)인 거불단 환웅은 제후국인 웅씨국의 왕인 열유 씨의 딸 교웅(轎熊)과 결혼하여 왕검을 낳습니다. 이 두 종족은 배달민족이었습니다. 교웅이라고 하니 지체 높고 아리따운 귀한 집 따님을 표현한 듯합니다. 교(轎)는 작은 가마를 말하며, 웅(熊)은 빛난다는 뜻이니 가마 타고 다닌 귀한 집의 딸이라는 뜻일 겁니다. 왜 웅 자를 꼭 곰으로만 해석하는지 모르겠습니다. 단군의 어머니가 웅녀라는 말은 교웅을 웅녀로 바꾼 것이지요. 일본 사학계의 주장대로라면, 곰이 사람으로 바뀌어 사람을 낳았으니 조선 사람은 곰의 자손이다? 아니, 세계 어느 민족사에 동물을 조상으로 삼은 민족이 있나요? 단군왕검은 어머니가 곰이 아니라 웅족의 딸입니다. 여러분은 곰의 후손인가요? 〈삼국유사〉에는 곰에게 마늘과 쑥을 주어 먹여 사람으로 화하게 했다고 기록했는데, 이게 말이 되는 소린가요? 마늘과 쑥은 예로부터 귀한 약재로 쓰였어요. 그것은 환족 집안에서 예족 집안에

혼사 예물로 보낸 것입니다."

그 말에 란희 학생이 물었다.

"교수님, 〈삼국유사〉는 매우 중요한 역사서잖아요?"

"맞아요. 그런데 〈삼국유사〉에 나오는 웅녀설화는 고려 충렬왕 때 보각국사 일연(一然. 본명은 金見明. 1206-1289) 스님이 몽골군의 침략에 시달리는 고려 백성들에게 민족의식을 고취하여 외세를 물리치고자 국조 단군을 내세우면시 대중에게 쉽게 다가가도록 한 것입니다. 사실 마늘과 쑥에 대한 설화는 재미로 넣은 것 같아요."

뚜첸 교수의 열변에 사람들은 빨려 들어갔다. 그리고 자신들이 마치 큰 죄를 지은 기분을 맛보았다. 그의 말은 이어졌다.

"초대 단군인 왕검이 태어난 것은 서기전 2370년 신묘년(辛卯年) 5월 2일 인시(寅時)입니다. 단군왕검이 토끼띠라는 얘기죠. 구약성경 〈창세기〉의 홍수 이야기에 나오는 노아(Noah)와 같은 해에 태어나 노아와 동갑입니다. 성경에 의하면, 노아는 아담과 하와(이브)의 두 아들인 가인과 셋 중에서 셋의 후손으로 태어나 셈·함·야벳이라는 세 아들을 두었지요. 아담은 930세를 살았다고 하며, 노아는 아담의 9세손으로 950세를 살았고, 그의 조상은 365세에서 962세까지 살았습니다. 오늘날 생각할 수 없는 아주 긴 수명이잖아요? 반면에 왕검은 거불단 환웅 아버지 아래서 38년간 부왕으로서 왕 수업을 받고 배달국을 재통일한 뒤 요수(遼水) 또는 요하라고 불리는, 지금 하북성의 난하(灤河)를 건너 아사달로 이동하여 단군조선을 세웁니다. 아사달은 '태양이 먼저 뜨는 넓은 들판'으로, 한

자로는 평양이라고 합니다."

그의 설명이 잠시 멈추자 정제이씨가 조심스럽게 물었다
"교수님, 제가 학교 다닐 때는 단군은 평양에 도읍을 정했다고 배웠습니다만, 평양이 북한이 아니라 중국에 있었나요?"
"단군이 세운 조선의 첫 번째 아사달이 어디냐? 저는 지금의 내몽골 적봉(赤峯) 아래 조양(朝陽)을 단군조선의 첫 수도 평양이라고 생각합니다. 적봉은 붉은 봉우리 즉 홍산을 뜻하고, 홍산문명이 태동한 곳이에요. 그곳에서 서기전 2333년 10월3일에 나라를 세우지요. 그날이 개천절이라는 것은 아시지요? 단군왕검이란 당골 또는 단골, 오늘날로 말하면 대통령이라는 지도자의 의미이고, 왕검은 초대 단군의 이름이죠. '단군왕검'을 요즘 말로 하면 '대통령 아무개'라는 뜻입니다. 저는 대한민국이 단군이 나라를 세운 날을 기준으로 단기(檀紀)와 서기(西紀)를 공용으로 하는 것을 원합니다."

그의 주장에 일행 중에는 '아하, 우리도 단기를 썼었는데.'라는 탄식이 흘러나왔다.
"여러분, 노아는 실존 인물로 알고 있죠? 튀르키예 북부 산악지대에서 '노아의 방주(方舟)' 터가 발견되었으니까 말입니다. 그런데 단군은 실존 인물이 아닌가요? 요하홍산문명을 시작한 훌륭한 지도자인데, 한국인들은 그걸 잘 모르는 것 같아요."

여기까지 말한 그는 잠시 일행을 둘러보고 나더니 이렇게 물었다.
"여러분, 단군왕검의 가족관계에 대해서 아시나요? 그가 사람이고, 왕이라면 당연히 가족이 있을 것 아닙니까?"

단군의 가족관계라니, 처음 들어보는 말에 사람들은 호기심 가득한 눈으로 그를 바라보았다.

"중국의 〈홍사(鴻史)〉라는 책은 위나라 제7대 왕인 안리왕 10년(서기 267년)에 공자순이 서문을 쓴 책으로 전해지고 있는데, 한국에서 〈홍사환은(鴻史桓殷)〉이라는 책명으로 출간됐지요. 이 책에는 배달국 환웅(桓雄) 시대와 단군조선, 기자, 마한, 목지국(한반도 남쪽의 진국), 북부여, 동부여, 고구려, 갈사(부여)국, 발해, 가락국 등의 역사와 왕 세계(世系)가 기록돼 있습니다. 또 이 책에는 공자순의 서문과 함께 754년 발해국의 대야발(대조영의 동생)과 1691년 강원도 강릉에 살았던 최면길(崔勉吉)의 서문도 추가돼 있습니다. 조선 사람들이 17세기까지는 단군조선에 대해 확신을 갖고 자랑스럽게 여겼다는 애기입니다. 이 책에 보면, 단군왕검의 부인은 비서갑이라는 곳에 사는 하백(河伯)의 신녀 태원(太源)이라는 여인입니다. 신녀란 곧 딸을 말합니다. 비서갑이 어딜까? 계연수의 〈환단고기〉와 이맥의 〈태백일사〉에 보면, 비서갑은 지금의 하바롭스크 지역의 완달산 아래로 알려졌어요. 그리고 하백이란 송화강 지역을 관장해 다스리는 관찰사와 같은 지위를 말합니다. 우리가 도지사를 도백(道伯)이라 하는 이치와 같습니다. 완달산과 송화강은 연관이 있어요. 그래서 단군왕검의 부인의 이름은 하태원이죠. 왕검은 하씨와의 사이에 네 아들을 둡니다. 부루(夫婁)·부소(夫蘇)·부우(夫虞)·부여(夫餘)입니다."

"그러고보니 충남 부여라는 지명이나 부여씨 또는 부씨, 여씨라는 성씨도 단군의 넷째 아들과 연관이 있는 것 같은데요?"

정제이씨의 말에 뚜첸교수가 웃으며 말했다.

"맞아요. 그리고 한국 경상도에서 부루단지라고 부르는 곡식을 보관하는 그릇도 관련이 있구요. 부여의 부소산과도 관련이 있지요. 참, 초대 단군의 나이에 대해 들어보셨나요?"

"1,908세까지 살았다는 이야기가 〈삼국유사〉에 있던데요."

"사실 초대 단군은 93년간 통치한 뒤 131세에 돌아가십니다. 1,908세는 단군왕조의 역사 이야기이죠. 사람의 수명이 131세라니까 믿을 수 없다고요? 아까 말씀드린 대로 성경에 의하면, 아담은 930세를 살았고, 아담의 9세 손인 노아는 950세를 살았으며, 그의 10세손인 아브라함은 175세, 그 아들 이삭은 180세, 손자인 요셉은 110세까지 살았습니다. 또한, 아브라함보다 400년 후에 태어난 모세는 지금으로부터 3천 년 전에 120세를 살았어요. 그러니 4천700년 전 노아와 같은 시대에 단군왕검이 131세를 살았다는 것이 무슨 문제가 되나요? 한 가지 더 예를 들어볼까요? 고구려 제6대 태조대왕은 2천 년 전에 118년을 살았고, 재위 기간이 93년입니다. 단군왕검과 재위 기간이 같아요. 1천600년 전 고구려 20대 장수왕은 98년을 살았어요. 얼마 전 일본의 세계 최고령할머니가 119세로 돌아가셨지요. 또 지금 한국에서 최고령할머니가 111세라고 알고 있어요."

이렇게 일사천리로 역사와 지리, 성경과 명리를 꿰뚫어 말하는 그의 언변에 일동은 경모의 자세로 숨죽여 경청했다. 뚜첸교수의 눈에는 형언할 수 없는 역사의 위광이 일렁이고 있었다.

"단군조선이라는 명칭은 후세에 붙인 이름이고, 원래는 조선이었어요. 이성계가 세운 조선과 구분하기 위해 사가들이 고조선 또는 단군조선이라 했지요. 조선은 서기전 425년 제44대 구물단군 때 국호가 대부여로 바뀌고, 수도를 할빈에서 요녕성 해성(海城)으로 이전합니다. 이 해성이 세 번째 평양입니다. 해성이라는 이름을 보면 이곳까지 바닷물이 들어와 성을 쌓은 도시, 해상교통을 할 수 있었다는 뜻입니다. 지금은 발해만이 대련에서 그치는데, 고대에는 훨씬 안쪽까지 바다였다는 사실입니다. 대륙에서 밀려 내려온 토사가 육지를 넓힌 증거이지요. 지금 북경 동쪽의 천진(天津)이나 양자강 하류의 상해(上海)는 옛날에는 없던 도시인데, 토사가 밀려와 만들었듯이 말입니다. 아무튼 요녕성 해성 부근에는 서기 645년, 당 태종의 군대가 양만춘 장군이 이끄는 고구려 군대를 3개월 동안 포위했다가 대패한 안시성이 있습니다. 중국인들은 영성자성(英城子城)이라 부릅니다."

그의 말에 정제히 시인이 물었다.

"그러면 단군조선의 도읍지가 여러 곳이라는 말씀인가요?"

"네, 단군조선의 아사달(평양)을 보면, 건국 초기에는 지금 내몽골 조양(朝陽)과 적봉(赤峯) 일대가 첫 아사달이고, 그곳에서 흑룡강성 할빈을 거쳐 요녕성 해성으로 옮겼지요. 부여국 때는 길림시 동단산과 용담산 일대가 평양이었구요. 고구려 때는 다시 요녕성 환인(桓仁. 흘승골성)에서 시작하여 길림성 집안(集安. 국내성)을 거쳐 20

대 장수왕 때 북한의 평양으로 옮겼구요. 이런 의미에서 보면 아사달은 일곱 군데입니다. 평양이란 넓은 들판이라는 의미입니다. 참, 내몽골의 적봉은 산의 색깔이 붉어서 홍산(紅山)이라고도 합니다. 이 적봉과 요하 일대에서 일어난 동이족의 고대문명이 홍산문명입니다."

그의 설명을 듣던 김정국 선생이 조심스레 물었다.
"교수님, 단군왕검이 황해도 구월산의 장당경에 들어가 신선이 되었다고 하던데, 그렇다면 대륙의 단군조선과는 거리가 있는 것이 아닌가요?"
"그것이 바로 역사 왜곡의 증거입니다. 〈삼국유사〉에 보면, 단군왕검이 말년에 구월산(九月山) 장당경(藏唐京)에 들어가 죽었다고 했는데, 이 구월산이 황해도 구월산이라고 한국의 강단사학계는 말하지만, 그것은 오류입니다. 구월산에 대해서는 두 가지 설이 있어요. 여러분, 단군조선은 강력한 왕권 국가가 아니라 3한 78개 소국의 연맹 국가라는 사실을 알아야 합니다. 만주에는 진한(중심지 흑룡강성 할빈) 12국, 요하를 중심으로 한 지역에는 번한(중심지 탕지, 지금의 요녕성 개현) 12국, 한반도에는 마한(중심지 직산, 지금의 천안) 54국이 있었지요. 그래서 할빈에 있는 진한의 큰 단군이 3한을 관장했어요. 한반도지역의 54개 소국으로 구성된 마한을 통할하는 단군은 목지국의 수장이었는데, 황해도 구월산에 들어갔다는 단군은 마한의 단군일 수도 있다는 말입니다. 황해도 구월산은 이 산이 소재하는 구문화현(舊文化縣)의 고구려 시대의 지명인 궁홀(弓忽), 또는 궁올(弓兀)에서 유래하였다고 전하는데, 이것이 궐구(闕口)로 변하였고, 다시 미화되어 구월산으로 되었다는 이야기가 있어요. 또한, 민간인 사이에서는 단군(檀君)이 아사달에서 9월 9일에 승천하여 신(神)이 되었으므로 구월산이라 일컫게 되었다는 이야기도 있구요. 이곳에는 장당경(藏唐京)과 환인(桓因)·환웅(桓雄)·단군을 모시는 삼성사(三聖祠)가 있어요. 그리고 단군이 올라가 나라의 지리를 살폈다는 단군대(檀君臺), 활 쏘는 데 사용한 사궁석(射弓石) 등이 남아있다고 합니다만, 신라말에 지어진 것으로, 고려와 조선 시대에 조상숭배의 시설로 활용된 것입니다."

뚜첸교수는 황해도 구월산 설을 이렇게 설명한 뒤 본질적인 언급을 시작했다.

"두 번째 주장은, 구월산이라는 명칭은 궐산(闕山)으로 대궐 부근에 있는 산을 말하는데, 궐산을 빨리 발음한 것이 구월산이 된 것이랍니다. 궐산은 요하 서쪽의 요녕성 북진(北鎭)에 있는, 바위가 온통 하얀 의무려산(醫巫閭山 866m)을 말합니다. 청나라 황제들이 천제를 지낸 명산입니다. 이 의무려산을 중국인들은 병든 영혼을 치유하는 신성한 산으로 알고 장백산이라고도 불러요. 지금 백두산도 중국에서는 장백산이라 부르지요. 초대 단군왕검은 이 의무려산에 도읍지를 정했어요. 그 후 하얼빈으로 옮겼다가 말년에는 나라를 세운 곳으로 돌아와 돌아가신 겁니다. 그러니까 진짜 단군왕검의 묘소는 황해도나 평양이 아니라 의무려산에 있다고 생각합니다. 일본의 반도사관이 결국 요하 서쪽의 지명을 한반도 안으로 끌어들여서 요하 건너의 궐산을 황해도 구월산으로 만들어버린 것입니다. 왕검단군이 돌아가실 때 수명이 1,908세라는 〈삼국유사〉의 주장은 단군왕검의 나이가 아니라 단군조선 전체의 역사를 말하는 것으로 이해됩니다. 아까 말씀드린 대로 단군왕검의 천수는 131세입니다. 다시 강조하건대, 한국 사학계를 보면 광복된 지 70년이 지났는데 아직도 일본이 가르쳐준 식민사관을 따르고 있으니 한심한 일입니다. 일본 나라현(奈良縣)의 동대사(東大寺) 정창원(正倉院)은 일본 황실의 창고인데, 그곳에 일본이 식민통치하면서 가져다 숨겨둔 한국의 보물들을 찾아올 생각조차 안 하고, 감정적으로 '죽창가'나 불러대니 답답해요. 참 나라현(奈良縣)이라는 말은 한국말로 나라 즉 국가를 뜻한다는 것은 아시지요?"

그의 말을 듣던 김정국 선생이 찬탄하며 말했다.
"교수님, 역사교사로서 부끄럽습니다. 앞으로 심오하고 넓은 우리 고대사를 깊이 연구하여 가르치도록 하겠습니다."
그러자 뚜첸 교수가 웃으며 말했다.
"러시아 사람인 제가 감히 누굴 평하거나 힐난할 수가 있나요? 그것은 김 선생 잘못이 아니에요. 한국 지도자들이 정치의 우선순위를 국가 독립, 공산주의와의 전쟁 승리, 그리고 경제개발과 정권 유지에 둔 탓입니다. 그러나 지금은 한국의 경제력이 세계 10위권에 들잖아요. 한국은 러시아보다 몇 배 잘 삽니다. 하지만 역사의식과 민족혼을 상실하면 통일은 어려워지고 열강의 먹이가 될 우려가 큽니다. 다시 한번 말씀드립니다. 단군조선은 시조인 왕검 단군에서 47대 고열가단군까지 2,096년을 존속한 동아시아 최고의 문명국가입니다. 그 흔적이 바로 요하 문명이고, 요하 일대에 산재해있는 10여 곳의 대규모 유물유적지와 청동거울과 청동방울, 수많은 고인돌 등입니다. 이 단군조선 문명이 북쪽으로 넘어와 몽골 문명과 시베리아 문명에 큰 영향을 주었고, 중국으로 내려가 황하 문명을 만드는데 큰 영향을 줍니다. 황하 문명은 요하 문명으로부터 2천 년 뒤에 나타납니다. 그리고 일본 문명 역시 단군조선으로부터 큰 영향을 받습니다."

그는 벽면에 일본 규슈지방의 지도가 나타나게 하더니 이렇게 설명했다.

"여러분, 일본 규슈의 후쿠오카 히꼬산(日子山. 현재는 英彦山. 1,200m)에 가보셨나요? 그곳에는 제일 높은 봉우리를 상궁(上宮)이라 하여 환인을 모시고, 그 아래 중궁(中宮)에는 환웅을, 하궁(下宮)에는 단군을 모시는 단군굴(檀君窟)이 있어요. 산 아래 박물관에는 단군도(檀君圖)가 걸려 있는데, 이것은 일본의 조상이 한반도에서 건너간 사람이라는 것을 입증하는 증거이지요. 조상숭배 신앙처럼 강한 유대는 없거든요. 단언하지만, 한국이 아시아는 물론 세계의 별이 되어 세계사를 좌우하리라 믿습니다. 그것은 아시아에서 가장 오래된 문명을 지난 민족이요 역동적인 민족이기 때문입니다. 그런 사실을 안다면 단군이 신화라는 자기비하적인 주장은 버리고 자신감을 가져야 할 것입니다. 그런데 여러분, 중국이 〈조선반도평화연구중심〉이라는 기구를 만들어놓고 벌이고 있는 〈중화문명선전공정〉에 대해서는 어떻게 대응하고 있는지 묻고 싶습니다."

뚜첸교수가 갑자기 중국의 역사공정을 이야기하자 모두가 놀라서 그를 바라보았다.

"교수님, 중국의 한반도에 대한 역사공정의 실체가 무엇인지요?"

이번에는 박진 작가가 물었다. 그러자 샛별공주가 나타나 거대한 만주 대륙의 지도를 하늘에 그렸다. 뚜첸 교수는 지도를 가리키며 말을 이었다.

"여러분 나는 러시아인이고 역사학자입니다. 중국에 대해 무슨 선입견이나 개인적인 감정을 지니고 있지 않아요. 다만 역사에 대해서는 바르게 알자는 것입니다. 중국의 '동북공정'은 아실 테죠? 만주 지역에 존재했던 한민족의 고대사 3,600년을 중국사로 편입시킨 것 말입니다. 중국은 단군조선-부여-고구려-발해를 자기네 역사라고 합니다. 속지주의적인 사관으로 역사를 봅니다. 현재 중국의 영토는 고대에도 자기네 땅이었다는 것이 속지주의지요. 중국은 요하 문명의 주인공이 동이족인데, 동이족이라는 말을 없애고 '황제족(黃帝族)'이라고 부르는 줄은 다 알지요? 여기서 황제(黃帝)란 중국 최고지도자인 황제(皇帝 emperor)를 말하는 것이 아니라 황하상류지역을 제패했던 헌원황제(軒轅黃帝)를 말합니다. 그는 배달국의 부장 소전(小典)의 아들입니다. 그 헌원이 이끌던 종족이 요하 문명의 주인공이라는 엉터리 주장을 하는 것입니다. 원래 황제족이라는 족속은 중국사에 없습니다. 여러분은 지금 경제문제 때문에 중국의 눈치를 보고 있는 것 같은데, 역사를 빼앗긴다는 것은 민족혼을 잃는 겁니다. 역사를 중국에 빼앗기고 나면 중국은 당신들을 더 업신여길 것입니다. 중국의 한국사 부정과 침탈은 갈수록 높아지고 있어요. 중국 국가박물관이 2022년 7월, 베이징에서 개막한 고대 청동기 유물전에서 한국사 관련 연표 중 고구려와 발해를 제외하고 전시한 것을 저는 보도를 통해 알았습니다. 그런데도 한국 정계나 사학계는 조용하더군요. 좀 더 본질적인 문제를 보죠. 중국은 88서울올림픽 직후부터 위기를 느끼기 시작합니다. 한국의 눈부신 발전이 머지않아 자기들을 위협하리라 여긴 것입니다."

이 말에 백철 교수가 견해를 말했다.

"저도 그렇게 생각합니다. 한중 수교 후에 물밀듯이 밀려들어 가는 한국상품과 한국의 자유민주 정신 그리고 중국인들이 한국에서 벌어가는 돈이 중국체제에 큰 영향을 미칠 것이라고 보았습니다."

"잘 보셨어요. 중국은 중국사를 1만년으로 각색하고 있습니다 그 첫 번째 단계로 1990년대 중반에 '단대공정(斷代工程)'을 시행했어요. 단군조선 초기에 창업한 하나라 우임금, 은나라 탕임금, 제나라 강태공과 중국의 건국 시조로 추앙받는 삼황오제는 모두 동이족이었죠. 삼황은 태호 복희, 염제 신농, 황제 헌원을 말하고, 오제는 소호 금천, 전국 고양, 제곡 고신, 제요 방훈(요임금), 제순 중화(순임금)을 말하는데 그들 모두 동이의 배달민족이죠. 중국의 상고사는 동이족의 역사였고, 남쪽 변방의 남만족(南蠻族)이 북상하면서 춘추전국시대가 시작되었으며, 진나라 진시황의 통일로 중국 역사가 시작된 것입니다. 한족이라는 족속은 한나라가 생긴 뒤부터 자신들을 그렇게 부르게 된 것이구요. 아무튼, 이 모든 역사를 중국사로 만들어 연대를 확대한 것이 '단대공정'입니다. 동이족의 흔적을 기록에서 지워버린 것입니다. 그다음, 2000년대 초 시작된 '탐원공정(探源工程)'은 신화와 전설의 영역이던 삼황오제 시대까지 중국사에 포함해 중화 문명의 기원을 최고 1만 년 전으로까지 끌어올렸습니다. 또 황하 문명보다 2,000년이나 앞선 요하 문명을 중국 역사로 윤색해서 중국 문명의 뿌리로 규정하고 있습니다. 이러한 역사 왜곡·날조의 밑바닥에는 중국이 천하의 중심이고, 주변국은 모두 동이(東夷)·서융(西戎)·남만(南蠻)·북적(北狄) 오랑캐라는 중화사상과 역사 패권주의가 존재하고 있어요. 한국은 예로부터 동쪽의 오랑캐로서 중국에 조공(朝貢)을 바치고 책봉(册封)을 받았던 속국이라는 인식이 머릿속 깊이 박혀 있다는 말입니다. 고려와 송·원, 조선과 명·청대까지 있었던 조공과 책봉이 일종의 외교 관계였다는 사실은 안중에 없고 그것을 고대로까지 거슬러 올라가 한반도가 아득한 옛날부터 속국이었다는 강변을 늘어놓고 있는 것입니다. 나아가 2002년부터 고구려와 발해를 '소수민족 지방정권'으로 중국 역사에 편입하기 위한 '동북공정(東北工程)'의 의도를 노골적으로 드러냈고 이제는 완전 목적을 달성했다고 자부하고 있지요. 자, 여러분이 중국과의 역사 전쟁에서 패하지 않으려면 올바른 역사교육을 강화하고, 국가 전략 차원에서 중국의 역사 왜곡에 치밀하게 대비하고 당당히 대처해야 합니다."

그의 말에 일행은 아무 말도 할 수 없었다. 그러자 뚜첸교수는 목을 축인 뒤 말을 이었다.

"한가지 여담을 얘기하죠. 지난 2017년 4월, 미국의 트럼프 대통령이 중국 시진핑 주석을 만났을 때 시진핑이 '과거 한국은 중국의 속국이었다'라고 천연덕스럽게 말했어요. 트럼프로서는 처음 들어 본 말이겠지만, 중국 시진핑의 말에 묵묵부답이었지요. 그에 대해 한국 정부는 물론 학계와 시민단체 어디에서도 아무런 항의조차 안 했어요. 이것은 시진핑의 말이 옳다고 한국이 긍정한 셈이 아닌가요? 한국의 역사가 중국의 속국사인가요? 북경이 고구려 전성기에는 유주(幽州)로 불린 고구려 땅이었고, 고구려는 이 지역에 유주자사(幽州刺史)를 두었다는 사실이 분명한데도 한국이 주장하면 중국 사람들 가만 있을까요? 백제가 300년간 중국 동부지역을 지배했다고 하면 난리를 치겠지요? 분명한 사실인데도 국교단절 운운할 겁니다. 그리고 한국 문재인 전 대통령이 중국의 왕이 외교부장한테 삼불 일한(三不一限)이라는 안보 포기 정책을 약속한 것을 나는 이해할 수가 없어요. 중국의 국익에 반하는 한국의 안보 정책은 시행하지 않겠다는 것인데, 이것으로 한국의 안보 주권은 무너졌다고 봅니다. 안보와 역사는 함께 가는 것인데, 도대체 세계 어떤 나라 지도자가 자국의 안보를 다른 나라의 이익에 맞추려 드나요? 한국은 왜 중국에 미리 굴복하는지, 국가안보를 왜 정략에 이용하는지 도무지 알 수가 없습니다. 중국의 말을 안 들으면 한국을 망하게 한다고 했나요?"

뚜첸 교수의 일갈에 외국인도 중국측의 반역사적 행위에 분개하는데, 왜 한국인은 침묵하는지, 사람들은 얼굴을 붉혔다.

"또 문 전 대통령은 베이징대학에서 강연을 통해 '중국은 대국이고, 한국은 소국이다. 한국은 '중국몽' 즉 중국의 꿈을 실현하는데 함께 하겠다'라고 했어요. 이것은 외교적 제스처라기보다는 스스로 중국의 속국이라고 밝힌 것 아닌가요? 한국 대통령이면 '한국의 꿈'을 말해야 했잖아요? 과거에 중국 등소평은 한국 박정희 대통령의 정책을 벤치마킹했고, 포스코 박태준 회장을 영입하려고까지 했습니다. 그런데 세계 10위권의 경제력을 가진 한국이 왜 외교와 국방 문제에 중국에 굽신거리나요? 중국이 한국의 상전입니까?"

여기까지 말한 그는 답답한 듯 물을 마시고 큰 숨을 내쉰 뒤 차분한 어조로 일행을 둘러보며 말을 이어 나갔다.

"현명하신 여러분, '중국몽'이 뭔가요? 중국 공산당은 당·송·명 등 옛 중화 제국의 부활을 꿈꾸면서 '중화민족의 위대한 부흥'을 국가 목표로 천명했어요. 미국을 추월해서 세계 패권국이 되려는 꿈이 '중국몽'입니다. 그것을 실현하고자 중국은 일본열도에서 대만, 필리핀을 거쳐 남중국해 전체를 에워싸는 전략적 경계선을 설정했지요. 그것이 '제1 도련선(島連線)'입니다. 2020년대 중반까지 미국의 군사력을 그 선 밖으로 축출하고 동아시아 패권자로 등극하는 것이 '중국몽'의 일차 과업입니다. 그래서 그 선 안에 있는 한국과 대만, 남중국해는 우선 공략 대상입니다. 특히 한국을 속방으로 만들려고 동북공정을 전개하고, 한국의 사드 배치 제재, 방공식별구역 침입, 배타적 경제수역 침범, 일방적인 서해 작전경계선(동경 124도) 설정과 실사격 훈련 등을 통해 한국의 주권과 안보를 부단히 잠식하고 있어요. 그런데 한국이 우월한 국력과 기술 그리고 문화력으로 '중국몽'의 실현에 방해가 되니까 사드를 설치했다는 핑계로 소위 한한령(限韓令)을 내렸지요. 한국 연예인이 등장한 영화, 드라마, 음악 등 K콘텐츠의 상영과 공연을 중단시키고, 한중 양국의 공동제작이 금지됐지요. 그리고 한국화장품 판매와 한국 식당 운영도 어렵게 만들었고, 중국인의 한국 단체관광까지 중단해서 한국 경제에 큰 타격을 주려고 하는 것을 보고 저는 이해할 수가 없었어요. 그런데 현명한 한국인들은 중국 의존에서 벗어나 글로벌 콘텐츠로 비약적인 성장을 했어요. 중국의 한한령을 전화위복의 발판으로 삼은 것이지요. 이것이 바로 한민족의 위대함입니다. 러시아 학자이지만 여러분은 슬기로운 민족이라 자랑스럽게 생각합니다."

뚜첸교수가 '중국몽'을 한한령까지 연관 지어 이야기하자 일행은 박수를 쳤다. 그는 빙그레 웃고 나서 말을 이었다.

"여러분, 6·25 때 중국이 소위 항미원조전쟁(抗美援朝戰爭,미국에 맞서 북한을 도운 전쟁)에 참전한다고 135만 병력을 북한에 파병하여 남북통일을 막았죠. 그때 중공군이 서울을 점령하고 대전까지 쳐 내려간 것은 기억하시죠? 또 휴전 후에는 북한의 무력도발과 핵무장을 일관되게 두둔해 온 것은 잘 아실 것입니다. 이것이 중국의 음모를 파헤치는 역사정신을 가져야 한다는 당위성입니다."

뚜첸 교수는 중국의 대 한국전략에 대해 해박한 지식을 설파하여 일행을 긴장시키고 있었다.

"중국은 북한을 자기 세력권으로 인식하고 한국에 마수를 뻗치고 있어요. 교류와 무역을 핑계로 한국 사회 각계각층에 친 중국세력을 뿌리 심고 있어요. 한국에는 200만 명의 외국인이 거주하고 있는데, 그중 100만 명이 중국인이라고 알고 있어요. 그중에서 3년 이상 거주한 10만여 명에 달하는 중국인은 한국의 지방선거에 투표하고 출마도 합니다. 참, 중국 정부는 외국인 영주권자에게 투표권을 줍니까? 안 주잖아요. 그런데 왜 한국은 중국인들에게 투표권을 줍니까? 외교에서 상호주의조차 모르나요?"

뚜첸 교수가 중국인의 참정권까지 보장한 한국 정부를 이해할 수 없다고 말하자 서남준 강사가 분개하는 어조로 말했다.

"저도 중국 과학자들과 교류가 좀 있는데요, 날이 갈수록 오만해지더군요. 그 이유가 뭔지 이제 이해가 갑니다."

"여러분, 공자학원 아시죠? 공자학원은 세계 160여 국가에 540개가 넘는데, 세계 최초로 설립된 곳이 바로 서울 강남의 공자아카데미죠. 그만큼 중국은 한국을 제1의 타겟으로 삼은 겁니다. 유교의 태두인 공자가 들으면 놀랄 일이지요. 한국에는 아시아 최대 규모인 23곳의 공자학원이 있는데, 이곳이 뭐 하는 곳이냐? 7만여 명의 중국 유학생들을 단속 감시하고 국내 정치 개입과 여론조작을 하고, 고급 정보를 수집하는 곳으로 일종의 영사관 같은 곳입니다. 22개 공자학원이 전국의 대학교 안에 있어요. 중국은 해당 대학에 연간 1억 원씩 운영경비를 지원하고, 중국어 교사를 파견하고 있는데, 이것은 젊은 학생들을 친중파로 만들려는 공작이죠. 이런 상태라 세계에서 150개의 공자학원이 폐쇄당했는데, 한국에는 여전히 운영되고 있으니 이게 될 일인가요? 도대체 한국의 지성인들은 혼이 있는지 의심이 가요."

그가 공자학원의 실체에 대해 분석하여 내놓자 대학에서 강의하는 백철과 서남준 교수는 놀란 표정을 지었다. 일행의 반응에 고무되었는지 뚜첸 교수는 날카롭게 한국대학의 무너진 대중 경계심을 파고들었다.

"그리고 국립 서울대학교에는 왜 35평 규모의 '시진핑 자료실'을 만들어 운영하나요? 저도 서울대에 두 번 가봤습니다만, 시진핑이 1만4,000권의 책을 보내줘서 시진핑 자료실을 만들었다는데, 서울대가 북경대학 부속 대학입니까? 한국은 과거에 중국의 속국이었다고 주장하는 시진핑의 자료실을 만들어줘요? 서울대에 이승만 대통령이나 박정희 대통령자료실은 없잖아요. 그럼 북경대나 청화대학 또는 민족대학에 한국 지도자의 자료실이 있나요? '시진핑 자료실'은 세계 민주국가에서 유일하게 서울대에만 있어요. 국립대학이 왜 이런 짓을 하는지, 과연 정신이 있는 사람들인지 모르겠어요. 내 후배가 서울대 교수로 정년퇴직을 하면서 개인 장서 1만 권을 학교 측에 기증하겠다고 하니까 둘 곳이 없어서 못 받겠다고 했다더군요. 그런데 시진핑 자료실은 만들어요? 내가 서울대 총장이라면 〈단군사상연구소〉부터 만들 겁니다."

그의 일침은 듣는 이들의 간담을 서늘하게 하였다

그가 '중국몽'이 대한민국 접수를 목표로 한다는 말에 사람들은 아연 긴장한 눈으로 그를 주시했다.

"또 '중국몽'의 실체를 알아야 합니다. 세계가 어찌 되든 중국인만 잘 먹고 잘살자는 것 아닌가요? 진정 인류애를 가진 세계지도자라면 '중국몽'이 아니라 '인류의 평화와 발전 꿈'을 주장해야지요. 자유와 인권과 민주적 가치를 전 세계에 퍼뜨려 인류의 부강과 평화를 가져오자고 하는 것이 경제 규모 세계 2위인 중국 지도자의 말이어야 하지 않은가요? 하기야 공산주의라는 것이 자유·인권·민주와는 담을 쌓은 체제라서 중국에 '인류몽'을 요구할 수는 없는 일이겠지만요. 중국이 혈맹이라고 주장하는 북한을 보세요. 다 굶어 죽게 생겼는데도 핵무기 개발에 올인하고, 북한이 위험에 처하면 핵무기를 가차 없이 사용하겠다고 천명했는데도 중국은 이를 내버려 두고 있어요. 북한주민이 죽든 살든 '중국몽'만 챙기는 것이지요. 그러다가 북한이 중국을 배척한다 싶으면 쌀과 기름을 찔끔찔끔 줘서 다독이지요. 그런데도 왜 한국은 중국에 목을 매나요? 아무리 경제협력이 중요하다 해도 상호 호혜의 원칙에 따라 무역을 하는 것이지, 중국이 한국을 원조하는 것은 아니지 않나요? 한중 수교 후에 중국에 물밀듯이 진출했던 기업들이 자본과 기술 다 빼앗기고 쫓겨나는 것 저도 알고 있습니다. 여러분, 하나 물어봅시다. 한중 수교 이전에는 한국이 중국과 무역을 못 해 굶주렸나요?"

이 말에 박진 작가가 호응했다.
"맞는 말씀입니다, 무역이란 시스템적 상호주의요, 양국이 이익이 되니까 무역하지요. 한국이 중국에 무역의존도가 높으니까 어떤 수모도 감수해야 한다는 것은 이치에 맞지 않아요. 중국도 필요해서 우리 물건을 사 가잖아요? 시장 다변화를 통해 다른 나라와 무역을 하면 되는 겁니다. 앞으로도 중국의 압력은 갈수록 거세어질 것인데, 우리 정부와 기업은 이에 선제적으로 대응해야 할 것입니다. 또 사드 문제로 시비를 거는데, 중국 산동성과 요녕성 일대에 한반도를 향해 포진해있는 무수한 미사일에 항의해야 할 것입니다."

그의 이 말에 뚜첸 교수가 손뼉을 치고 나서 말을 이었다.

"또 하나 의아한 일이 있어요. 문제인 전 대통령이 중국의 국빈 초청으로 3박 4일 동안 북경에 머물면서 받은 박대에 대해 여러분은 화가 안 납니까? 세계 10강인 대한민국 대통령이 4일간이나 중국에 체류했지만 홀대를 받았는데, 의전상 말이 된다고 생각하세요? 또 수행 기자가 중국 공안원에게 무차별 얻어맞아도 아무 소리 못 하니 이게 주권국가 맞나요? 세계 어느 나라 대통령이 북경에 가서 이런 대우를 받던가요? 로드리고 두테르테 전 필리핀 대통령은 융숭한 대접을 받던데, 한국 대통령은 왜 그런가요? 필리핀 대통령은 중국 배가 무단으로 자기네 영해에 들어오면 무자비하게 포격해서 격침해 버렸습니다. 그러니 중국도 꼼짝 못 하는 것이지요. 이것이 국제외교의 기본입니다. 힘을 바탕으로 원칙 있는 외교를 해야 대우받아요."

뚜첸 교수는 일행의 청강 태도에 고무되어 말을 이어나갔다.

"아무튼, 중국은 한국이 속국임을 자인했다고 판단하고, 무역과 시장제재를 통해 한국을 희롱하고 있어요. 보세요. 김정은이 등장한 후 북한이 각종 탄도미사일 수백 발과 방사포 수천 발을 발사하고, 핵실험을 해도 모른 체 하는 것이 중국입니다. 유엔안보리에서 철저히 북한의 무력도발을 옹호하잖아요. 쉽게 말해서 김정은이 무력으로 한국을 삼켜버려도 중국은 팔짱만 끼고 있을 것입니다. 아니 은근히 바라고 지원할 겁니다. 남북이 싸워서 남북한 모두 거덜 나면 그냥 먹어버리겠다는 것이 중국의 '한반도공정'입니다."

그의 '한반도공정'에 대한 설명을 듣고 난 일행은 머리를 끄덕이다가 한숨을 쉬었다.

"여러분, 한국은 역사상 940회의 외침을 받은 것으로 아는데, 그 중에 90%가 대륙 세력의 침략입니다. 지금은 대륙으로부터 침략 가능성이 100%에 가깝습니다. 진보를 표방하는 어떤 사람들은 미국과 일본을 적으로 삼던데, 참 바보 같은 짓입니다. 반미 반일하고, 친북 친중 친러 해야 진보요, 그리하면 대한민국이 더 잘살게 되나요? 북한은 러시아와 중국과 친하게 지내서 부자됐나요? 미국과 일본은 선진 자유민주주의 자본주의 국가라서 한국과 같이 가는데, 왜 한국의 진보라는 사람들은 자유민주주의를 타도하려는 공산주의 체제와 가까이하려는가요? 혹시라도 중국, 러시아, 북한을 미래 국가발전의 모델로 하자는 건가요? 6·25 때 공산화가 안 되어 후회한다는 말인가요? 자본가와 기업인이 국민의 적이라고 한다면 왜 그들에게서 막대한 세금을 받아 국가를 운영하나요? 제가 알기로는 기업은 자본주의의 꽃입니다. 그 꽃이 시들면 한국은 망해요. 암튼 중국의 '한반도공정'이 경제에 이어 안보 군사, 심지어 문화예술에까지 파고들어 한국 역사와 문화를 심각하게 오염시키고 왜곡하고 있는데 지도층은 팔짱만 끼고 있네요. 김치와 한복도 중국이 원조라고 한다면서요? 중국은 소수민족을 보호한다면서 갈수록 한족화하고 있어요. 조선족도 반 이상은 한족이 됐더군요."

그의 말에 백철 교수가 가세했다
"제가 연변에 가보니까 조선족자치주의 위상이 갈수록 떨어지고 있더군요. 이러다가는 조만간 자치주가 사라질지도 모르겠다는 생각이 들었습니다."
"잘 보셨어요. 연변조선족자치주가 그나마 유지되고 있는 것은 한국에 돈 벌러 나간 조선족이 많은 송금을 하기 때문이죠. 그런 도움이 없어지면 만주족처럼 조선족도 자치주가 사라질 것입니다. 여러분은 중국이 신강 위구르족을 탄압하는구나 하는 정도로 알고 있을 겁니다. 실제 살펴보면, 신강성에는 385곳의 감옥 같은 재교육 수용소가 있고, 그곳에는 150만 명에 달하는 위구르족, 카자흐족, 후이족들이 잡혀 심한 감시카메라 아래서 핍박을 받고, 사상 재교육을 주입받고 있어요. 중국 공산당에 충성하도록 길들이는 것입니다. 21세기 지구상에 중국과 북한에 그 같은 시설이 있습니다. 그런 시설이 한국에 설치되면 좋겠습니까?"

그의 말에 박진 작가가 다른 예를 들어 의견을 물었다.
"교수님, 한국은 중국과 지리적으로 붙어있고, 중국에는 재중 교포가 200만 정도 살고 있고, 북한에도 2,000만 동포가 살고 있습니다. 반드시 통일국가를 만들어 살아야 할 운명공동체이기에 적대하기가 어렵다고 생각합니다."
"물론이죠. 그런데 한국에는 중국인 100만 명이 진출하여 돈 벌어 제 가족한테 송금하고, 7만여 명의 중국 유학생이 와 있어요. 그들은 중국 공산당의 지시대로 움직이면서 한국의 국내여론 형성과 심지어 국정운영에 영향을 미치고 있어요. 이것은 홍콩을 중국화하는 방식과 비슷한 책동이 아닌가 합니다. 그것도 모르고 한국 사람들은 공자학원 칭찬이나 하면서 중국의 전략에 서서히 순치되어가고 있어요. 저는 한국 역사를 사랑하는 러시아 학자로서 한국 사람들이 정신을 못 차리는 것을 매우 우려합니다. 중국인 중에는 한국을 '한국성' 또는 '서울성'이라 부릅니다. 중국의 일개 성(省) 급으로 여긴다는 비하이지요. 그런데 한국 정부는 중국인들이 무한정 한국의 토지와 주택을 매입해도 방관하니, 중국의 간계(奸計)를 그렇게도 모르나요? 냉정하게 생각해보세요. 조선족이 한국인인가요? 그들은 중국인입니다. 외교는 뜨거운 감성이 아니라 차가운 얼음덩이로 해야 합니다. 이래도 '한반도공정'을 모르겠어요?"

일행은 뚜첸 교수의 일갈에 아무 소리도 못 하고 죄지은 사람들처럼 입을 다물었다.

"지금 미국과 중국이 다투고 있는데, 30년 전까지는 미소 양국이 세계를 양분하며 다투다가 아프간 전쟁 11년 만에 구 소련은 붕괴되고 말았어요. 지금은 우크라이나 침략전에서 러시아가 붕괴하기 시작했고, 그 여파가 중국과 북한에 이어질 것입니다. 공산주의와 전체주의는 절대로 민주주의를 이기지 못해요. 중국의 경제 규모는 미국의 70%에 불과합니다. 지금 중국은 고성장 시대, 피크 차이나(Peak China)가 지나고 있어요. 경제성장률이 내리막길이고, 인구가 줄고 도시화는 느려지고 있어요. 그리고 고령화가 시작되어 경제활동인구가 줄어들고 있어요. 중국은 부자가 되기 전에 늙어 가고 있어 의료비용이 증가하고, 연금제도와 노인돌봄 서비스 문제도 드러나고 있어요. 게다가 가장 어려운 것은 세계 최강국 미국과 사사건건 충돌하여 갈등이 증폭되고 있는데, 서구가 미국에 동조하면서 중국이 더 불리해졌어요. 그런가 하면 중국 내부에 증가하는 도농간의 갈등, 부동산 침체와 부채 문제, 공산당의 부패 등으로 인해 중국은 정치 사회적으로 내리막길을 걷고 있어요. 공산주의라는 철늦은 이념으로는 국민을 사로잡지 못합니다. 그러니 중국 당국은 더 격렬하게 주위에 세력을 뻗치려 합니다. 그 첫 번째 대상이 한국입니다. 이미 역사와 경제, 안보, 문화예술 분야에서 중국은 다각도로 한국을 괴롭히고 있지요. 여러분이 단군 역사조차 정체성을 갖지 못하면 한국은 앞으로 더 큰 어려움에 봉착할 것입니다. 그러니 제발 살아있는 역사공부를 하세요. 역사는 지난 이야기라고만 치부하고 무시하지 마세요. 역사는 펄펄 살아 숨 쉬고 있는 현실입니다. 역사를 모르면 미래가 없어요."

여기까지 말한 뚜첸 교수는 조금 누그러진 어조로 말했다.
"나는 러시아인이지만 한국 역사를 사랑하고 한국의 미래를 걱정하는 사람입니다. 그래서 한국 여자와 결혼해서 딸 하나를 두고 있는데, 이름을 한국화라고 지었답니다. 한국인은 반드시 인류를 구원할 홍익문명(弘益文明)을 만들 것입니다. 그래야 한국이 살 수 있어요. 나는 한민족이 추구해온 홍익문명을 월드 와이드 웰페어

(WWW. World Wide Welfare)라고 부릅니다. 진정한 '인류몽'을 만들어 나갈 민족은 당신들뿐입니다. 동이(東夷)에서 이(夷)란 오랑캐 이가 아니라 어진 이를 뜻하잖아요? 동이인들은 중국인들이 인정했듯이 큰 활(大弓)을 쏘는 민족이라 성품이 어질지요. 역사상 한 번도 외국을 침략한 일이 없는 평화 민족이지요. 그래서 한류가 세계를 대상으로 무궁무진 뻗어 나가는 것입니다. 여러분, 이제라도 역사의식의 혁명을 기대합니다. 그게 없이는 모든 것이 공염불이 되고 말 것입니다."

한동안 잠잠히 뚜첸 교수의 설명을 듣고 있던 김란희 학생이 뜬금없이 이런 질문을 했다.

"저 교수님, 월드컵축구 시합할 때 응원하는 사람들이 머리에 빨간 뿔이나 트리 같은 것을 매던데요. 이건 우리 역사와 연관이 있다던데 맞나요?"

"하하하, 그것은 바로 단군조선 이전의 배달국 14대 치우(蚩尤)천왕의 형상이지요. 치우천왕이 이끄는 배달국의 군대는 중국의 헌원 군대와 73번 싸워서 73번 이긴 무패의 군대였어요. 그때 치우천황이 청동 투구를 썼는데, 투구에 그런 뿔을 달았답니다. 중국인들이 가장 두려워한 것이 그 모습이었답니다. 그래서 응원단이 응원 도구로 머리에 투구 형상을 한 것이에요. 그런데 치우천황을 중국인들은 자기 조상으로 만들어 받들고 있어요. 북경의 삼조당(三朝堂)에 동이족인 치우·헌원·신농씨를 모사고 제사 지내고, 호남성 화원현 묘족자치구에 치우천왕의 대형 동상을 세워 기리고 있어요. 역사와 왕까지 중국이 빼앗아 간 것이지요. 난 여기까지만 말하겠어요. 앞으로 하늘과 조상님의 기운이 여러분의 앞길을 인도해주실 것입니다. 여러분 모험을 즐기는 알찬 여행이 되세요. 살아있는 역사공부를 하세요. 시베리아 대륙에 살아있는 '동이의 혼바람'을 다물하세요."

뚸첸교수는 그렇게 말하고 성큼성큼 걸어 나갔다. 그가 밖으로 나갈 때 큰 까마귀 두 마리가 날아와 그를 호위하듯 날갯짓을 했다. 일행은 그를 기립박수로 보내드리고, 큰 잘못을 저지르고 선생님께 혼난 것 같은 허탈감에 빠졌다. 특히 백철 교수는 자신의 50년 지성탑이 와르르 무너지는 비참함을 맛보았다. 생각의 깊이와 폭이 헤아릴 수 없는 그의 강의에 자신이 너무 초라하게 느껴졌던 것이다.

– 아, 외국학자도 아는 사실, 신념으로 갖고 있는 역사관을 우리는 왜 모르고 있었나? 언제까지 의식과 역사의 사대주의에 빠져 있을 것인가? 왜 우리는 남과 나를 비교하기에 몰두할 뿐 우리 자신의 장점을 찾지 못했을까? 부끄럽다, 진정 부끄럽구나!

그때 동남풍이 불기 시작하더니 커다란 붓 한 자루가 바람에 실려 날아와 하늘에 검은 용오름처럼 휘갈기기 시작했는데. 홍익인간(弘益人間)이라는 거대한 글씨였다. 그 후에 7인의 성자 목소리에 실려 이런 노래가 들려왔다. 〈붓〉이라는 노래였다. 일행 중 몇몇은 큰소리로 그 노래를 따라 불렀다.

힘겨운 세월을 버티고 보니 오늘 같은 날도 있구나
그 설움 어찌 다 말할까, 이리 오게 고생 많았네
칠십 년 세월 그까짓 게 무슨 대수요
함께 산 건 오천 년인데,
잊어버리자 다 용서하자 우린 함께 살아야 한다
백두산 천지를 먹물 삼아 한 줄 한 줄 적어나가세
여보게 친구여, 붓을 하나 줄 수 있겠나?
붓을 하나 줄 수 있겠나?

그 뒤를 이어 남태평양의 거친 파도를 헤치고 태극기를 휘날리며 나아가는 십여 척의 무역 선단이 보였다. 그 앞 배의 갑판 위에서 샛별공주가 애절하면서 힘 있는 목소리로 〈배 띄워라〉라는 노래를 불렀다. 그러자 수많은 바닷새가 날갯짓으로 화답하고 있었다.

배 띄워라 배 띄워라
아이야 벗님네야 어서 가자
동서남북 바람불 제 언제나 기다리나
술 익고 달이 뜨니 이때가 아니더냐
배 띄워라 배 띄워라
아이야 벗님네야 배 띄워서 어서 가자
바람이 없으면 노를 젓고 바람이 불면 돛을 올려라
강 건너 벗님네들 앉아서 기다리랴
그리워 서럽다고 울기만 하랴
배 띄워라 배 띄워라 (중략)

동이족과 아즈텍문명

2~3만년 전, 몽골리안들이 베링해협을 건너 신대륙에 정착하기 시작했고, 뒤이어 단군조선-부여-고구려-발해 유민들이 알류산 열도의 섬들을 이용하여 신대륙으로 건너갔다. 그들이 만든 국가가 500여년간 지탱한 아즈텍제국으로서 마야국과 더불어 고대 멕시코 문명의 양대 축이 되었다..

동이족과 아즈텍문명

 다음날, 일행은 이르쿠츠크를 떠나 러시아령 부랴트 자치공화국의 박물관에 들러 한국과 닮은 생활유물을 보고 크게 놀랐다. 특히 제주도 민가에서 대문 역할을 하는 긴 작대기 세 개를 걸쳐놓는 정낭, 서민들이 사용하던 개다리소반과 소에게 여물을 담아 먹이던 소 죽통, 하늘에 날리던 방패연, 장승, 솟대, 돌무더기 같은 우리의 생활 도구가 머나먼 시베리아에 있다는 것에 놀라움을 금할 수가 없었다. 또 하나, 산 아래의 절에 부처가 모셔져 있어 시베리아는 범아시아 문명을 지니고 있다는 느낌을 받았다. 박물관에 종사하는 직원은 이렇게 말했다.
 "당신들 코리안의 조상은 부여족입니다. 그 부여족의 조상과 우리 부랴트족은 같은 조상이고요. 그래서 지금 당신들과 우리가 이렇게 많이 닮은 것입니다. 당신네 나라처럼 우리도 고수레, 씨름, 강강술래가 있어요."
 그 말을 들은 김정국 선생이 일행에게 부연 설명을 해주었다.
 "우리는 단군족의 후손입니다. 부랴트족은 단군족의 일원인 부여족의 후손이 아닐까 싶습니다. 부랴트는 불[太陽, 東]이 튼다는 의미입니다. 동트는 나라라는 의미로 우리와 비슷하죠."

부랴트족은 몽골계의 강인한 유목 족으로 시베리아에 약 52만 명이 살고 있다. 그중 46만 명이 바이칼호수 남쪽에 부랴트자치공화국을 만들어 살고, 나머지는 몽골에 살고 있는데, 한국인과 외형이나 전통문화가 매우 닮은 민족이다.

박물관을 둘러본 일행은 바이칼호수에 도착하여 배를 타고 푸른 물을 가르며 알혼섬(오홍도)으로 들어갔다. 바이칼호에 있는 18개의 섬 중에서 유일하게 사람이 사는 섬이다.

바이칼호는 바다라고 불릴 정도로 큰 호수였다. 2,500만 년 전 인도대륙판이 이동하여 유라시아판과 충돌하면서 그 여파로 생성된 거대한 호수이다. 바이칼호는 지구 담수의 20%를 담고 있는 지구에서 일곱 번째로 큰 호수로 남북의 길이가 636km이니 부산 동래에서 함경도 원산까지 거리이다. 면적은 한국의 1/3 크기이며, 둘레는 2,200km(백두산 천지의 153배), 평균 수심이 744m이고 최고 깊이는 1,632m이다. 전 세계에서 최고수심이 1,000m 이상인 호수는 단 세 곳뿐이다. 그중 바이칼호의 최고수심은 우리나라 동해의 평균 수심(1,530m)보다 100m나 더 깊다니 그 호수의 규모를 알 만하였다. 호수 주변은 1년에 1cm씩 융기하고 호수는 매년 2cm씩 넓어지고 있다고 한다. 바이칼호 주변의 버드나무 가지에는 색색의 천들이 걸려 있거나 매여 있어 신성한 호수를 경배하는 주민들의 정성과 소원이 담겨 있었다.

바이칼(Baikal)이란 '밝은(밝) 태양(알)'을 의미하며 '샤먼(shaman)의 바다' '고기가 많이 잡힌다'는 뜻을 갖고 있다. 그만큼 초자연과 교감하는 신비한 호수이다. 샤먼이란 예로부터 시베리아와 만주 등 북부지방에 공통된 사제(司祭)를 말한다. 청(만주족)나라 조정에서는 이 샤먼을 궁중에서 국사(國師)로 떠받들었다는 사실이 심양의 고궁(누르하치궁)에 가면 알 수 있다. 아무튼, 푸르고 깊은 물이 태양 빛을 가득 안고 빛나는 잔잔한 바이칼호수는 너무 맑아 수심 40m까지 투명하게 보였다.

바이칼호 가운데에 있는 알혼섬은 바이칼의 참모습을 여실히 보여주었다. 섬의 북쪽 끝, 아주 날카롭게 생긴 두 개의 부르한 바위(샤먼 바위) 부근에는 샤먼 이외에는 아무도 들어가지 못하도록 '세르게'라 부르는 우람한 기둥 13개에 오색천을 감아 금줄을 쳐놓고 있었다. 일종의 소도(蘇塗) 즉 성역으로 천제를 지내는 곳이다. 그 신성한 바위산 아래 바닷가에는 해려(海驢)라고도 불리는 강치 수백 마리가 한가롭게 놀고 있었다. 해수에 사는 강치가 민물호수에 살고 있다는 것이 참 신기했다.

그 날밤, 일행은 알혼섬에서 거의 뜬눈으로 밤을 새우며 쏟아지는 듯한 무수한 별들을 바라보았다. 아니 별 속에서 지냈다. 특히 인공불빛이 하나도 없는 깜깜한 곳, 북두칠성이 선명하게 반짝이어 별나라로 온 듯한 착각까지 들게 했다. 몽골초원에서 바라본 별보다 바이칼 알혼섬에서 본 별은 더 크고 푸르며 그 수도 많아 보였다. 그 별을 등에 지고 서서 김정국 선생은 이야기를 구수하게 풀어갔다.

"여러분! 한민족의 시원과 깊은 연관이 있는 바이칼에 와서 역사를 생각해봅니다. 역사란 무엇인가요? 에드워드 카는 '역사란 현재와 과거의 대화'라고 말했습니다. 즉 살아있는 현재를 만든 토양이 곧 지나간 역사라는 것이지요. 그렇습니다. 과거 없는 현재가 없는데, 그 과거를 무시하거나 버리는 것이 아니라 현재로 살아 숨 쉬게 하는 것이 역사학이지요. 우리는 만주와 한반도에서 구석기시대부터 70만 년의 유구한 역사를 살아온 민족입니다. 그래서 무궁무진한 이야기보따리를 지니고 있어요. 수많은 영화와 드라마, 소설로도 아직 풀지 못한 스토리가 엄청나게 많아요. 정보화 사회, 무한경쟁 사회에서는 스토리가 강한 국가·민족이 경쟁에서 유리하답니다."

그가 말하는 중에 주먹만 한 유성이 서쪽으로 긴 꼬리를 끌며 사라졌다.

"먼저 한반도와 가장 가까운 곳, 우리 고대사의 그루터기였던 중국이 동북 3성이라고 하는 곳, 즉 만주(滿洲)에 대해 말씀드리지요. 만주라는 말의 어원은 '찰 만(滿) 자'에 '고을 주(州)'라, 수많은 족속이 사는 곳, 작은 나라들이 많이 있던 큰 땅이라는 뜻입니다. 이곳에 살던 여진족이 만주족이라 불리면서 만주족의 나라처럼 여기게 된 것입니다. 만주 땅은 요녕성, 길림성, 흑룡강성, 내몽골 동북부, 그리고 러시아 아무르주, 하바롭스크주 남부, 연해주와 사할린을 포함한 그야말로 광활한 땅입니다. 한반도의 5배에 가까운 넓이지요. 이곳이 옛날 우리 민족의 북방 고토입니다. 중국인들이 고전으로 자랑하는 〈삼국지〉 위지 동이전에 따르면, 기원후 3세기까지 동북아의 예맥족은 북으로는 아무르강, 남으로는 요동에 이르는 만주 대평원과 한반도를 차지하고 살았습니다. 따라서 예맥족은 중국 동북방에 살았던 강인한 종족이었지요."

그는 만주 지도를 펴놓고 설명하기 시작했다.
"이제 중국의 동북 삼성에 국한해서 말하면, 만주는 면적이 한국의 8배 정도이고, 인구가 1억3,000만 명에 달합니다. 과거 우리 조상이 요하 일대에서 일어나 살면서 만든 신석기, 청동기 문명을 요하문명 또는 홍산신시문명(요하발해문명)이라고 한다는 것은 아시지요? 이 요하문명이 동양문명의 모체가 되었어요. 만주 땅은 발해가 망한 뒤 1,000년이 흐르면서 요-금-원-명-청에 이어 지금은 중국의 통치지역이 되고 말았어요. 저는 만주 땅을 수십 차례 답사하면서 우리 민족의 유습이 그대로 남아있는 것들을 많이 보았습니다. 여러분, 부경(桴京)이라는 것 아세요? 시골에서 가을 추수 후에 마당 한쪽에 높은 나무 다락을 만들어 옥수수나 고구마 같은 곡물을 보관하는 장소인데요. 얇은 목재를 가로 세로로 엮어서 다락식 창고 형태로 지은 것으로 만주에서는 옥미창(玉米倉) 혹은 포미창(包米倉)이라 부르고 대개 옥수수를 보관하고 있습니다. 이것은 부여시대부터 사용하던 우리 민족의 삶의 방식입니다. 그것이 지금도 만주에 그대로 있어요. 우리 민족만이 사용하는 온돌과 구들도 있구요."

김정국 선생은 다시 태평양 지도를 펼쳤다.
"여러분, 부여에 이어 고구려와 발해가 망한 뒤 그 후손들은 다 어찌 되었을까요? 대부분 새로운 왕조에 복속되었겠지요? 그런데 고구려가 망한 뒤 20만 명이 당나라로 끌려가 중국 중부지방에 살았어요. 또 발해가 망한 뒤 고려 태조 왕건은 10만 여명의 발해인들을 받아들여 고려 땅에서 살도록 했습니다. 발해의 뒤를 이은 금나라가 망한 뒤에는 많은 사람이 중국 감숙성(甘肅省)으로 도망가서 살고 있는데, 그들은 신라 김 씨의 후손이라고 주장한답니다. 여러분, 부여나 고구려 발해는 모두 유목 민족입니다. 부단히 이동하면서 살았고, 또 왕조가 망하면 무자비한 보복에 시달렸어요. 그래서 자기 나라가 망하면 될수록 멀리 이동합니다. 졸본부여의 뒤를 이어 일어난 고구려에서 주몽을 도왔던 소서노가 한반도로 이동한 것도 동부여에 있던 주몽의 본처 예소야가 아들 유리와 함께 왔기 때문에 피한 것이죠. 유목족에게는 칸(khan)이 한 명만 필요하기에 적자인 유리를 피해 두 아들을 데리고 떠나온 것입니다. 그 후 소서노 일파는 한강 변에서 백제국을 일으켰지요."

그가 설명을 이어가는 가운데 어디에선가 꾸르륵거리는 소리가 들렸다. 새소리나 강치의 울음소리 같았는데, 전혀 들어본 적이 없는 소리라 사람들은 호수의 숨소리라고 수근댔다.

"여러분, 미국의 알래스카와 캐나다 북부에 사는 에스키모인들이 몽골리안이라는 사실은 다 아시죠? 인류학자들의 말에 의하면, 약 2,3만 년 전에 알래스카가 아시아 대륙 육지와 맞닿아 있을 때 몽골인들이 알래스카로 넘어가서 오늘의 에스키모가 되었다고 합니다. 그 후, 1만7천 년 전에는 이곳의 빙하가 녹아 알류산열도를 이용하여 만주지역에 사는 사람들이 북미대륙으로 이동했습니다. 그

지역에 얼룩점박이 바다사자들이 많아서 식용으로 이용했답니다. 단군조선과 부여인, 고구려인, 발해인들도 바다를 건너 이동했어요. 그 증거가 무엇이냐구요? 연해주 캄차카반도에서 알래스카로 이어진 1,930km의 바닷길 알류산열도에는 무려 300여 개의 섬이 있습니다. 이 섬들에는 지금 8,200여 명의 사람이 흩어져 살고 있는데, 러시아인, 알류트인 그리고 혼혈인이 살아요. 족명은 다르지만 그들 사이에는 우리 민족이 분명히 있을 것입니다. 그리고 가장 중요한 것은 그 지역에 온돌문화가 남아있어요. 누가 사용한 것일까요? 바로 부여인 고구려인 발해인들이 나라가 무너지자 무려 500년 동안 천천히 섬을 건너 동쪽으로 넘어가면서 사용한 것들입니다. 동이족만이 사용한다고 알려졌던 온돌이 2003년에 알류샨 열도 아막낙섬에서 4기가 발굴되었어요. 그러니까 고대 만주에 살던 예맥족의 일부가 이 섬으로 넘어간 것입니다."

김 선생의 거침 없는 고대사 강의를 사람들은 호수의 물소리를 들으며 경청했다. 마 목사는 자신이 우리 역사에 대해 너무 모르는 것이 많다고 생각하며 박진 작가를 쳐다보니 그 역시 열심히 필기하고 있었다.

"여러분, 알래스카와 북부 캐나다의 에스키모 문명, 미국의 인디언 문명, 멕시코의 아즈텍문명 그리고 남미의 인디오 문명에 영향을 끼친 인종이 바로 몽골인과 또 하나, 알류샨 열도를 타고 건너간 부여인, 고구려인, 발해인들입니다. 특히 중미 멕시코의 아즈텍 문명에는 우리의 문화가 그대로 살아있어요. 그들이 쓰던 언어를 미국의 문화 인류학자들이 아무리 연구해도 그 어원을 몰라 헤맸다는데, 우리가 들으면 그 뜻을 금방 알 수 있답니다. 바로 우리 조상의 언어이기 때문입니다."

서남준 강사는 우리 역사교육 시간에는 왜 이런 얘기를 안 해주는지 답답하고 아쉽다고 말하면서 다시 김 선생을 주시했다.

"자. 아득한 옛일이 지금까지 유물 유습으로 남아있다는 것은 시간은 곧 생명이라는 것을 말해주고 있는 것이 아닌가 해요. 서양에서는 '시간은 황금'이라고 하는데, 저는 시간은 생명이요 역사라고 생각합니다. 제가 역사를 공부하면서 얻은 시간 철학이라고나 할까요? 또, 흐르는 물이 세월이라면 그 물을 잡아두는 곳은 역사라는 저수지입니다. 우리는 가정에, 직장에, 일에, 독서에, 자녀 양육에 필요한 저수지를 만들어 잘 활용하고 있어요. 특히 여행하며 문물을 익히는 것, 독서를 한다는 것은 내 머리에 거대한 교양과 지식의 저수지를 만드는 것이고, 글을 쓰거나 책을 낸다는 것은 그 저수지에서 대어(大漁)를 낚아 올리는 것이지요. 아무튼, 9천 년 전의 고대사나 2천500년 전의 알류샨열도 역사 그리고 21세기 지금의 나와 가족, 우리 직장의 역사는 하나로 이어지는 것입니다. 이것이 역사의 일관된 흐름이고, 그 흐름을 잘 타는 사람이 시간을 생명처럼 소중히 사용하는 사람입니다. 안 그렇습니까?"

김정국 선생이 자기가 만주 지역을 직접 다니며 촬영한 한민족의 풍습이 담긴 여러 사진을 보여주며 강조하자 사람들은 힘찬 박수로 응대했다. 이에 화합이라도 하려는 듯이 박진 작가가 한마디 했다.

"예, 김 선생님께서 역사적인 혜안을 뜨게 해주셔서 정말 감사합니다. 제가 아는 대로 조금 부연 설명을 할까 합니다. 단군조선이 서기전 108년, 그러니까 2,000여 년 만에 한나라의 침략으로 망하고 30년 동안 동이족의 터전이었던 만주 땅은 그야말로 무주공산이었는데, 단군조선(대부여)의 유장인 해모수가 북부여를 일으켰지요. 당시 북부여는 단군조선의 후계자로 강국이었습니다. 그래서 북부여-동부여-연나부여-갈사부여-졸본부여-남부여 등 여러 개의 부여 브랜드가 생기지요. 일본 사학계는 부여사를 매우 중시합니다. 일본 황실이 부여계의 백제 황실과 닿아있다는 점에서 그렇지요. 아무튼, 그러다가 만주 땅이 서서히 우리 민족의 품에서 멀어집니다. 494년에 부여국, 668년에 고구려, 926년에 발해가 멸망하고 한반도에서 신라까지 사라지면서 고려가 그 뒤를 이었지만, 만주 지역을 상실하는 바람에 한민족의 영토와 인구가 갑자기 줄어들었지요. 여기서 한가지 착각하기 쉬운 것을 바로 잡으려 합니다. 옛날부터 우리 민족은 시대가 바뀌고 나라가 서면서 다양한 이름으로 불렸지요. 예맥족, 단군족, 부여족, 고구려족, 발해족 그리고 한족(韓族) 등이 그것입니다. 그리고 거란, 숙신, 여진 등은 동이족의 갈래족으로 우리 민족과 근원은 같습니다. 아무튼 만주지역에서 동이족의 본류가 나라를 잃으면서 그 대신 거란족과 숙신족이 만주를 차지했어요. 그것은 동이족 내의 자연스러운 세력 교체였다고 봅니다. 10세기에는 거란족이 만주와 하북 지방을 점령하여 요나라를 만들었고, 12세기 초에는 숙신의 후신인 여진족이 요나라를 밀어내고 그 자리에 금나라가 들어섰습니다. 밀려난 이들이 돌궐(투르크)이 되었다가 다시 서쪽으로 이동하여 오늘날 튀르키예(옛 터키)의 조상이 됩니다. 한편 북쪽에 있던 흉노족 역시 쇠하여 서쪽으로 이동하여 지금 헝가리인, 핀란드인들의 조상이 되지요. 그리고 만주를 점령한 여진족이 세운 금나라(1115~1234)는 한 세기 만에 몽골에 점령당하고 맙니다."

박진 작가의 설명을 듣고 있던 유지나와 란희 학생은 학교에서 배운 역사와는 다른 주장에 혼란이 생겼지만, 너무 감동적으로 설명하는 그의 주장에 감복하고 말았다. 하지만 란희는 도무지 이해가 안 되어 물었다.

"작가님, 신라와 만주 역사가 연결된다고는 생각조차 못 했어요. 또 만주에서 일어선 세력이 우리 민족과는 관련 없는 오랑캐들인 줄만 알았어요."

"란희 학생, 우리나라 역사교육이 여전히 일본의 주장을 버리지 못하고 답습하고 있어서 그래요. 암튼 만주 동쪽에 있던 여진은 부여에 조공을 바치는 작은 세력이었는데, 926년에 발해가 망하면서 세력을 확대했고, 그에 따라 고려와 치열한 영토싸움을 하지요. 그 후 여진이 몽골을 물리치고 후금을 세우지요. 그렇다면 만주에 살던 예맥족(단군족, 부여족, 고구려족, 발해족의 총칭)은 다 어디로 갔을까요? 물론 요나라, 금나라, 몽골, 청나라의 백성이 된 사람이 대부분이겠지만 한반도와 일본으로 넘어간 사람도 있고, 아메리카대륙으로 넘어간 사람도 있습니다. 여기서 한 가지 놀라운 사실은 고구려를 세운 주몽, 백제를 세운 온조, 신라를 세운 박혁거세가 모두 예맥의 일파인 부여족이라는 사실입니다. 모두 부여가 망한 뒤 일어선 신흥세력이요 유민들이지요. 어제 뚜첸 교수가 인용한 〈홍사환은(鴻史桓殷)〉에는 박혁거세(朴赫居世)의 아버지는 박원달(朴元達)이며 어머니는 '파소'라는 성모(聖母)로 북부여 시조 해모수의 외손자로 기록돼 있습니다. 우리나라 지리산 중산리의 천왕사에 가면 성모상을 모시고 있는데, 이분이 박혁거세의 어머니로 알려져 있어요. 한국에 신라 시조 어머니의 상을 모신 사찰이 있다는 것인데, 신기한 일이지요?"

그 말을 듣고 란희 학생이 놀란 어조로 말했다.

"정말 지리산에 박혁거세의 어머니상이 있어요? 놀라운데요."

"그렇답니다. 기록된 사서가 없을 때는 설화로 전해오는 것을 역사 인식의 바탕으로 할 때도 있답니다."

김정국 선생과 박진 작가의 설명을 듣고 난 정제이 시인이 물었다.

"김 선생님, 부여인과 고구려인, 발해인이 아메리카로 이주했다는 말씀이세요? 지금으로부터 천년, 천5백 년 전이라면 항해술도 시원찮았을 텐데요?"

"네, 저도 연구하면서 놀랐어요. 아메리카 땅에는 빙하기 말기에 몽골계통의 인류가 최초로 베링해협을 건너가 북미대륙에 살기 시작했어요. 그 후 5세기부터 10세기까지 약 500년 동안 부여족과 고구려 유민, 발해 유민 중 개척적인 무리가 알류샨열도를 징검다리 삼아 알래스카 신대륙으로 건너갔어요. 그러니까 지금으로부터 약 1,600년 전에 만주에서 권력을 잃은 예맥족 사람들이 새로운 땅을 개척하려고 이동한 것입니다. 그들은 유목족이라서 개척과 모험이 생리였을 테니까요. 그들은 일차로 알래스카, 캐나다, 미국의 서해안으로 이동하여 에스키모, 인디언, 인디오의 뿌리가 되는데 이바지했다고 생각해요. 초기에 그들은 아마 부랴트족이나 몽골족과 거의 비슷했을 것입니다."

이번에는 서남준 강사가 흥분한 어조로 물었다.

"아, 참 재미있는 주장입니다. 그런데 그들의 이동로가 구체적으로 어떤 경로이며, 어디까지 갔을까요?"

"네, 우선 만주 땅에 있는 강력한 거란족이나 여진족을 피하여 북쪽으로 이동했을 것입니다. 아무르강(흑룡강) 유역으로 넘어가 오호츠크해를 거쳐 춥지반도와 캄차카반도로 건너가 해류를 따라 알류샨열도를 징검다리 삼아 동쪽으로 갔을 것입니다. 그 증거로 알류샨열도의 섬들에는 온돌을 사용한 고대인들의 흔적이 보인다고 말했지요. 다시 말하지만, 온돌은 부여-옥저 시대에 본격적으로 활용된 세계 최초의 자연을 이용한 난방장치잖아요. 그 영향인지 한국인은 20세기 들어 아파트에도 황토를 바르고 온돌을 놓고 사는 시대를 열었어요. 아마 세계 주택 사에 획기적인 일일 겁니다. 아무튼, 이들에게 북태평양은 천연장애물이 아니라 거대한 다리였던 셈이지요. 그 후 바다를 건넌 세력은 알래스카와 캐나다의 서해안에서 미국의 서해안을 따라 멕시코로 들어갔고, 일부는 미국 동부로 들어갔습니다. 그리고 일부는 남미로 건너갔는데, 이주민의 주 세력은 멕시코 서남부지역에서 아즈텍(Aztec)문명을 꽃피웠습니다."

그러자 란희 학생이 호기심 가득한 표정으로 물었다.

"선생님, 그러면 멕시코의 전신이 아즈텍인가요? 그런데 어째서 사람들을 아즈텍인이라 안 하고 인디언, 인디오라고 부르나요?"

"네. 맞아요. 멕시코의 서남부에서 인구 약 500만 명을 보유하고 약 400년간 강력한 왕조로 있었던 고대국가가 아즈텍제국이었어요. 반면에 우리에게 익히 알려진 마야문명은 멕시코 동남부와 과테말라, 벨리즈, 온두라스와 엘살바도르 일부 등 광활한 지역을 아울렀던, 마야족이 이룩한 문명을 말하죠. 아즈텍과 마야는 고대 멕시코의 동서 양대 문명입니다. 아무튼, 지금 멕시코 서남부지역에서 12세기부터 16세기까지 400년간이 아즈텍문명의 전성기였어요. 이 아즈텍문명을 만든 사람 중에 상당수가 우리 민족 계통이었다는 얘기입니다. 그다음에 약 300년간 스페인 식민지 시대를 거쳤고, 19세기 초에 멕시코가 독립합니다. 사실 스페인군대가 이곳에 오기 전인 16세기 중반까지 서양인들에게 이곳은 미지의 땅이었죠. 유럽의 탐험대가 선박을 이용하여 동쪽으로 아프리카 남단 희망봉을 돌아 기껏 와봐야 인도가 고작이었거든요. 그런데 포르투갈 탐험대가 서쪽으로 항해하여 대서양을 건너 아메리카에 당도해보니 인도인 비슷한 사람들이 살고 있어서 인도인으로 착각하고 인디언, 인디오라고 부르지 않았을까 생각합니다."

"아, 재미있는 말씀입니다."

"그리고 잉카문명은 몽골계통의 인종이 중남미를 거쳐 남미로 남하하여 15~16세기 초 남아메리카 안데스산맥을 따라 길고 광활한 영토를 차지하여 만든 문명을 말합니다. 몽골족은 남미 페루 남단의 마젤란 군도까지 멀리 진출하여 잉카문명을 열었지요. 그 도로망의 길이가 무려 4만 km에 달합니다. 그 외에 정교한 계단식 논과 관개시설을 만들고 작물의 품종 개량 등으로 높은 농업생산력을 올린 점, 뛰어난 건축술과 의술을 지녔다는 사실이 드러나고 있습니다. 지금도 수천 미터 높이의 고산지대에 있는 잉카의 석성(石城)을 보면, 사람의 손으로 만든 것이라고는 믿어지지 않을 기적으로 보이지요? 하지만 잉카문명은 스페인의 공격으로 망하고 말았어요. 정확히 말하면, 스페인군대가 유입한 병균에 의해 잉카인들이 전멸한 겁니다."

그러자 지리 교사인 우지민 선생이 흥미 있어 하며 말했다.

"아, 민족의 대이동이네요. 북방 흉노족의 침입으로 촉발된 유럽에서의 게르만족의 이동보다 더 놀랄만한 일인데요. 예맥족이 500년에 걸쳐 이동하여 아즈텍문명을 여는 데 힘을 보탰다니 참으로 대단한 문명사적 사실이구요, 인류의 대이동이라 하겠네요. 새로운 사실을 알고 나니 가슴이 설레고 뿌듯합니다."

그들이 별이 가득한 밤하늘을 바라보며 이야기꽃을 피우고 있을 때였다.

밤하늘의 북두칠성이 빙그르르 돌더니 하늘에 웅장한 보자기를 펴놓았다. 그 보자기 위에는 눈보라 치는 시베리아에서 알래스카로 베링해협을 건너는 고대인들의 행렬이 보였다. 사람 같기도 하고 곰 같기도 한 몸집이 큰 사람들이 무리를 지어 얼음 위를 걸어가고 있었다. 일부는 순록 같은 동물들을 몰며 가고 있었는데, 북극의 오로라가 그들의 앞길을 등불처럼 비춰주고 있었다. 그들 중에는 물에 빠져 떠내려가는 사람, 가족을 잃고 울부짖는 사람도 있었고, 곰이나 호랑이 같은 맹수에게 잡아 먹히는 사람도 있었다. 어떤 무리는 송두리째 얼음 밑으로 사라지는 경우도 있었다. 그런 비극을 바라보며 마성태 목사는 두 손을 모아 기도하기 시작했고, 사람들도 따라서 기도를 했다. 한동안 눈을 감고 기도하던 그들의 귀에 '아버지!'를 부르는 듯한 외침이 이렇게 들렸다.

"아파치~! 아파치~!"

눈을 뜨니 길게 뻗은 로키산맥을 따라 인디언들이 말을 달리며 사냥을 하고 있었다. 앞에는 추장인듯한 사내가 대여섯 명의 청년들을 이끌고 힘차게 달려 나가고 있었다. 북미대륙의 인디언 아파치족이었다. 머리에는 새털을 꽂은 것이 마치 지상에서는 거칠 것이 없어 하늘을 나는 새들을 동경하는 듯 보이기도 하였다. 흡사 고구려 용사들이 쓴 조우관(鳥羽冠)과 비슷하였다.

뒤이어 멕시코의 텍스코코 호수 주변을 뛰어다니며 사냥하는 인디언들이 소리를 치며 아버지(아파치)를 부르는 모습이 보였다. 그 뒤에 인디언이 거주하는 마을이 나타나고 몽골초원의 게르를 닮은 주택들이 수백 채나 보였다. 그 마을 한 가운데에서 일곱 성자와 샛별공주가 콜래보로 〈예맥의 꿈〉이라는 노래를 부르기 시작했다.

    멕시코의 옛 나라 아즈텍은 동이의 형제
    아아, 우리는 예맥(濊貊)의 아들 딸
    요하와 백두산 신시에서 생명을 만들고

그 생명을 꾸려온 하늘의 전사

아버지와 어머니와 형제들 모두

만주벌과 높은 산맥에서 태어나 자랐지

죽음보다 무서운 굶주림과 추위를 피해

동으로 동으로, 얼음을 뚫고 새 땅을 개척했어

베링해협은 우리의 길손

알류샨열도는 우리의 징검다리

달리고 또 달려 넘어온 신대륙

붉은 바위 가득한 신천지에서

태양을 따라 움직였노라

왔노라! 이겼노라!

흙을 버무려 그릇을 빚고, 물고기와 매를 잡았다

그래서 그 땅은 또 다른 우리의 고향이다

우리는 아즈텍의 아들 딸

대륙에서 건너온 강한 유목민의 후손

아파치(아버지) 모시고 가

아쉐끼(아새끼)들아, 정신 차려

막까기틀(전쟁무기)로 싸워라

적이 기습하면 줄랑쳐라(도망쳐라)

총 든 놈들을 피해라

다도안이(다 도와주는 이, 왕) 어디 계시냐?

다마틴이(다 맞히는 이, 점쟁이)에게 물어봐라

다기려(다 그리는 사람, 화가)에게 침략자들을 그리게 해

굿(굿)으로 신과 통한 우리들

갈래(집안)끼리 모여 살고
찌찌(젖)를 나눠 먹고 자란 형제들
지게를 지고, 상투를 틀고, 흰옷을 입고
아이가 태어나면 부정 타지 못하게 금줄을 쳤었지

서양인들은 모르지
아파치족의 조상이 누구인 줄을 모를 거야
오로지 예맥인들만 아는 언어
그래 우리는 동이의 후손
아아, 해와 달과 별들의 후손
동방 그 평화로운 땅에서
신의와 성실, 사랑과 효도로 살아온 우리
인도의 시성 타고르가 말한 그 동방의 기적
이제 다시 세계로 향하나니
노래하고 춤추며 신과 하나 되어
입을 것 먹을 것, 잠자고 쉴 것들 모두 나누고
하늘과 땅과 사람을 존중하라
그 외침이 가슴에 피의 파도로 흐르는 종족
아, 북두의 기운이 이 세상을 덥히고 있노라.

여덟 별이 교대로 가사를 바꿔 부르는 노래를 듣던 란희와 지나 학생이 손뼉을 치며 좋아했다.
"아, 방금 노래 들어보셨어요? 아즈텍인들의 말과 우리 말이 같다는 사실을 알려주는데요"
그 말에 박진 작가가 덧붙여 말했다.

"재미있죠? 아즈텍인들의 언어를 보면, 지금 멕시코인들이 50년대까지는 아즈텍문명을 원형 그대로 보존했다는 증거인데, 요즘은 많이 잊은 것 같아요. 하지만 멕시코인들의 의상에 남아있는 흔적을 보면 더 재미있어요. 남자는 상투를 틀고, 갓을 쓰고, 두루마기를 입었고, 짐을 나를 때는 지게를 사용했다잖아요. 우리나라 시골에서 사용했고, 지금도 사용하고 있는 지게 말입니다. 또 여자는 한복을 입고 머리에 가채를 올리고, 쪽 찐 머리에 비녀를 꽂고, 포대기에 아기를 업고 다녔고, 젖을 '찌찌'라고 했대요. 또 고구려 고분 벽화 여자인물도에 나오는 것처럼 이들도 붉은 볼연지를 하였지요. 이 볼연지가 립스틱의 원조는 아닐까요? 한국문화와 너무 흡사해서 한반도 북부와 만주에서 넘어간 민족이 아니면 도저히 이해할 수 없는 것이 아즈텍문명입니다. 1950년대까지 그들의 전통의상이 우리나라 조선 시대 의상과 같았다면 원주민이 우리 민족의 문화를 잘 수용했다고 봐요. 그러니 아즈텍인들은 우리와 같은 민족이라는 사실을 믿을 수밖에 없지요. 또 아즈텍제국의 수도인 테노치티틀란은 대단한 국제도시였고, 틀라텔롤 시장에는 오늘날 유럽인들이 주로 먹는 식자재가 풍부히 쌓여 있었답니다."

유지나 학생이 호기심 가득한 표정으로 눈을 반짝이며 물었다.
"아무래도 그들의 생활 풍습이 중요할 것 같은데요, 우리와 유사한 풍습이 뭐가 더 있나요?"
"음, 점치는 풍습이 있어서 점쟁이한테 가서 길일(吉日)을 점지해 오거나 아이의 사주도 봤대요. 지금은 21세기 우주 시대, 인공지능

시대인데도 우리나라를 비롯해 동양권에서는 점을 치잖아요? 또 중요한 일이 생기면 정화수를 떠놓고 하늘에 빌지요. 또 우리처럼 오일장이 열리고, 상여가 나갈 때 어이어이! 하며 곡을 하고, 개 도축 시장이 있어 개고기를 먹는 습관이 있고, 짚신 신기, 솟대를 세우는 것이 한국인과 같아요. 민속놀이로는 팽이치기, 연날리기, 공기놀이, 널뛰기, 자치기, 고누놀이, 죽마고우 놀이, 숨바꼭질, 씨름, 구슬치기, 굴렁쇠 놀이, 달집태우기, 윷놀이 등이 있었대요. 최근 우리 드라마 '오징어 게임'이 에미상을 받았는데, 그것은 아득한 옛날부터 전해 내려오던 한민족의 놀이였지요. 아주 오래전에 한류문명이 태동했던 것이죠. 특히 윷놀이할 때 사용하는 돌을 '말'이라고 부르는데, 이것은 유목 족의 흔적이지요. 윷놀이에서 상징하는 동물들을 보면 도는 돼지, 개는 개, 걸은 양, 윷은 소, 모는 말입니다. 이것은 부여시대의 관직에서 유래했다고 합니다. 저가(猪加)·구가(狗加)·우가(牛加)·마가(馬加)·대사(大使) 등에서 유래한 것이랍니다. 아무튼 모가 나오면 이들도 '좋다'라고 소리쳤대요. 단번에 멀리 달릴 수 있는 동물이 말이니까 좋았겠지요? 이런 것들을 보면 거리가 떨어져 있긴 하지만, 아메리카 원주민 아즈텍인과 일부 인디언은 바로 동이족의 핏줄과 닿았음이 틀림없습니다."

이번에는 황부옥 집사가 놀란 표정으로 말했다.
"아니, 저는 아즈텍인들이 우리와 같은 전통놀이를 한다고는 꿈에도 생각지 못했는걸요. 그 사람들은 주로 무엇을 먹었는지 아세요?"

"네, 아즈텍인들은 주로 옥수수, 콩, 호박, 고추 등의 기본 재료에다 새, 멧돼지, 오리, 거위, 올챙이, 식용곤충, 식용 꽃, 해조류 등을 먹었어요. 특히 고추와 옥수수, 토마토는 아즈텍인들이 세계 최초로 재배하여 식용으로 만든 식물입니다. 고기를 얻기 위해 개와 칠면조를 사육했고요. 그중에서 옥수수는 주식이었어요. 이 옥수수는 만주 땅의 주곡식이기도 하죠. 또 카카오, 초콜릿, 아보카도, 토마토, 칠리(고추), 바닐라, 치아시드 같은 식자재의 이름도 아즈텍에서 유래한 것이랍니다. 파인애플, 망고, 파파야 등도 많이 재배했고, 담배도 재배했답니다. 이러한 작물이 없었더라면 이탈리아의 피자, 벨기에의 감자튀김, 영국의 피시앤드칩스 그리고 우리나라의 김치도 오늘날의 맛이 아니었을 것입니다. 그리고 또 하나 중요한 것은 한국에 많이 있는 고인돌이 멕시코에도 많고, 제가 10여 년간 살았던 미국 일리노이, 남미의 콜롬비아에도 고인돌이 있어요. 세계에서 고인돌이 가장 많은 곳이 한반도와 만주지역이니 이것 역시 우리 민족과 연관이 있지 않겠어요? 또 인디언마운드(Indian mound)라 불리는 토총(土塚 흙무덤)도 있어요. 우리나라 경주에 많이 있는 왕릉 형태의 무덤이 미국의 오하이오, 웨스트버지니아, 미시시피에도 있어요. 이것은 인디언들이 사후에 시신을 모시는 풍습도 한민족과 비슷하다는 증거입니다. 참, 지금도 한국인들은 끊임없이 이동하고 있어서 전 세계에 750만 명 이상이 나가 살고 있잖아요. 남북한 인구가 8천만이 안 되는데, 그 인구의 10% 정도가 세계인이 된 것이지요. 아득한 옛날 부여시대부터 한국인들의 노마디즘이 생래적으로 발현된 것으로 보입니다. 아마도 초원 문명과 해양 문명 그리고 농업 정주 문명을 절묘하게 아울러서 살아온 전통과 역사 때문이 아닐까 생각합니다. 진짜 우리는 글로벌 민족입니다."

박진 작가의 해박한 설명을 듣고 사람들은 박수로 응답했다. 그러자 우지민 선생이 물었다.

"박 작가님, 아즈텍인들이 만든 문명이 참 독특한데, 기록이 있나요?"

"네, 그렇습니다. 사실 교류와 소통에 익숙한 유목민들 때문에 실크로드가 생기고 동서양의 교역이 시작되었잖아요. 그들은 이동하는 생활을 했기에 독자적인 기록을 거의 남기지 않아 일부 무덤과 암각화만 있는데 그것이 유목족의 기록이지요. 그래서 저는 초원 문명을 제4의 문명이라고 생각합니다. 온대지역에서 일어난 농업-산업-해양 문명, 열대지방의 사막 문명, 한대지방의 극한(極寒) 문명, 그리고 전혀 다른 환경에서 태동한 초원 문명의 가치를 재평가해야 할 것 같아요."

"우리 민족이 초원 유목민의 특징을 가졌다고 하셨는데, 지금도 그런가요?"

"맞습니다. 우리 국민성의 바탕에는 유목민의 정신이 가득 깔려있어요. 이것을 노마드(nomad) 즉, 유목생활이라 하지요. 고구려 시대에 수레가 크게 발달했던 것도, 신라 백제와 고려가 아라비아까지 무역을 했던 것은 유목민의 후예라서 그런 것으로 생각하고요, 오늘날 한국 자동차산업이 세계 5위를 점하고 있는 것도 유목정신의 계승이 아닐까 합니다. 특히 현대 정보화 사회에 우리 민족의 유목 정신은 세계에서 톱 수준입니다. 그 유목 정신을 펼쳐나가는데 우리의 정보화 기술이 크게 기여하고 있어요. 핸드폰 하나로 세상과 소통하고, 영업하고, 개인 삶의 방식을 바꿔버렸어요. 우리가 자랑스럽게 생각하는 한류(Korean Wave)라는 문명도 크게 보면 유목의식의 발로입니다. 세계 220개 국가에 단기간에 K팝이나 K드라마를 퍼뜨릴 수 있는 것은 유목족의 가치관과 추진력, 전략이 있었기에 가능하다고 생각합니다. 영토가 좁고 자원이 부족한 우리로서는 얼마나 다행인지 모릅니다."

그의 말에 정제이 시인이 조용한 어조로 한마디 거들었다.
"전적으로 동감합니다. 그런데 이번 여행에서 수많은 별을 보면서 느낀 것입니다만, 제 생각에는 또 하나의 문명이 추가되어야 할 것 같습니다. 바로 우주 문명, 아니면 천도문명(天道文明)이랄까요. 하늘의 이치를 잘 알고 그에 따르는 문명 말입니다. 초원 문명은 어쩌면 우주 문명과 소통하는 가장 시원적인 문명이 아닐까 합니다만. 인간의 본성 회복이 절실한 오늘날, 우리 민족이 앞장서서 우주 문명을 선도하는 것이 좋겠다는 생각을 해봅니다."
"맞습니다. 유목족의 이동성 때문에 민족을 초월한 다문화가 발달했고, 물자의 빠른 이동과 활발한 지역 간의 교류가 나타났어요. 즉 초원 문명은 민족주의의 다원화, 문명의 고속도로 역할을 했지요. 그 때문에 만주 대흥안령산맥 이동에 자리 잡은 단군조선, 부여, 고구려, 발해와 신라까지 초원 문명의 영향이 남아있는데, 금과 청동기가 바로 그것이지요. 또한, 인간과 함께 살아온 동물숭배

유습이 있어요. 초원 유목민에게 동물은 삶의 주동력이었거든요. 자, 란희 학생에게 물어볼까요? 지난날 우리 민족의 동물숭배 사상 중에서 중요한 동물은 무엇인가요?"

그러자 란희가 자신 있다는 투로 말했다.

"네, 단군조선 시대의 곰과 호랑이 이야기가 아닐까요."

"그것도 맞는 얘기지요. 하지만 곰과 호랑이 얘기는 본질적으로 사냥을 주로 하며 살았던 초원 유목민의 문화라는 것을 암시하지요. 곰 숭배 사상은 우리나라와 시베리아의 동부 삼림지대, 사할린, 일본 북해도의 아이누족 사이에 퍼져 있지요. 그러니까 한반도 역시 시베리아 초원문명인 곰 신화문화권의 일부죠. 참, 시베리아(아무르) 호랑이가 있으니까 호랑이 숭배도 가능한 일이겠네요. 우리나라 가정에는 호랑이 그림을 잘 걸어놓지요. 88올림픽의 마스코트도 '호돌이'였구요. 초원지대에서는 독수리, 표범, 늑대 같은 맹수와 맹금을 선호합니다. 그리고 종족마다 특유한 상징적인 동물을 볼까요? 부여와 고구려의 삼족오(세 발 까마귀), 백제의 봉황, 흉노와 돌궐에서는 늑대를 숭배하고, 일본은 까마귀, 시베리아 원주민인 예벤크족은 순록을 키우며 사는데, 이들의 영향이 울산 반구대 암각화와 신라 금관의 사슴뿔 형상화에 영향을 미쳤어요. 신라 금관을 보면 길쭉길쭉한 나무와 사슴뿔 모양을 하고 있는데, 이것은 시베리아 순록의 뿔입니다. 시베리아에서 내려온 유목민 문화가 남아있는 것입니다. 아무튼, 우리 동이족은 초원 문명의 끝자락을 차지하고 있는데, 그 영향을 받고 성장한 유일한 국가입니다. 한국이 디지털 사회의 빠른 정보화와 이동, 탈 국경화, 다문화에 앞서가는 것은 바로 유목문화의 경험 때문이고, 초원 유목민의 DNA가 유전되어 살아있기 때문이죠. 또 글로벌시대가 끝나고 국가주의 시대로 진입한 지금도 민족의식을 토대로 탄탄하게 결속하고, 한류 문화로 세계시장을 파고드는 한국인의 기백은 단연코 유목 정신에 기인한다고 생각합니다."

일행은 박진 작가의 해박한 문명론 해석에 아낌없는 박수를 쳤다.

그때 북두칠성 중에 무곡성이 그 빛을 아득한 과거로 돌려 비치니 구약성서에 나오는 모세와 같은 모습을 한 우람한 남자가 하늘에 나타났다. 그는 울퉁불퉁한 긴 지팡이를 한번 휘두르고 나서 이렇게 말했다. 우렁우렁한 목소리가 마치 시베리아 아무르 호랑이가 포효하는 것처럼 들렸다.

"예맥의 후손들아, 나는 단군조선의 장군으로 2천200년 전에 북부여를 세운 해모수(解慕漱)이니라. 단군조선이 한나라 무제의 침략을 맞아 망국 지경이 되자 사람들이 정체성을 잃어버리고 헤매더구나. 허허벌판에서 제멋대로 살아가는 사람들, 수많은 내전과 다툼으로 날을 보내다가 동물과 같은 삶으로 바뀌더라는 말이다. 나라가 망하면 퇴폐와 다툼이 생기기 마련이지. 이것은 사람이 할 짓이 아니었다. 자유와 행복이란 것은 공동체의 안전을 전제로 하는 것인데, 안전이 보장되지 않은 인간에게 자유와 행복이 어디 있겠나? 센 놈에게 다 빼앗기고 말지. 지금 너희들도 마찬가지니라. 국토와 민족이 두 동강이 난 불행한 처지인데도 어째서 다툼이 그치질 않는고? 특히 정치가들은 왜 나라를 분열시키지 못해 안달인가? 지금이 삼국시대냐? 어째서 동과 서로 나뉘어 다투는가? 이러다가 당나라한테 고구려가 망하듯이 너희도 중국이나 러시아에게 먹히고 만다. 그 뒤에는 누가 책임지려는가?"

해모수단군의 일갈에 일행은 아뭇소리도 못하고 벌 받는 아이들처럼 고개를 숙였다. 그이 말은 이어졌다.

"앞으로 갈등을 조장하는 정치가들은 조상신들이 가만두지 않을 것이로다. 아무튼, 단군조선이 망한 뒤 혼란한 정국을 방치하면 배달민족은 사라질 것이 뻔하였다. 하여 나는 나라를 일으켜 세워 질서를 바로잡아야겠다고 생각했다. 그러나 나라는 혼자 세우는 것이 아니다. 부여족 사회에는 사출도(四出道)가 있었지. 사출도는 부여족 중에서 가장 강한 네 가문이다. 요즘으로 치면 네 개의 정치세력이라고나 할까? 나는 이들을 하나로 묶어 연합정부를 세웠다. 이로써 단군족의 뒤를 이어 부여족을 중심으로 예맥은 새로운 시대를 열었다. 적어도 신라가 망하던 10세기 말까지는 만주와 한반도에 예맥의 혼이 가득했던 것이야. 그것이 고려 대부터 민족혼이 사라지거나 줄어들어 갔느니라."

여기까지 단숨에 말한 해모수 단군은 일행의 집중력에 고무되었는지 처연한 심정이 되어 말했다.

"그래, 북부여를 제대로 지키지 못한 내가 무에 자랑하겠느냐만, 그래도 내 후손이 고구려와 백제를 세워 각각 7백 년을 지켜냈으니 그 아니 자랑이더냐? 하지만 고구려의 뒤를 이은 발해가 10세기 초에 쇠망한 뒤 어찌 될 것인지, 나는 지하에서도 고심했다. 헌데, 만주 땅에 신문명이 일어났지. 고구려-발해의 천년, 신라 천년 역사가 쇠한 뒤 200여 년 만에 일어난 새로운 동이 세력이 유목 사상과 행동으로 원형질을 찾아내어 대동이의 부활을 시작했던 것이야. 바로 동이의 갈래족인 거란이 주동이 되어 일어난 요나라가 200여 년을 지냈고, 뒤이어 여진이 주동이 되어 금나라를 세웠느니라. 여진은 읍루 숙신의 후신이니 우리 동이의 핏줄이니라. 국가 이름에 금(金)이라는 말을 사용한 인류역사상 최초의 왕국을 세웠으니 그 아니 장한 일이던가. 지금 요녕성의 요양(遼陽)이 금나라의 수도였느니라. 그곳에서 가까운 압록강가에 아홉 개의 성을 연이어 쌓은 구련성(九連城)이 있다. 그것은 고려군이 압록강을 건너 금나라를 칠 것을 두려워하여 쌓은 성이다. 너희도 알겠지만 고려는 신라의 뒤를 이은 통일국가이고, 고려에 항복을 거부한 신라 왕족이 만주로 넘어와 여진족과 결합하여 금나라를 세웠으니까, 이 둘은 알게 모르게 앙숙이었다."

해모수 단군은 말을 멈추고 나서 아득한 역사를 더듬는 듯 눈을 지그시 감은 채 심호흡을 하였다. 그때 일곱별이 하늘에 중국 땅을 전개했다. 하늘에 펼쳐진 지도에서는 금나라 군사가 중원에서 송나라 군대와 치열한 싸움을 벌여 연전연승, 송의 수도인 개봉까지 진격해가서 서기 1126년에 송의 휘종, 흠종 두 황제를 잡아 만주 요양으로 압송하는 장면이 나타났다. 중국인들이 치욕으로 알고, 잊고 싶어 하는 이른바 정강의 변(靖康之變) 장면이었다. 정말 역사적인 사건을 일행은 영화를 보듯이 두 눈으로 보았다. 그 장면을 보던 유지나 학생이 물었다.

"해모수 님, 송나라는 중국사에서 당나라를 이은 최고의 문명국으로 칭송하던데, 왜 역사도 짧은 북쪽 금나라에 저런 치욕을 당했습니까?"

"옳다. 궁금해하는 것이 맞아. 당나라가 망한 뒤 5대 10국이 생겼지. 그중 후주(後周)의 세종이 명군이었는데, 그가 죽은 뒤 부장인 조광윤이 960년에 근위군의 추대로 왕위에 올라 송나라를 세웠느니라. 그런데 제위에 오르자 오대 부장들의 횡포에 실망하여 군인을 억압하고 문관을 중시하는 문치주의(文治主義)를 채택하였느니라. 말이 문치이지 그 제도가 지속되면서 침략을 당할 때마다 은과 비단 등 공물, 심지어 공주를 바쳐 국가가 망하는 것을 막았으니 결국 송나라는 문약에 흐르고 말았다. 그 결과 북방의 금나라가 침략하여 수도인 개봉(開封)까지 함락당했느니라. 그때 악비(岳飛)라는 장군이 등장하여 금나라 군과 싸워 제법 성과를 올렸는데, 주전론과 주화론이 대립하면서 주화론자인 재상 진회(秦檜)의 의견에 따라 역시 물질 보상으로 국난을 면해보려고 했단다. 그러니 나라가 제대로 굴러가겠나? 결국, 송의 황제인 흠종과 선왕인 휘종을 비롯한 황족과 수천 명의 한족이 금나라로 끌려가고, 송은 양자강 이남으로 밀려 내려가 남송 시대를 열었느니라. 어떠냐? 너희 나라에도 이와 비슷한 일이 역사에 있었을 텐데, 아느냐?"

해모수 단군의 의외의 질문에 지나가 대답했다.

"네, 있습니다. 조선 선조 때 왜적의 침입이 있을지도 모른다는 판단하에 사신단이라는 이름으로 정찰대를 왜국에 보낸 일이 있습니다. 당시 조선은 사색당파로 시끄러울 때인데요. 동인과 서인 중에서 한 사람씩 뽑아 정사 부사로 임명해서 왜국에 보냈는데, 귀국 후 왕에게 보고하는 것이 정반대였어요. 결국, 주화파 주장에 따라 전쟁에 대비하지 않다가 7년간의 임진란을 맞아서 왕이 압록강까지 피난 가는 비극이 일어났습니다. 조선 초기에는 그런대로 무인이 존중받았는데, 중기로 접어들면서 문약에 흐른 것도 큰 문제였다고 생각합니다."

"오냐. 기특하도다. 제법 아는구나. 그러면 악비와 비견할만한 인물이 조선에 있던가?"

"네, 저는 이순신 장군이 악비 장군과 비슷한 역경을 겪으면서 나라를 구하는 데 몸을 바쳤다고 생각합니다. 다만 악비 장군은 송나라를 구하는 데 실패했지만, 이순신 장군은 죽음으로 조선을 구했습니다."

"오호, 장하도다. 우리 동이족은 사해 동포의식과 홍익인간 정신으로 살아왔기 때문에 어디를 가도 적을 만들지 않는다. 다만 우리 역사와 문화, 지혜를 시샘하는 무리가 침탈하는 경우에는 기어코 물리치고 살았다. 중국 중원을 장악한 송나라를 정벌한 금나라 군의 활약이 얼마나 장한 것이더냐. 수나라와 당나라는 고구려 때문에 고전하다가 결국 망했고, 문명국을 자랑하던 송나라는 신라의 후손인 금에게 망했느니라. 그 뒤에 등장한 고려는 원나라의 간섭이 백 년을 지속되니 결국 견디지 못하고 무너졌느니라. 조선은 명나라와 청나라와 선린우호를 이어 500년을 지탱하였으나 자강책을 강구하지 못한 탓에 외세의 침탈에 무너지고 말았느니라. 그런데 오늘날 너희들은 조상의 지혜와 역사의 교훈을 제대로 깨닫지 못하고 서양 것을 맹목적으로 추종하거나 아까운 시간을 다 보내고 있으니 걱정스럽도다. 조상이 만든 소중한 역사와 문화를 존중하지 않으니 민족혼이 빠져나간 게야. 혼이 나간 민족이 세계사의 주인공이 된 예는 찾아볼 수 없다. 아니 남의 종이 되거나 사라지고 말았다. 명심하거라. 문무를 겸한 영웅이 지도자가 되어야 나라가 제대로 설 수 있느니라. 언제 적이 들이닥쳐도 군대와 국민이 하나가 되어 싸워 이길 준비를 하고 살아야 너희가 이룬 문명을 지키고 발전시켜나갈 수가 있느니라. 더 이상 송나라처럼 망한 뒤 눈물을 흘리지 말거라. 또 물질문명이라는 것은 정신이 고급스러울 때 생명력이 생기는 것이다. 사치와 타락과 방종에 빠진 사람들이 민족 역사를 모르고, 조상의 얼을 무시하고, 글을 멀리하고 함께 어울려 노래를 부르지 않으면 영혼까지 굶주린다는 사실을 잊지 말아라."

해모수 단군은 일행을 둘러보며 깊은 한숨을 쉬고 나서 안개처럼 조용히 사라졌다. 하늘에 펼쳐진 만주 땅에서는 여전히 금나라 군대가 이번에는 몽골군과 치열한 싸움을 전개하다가 몽골군에게 밀려 달아나는 모습이 보였다. 몽골군이 만주를 차지하자 고려군이 한반도를 사수하느라 쌍성전투에서 악전고투하고 있는 모습도 보였고, 원나라의 부마국이 되어 100년간 갖은 핍박을 당하는 백성의 애환이 파노라마처럼 전개되었다. 원나라로 끌려가는 공녀(貢女) 행렬도 보였다. 그리곤 지우개로 칠판을 지우듯이 어둠이 하늘의 역사 판을 깨끗이 지웠다. 그러자 이전처럼 별들이 빛을 내기 시작했다.

뒤이어 일곱 성자와 샛별공주가 사설조의 노래를 부르기 시작했다.

별은 자신을 태워 에너지를 만드는 존재
그런데 인간은 에너지를 사용하기만 해
머리와 가슴을 같이 채워야 해
무례한 사람, 남을 미워하는 사람
쓸데없이 경쟁하고 남과 비교하는 사람
분열을 부추기는 사람, 나태한 사람
매사에 허무주의에 빠진 사람은 안돼

정치인이 세상의 변화를 모르면 나라가 쇠락하지
경제인이 사리사욕만 차리면 회사는 망해
학자가 제 학문만 고집하면 발전이 없어
누구나 인간적인 성숙이 없으면 불행해져
고요히 자신을 성찰하고 성숙시켜야 오래 살아
별이 빛나는 것은 남에게 보이기 위한 게 아냐
자신을 속으로 단련하는 용광로의 불빛이지
나를 채우는 연습이 필요해
흐르는 물이 멋지고 강해 보이지만
저수지와 댐에 가득 담긴 물이 더 힘이 있어

자연의 에너지를 내 몸에 흡수하자
내 안에 잠자는 무한한 암흑물질을 찾아
생산의 빛으로 바꾸는 노력을 하자.
너무 예민해지지 마
둔감이라는 스펀지가 재능을 키워주지
둔감해야 사랑도 연애도 성공해
인생의 여정에서 실수하고 실패하지 않는 사람이 누가 있어
둔한 사람이 큰 상처 받지 않고 오뚝이처럼 일어날 수 있어

세상살이가 고달프고
내 몸에 에너지가 고갈됐다고 엄살 부리지 마
마음의 찌꺼기와 몸 안의 쓰레기부터 치워봐
자연의 바람 따라 동심으로 돌아가 봐
보이지 않는 에너지가 솟아 나올거야
미혹 당하지 말고 정신 줄 놓치지 마

네 마음이 큰바람 타고 소풍 가게 해봐
풀 냄새 가득한 들길을 따라
꽃비 맞으며 기차는 가는 거야
인생도 그런 여행이란다
자유와 사랑의 임을 만나러 다리를 건너고
들판을 지나 휘파람 불면서 기차는 가고
나라와 인류가 자유를 갈망할 때
나의 호국 열차는 전선으로 달려간다
내 젊음의 기차는 무한 우주로 달려간다

진짜 세상을 지키는 전사(ARMY)가 되려고 간다
숭고한 노래를 부르며 앞으로 나아간다.

그들이 부르는 노랫소리는 로키산맥에서 안데스산맥까지 길게 길게 메아리쳐 〈아파치 진군가〉로 자리 잡아 갔다.

한류, 큰 아리랑

세계적인 보컬그룹 BTS가 그들의 팬덤 아미(ARMY)의 열렬한 환호에 인사하는 모습. BTS는 한류 문화를 세계화시킨 선두 주자이다.

MZ세대의 대표적인 트롯바비 홍지윤 양. 미모의 아이돌 출신.국악 전공자답게 신명 나는 창법으로 트롯의 새 장을 연 가수로 '사랑의 여왕'이라 불린다.

한류, 큰 아리랑

혹독한 추위가 물러나고 봄바람이 살랑거리는 어느 날.
세계적인 보컬 그룹 '7인의 성자'가 서울 강남 모처에 앉아 얘기를 나누고 있었다. 그들은 우주를 통어하는 천극신의 배려로 북두칠성 신과 같은 천명(天名)이 부여되어 멤버들이 탐랑-거문-녹존-문곡-염정-무곡-파군으로 불리는 청년들인데, 오랜 여행에서 돌아온 듯 편안한 모습들이었다. 그 자리에서 그들은 자신들이 지나온 날들과 지금 처한 상황 그리고 미래에 대해 허심탄회하게 그리고 재미있게 의견을 나누었다. 지난 9년간의 그룹 활동을 접고 솔로 활동을 시작하기로 하면서 속에 있는 생각을 나누는 시간이라 모두들 감회가 깊은 듯했다. 침묵을 깨고 고참인 문곡이 먼저 입을 열었다.

문곡 요즘 나는 새벽에 일어나는 일이 많아졌어. 전에는 늦잠이 참 달았는데, 이제는 아침에 일어나는 것이 좋더라구. 해뜨기 직전에 커튼을 젖히면 새벽이라는 뷰가 나를 반기지. 어렸을 때 시골에서 살았던 기억이 되살아나는 게 신기하더라구. 어린 내 눈에도 해뜨기 직전에 들판에 가득 고인 새벽안개는 참 매력적이었거든. 새벽이라는 단어는 뭔가 깨끗하게 쓸어낸 마당같은 느낌이 나고 멋

있어 보여. 고요한 아파트 창가에서 새벽을 맞으면서 잠시나마 나를 돌아보고 앞날을 생각하는 나름의 수양을 하지. 암튼 새벽이 이제는 아주 친숙해졌어. 내가 나이 드는 증거일지도 몰라.

탐랑 맞아. 새벽에 일어나 동네 한 바퀴를 뛰던 때, 나는 여명이라는 단어의 의미를 생각하곤 했지. 왜 '여명의 눈동자'일까? 새벽을 여는 희망의 눈을 말하는가 보다고 생각했던 기억이 나네.

문곡 우리나라를 조용한 아침의 나라라고 하는 것, 난 솔직히 싫어했어. 특히 조용하다는 말이 썩 맘에 들지는 않았어. 게을러서 자고있는 것 같아서. 어쨌든 좋아. 우리 방탄소년단은 참 의미 있는 이름이었다고 생각해. 고단하고 지친 삶을 위협하는 수많은 위협을 막아내는 팀. 그래서 인간과 사회, 국가를 지키는 역할을 한다는 의미가 좋았어. 조금 우쭐대본다면 우리는 '치유의 탄환'이 되어 병들어가는 인류의 심장을 향해 달려들었다고 나 할까? 물질 문명에 찌들어 사랑을 잃어가는 사람들을 깨우치고 문화적인 자극을 주어 문화인다운 삶을 안겨드리려고 노력했거든.

무곡 그렇게 보면 우리는 대단한 그룹이었어. 2013년에 시작할 때, 솔직히 나는 이 정도의 성공을 거둘 줄은 몰랐거든. 그래서 지난 시절을 뒤돌아보면 의미가 더 크더라고. 세계인들은 우리를 K-Pop을 대표하는 메가스타(mega star)라고 평가하던데, 이 말이 싫지는 않아.

문곡 맞아. 지난 9년 동안 우린 최선을 다했잖아. 그간 그룹에도 개인에게도 많은 일이 있었지만, 이제는 한 챕터가 넘어가는 느낌이야. 언젠가는 와야만 하는 순간이고 기다린 순간이라고 봐. BTS라는 그룹의 한 페이지가 넘어가는 경험을 우리가 겪고 있어. 방시혁 대표께서 '아티스트는 키우는 것이 아니라 스스로 성장하고 발전해야 한다'고 하셨는데, 발전하려면 두렷한 자기 인식이 먼저라고 생각해. 그러니 오늘은 우리가 지난날을 돌아보고 자랑하고 싶은 점, 반성할 점을 공유하면서 미래를 설계하고, 우리나라와 인류의 공통적인 고민을 함께 생각해보는 시간이 되었으면 좋겠는데, 어때? 우리 이런 시간 갖는 거 의미 있잖아? 성숙으로 가는 길목에서의 쉼(pause) 이야기 말야.

그러자 탐랑이 흥겨운 듯 말을 받았다.

탐랑 그래. 나는 노래와 춤이 좋아서 멤버가 되었는데, 지나고 보니 분에 넘치는 영광이었어. 혼자서는 꿈도 꿀 수 없는 성과를 올렸고, 과분한 대우를 받았거든. 방탄복이 총알을 막아내는 것처럼 살아가는 동안 힘든 일을 겪는 많은 젊은이들에게 힘과 용기를 주고, 또 많은 편견을 바로잡았고, 우리의 음악적 가치를 당당히 지켜내겠다는 각오를 실천해왔다고 생각해. 그리 보면 우리 보컬 그룹 이름은 참 잘 만든 명칭이야. 물론 지금은 소년기는 지났지만, 마음만은 초심 그대로야. 아니지, 사람은 죽을 때까지 소년·소녀일 수 있어.

무곡 우리는 운이 좋은 팀이었어. 등장한 지 4년만인 2017년에 〈빅히트 뮤직〉이 우리의 공식 로고를 교체하면서 과거와 미래를 아우르는 개념으로 의미를 확장해 줬고, 'beyond the scene'의 의미를 추가했었지. 이것은 순간마다 청춘 세대가 당면한 현실적인 고뇌나 열망 같은 여러 가지 상황이나 국면을 뛰어넘는다는 매우 의미가 있는 시도였다고 생각해. 그때가 일종의 터닝 포인트였다고 할까?

거문 나는 태블릿을 보면서 얘기해볼게. 우리가 활동한 바탕에는 음악 이외에 정신적인 가치가 깔려 있더라구. 음, 기록을 보니까 2013년 6월에 우리가 '학교 3부작'의 첫 앨범 〈2 COOL 4 SKOOL〉로 데뷔하자마자 신인상을 수상했잖아. 난 그때 눈물이 나서 혼났어. 아, 일곱 명이 하나가 되어 힘껏 노력하면 이렇게 되는구나 싶었거든, 이후 2015년에 〈화양연화 pt.1〉을 발매해서 첫 음악방송 1위를 수상했고, 2016년에는 〈WINGS〉가 첫 대상을 받았지. 2017년에는 〈YOU NEVER WALK ALONE〉을 발매했는데, 타이틀곡 〈봄날〉은 2022년까지 우리나라 주요 음원 차트에 최장기간 진입했다니까 정말 행복한 일이야. 2018년에는 〈LOVE YOURSELF 轉 'Tear'〉를 발매해 '빌보드200' 1위를 기록하여 최초로 '빌보드200' 1위를 차지한 한국 음악그룹이 되었지. 감개무량했어. 이어서 〈LOVE YOURSELF 結 'Answer'〉를 발매해 또 '빌보드200' 1위를 찍었고, 2019년에는 〈MAP OF THE SOUL : PERSONA〉를 발매해 연속 '빌보드 200' 1위를 기록하였지. 숨 가쁘게 한해 한해 달려왔어. 지나고 보니 힘들었지만 땀과 열정, 사랑으로 만든 기쁜 시간이었다고 생각해.

녹존 맞아, 지나고 보니 대단했어. 내가 C 신문 기사를 보니 우리의 활동상이 아주 크게 보도되었더라. 한번 읊어볼게. 2019년에 한국음악 대상 부문을 모두 휩쓸었고, 한국대중음악상에서 올해의 음악인으로 2년 연속 수상하면서 음악성과 상업적 성과를 모두 인정받았었지. 땀 흘린 보람을 거두어서 참 뿌듯했어. 2020년에는 정규4집 〈MAP OF THE SOUL : 7〉을 냈는데, 그 음반에서 우리는 '온전한 나'의 모습을 찾기 위한 방탄소년단의 솔직한 이야기를 털어놓았지. 이것이 대한민국 역대 음반 1위라는 기록을 세우면서 '빌보드200' 1위를 기록했고, 역대 우리나라에서 가장 많이 판매된 음반이 되었다고 해. 이후에 〈Dynamite〉를 발매해 '빌보드 핫100' 3주 1위를 기록했고. 이렇게 해서 우리는 '빌보드 핫100' 1위를 차지한 최초이자 유일한 한국의 음악그룹이 되었지. 이어서 〈Savage Love (Laxed – Siren Beat)〉 리믹스를 발매해 '빌보드 핫100' 1위를 기록했고, 〈BE〉를 발매해 '빌보드200' 1위, 타이틀곡 〈Life Goes On〉은 '빌보드 핫100' 1위를 기록했어. 2021년에는 〈Butter〉가 '빌보드 핫100' 9주 1위를 기록했고, 이어서 〈Permission to Dance〉를 발매하여 '빌보드 핫100' 1위를 기록했으니까 지금 생각해도 뿌듯하고 자랑스러워. 정말 숨 가쁘게 살았고, 꿈같이 흐른 9년이었어. 어떻게 그 고된 일정을 견뎠는지 지금 생각해도 대견해.

염정 한 가지 더 말해야겠어. 우린 여러 차례 '빌보드 핫100' 1위를 차지했었는데, 개인적으로도 일곱 명 모두가 '핫100'에 입성

했다는 사실이지. 2019년부터 23년 초까지 5년 만에 일군 업적이지. K팝 그룹으로서는 최초야. 그리고 또 하나. 지난 23년 4월8일이었지. 우리 중에 거문이 K팝 솔로 아티스트 최초로 '핫100' 1위에 올랐어. 첫 솔로 앨범 페이스(FACE)의 타이틀곡 '라이크 크레이지(Like Crazy)가 챠트 1위에 올랐어. 정말 무서운 아이들이지? 하하하. 지난 시간은 몹시 바빴지만, 후회는 없어. 내가 어제 모 언론 특집에서 놀랄만한 통계를 봤어. 우리가 만든 음반이 전 세계에서 3,000만 장 정도 판매됐는데, 대한민국 역대 최다 음반 판매량을 기록했대. 2022년에 빌보드 앨범 판매량에서 우리가 2위를 차지했고. 가장 많이 팔린 미국내 CD판매량 중에서 우리를 비롯하여 한국 K팝 그룹이 7개를 차지했대. 또 우리는 32개의 엠넷 아시안 뮤직어워즈, 29개의 멜론 뮤직어워즈, 24개의 골든 디스크, 19개의 기네스 세계 기록과 가온 차트 뮤직어워즈, 14개의 하이원 서울가요대상, 10개의 MTV 유럽 뮤직어워즈, 6개의 아메리칸 뮤직어워즈와 MTV 비디오 뮤직어워즈, 9개의 빌보드 뮤직어워즈, 4개의 한국대중음악상, 2개의 대한민국 대중문화예술상 등을 받았고, 대한민국 정부 화관문화훈장 최연소 수상자가 되었어. 또한, 그래미어워즈 후보에 오른 최초이자 유일한 대한민국의 음악 그룹이기도 해. 어때 이만하면 상복이 터진 거 아냐? 뿌듯하잖아? 내가 너무 우쭐댔나?

거문 나도 메모를 보고 말해볼 게. 또 있어. 2022년 11월 20일. 미국 LA에서 열린 아메리칸 뮤직어워즈(AMA)에서 우리가 2018년부터 5년 연속 음악상을 받았지. 또 AMA가 2022년에 신설한 K팝 장르 첫 수상자도 우리였고. 또, 문곡이 '카타르월드컵' 개막식 공연에서 월드컵 주제가 드리머스(Dreamers)를 열창해서 환상적이었다는 호평을 받았지. 월드컵 정신과 우리의 모토가 같다는 점에서 우리 멤버가 선택되었다더라구. 아무튼, 우리는 SNS를 통해 팬들과 소통했는데 그것이 적중했다고 봐. 2017년, 2018년 전 세계에서 가장 많은 리트윗을 기록한 연예인이자 트위터 최다 활동 음악 그룹으로 기네스 세계 기록에 올랐으니까 말이야. 또 2017년 라인프렌즈와 협업하며 직접 창작한 캐릭터 〈BT21〉을 선보였고, 다양한 캐릭터 상품을 내놓아 호평도 받았지. 구태여 하나 더 말하면, 그룹의 의미에 맞게 사회 활동과 자선 활동에 참여해서 유니세프(UNICEP)와 함께 청년 어젠다 행사에서 'LOVE MYSELF 캠페인'을 진행하면서 소속사 빅히트 뮤직이랑 5억 원을 기부했던 일이 떠오르네.

문곡 그리고 감격스러웠던 것은 유엔 총회에서 가진 두 차례의 연설이야(2018.9.24/10.22). 나는 첫 번째 연설에서 한 애기가 떠오르네. 그땐 좀 정신없이 얘기한 것 같은데 할 말은 다한 것 같아. 그 때문에 타임지의 표지를 장식하기도 했었지. 난 처음으로 유엔 총회장에 들어섰을 때 가슴이 울렁이더라. 아, 세계가 진짜 우리가 활동한 것을 알아주는구나 싶더라고. 세계 어떤 가수도 유엔본부에 들어가 우리처럼 자유분방하게 놀지 못했을걸? 그 당시 나는 잠시 영웅이 된 듯한 환상에 빠졌어. 사실 영웅이란 많은 사람이 가슴에 품고 가는 등대 같은 인물이지만 말야.

당시 유엔총회에서 행한 BTS 김남준의 연설은 세계에 중계되어 BTS의 위상을 입증하는 계기가 되었다. 역사적인 연설이라 판단되어 여기에 전문을 싣는다.

　- 제 이름은 김남준이며 RM으로 알려져 있고, 방탄소년단의 리더입니다. 오늘날의 젊은 세대를 이야기하는 중요한 자리에 초대되어 매우 큰 영광입니다.

　작년 11월 방탄소년단은 유니세프와 함께 Love Myself 캠페인을 시작했습니다. 진정한 사랑은 자기 자신을 사랑한다는 것에서부터 시작한다는 믿음으로 만들어진 캠페인입니다. 유니세프와 파트너로 함께했던 End Violence 프로그램은 모든 폭력으로부터 아이들과 젊은 세대들을 보호하기 위함이었습니다.

　그리고 우리 팬들은 행동력과 열정으로 이 캠페인의 메인 역할을 담당했습니다. 정말로 세계 최고의 팬들입니다.

　저는 제 자신에 대해 이야기하는 것으로 시작하고 싶습니다. 서울 근처에 있는 일산이라는 도시에서 태어났습니다. 강과 언덕과 매년 열리는 페스티벌까지 있는 정말 아름다운 곳입니다.

　저는 그곳에서 정말 행복한 어린시절을 보냈고 평범한 소년이었습니다. 밤하늘을 올려다보곤 했고, 세상을 구하는 상상을 하기도 했습니다.

　저희의 초기 앨범 인트로 중에 9-10살 정도에 제 심장이 멈췄다는 가사가 있습니다. 돌이켜보니 그때가 다른 사람들이 저를 어떻게 보는지 인식하고, 그들의 눈을 통해 저 자신을 보기 시작했던 때였던 것 같습니다. 밤하늘과 별을 바라보는 것을 멈췄고, 꿈꾸는 것을 멈췄습니다. 대신에 다른 사람들이 만드는 시선에 저 스스로를 가뒀습니다.

이어 저는 나 자신의 목소리를 내는 것을 멈췄고, 다른 사람들의 목소리를 듣기 시작했습니다. 누구도 제 이름을 불러주지 않았고, 저조차도 제 이름을 부르지 않았습니다. 제 심장은 멈췄고, 제 눈은 감겼습니다.

이런 것들이 우리와 다른 사람들에게 일어나고 있습니다. 우리는 유령이 됐습니다. 이때 음악이 작은 소리로 "일어나서 너 자신의 목소리를 들어"라고 이야기했습니다. 하지만 음악이 저의 진짜 이름을 부르는 소릴 듣기까지 꽤 오랜 시간이 걸렸습니다.

방탄소년단에 들어가기로 결정했을 때조차 많은 장애물들이 있었습니다. 대부분은 아니라고 믿고 싶지만, 일부 사람들은 가망이 없다고 얘기했죠. 때때로 저도 전부 그만두고 싶었습니다. 하지만 그렇게 하지 않았다는 것에 정말 행운이고 감사하다고 여깁니다.(출처 : https://www.sedaily.com/NewsView/1S4RVLY6D5')

무곡 그리고 우리가 일본 제37회 골든디스크대상에서 4관왕에 올랐었지. 지난 23년 3월10일에 일본 레크드협회가 BTS를 '베스트아시아 아티스트' '베스트 3앨범' '뮤직비디오 오브 더 이어' '송 오브더 이어 바이 다운로드' 부문에 선정했어. 특히 '베스트아시아 아티스트'로 5년 연속 선정된 것은 BTS가 처음이라더라구. 이 모든 것이 우리의 팬덤인 아미(ARMY) 분들의 덕분이야. 그분들이 자랑스럽고 존경스러워. 그분들은 '청춘을 위한 사랑스러운 대표자(Adorable Representative M.C for Youth)'라는 참으로 고귀한 정신을 가진 분들이거든. 그래서 우리도 방탄복과 군대가 하나이듯이 '팬클럽과 항상 함께'라는 정신을 존중하며 활동하는 보컬로 서기 위해 애를 썼지. 우리는 아미(ARMY)들에게 큰 은혜를 입었다고 생각해. 생각해봐. 세계 어딜 가든 우리를 환영하고 선전해주는 강력한 팬덤이 있잖아. 〈방탄TV〉 구독자가 무려 7천400만 명이더라고. 나는 그분들이 세계 각지에서 인종과 세대, 성별과 종교를 초월하여 음악을 사랑하는 진정한 팬이라고 생각해. 〈방탄TV〉에는 음악 조회 수가 무려 2억9천만 회를 넘은 것도 있더라고. 이 아미분들은 자발적인 홍보대사로 절대적으로 기여해주셨다고 생각해. 아미분들이 자발적으로 움직인 배경은 바로 '신뢰와 연대'라고 생각해. 정말 잊지 못할 분들이야.

파군 맞아, 아미는 우리와 K팝을 살린 은인들이지. 아미가 없었으면 우리는 공허했을 거야. 그건 마치 영토와 국민이 없는 임시정부나 망명정부 같았을 테니까. 하지만 미래를 생각하면 팬덤을 넘어선 대중화가 필요하다고 봐. 우리 이전에도 K팝은 존재했지. 암튼 선배님들이 개척한 시장을 우리가 이어받아 키운 것으로 생각해. 얼마나 다행인지 몰라, 우리가 운이 좋았다고나 할까? 다만 죽을 만큼 노력한 우리의 땀이 제대로 인정받고 대접을 받은 것 같아서 더 좋아. 하지만 곰곰 생각해보면, 우리가 추구한 K팝이 세계로 나갈 수 있었던 것은 대한민국의 국력과 문화의 내공이라고 생각해. 우리 핏속에 흐르는 흥과 멋과 힘 그리고 율동과 음악사랑은 역사 이래 축적된 소중한 재산이거든.

문곡 그런데 K팝의 연원에 대해 흥미있는 얘기가 있더라구. K팝의 뿌리에는 우리 민족의 문화 전통 이외에 의외로 흑인의 정신(soul)이 깔려 있다구 해. 미국의 크리스털 앤더슨이라는 여성이 지은 〈케이팝은 흑인 음악이다〉(2022.6)라는 책을 읽어봤는데, K팝은 힙합이나 R&B 등 흑인 음악의 영향을 받아 이것을 한국적으로 해석하고 발전시켜 글로벌 무대에서 경쟁력을 키워왔다고 주장하더라니까. 미국에서 우리 인기가 높아진 것도 K팝이 흑인 음악에서 파생한 글로벌 R&B 전통의 일부로 지속해서 기능하고 있기 때문이라더군. 사실 이 말은 어느 정도 맞는 것 같아. 역사적으로 보면 1960년대 주한미군으로부터 흑인 음악이 한국에 전해졌고, 이후에 재미교포 음악인들에 의해 본격적으로 한국 음악계에 영향을 끼쳤다는 주장도 있으니까. 또 하나, K팝의 특징이 뭐냐니까 치밀한 캐스팅과 고강도 트레이닝 전략이 통한 것이라고 하던데, 그 말도 맞다고 봐. 우린 정말 고생했잖아? 이왕 말이 나왔으니까 흑인 여성들이 K드라마를 좋아하는 이유도 말해볼까?

염정 뭘까? 궁금한데.

문곡 우리가 가진 한(恨)과 정(情)이라는 가치가 흑인 여성들에게 공감대를 형성하고 있다고 해. 워싱턴포스트지에 나온 것을 보면, 흑인 여성들은 우리가 추구하는 가족적인 문화 특성을 좋아한대. 뭐냐 하면, 가족에 대한 애착(attachment to family)과 손윗사람 공경(respect for elders), 애정 표현으로서 음식의 역할(role of food as an expression of love)에 동질감을 느낀대(feel a kinship). 그리고 인종적인 응어리가 없는(devoid of racial baggage) 유색 인종 간의 로맨스를 보는 기쁨(joy of seeing the romance between people of color)에서 위안을 얻는대. 그리고 K드라마의 순수함(chasteness)도 인기를 끄는 주요 요인이 되고 말이야. 무엇보다 화면에 나오는 알몸 노출(on-screen nudity)이 없고, 섹스에 대한 묘사도 드물어서 좋아한대. 아무튼, 노래나 드라마나 한국적인 정서와 정조가 전 세계에서 통하는 세상이 되었으니 좀 좋아?

문곡은 맏형답게 이론적인 분석을 곁들여 내놓았다.

문곡 하지만 콘텐츠-K는 단순한 춤이나 노래를 떠나 우리의 생각을 음악으로 만들어 수출하는 크리에이터(creator) 단계로 나가야 할 것 같아. 내 생각에는 지금 한류는 K팝이라는 단과반을 떼고 종합반인 K컬처 시대를 연 것 같아. 전 세계 젊은이들의 놀이 문화 자체를 K팝이 뒤흔들었으니까. 일본에는 '강코쿳포(韓国っぽ · 한국스러움)'라 불리는 4차 문화 공습이 시작되고 있다잖아. 좀 미안한 말이지만 K팝보다 일찍 시작한 J팝이라는 말은 어느새 쑥 들어갔어. 그것은 무한 변화하는 세계를 설명해주는 것 같아. 그렇다고 안심할 수는 없지. 이런 생각을 갖게 된 것은 몇 권의 책을 통해서 얻은 정보 때문이야. 소개해줄까?

문곡이 소개한 책은 다음과 같다.

⊙ 크리스탈 엔더슨 저(심두보 민원정 정수경 역) 『케이팝은 흑인음악이다』. 눌민. 2022

⊙ 홍석경, 『BTS 길 위에서 : BTS는 어떻게 케이팝을 넘어 세계

인을 움직였을까』, 어크로스, 2020
  ⊙ 강준만, 『한류의 역사 ; 김시스터즈에서 BTS까지 ; 왜 사람들은 BTS와 〈기생충〉에 열광하는가』, 인물과 사상사, 2020
  ⊙ 구보다 시게코(久保田成子), 『나의 사랑 백남준』, 아르데, 2016
  ⊙ 이용우, 『백남준 그 치열한 삶과 예술』, 열음사, 2000

문곡 우리는 가무 민족의 후예다운 경쟁력을 지녔다고 생각해. 우리 조상님들은 세 사람이 모이면 함께 노래 부르고 춤추었다잖아. 농업사회에서 부르던 농요(農謠)와 전통음악이 글로벌 문화와 노마디즘 속에서 융합되어서 더 활짝 꽃을 피운 거지. 사실 우리 음악은 춤을 빼놓고는 말할 수가 없어. 우리 민족성 속의 에너지가 춤을 통해서 안으로 밖으로 도는 것이야. 그래, 인생은 한바탕 춤이지. 춤을 추면 털려 나갈 것은 자연히 털려 나가고 마니까 말이야. 그래서 춤과 노래는 신기(神氣)와 문기(文氣)가 합한 율동이라고 생각해. 한민족이 문기가 뛰어나서 공부에 몰두하는 것은 다 알려진 사실이야. 우리 국민의 평균 아이큐가 105로서 세계 1위라잖아. 또 신들렸다는 말을 많이 하지. 우리도 노래하고 춤출 때는 신들리지. 이걸 신기라고 한 대. 신기는 예술 창작분야에서 큰 힘을 발휘하지. 한가지 예를 들어보면, 도자기를 구울 때 신들린 도공이 말리고 굽고, 또 더 높은 온도로 굽고 하면 원래 만들 때보다 도자기가 작아지면서 투명한 소리를 낸대. 사람도 그렇다더라고. 고난을 겪은 사람일수록 단단해지고, 영혼이 맑아진대. 노래나 춤도 연습할수록 더 경쾌해지고 깊어지잖아? 우리도 지금 약간의 쉼을 갖고 있지만, 더 투명하고 맑아지도록 연마해야 할 것 같아. 사실 쉼이란 더 나은 발전을 위한 배터리 충전 시간 같은 것이니까.

잠자코 말을 듣고 있던 무곡이 한류라는 단어가 나오자 말을 이어나갔다.

무곡 그뿐 아냐. K컬처라는 종합적인 한류의 내용이 갈수록 풍부해지고 있어. 음악과 드라마에서 더 나아가 영화, 연예, 웹툰, 음식, 패션, 주택, 성형수술 등의 의료, 건강산업, 한국어, 스포츠, 화장품을 비롯한 뷰티산업 등으로 확산되어 세계가 한국문화 신드롬에 빠져들어 가고 있는 것 같아. 참으로 위대한 한국발견이고 '한류왕국' 창조가 아닌가 싶어. 참, 음악도 K팝이라는 분야 이외에 K클래식과 K트로트와 판소리도 한 영역을 차지하게 되었다고 봐. 이런 시대가 왔다는 것이 참 신기해.

녹존 맞아. K컬처는 이제 글로벌시대 신문명의 한 분야를 차지한 것 같아. 나는 백남준이라는 분이 본격적으로 한류에 불을 지핀 선각자라고 생각해. 87년도에 〈로봇-라디오맨〉이라는 설치작품을 세우셨는데, 그분의 오랜 친구였던 요세르 보이즈의 죽음을 애도하는 일종의 애도 탑이라고 봐. 또 1988년에는 〈다다익선〉이라는 작품을 만들어 과천 국립현대미술관에 전시했는데, 그것이 유명한 1,003대의 TV로 만든 작품이지. 브라운관 TV 1,003대를 '피사의 사탑'처럼 쌓아 올려 영상을 띄워서 작가의 의도를 전달한 작품 말이야. 나는 서울 강남 삼성동의 P그룹 로비에서 그 축소판을 본 일이 있는데, 정말 대단하더라고. 수백 개의 브라운관에 번쩍이는 콘텐츠 중에서 내가 감동한 것은 한국의 산하와 집과 건축물, 탑과 왕릉, 고대 유물, 고구려 고분 벽화, 우리의 옷, 음식, 놀이와 춤 등이 가득하더라. 더 충격을 받은 것은 왜 TV 브라운관이 1,003대였을까 하는 것이었어. 나중에 알아보니 10월 3일 개천절을 의미한대. 예술가에게 애국이니 조국이니 하는 것이 어떤 의미일까 다시 생각하는 계기였어. 그리고 백남준 씨에 대해 미국에서는 인류 역사에 '제2의 르네상스'를 연 인물이라고 평가한대. 70년대에 접어들면서 한국문화가 고루한 고대문화가 아니라 생동하는 창조적인 문화라는 것이 인식되기 시작한 단초를 제공한 분이래. 무려 50년 전이니까 그동안 선배님들이 축적해놓은 보이지 않는 문화가치가 오늘날 나타나고 있다고 생각해. 그런 역사가 쌓여서 2022년 9월에 코엑스에서 〈프리즈 서울전〉이라는 세계 3대 아트페어가 열릴 수 있지 않았겠어? 한 가지 더 말하고 싶은 것은 우리나라 사람들이 우리 역사와 문화전통을 소중히 하고 잘 알고 한가지 정도는 문화적 특기를 가져야 한류가 생명력을 갖고 세계시장에서 더 기를 펴고 나아갈 수 있을 것이라고 생각해.

그러자 탐랑은 탁자 위에 〈오징어게임〉 그림을 그려놓고 손가락으로 요리조리 뜀박질하다가 말했다.

탐랑 내 생각에는 한류가 2022년에 들어와 앵글을 완성한 것 같아. 우리는 노래를 열심히 불러 아메리칸 뮤직어워즈 등 여러 상을 받았지만, 〈기생충〉이라는 영화가 아카데미 작품상, 감독상, 각본상 그리고 국제극영화상 등 4관왕을 차지하여 한국 영화의 우수성을 세계가 인정했지. 또 〈오징어게임〉이 미국 TV 분야 최고상인 에미상에서 남우주연상과 감독상 등 6관왕에 올랐잖아. 이처럼 K 팝과 K영화, K드라마의 세 분야에서 세계 톱을 차지했으니 세계는 K콘텐츠의 힘을 인정하기 시작했다는 것이지. 이른바 K콘텐츠는 사랑과 이별 같은 개인적 주제에서부터 빈부 격차와 불평등, 소외, 도덕의 붕괴, 노동, 성 문제 등 사회적인 문제까지 다양한 주제를 다뤄서 글로벌 공감대를 형성한 것이 주효했다고 봐. 이것은 앞으로 우리 민족이 가진 무궁무진한 스토리를 세계인과 함께하는 콘텐츠로 엮어낼 수 있어서 유리하다고 생각해. 또 한류의 인류사적인 소명에 대해서도 깊이 생각할 계기를 준 것 같고.

문곡 와, 많이 연구했구나. 맞아 우리는 한류 전반에 대해 언급할 자격도 의무도 있다고 생각해. 자, 이걸 봐. 내가 세계 지도에 굵은 선으로 그어놓은 이것 말이야. 이걸 '한류의 M 벨트'라고 해. 아프리카 남단 남아공에서 이집트와 중동을 거쳐 유럽으로 올라가고, 다음에는 러시아와 중앙아시아 인도를 거쳐 동남아로, 그 뒤로 중국과 몽골 일본-북미와 남미로 이어지는 이 영문자가 바로 M자야. 한류가 세계의 중심부를 거쳐 주변부까지 퍼지고 있는 문화전파의 벨트를 말해주고 있어. 대단하잖아? 세계 220개 국가에 모두 한류의 열기가 전달되고 있다는 얘기지. 심지어 이슬람국가인 이란에서는 지금도 드라마 〈대장금〉이 방영되고 있다잖아. 우리나라 음반 수출국도 148개국으로 넓어졌고, 수출액도 2억 달러가 넘었대. 사우디와 아랍에미리트, 인도에서도 K팝이 폭발적이래. 〈한류

동호회〉가 전 세계에 1,500개이고, 세계 한류 팬이 1억5,660만 명이라는 국제교류재단 통계를 봤어. 이분들이 우리 아미들의 주축이 된 것이지. 또 CNN이 글로벌 언어학습애플리케이션인 듀오링고(Duolingo)의 조사 결과를 발표했는데(23.1.17), 한국어가 세계 언어 중 일곱 번째로 많이 학습된 언어라고 해. 1위는 영어이고, 그 뒤를 이어 스페인어, 프랑스어, 독일어, 일본어, 이탈리아어 순이고, 한국어는 7위에 올랐대. 한국어가 가장 인기를 끄는 지역은 동남아와 중동이라네. 또 한글을 가르치는 세종학당도 84개 국가에 244개가 있고, 지금까지 수료생이 58만 명이래. 〈한국학〉은 97개국 1,143개 대학에서 교육하고 있다 하고. 베트남에서는 한국어가 영어를 누르고 제1외국어가 됐어. 영어를 잘하면 봉급을 두 배, 한국어를 잘하면 봉급을 세 배 더 받는다네. 태국에서는 한국어가 제2외국어로 대접받고 말이야. 또 있어, 매년 한국어 능력 시험(TOPIK ; Test Of Proficiency In Korea)에 응시하는 사람이 68개국에서 33만 명에 달한대. 쉽게 말하면 한국어 토익이나 토플시험을 보는 거지. 그 합격증 갖고 한국에 공부하러 오고, 취업도 하고 말이야. 이처럼 한국어가 유명언어가 된 것은 '한류' 때문이라는 CNN의 분석이야. 그래서 아미분들이 우리 노래 가사를 잘 따라 부르잖아. 이렇게 보니 진짜 '한류 아리랑' 시대가 열린 것 같아.

파군 아하, 그래서 아미분들이 우리 노래를 자연스럽게 따라부르시는 구나.

이어서 이들은 치맥을 시켜 먹으며 한류의 정신적 바탕과 한류 확산 및 발전 이유에 관해 이야기를 나누었다. 먼저 문곡이 말했다.

문곡 역시 치맥은 한국인이 발견해낸 세계적인 음식이야. 소맥도 그렇고. 몇 년 전에는 중국의 대기업사원들이 전세기 십여 대를 타고 한강공원에 와서 치맥 파티를 하고 우리 음악공연을 보고 가기도 했지. 당시에 세계 토픽감이었어. 아무리 사상을 강조하는 공산국가라 해도 인간의 문화본능을 막기는 어렵다는 증거였지. 그런데, 도대체 한류가 이렇게 뜨는 근본적인 이유가 뭘까? 누가 읽어본 자료가 있다면 소개해줄래?

그러자 녹존이 잠시 머뭇대다가 입을 열었다.

녹존 내 생각에는 홍익인간(弘益人間) 정신이 아닌가 해. 우리 집 가훈이 홍익인간이거든. 하하하, 좀 뜬금없지? 내가 이 말 하면 웃긴다고 하는 애들도 있지만, 나는 어려서부터 '널리 인간 세상을 이롭게 한다'라는 홍익인간 정신에 대해 할아버지와 아버지에게서 정말 많이 들었어. 홍익인간 하면 사람들은 낡은 이데올로기나 '꼰대 철학' '라떼 철학'이 아닌가 하지만, 생각해봐. 인간 세상을 이롭게 하자는 정신이 얼마나 소중해. 이른바 인류의 행복과 평화와 번영을 추구하는 '인류몽'이고, 진짜 세계평화론이지. 우리 민족은 예로부터 '한국몽'이 아니라 '인류몽'을 갖고 살아서 평화 국가, 평화 국민이라는 자부심이 있어. 저기, 아메리칸드림이라는 거 있잖아. 그걸 이루려고 사람들이 모두 돈 싸들고 미국으로 달려가지. 그런데 홍익인간 정신을 가진 우리는 남들이 찾아오기를 앉아서 기다리지 않고 세계 각지로 찾아가서 도움을 주는 거야. 교육과 문화예술로, 경제협력으로, 스포츠나 의료봉사, 재난이나 난민구호를 위해서 찾아가지. 지금 한류가 세계 각지로 파고 들어가잖아. 이것도 홍익인간의 실천이 아닌가 싶어.

탐랑 나도 그 말에 동의해. 우리 민족이 갖고 살아온 기본 철학인 홍익인간, 그것을 바탕으로 하고 역사와 문화 전통을 자양분으로 삼았지. 그리고 창조적 DNA가 그때그때 나타나서 합해지고, 세계 최고 수준의 디지털 문명이 이런 콘텐츠를 널리 홍보한 탓이 아닐까 싶어. 그런데 한류 즉 K컬처의 특징이 뭘까, R모 교수가 쓴 책을 보니, 마음에서 마음으로(heart to heart)로 전해지는 다섯 가지가 버무려진 것이라는 주장이 있던데, 옳은 주장이라고 봐.

염정 그게 뭔데?

탐랑 그것은 혼(spirit), 흥(fun), 멋(elegance), 맛(taste), 창(creativity)이래. 이 다섯 가지가 우리 역사와 문화 속에서 일어나고 성장해서 민족성과 민족문화의 특성으로 굳어진 것 같아. 먼저, 혼(Spirit)이란 무엇일까? 바로 한민족의 정신인데 역사와 언어로 나타난데. 우리 민족이 지니고 살아온 정신은 홍익인간이라는 '인류몽'인데, 나로 인해 주위 사람들과 사물이 생기(vitality)를 얻고 삶의 의욕을 갖도록 하는 일종의 정신적인 추동이라고 생각해. 이 정신이 우리 역사와 문화의 바탕을 이뤘다고 봐. 또 우리 민족은 독특하게 하늘과 땅(지구)과 사람을 하나로 봐. 천지인 삼위일체야. 그래서 독특한 천제(天祭) 문화가 생겼다고 생각해. 하늘에 제사를 지내는 행사 말이야.

탐랑의 말은 옳았다. 한민족은 고래로부터 하늘을 숭상하는 제를 지내왔다. 그 명칭도 다양했는데, 단군조선 시대에는 삼신영고(三神迎鼓)라 했고, 삼한 시대에는 상달제(수리제), 부여는 영고(迎鼓), 고구려는 동맹(東盟), 백제는 교천(郊天), 동예는 무천(舞天), 신라와 고려는 천제(天祭)와 팔관회(八關會) 그리고 조선 시대에는 환구대제(圜丘大祭)와 초제(醮祭)를 지냈다. 지금도 민간에서는 하늘과 땅과 바다, 가옥에 다양한 형태의 제를 지낸다.

일행은 한강으로 자리를 옮겨 유람선 위에서 야경을 바라보며 대화를 이어갔다. 유람선에도 팬들이 몰려와 이들의 대화 장면을 흥미 있게 바라보고 사진을 촬영하기도 했다. '7인의 성자'는 밤하늘의 별을 바라보며 이야기를 이어갔다. 참 오랜만에 가져보는 깊은 대화에 시간 가는 줄 모르는 그들이었다.

탐랑 한류 문화의 흥(Fun)은 매우 중요한 분야지. 우리 민족의 정서에서 가장 강하게 나타나는 것이 흥이 아닐까? 이 흥이란 신명이나 신바람이라고도 말하지. 신이 난다는 말은 사람의 능력을 초월하는 기운이 뻗친다는 말이 아니겠어? 인간은 신이 아닌데, 신이 난다거나 신명을 지핀다고 말하잖아. 사실 우리가 추는 춤은 거의 막춤에 가깝다고 생각해. 갖가지 탈춤과 싸이 선배의 막춤은 사실 일정한 형식이 없잖아. 참, 우리 탈춤이 무형문화재로 곧 유네스코에 등재된다네. 이 흥이 나타나는 현상이 바로 K팝이고 노래방 문화요, 회식 자리에서 벌어지는 노래자랑이지. 그리고 드라마 영화 연극, 각종 예능프로, 사물놀이와 판소리는 물론 각종 민속놀이도 신명이 지피는 율동이고 말야.

파군 맞아. 민속놀이가 진짜 흥타령 문화야. 사당패놀이, 광대놀이, 차전놀이, 기마전, 줄다리기, 제기차기, 윷놀이, 자치기, 연날리기, 팽이치기, 쥐불놀이 같은 것이 있어. 이런 놀이가 영화와 드라마의 콘텐츠가 되고, 정보화 기술과 만나 만들어낸 것이 인터넷 게임이지. 우리나라가 세계적인 게임 강국이 된 것은 우연이 아니야.

염랑 난 멋에 대해서 생각해봤어. 멋이 뭘까? 멋은 우아함이나 고상함(elegance)이라고 하지. 외모를 가꾸는 자질이랄까? 센스쟁이, 멋쟁이, 멋 부릴 줄 아는 사람이라는 말은 듣기에 좋잖아? 우리 민족의 멋은 우선 옷에 있어. 한복은 세계가 알아주는 고상하고 아름다운 옷이잖아. 이 옷 만드는 재주가 패션과 디자인, 옷 산업과 염색산업을 키웠고, 화장품과 헤어스타일, 성형 의술, 보석까지 이르게 됐다고 봐. 그리고 그것이 회화, 조각, 웹툰, 서예, 등으로 나타나고 있고. 특히 한국의 화장품은 인삼이나 개펄의 진흙(mud)까지 이용하여 선진국 화장품과 쌍벽을 이루는 수준이 되었어.

녹존 나는 한류의 특징 중에서 맛에 대해 생각해봤어. 맛(Taste)은 입에 맞는 음식을 만드는 재주라고 생각해. 코리안 후드라고 하는 우리 한국 음식의 특징은 한 마디로 천인상응(天人相應)이야. 자연과 인간이 하나로 어울리는 맛이지. 우리 음식은 이미 세계 정상급이라고 생각해. 외국인들조차 김치와 떡볶이, 치맥 심지어 부침개와 전을 찾잖아? 특히 김치는 유네스코에 등재된 세계 5대 식품으로 가장 오래된 발효식품이지. 김치의 원료인 배추는 우리 기후와 토양에서 재배한 채소인데, 고급의 천일염과 한국의 고추와 마늘, 생강, 파, 갓 등이 가미되어 최고의 식품이 되었지. 여기서 빼놓을 수 없는 것이 고추장이야. 나는 해외 갔다 올 때 비행기 안에서 주는 튜브형 고추장이 참 좋아. 그래서 몇 개씩 더 얻어오곤 했어, 식빵에 잼을 발라 먹다가 어느 날 우연히 고추장을 발라 먹었는데 어찌나 맛나던지. 하하하. 또 나는 시골에서 자라서 그런지 누룽지와 떡을 좋아해. 서양의 케이크나 빵에 대적할 수 있는 수많은 떡이 있잖아? 찰떡, 시루떡, 가래떡, 절편, 감자떡, 쑥떡, 인절미, 팥떡, 수수떡, 망개떡, 모시떡 등 말이야. 참 어르신들이 가난할 때 잡수셨다는 보리개떡도 먹어봤는데, 떡의 주먹밥이랄까? 내가 좋아하는 떡은 구름떡과 무지개떡 그리고 떡볶이야. 요즘은 떡케익도 개발되어 인기를 끌고 있더라구. 또 한과와 전(煎)이 있지. 음료로는 식혜와 단물, 각종 차가 있고 말이야. 둘러보면 참 먹을 게 많은 나라야.

염정 야, 음식 이야기하니까 침 넘어가네. 우리가 떡 파티를 열거나 떡 케이크를 만든다면 아마 세계 음식업계가 난리가 날걸? 참, 우리 음식 중에 새로운 대표가 나타났어. 삼각김밥과 불고기, 순대, 잡채, 돼지족발, 삼계탕, 꼬리곰탕, 비빔밥, 김치찌개, 라면 등이야. 그리고 치맥이라는 기발한 음식도 세계인이 좋아하지. 여기에 소맥, 막걸리, 백세주, 인삼주, 문배주, 머루 포도주 등 술도 빼놓을 수 없어. 또 건강을 위해 등장한 홍삼 제품과 죽염제품도 새로운 맛의 반열에 올랐다고 봐.

무곡 한류의 5대 정신 중에서 창(Creativity)에 대해서 말해볼까. 미국의 트럼프 전 대통령이 2017년 1월에 한 말이 생각나네. 뭐라고 했느냐면, '한반도 남쪽에 기적 같은 일이 일어났다. 한국은 완전 파괴된 나라에서 지구상 가장 부강한 국가반열로 올라섰다. 한국의 부는 금전 이상의 가치가 있다. 그것은 정신의 성취이자 혼의 업적이다. 하지만 서울 북쪽 25마일에는 기적이 멈추고 감옥이 시작된다.'라고 말했어. 우리가 세계 각국에 공연하러 가서 처음 느끼는 것은 우리의 음악적 재능이나 소질 이전에 대한민국의 힘이 대단하다는 점이야. 아마 다 느꼈을 거야. 우리나라는 건국 70년 만에 세계 최빈국에서 세계 10위권의 경제국이 됐거든. 이러한 힘이 어디서 나왔을까? 나는 그것을 창의와 도전이라고 봐. 오랜 역사를 누리며 살아온 우리 민족이 갈고 키워온 창의력이 한둘이 아니잖아. 의식주 분야는 물론, 각종 기술력이 곧 국력이 됐지. 그 창의력의 원천 중에서 나는 한글을 들고 싶어. 한글은 최적의 인공지능(AI) 언어라고 해. 영어나 서구의 여러 글자, 중국어, 일본어 등은 인공지능과 연계하는 데 문제가 많지만, 한글은 그대로 이용할 수가 있다는 거야."

염정 어떻게 그게 가능한 건데?
무곡 응, 한글 24자만 가지면 표현하지 못할 말이 거의 없기 때문이야. 무려 1만1,000개의 발음을 글자로 옮길 수 있는 유일한 문자가 한글이잖아. 중국어는 300개, 일본어는 400개의 발음밖에 글자로 옮기지 못한대. 그래서 한글은 인공지능과 호환이 가능한 유일한 언어라는 것이지. 요즘 미국에서 챗GPT라는 인공지능이 사람의 창의력을 위협한다고 난리들이지만, 그것은 영어권의 문제야. 우리나라가 개발하는 대화형 인공지능은 서양 것보다 몇 백 배 더 진보한 것으로 한글로 이용할 수 있는 최대 최고의 대화형 인공지능으로 곧 세계를 제패할 것으로 보여. 한류 AI랄까?

문곡 그리고 문자가 없는 3개 나라에 유엔이 주동이 되어 한글을 국어로 정착시켰다더라구. 이래서 한글 브랜드는 한류와 연동되어 그 경제적 가치가 나타나는데, 약 57조 원이래. 우리가 한글과 한국어를 사용할수록 우리나라를 홍보하고, 인류문화를 풍부하게 한다고 생각해. 아무튼, 우리가 활동하는 것이 국위 선양과 국가 경제에 이바지했으니 얼마나 자랑스럽고 뿌듯해? 또 하나 자랑스러운 것은 2020년 미국 타임스지가 우리를 올해의 엔터테이너로 뽑았다는 사실이야. 타임지 내용이 듣기에 좀 간지럽지만, 객관적인 평가니까 괜찮다고 생각해.

문곡이 타임지의 분석내용을 다음과 같이 정리하여 말하였다.
(TIME ; Entretainment of The Year ; BTS(2020) Person of the Year)
⊙ BTS는 단순히 음악 챠트에서 가장 큰 활약을 보인 K팝 그룹

이 아니라, 세계에서 가장 큰 밴드가 됐다.

⊙ BTS는 여러 앨범을 내며 모든 종류의 기록을 깼고, 팝스타 반열의 정점에 올랐다.

⊙ BTS와 그들의 전 세계 팬들인 아미(ARMY) 사이의 유대는 전 세계가 멈춰진 팬데믹 속에서 더욱 깊어졌다. BTS는 세상이 멈추고, 사람들이 연결된 상태를 유지하려 분투한 시기에 그것을 해냈다. 고통과 냉소가 가득한 시대에 그들은 친절, 연결, 자기 포용이라는 메시지에 충실했다. 이것이 BTS와 팬들 사이 관계의 토대다. 그 팀은 진정한 커뮤니티를 구축했고, 팬덤은 BTS의 긍정 메시지를 세계로 전파한다.

⊙ 영미권에서 성공하며 입지를 구축한 한국인이 BTS가 처음은 아니지만, 이들의 엄청난 성공은 팬덤의 위력과 음악의 소비 방식에 있어 거대한 변화를 말해주는 선례이다.

⊙ 소속 레이블(빅히트 엔터테인먼트)의 기업 공개 규모가 수십억 달러에 달했던 것과 인종 차별 반대 캠페인인 BLM(Black Lives Matter · 흑인의 목숨도 소중하다)에 100만 달러를 기부한 것을 보면 BTS는 음악 산업에서 인간적 유대의 영향력을 보여주는 학습 사례이다.

이러한 문곡의 정리는 역시 고참다운 분석이었다. 그 말을 듣고 일행은 조금 숙연해졌다. 이번에는 무곡이 조금 들뜬 어조로 말했다.

무곡 내가 미국에서 들은 얘기하나 할까? 모 일간지 기자가 분석한 내용이 재밌더라고. 뭐라고 했냐면, 'BTS의 춤과 노래는 매우 세련되고 정교하면서도 에너지가 펄펄 넘치는 극도로 활력있는 종합예술이자 한국문화이다. 이제까지 세계인들이 보지 못한 놀랄만한 문화의 탄생이다'라고 극찬했어. 그런데 우리의 음악과 춤은 어느 날 갑자기 하늘에서 떨어진 것이 아니잖아? 결국, 우리의 피와 DNA 속에 잠재된 재주와 흥이 튀어나온 것이잖아? 남다른 리듬이지. 그리고 미국의 문화계에서는 백남준의 비디오아트를 인류사에 제2의 르네상스를 연 단초라고 말했어. 나는 처음에 이 말을 듣고서는 의아해했어. 르네상스라는 것은 문명의 패러다임 변화잖아. 중세에 일어난 문예 부흥처럼 말이야. 그런데 가만 듣고 보니 우리나라 사람들이 그동안 지니고 살았던 서구 중심의 문명론은 일종의 열등의식이더라고. 물론 중세에 서구에 르네상스가 있었지. 그때는 로마교황이 신과 같은 위치에서 유럽을 신정 정치하던 시대라서 인간은 교회에 종속되어 살았지. 그러다가 14세기에서 시작하여 16세기 말까지 200여 년간 이탈리아를 중심으로 문화, 예술 전반에 걸친 고대 그리스와 로마 문명이 인본주의적이었다는 점을 재인식하게 되면서 일종의 문예 부흥 운동이 일어났어. 옛 그리스와 로마의 문학, 사상, 예술을 본받아 인간 중심(人間中心)의 정신을 되살리려 한 것이지. 서구인들이 자만에서 깨어났다는 얘기야. 그런데 이 르네상스 운동이 자연적으로 일어났을까? 내가 서양사를 전공한 것은 아니지만 뭔가 외부의 자극이 있었을 것 아냐?

거문 그러게, 문명의 격변은 반드시 엄청난 자극을 통해서 일어나지. 모든 문명의 변화에는 그에 미친 큰 파도 같은 것이 있거든. 역사를 보면 동양문명이 산업혁명 이전에는 서구 문명에 앞서 있었어. 서구 물질문명이 동양을 앞서기 시작한 것은 겨우 200여 년에 불과하다는 거야. 우리는 당연히 서구 문명이 유사 이래 우월했을 것으로 생각하지만 그게 아니더라고. 특히 당나라와 송나라, 인도, 신라와 고려의 문명은 서구인들에게는 경이로운 것이었대. 그 당시 서구는 동양의 당나라와 인도, 신라와 고려 문명에 대해 무지해서 유럽 문명이 최고 수준인 줄 알았었지. 그런데 마르코폴로가 자신의 체험과 견문의 청취를 기록한 〈동방견문록 Le Divisament dou monde. 1298〉을 쓰고, 동양의 문물들이 실크로드를 따라 서양에 전해지고 지속적으로 교류하면서 큰 영향을 받았다잖아. 오죽하면 인도 아유타국 공주가 경남 김해로 시집을 왔을까. 가야국 김수로왕의 왕비 허황후 말이야. 우리나라 경남 사천의 늑도(勒島)라는 조그만 항구는 서기전 2세기부터 300년간 서역과 교류했고, 그 뒤로도 무역이 이어져 2,000년이 넘었대. 이처럼 동양의 인쇄술과 화약, 대포, 향료, 비단, 차와 인삼, 종이, 도자기 같은 고급 물품이 중동을 거쳐 전래하니 유럽인들이 이것을 보고 분발한 것이지.

무곡 내 생각으로는 한류는 한민족이 새로 태어나 역사의 융성을 이루기 위한 경장(reform)의 길 즉, 경장지도(更張之道)인 것 같아. 한말에 일어난 갑오경장(甲午更張)이 근대화를 추구한 일부 선각자들의 외침이었다면, 한류경장(韓流更張)은 대한민국 전체가 움직이는 국민운동이잖아. 지금처럼 우리나라가 세계사적으로 중시된 적이 없었거든. 세계가 다 우리의 일거일동을 주시하고 배우려 하고, 닮으려 하잖아. 세계가 한국의 성공을 응원하고 돕고 있다고 생각해. 앞서 말한 백남준님의 7, 80년대가 한류의 창업(創業)기였다면, 90년대와 2000년대 초반은 한류의 개척기였고, 앞으로 우리가 맡아야 할 한류는 경장(更張)이어야 하지 않을까? 경장이란 정치적 사회적으로 묵은 제도를 개혁하여 새롭게 하는 reform이지. 그래서 하는 말인데, 앞으로 한류 3.0은 더 정교해지고 고급화해야 할 거야. 좀 더 고급스럽게 말하면, 창조적인 '생각 수출'까지 고려해야 한다고 봐. 그것은 우리나라가 이룬 위대한 '국가발전 학습(national learning)'의 성공스토리 같은 것이지. K팝이나 한류 제품을 넘어서 우리가 발전시킨 모든 것 예를 들면, 경제개발계획, 도시계획과 발전, 도시와 농어촌의 공존, 다문화가족의 성공, 갯벌과 남사르습지, 세계 제1의 공항과 원자력 발전, 자동차와 조선업의 기적적인 발전, 병원과 의료체계, 행정, 교육, 방위산업, 새마을운동 등 우리나라에는 아직도 외국에 알리고 팔 것이 너무 많다고 생각해. 물론 문화예술의 소프트 콘텐츠가 중요한 건 말할 필요도 없고.

문곡 무곡의 말에 동의해. 우크라이나 전쟁이 발발하면서 역사상 처음으로 한국산 탱크와 전투기, 미사일과 포탄 등이 유럽과 중동에 수출되기 시작했어. 방위산업도 돈이 되는 무역품이라는 것이지. 그런 점에서 나는 우리의 미래 활동에 대해 새로운 구도를 짜야 한다고 생각해. 우리가 10여년 간 세계 청소년들의 감성적 연대를 전 지구적으로 연결하는 데 성공했고, '사랑의 공력(功力)'이 인류에게 큰 영향을 미쳤기 때문에 그 책임도 져야 해. 어떻게 지느냐? 그것은 우리가 한층 성숙한 자세로 나오는 거야. 그게 뭐냐? 감성주의에서 행동주의(activism)로 활동의 포맷을 이전하는 것이지. 다시 말하면 아까 말한 '인류몽'의 실천을 위해 전위대가 되는 것이지. 전쟁 종식과 평화, 삶의 질과 빈곤 문제, 마약퇴치 문제, 지구환경 보존, 기후문제, 우주와 해양쓰레기 문제, 생명존중, 인권의 신장, 문화예술의 발전, 인종 문제, 역사 바로 세우기와 유물주인 되찾아 주기 등에 대해 우리의 목소리를 높이고 행동으로 옮겨야 한다고 생각해. 우리는 민간 유엔(UC, United Civilian)으로서 선한 영향력을 발휘해야 해. 그것이 전 세계 아미들의 요구에 부응하는 것이고, 우리의 생명력을 영속시키는 것이라고 확신해. 특히 한류의 발전을 위한 역할을 새롭게 해서 세계와 한국과의 관계를 더 좁혀야 해. 아무리 글로벌 세상이라고 해도 내 나라가 강국이 안 되면 우리가 힘을 못 쓰잖아. 우리가 이만큼이라도 알려진 것은 우리나라가 세계에서 내로라하는 나라가 됐기 때문이잖아. 이제는 막연한 글로벌리즘에서 한 단계 나아가 로컬리즘과 내셔널리즘을 합한 글로커니즘(glocanism)이랄까, 그런 생각으로 활동의 폭을 넓혀야 한다고 봐. 그래야 한류 문명의 메카로 자리를 잡을 수 있어. 안 그래?

거기까지 말하고 난 문곡은 잠시 뜸을 들이고 나서 말을 이었다.

문곡 그리고 우리는 국민의 한 사람으로서 국방의 의무에 당당히 응하여 더 크고 강하게 자신을 다듬어야 한다고 생각해. 연예인이라고 특별 취급을 받으려는 것은 정당한 일도 정의로운 일도 아니거든. 미국의 엘비스 프레슬리(Elvis Presley 1935.1.8.~1977.8.16.)는 연예사병으로 입대할 수 있었는데도 기갑병으로 입대해서 독일에 파병되어 근무했대. 엘비스 프레슬리가 한 말이 있어. '사람들은 내가 망가지고 어떻게든 실수하기를 바랐다. 그런 그들에게 그리고 나 자신에게 그렇지 않다는 것을 잘 증명해 보이기 위해 무슨 일이든 하겠다고 마음먹었다.' 그런 각오로 입대하여 군 복무를 마친 엘비스 프레슬리는 만기 제대한 후 더 큰 인기를 누리게 됐다는 거야. 국가를 위해 자신의 명운을 걸었다는 점에서 모든 세대로부터 호감을 얻었고, 이후 가수뿐 아니라 영화배우로서도 승승장구했거든. 우리도 당연히 군 복무를 통해 재충전하는 것이 옳아. 전 세계의 우리 팬들이 우리의 일거수일투족을 보고 있어. 그들의 소셜미디어가 거의 생중계 급이라서 더욱 우리의 입대는 개인적으로나 국가적으로 매우 중요한 일이라고 생각해. 대 선배이신 김남진(1946.9.27.~) 가수님은, 50년 전에 해병으로 입대하여 월남전에 파병하여 근무하고 전역하여 지금은 국민가수로 활동하고 계시잖아. 그 외에도 인기를 누리는 선배들을 보면 한결같이 국방의 의무를 성실히 마친 분들이야. 나는 열쇠부대로 입대한다. 먼저 경험해 보고 알려주겠어. 내가 먼저 입대했으니까 너희도 차례로 입대하겠지. 우리의 입대가 제2의 출발을 향한 담금질이라 여기자고. 촌스럽게 면회 올 생각은 하지 마라. 하하하. 잘 갔다 올게.

문곡의 말은 강한 국력이 뒷받침되어야 문화도 예술도 국제무대에서 힘을 쓸 수 있다는 얘기여서 동료들의 큰 호응을 받았다. 그러자 파군이 지난날을 돌이켜보고 미래 활동에 관한 이야기를 꺼냈다.

파군 맞는 말이야. 돌아보면, 나는 15세에 연습생 생활을 시작하면서 무척 힘들고 외로웠어. 엄마도 보고 싶고. 특히 2018년에는 우리 모두 힘들어했었지. 다행히 회사에서 한 달간 휴가를 줘서 나를 돌아보는 시간을 가진 것은 아주 잘한 일이라고 봐. 이제 우리는 완전체 활동을 줄이고 솔로 활동을 늘리는 챕터2를 시작했어. 팀을 해체한 것이 아니고 개별활동을 하면서 필요할 때 다시 모이기로 한 건 잘한 일이라고 생각해. 영국의 비틀즈를 봐. 한창 잘나가던 때에 재충전을 위해 해체했지만 50년 넘게 인기를 누리고 있잖아. 우리가 헤어지지만, 소속 회사에서는 우리의 활동을 계속 알려주고 지원할 것으로 믿어. 암튼 그동안 모자랐던 부분을 개인적으로 더 공부하고 연구해서 새로운 팀으로 만나자는 계획이 조금씩 결과를 보이고 있어. 그 일차적인 성과가 뭘까?

탐랑 아, 알았다. 지난 2022년 10월 15일, 우리가 4개월 만에 만나 2030년 부산 엑스포 유치를 위해 콘서트를 연 것처럼 말이야. 그날 코로나가 창궐하던 시기인데도 세계 각국에서 10만여 명의 아미가 왔어. 5만2천 명은 입장하고 나머지 분들은 야외에서 실황중계 화면을 통해 우리와 함께했지. 오랜만에 완전체가 되어 공연하니 뿌듯하더라고. 그래. 지난 9년간 모두가 하나가 되어 관성적으로 움직였다면 이제부터는 개성을 살려 우리 팀의 명성과 범위를 더 확장하는 시기로 접어들었어. 멤버 각자가 하고 싶은 음악 세계가 분명 있으니까 팀으로서 계속 원동력을 가지려면 개개인으로서도 음악적 아이덴티티가 있어야 한다고 생각해. 그래야 다시 뭉쳤을 때 시너지가 나오는 것이지. 그래서 홀로서기는 먼 후일 더 큰 함께 서기를 위한 수련 과정이라고 생각해. 이미 우리 중에 몇은 개별적인 공연이나 활동을 재개하여 높은 지지율을 보여주고 있어서 매우 고무적이야.

문곡 내가 22년 7월 말에 미국 일리노이주 시카고 그랜트 공원에서 북미 대형음악 페스티벌인 '롤라파루자'에 피날레를 장식하여 대환영을 받았지. 무려 1시간을 지속한 피날레 공연에 뜨거운 호응을 받았어. 10만5,000명의 관객이 떼창을 해주더군. 이날 공연은 31년 역사를 가진 '롤라파루자' 역사상 최고의 티켓 판매를 달성했다고 해. 내가 공연을 마치자 주최 측이 공연장인 그랜트 공원을 온통 보라색 조명으로 물들여줘서 감격스럽더라구. 그날 나는 혼자가 아니라 '7인의 성자' 중의 하나라는 사실을 깨닫게 해준 공연이었어. 다들 고마워!

탐랑 아무튼, 우리의 진짜 도약은 이제부터야. 하지만 'Yet to Come'이야 '최고의 순간은 아직 오지 않은 것'이야. 나의 인스타 팔로우는 6,100만 명에 달하고, 무곡도 4,200만 명에 달하잖아. 그 영향력은 그야말로 대기업에 못지않아. 또 개인의 관심 분야가 다양해서 개성에 맞는 광고 포인트가 많을 것 같아. 특히 녹존과 무곡은 남다른 패션 감각과 스타일 연출력을 지니고 있고, 또한 파군은 미술계에 영향이 크고, 거문과 염정은 프로듀싱 능력 등 아티스트 자질이 돋보여 장래가 밝다고 난리들이야. 이제 우리는 팀이 아닌 개인으로서도 트렌드를 이끌 역량이 충분하다고 생각해. 이제 K팝 3.0 시대가 시작되었다고 할까? 내가 너무 우쭐한 건가?

탐랑의 말을 듣고 일행은 생각에 잠겼다. 잠시 후에 문곡이 정색하고 말했다.

문곡 K팝은 '대한민국의 대중가요'라는 뜻이지만, K팝의 국적이 조금 희미해지고 그 정의가 흔들리기 시작한 건 K팝 그룹에 외국 멤버들이 들어오기 시작한 때부터라고 봐. 문제는 한국인, 한국어가 없는 보컬 팀이거나 외국 국적인 경우에도 K팝이라 부를 것인가에 대해 논란은 있지. 그런데 가수의 국적이나 언어가 중요한 것이 아니라고 봐. 나는 대중음악평론가이신 임진모 선생님의 분석이 옳다고 생각해. K팝의 주요 특징으로는 △일체성을 강조한 퍼포먼스(이른바 '칼군무') △화려한 비주얼 △기획사의 프로그래밍 △활발한 SNS 활동을 들더라고. 그리고 미국 워싱턴포스트(WP)도 K-팝의 주요 특징이자 성공 요인으로 △중독성 있는 후렴구 △화려한 비주얼(visual appeal) △따라 하기 쉬운 포인트 안무 △SNS를 활용해 구축한 강력한 팬덤을 지목했어. 다 옳은 분석이라고 봐. 거기에 한가지 더한다면 '남다른 리듬'인데, 그것은 한국어가 영어보다 음절이 더 많아서 독창적으로 들리기 때문이야. 이제 K-팝이라는 게 한국인만 할 수 있다거나 한국어로만 설명할 수 있는 게 아니야. 아까도 말했지만, 나는 힙합과 K팝의 연계를 생각해보고 있어. 한국인이 흑인 음악인 힙합을 잘하는데, 힙합을 하는 음악가의 피부색이 중요한 건 아니잖아? 이제는 전 세계의 새로운 음악으로 문호를 여는 것이 더 빛을 발할 방법이라고 생각해. 팬들이 우리의 칼군무, 외모 등을 좋아해 주지만 가장 중요한 것은 팬들과 음악가의 커뮤니케이션이야. 팬과 가수가 나누어진 것이 아니라 지속 교류하며 하나의 팀이 되는 것이 특징이거든.

때마침 물보라를 일으키며 한강물을 거슬러 오르는 보트를 보고 나서 말을 이었다.

문곡 또 한 가지 중요한 것은 K팝의 주 수요층 문제야. 앤젤라 킬로렌 CJ ENM아메리카 CEO가 아주 중요한 말을 했더라고. K콘텐츠가 전 세계적으로 사랑받는 이유로 '여성의 시선(Female Gaze)'을 꼽더라구. 미국 할리우드 쇼나 필름, 텔레비전 프로그램은 대부분 남성의 시선으로 이뤄진 콘텐츠지만, K콘텐츠는 여성의 시선으로 이야기를 풀어 큰 인기를 얻는다는 것이야. 다시 말하면, 킬로렌 CEO는 '미 할리우드 콘텐츠들은 남성의 시각에서 등장 여성이 얼마나 섹시한 지를 어필하지만, K콘텐츠는 여성의 입장에서 로맨스와 감정을 보여준다. 한국에서는 대중문화와 소비의 많은 부분이 여성 중심으로 이뤄지는데, 이러한 K콘텐츠의 특성이 그동안 남성 중심의 문화에 소외된 여성들, 특히 젊은 여성들에게 인기를 끄는 이유'라고 분석했는데 일리가 있다고 생각해. 아무튼, K팝은 예전 것을 취하면서 계속 변하는 것이고, 그런 점에서 한국 전통 악기나 소리를 K팝에 접목하는 것도 좋은 아이디어라고 생각해. K팝에는 어떤 한계가 없어야 한다고 봐.

그 말에 이어 무곡이 흥분된 어조로 말을 이었다.

무곡 나는 지난 2022년 10월 15일 부산 '2030세계 엑스포 유치 기원'을 위한 무료 콘서트에서 받은 감동에 지금도 가슴이 떨려. 4개월 만에 완전체가 되어 공연한 것이잖아. 당시 현장에서 받은 느낌은 '아, 이래서 우리가 무대에 서는구나'라는 것이었어. 아마 그런 느낌은 나뿐이 아니었을 거야. 그날 우리 공연을 세계 229개국에서 4,900만 명이 보면서 즐겼다고 하니 정말 보람찬 공연이었다고 생각해.

탐랑 맞아, 정말 감격스러웠어. 이번 공연의 하이라이트 곡인 〈아이돌(idol)〉을 열창하면서 가슴이 뜨거워지더라구. 정말 이것이 끝이 아니구나 싶었어. 우리가 70세가 되어도 할아버지 방탄소년단(B.T.Seniors)으로 활동하길 바라는 간절한 마음이 생기더라고. 진짜 Yet to come. 아직 우리의 꿈은 오지 않았어. 나는 요즘 너무 무거운 주제보다 친근한 주제가 좋더라구. 얼마 전에 어느 프로에서 H모 여가수가 부르는 노래를 들었어. 금방 배울 수 있더라. 가사가 아주 좋았고, 내가 소개해볼게.

그리 말하고 나서 탐랑은 〈사랑의 힘〉이라는 노래를 부르기 시작했다.

우리는 사랑의 힘으로 거친 인생을 산다
사랑 없이는 살 수 없는 게 인생이야

사랑이란 내 삶의 빛이요 식량이야

　　사랑은 살아서 누릴 수 있는 최고의 가치야

　　사랑은 나를 구원하는 신앙 같은 것이야

　　사랑을 원하기 전에 내가 먼저 사랑을 주자

　　사랑하는 사람이 있어 그리워하는 건 축복이야

　　네 주위를 둘러봐

　　온통 사랑을 갈구하는 것 뿐이야

　　내 나라 내 고향 내 겨레

　　내 가족 부모·형제와 친척과 친구들

　　나의 일터와 동료들과 손님들

　　내가 키우는 반려동물, 꽃과 나무, 금붕어

　　내가 믿는 종교와 신앙

　　내가 쓰는 일기와 내가 그리는 그림 한 점

　　내가 부르는 노래와 내가 만드는 음식

　　나의 눈물과 연민의 한숨까지

　　내 작은 생각의 조각조차 사랑하자

　　그대여, 진정 사랑에 목마르거든

　　내 몸과 마음부터 사랑하자.

　탐랑의 노래를 듣고 일행은 큰 박수를 쳤다. 그리곤 문곡이 감격에 겨운 목소리로 말했다.

　문곡 나를 가리키는 많은 이름이 있지. RM, 방탄소년단(BTS), 내 친구들에겐 김남준(본명)일 테고. 하지만 나를 미술 작품으로 만들어 제목을 붙인다면 '무제'일 거야. 앞으로 우리가 콘서트를 언제 하게 될까. '또다시 콘서트를 다시 할 수 있겠지' 라는 생각에 지금, 감정을 많이 담아두고 싶었어. 이제부터는 우리가 개인 활동을 더 활발히 해야겠지? 내가 이번에 낸 첫 공식 솔로 앨범 〈인디고〉를 발표하고 나서 영국 음악전문지 NME(New Musical Express)와 인터뷰에서 나라는 음악인은 '무제'라고 말했어. 그것은 '정해진 건 아무것도 없어서'야. 〈인디고〉라는 솔로 앨범은 바로 나 자신이야. 정해진 것이 아무것도 없으니 그게 뭔지 찾아가고 있지. 다행인지 '빌보드 200'에서 3위를 차지했어. 2019년에 처음 구상해 4년간 준비한 일기 같은 앨범인데, 내가 느낀 정서와 감정, 고민, 생각을 담았어. 그 전에 발표한 비공식 솔로 앨범인 〈모노〉가 흑백이라면 〈인디고〉는 자연에서 온 청바지의 기본 색깔이라고나 할까? 다 경험한 일이지만 〈다이너마이트〉에서 〈버터〉, 〈퍼미션 투 댄스〉로 이어진 2020년, 2021년은 나에게도 무척 어려운 시기였어. 내가 랩 번안하는 기계가 됐나 라는 생각도 했었지. 더구나 아무것도 아닌 내가 창작자이면서 그룹의 수석 대변인으로 활약했으니 말이야. 유엔에서 연설하고 바이든 미국 대통령도 만나 대담하고. 내가 외교관인지 뭔지 모르겠더라고. 그래서 〈인디고〉에 이 같은 고민을 담았어. 들어봤겠지만 〈들꽃놀이〉에서 나는 '이 지긋지긋한 가면은 언제 벗겨질까 / Yeah me no hero, me no villain / 아무것도 아닌 나. 금세 사라지는 불꽃이 아니라 황량한 들판을 오래도록 지키는 들꽃으로 남고 싶다고 했거든. 정말 나는 아무것도 아니거든.

이어지는 문곡의 말은 일행의 가슴에 잔잔한 파도를 일으켰다.

문곡 또 나는 윤형근 화백의 말씀이 너무 가슴에 와 닿았어. 그분은 '평생 진리에 살다 가야 한다'라고 하셨지. 그래서 나는 〈윤〉이라는 곡에서 '그는 말했지 늘, 먼저 사람이 돼라' '나 역시 그저 좀 더 나은 어른이 길'이라고 했어. 돌아보면, 시인을 꿈꾸던 소년, 재능 있는 아마추어 '런치란다'(데뷔 전 썼던 예명이지), 연습생과 데뷔 초의 랩몬스터를 거쳐 슈퍼스타가 되기까지, 나는 여러 차례 변화의 순간을 겪었어. 〈인디고〉는 나의 이 같은 인생을 담은 앨범이야. 다행이랄까, 나의 이런 간절한 바람이 통했던지 〈인디고〉에 대해 호평을 했더라구, 영국의 NME는 '고전으로 기억될 만한 잠재력을 지닌 걸작처럼 느껴진다'며 별 다섯 개 만점을 줬고, 미국 대중문화지 롤링스톤은 'RM의 내면세계를 음악적으로 묘사한 모험적인 작품'이라며 별 네 개를 매겼어. 다만 영국 일간 옵서버는 '종종 쉬운 순간들이 있고 외로움의 정서가 지나치게 느껴지기도 하지만 팝과 랩을 아우르는 세련된 컬렉션'이라며 별 세 개를 줬더라. 서양인들이 한국 청년들의 정서를 어찌 다 이해하겠어. 음, 그리고 지난 22년 9월에 미국의 팝스타 패럴 윌리엄스를 만나 대화를 나눠봤어. 내가 공인으로서 부담감을 가졌노라고 얘기했더니 그런 의심이 들 때면 오히려 사회적인 역할에 매진하면 더 편히 잠들 수 있다고 하더라. 사실, 우리는 강렬한 무대를 마친 뒤 많이 허탈해했는데, 윌리엄스가 그 후유증을 어떻게 극복했느냐고 묻더라고. 이건 아마 우리 모두의 공통된 문제일 거야. 자랑스러운 것은 우리가 모두 음악과 팬을 사랑했기에 이것을 받아들이고 이겨냈지. 나 역시 이제는 마음이 홀가분해졌어. 래퍼이자 작사가로 활동하면서 정신적인 부담이 컸거든. 이제는 잠시 멈춰 무슨 일이 일어났는지 생각해 보고 싶어. 내가 왜 가수를 시작했는지, 평생 음악을 한다고 결정했는지에 대해 생각하고 있어. 우리 멤버들에게 감사하고 있어. 우리는 출범 때의 마인드를 잊지 않고 더 고급스러워지고 깊어져야 할 거야. 이것을 나는 '한류인의 마음'이라고 생각해. 우리뿐 아니라 한국인 모두가 자기 혁명으로 '한국인'에서 좀 더 나아가 '한류인'이 되어 애민 애국하는 마음을 지녀야 해. 자기 혁명의 콘텐츠는 세 가지야. 인본주의, 평화주의, 균복(均福) 주의야. 세상을 평화롭고 사이좋게 살아가는 인간 중심사회로 만들어 나가는데 우리가 더 힘을 써야 한다고 생각해. 이것이 '한류왕국'의 이념이지 안 그래? 자, 우리 다시 만날 때까지 모두 건강하고 열심히 자기 능력들을 키워보자고. 내가 말이 좀 길었지?

탐랑 문곡의 말은 감동이야. 많은 걸 느끼고 깨닫게 해줘서 고마워. 한가지 소원을 말한다면 한국인의 대표적인 노래인 '아리랑'을 멋지게 편곡하여 부르고 싶어. 우리 일곱 성자가 아리랑을 감동적인 휴먼 송(human song)으로 불러 아미(ARMY)분들에게 알려주고, 세계로 퍼져나가 '아리랑'이 인류를 하나로 묶는 화합의 노래가 되었으면 좋겠어. 원곡의 느낌을 살리되, 다양한 장르의 음악으로 편곡한다면 세계평화의 노래가 될 수 있을 것이라고 생각해.

그에 이어 무곡이 한류의 산업화라는 좀 무거운 주제로 말했다.

무곡 한류는 이미 드라마와 영화, 음악으로 세계 시장에서 자리를 잡았다고 생각해. 그 외에도 다양한 미래 산업으로 나아가야 할 것 같아. 만화와 웹툰은 물론이거니와 음식 만들기, 먹방체험, 건강 등 힐링 산업에도 한류를 접목할 수 있을 것 같아. 또 게임과 우리 역사 이야기, 관광, 한글 배우기와 나만의 한글 서체 만들기 등도 재미있을 것 같아. 한류는 산업으로 자리를 잡아야 미래 발전이 있다고 생각해. 나는 기회가 닿으면 우리 문화유산을 외국어로 소개하는 온라인 강좌를 해보고 싶어.

'7인의 성자'는 그동안 못한 이야기들을 나누느라 새벽이 오는 줄도 몰랐다. 한강에서 바라보는 서울의 야경은 점점 무르익어 환상을 자아내고 있었다.

그들은 오늘의 대화를 통해 9년 동안 하나가 되어 움직이면서 가졌던 개인의 내적인 갈등과 불안 등에 깊은 이해를 했고, 앞으로 더 탄탄한 가수가 되어 완전체로 만날 때는 가히 세계의 평화사절다운 행동주의자로서의 원팀이 될 것을 다짐하였다. 말을 마친 후 각자의 촉촉이 젖은 눈망울 속에는 새벽 별들이 하나씩 내려와 들어가 있었다. 이들이 대화를 마치자 하늘에서는 별들의 소리 없는 폭죽 세례가 쏟아지고 있었다.

그때 밝게 빛나던 샛별에서 쪼르르! 하고 빛이 흘러나오더니 일곱 성자와 그동안 함께 활동했던 샛별 공주가 나타났다. 그녀는 한강 물 위에 뜬 돌고래 모양의 보트에 올라 마치 인어공주처럼 노래를 부르기 시작했다. 그녀의 가녀린 몸매와 밝은 얼굴에서 품어져 나오는 아름답고 풍부한 목소리에 '7인의 성자'는 동료애와 함께 감사의 기쁨에 취했다. 그리곤 자신들도 모르게 그녀와 함께 〈새벽의 노래〉를 부르기 시작했다.

노래는 입과 혼으로 부르는 종교
춤은 몸과 혼으로 추는 예술
행복을 불러오고 불행을 물리치는 노래와 춤
그것이 있어 사람이 살고 사랑한다네

살아가면서 위기에 처하면
왜 나에게 이런 불행이 왔는가 자책하지마
흐르는 물처럼 그렇게 내버려 둬
물을 막으려 하면 결국 터지고 말아
나만이 힘들고 억울하다고 좌절하지 마
어차피 세월은 가는 거야
나에게 불행이 오거든 하늘의 뜻이라 생각하고
차분하게 경건하게 대하면 돼
나에게 행복이 생기면 하늘의 선물이라 생각하고
겸손하게 어려운 이웃을 생각하면 돼
내 안의 양심에 따라 살면 돼

나에게 찾아온 슬픔이나 기쁨은
내가 만들어낸 허상일 뿐이야
힘들 땐 우리 함께 걸어온 길을 돌아봐
크게 돌아보며 나 자신을 다잡아야 해
웃음과 사랑으로 하늘을 바라봐야 해
여명은 참고 노력한 자에게 오는 희망의 증표

이제 곧 새로운 태양이 떠오를 거야
해야 솟아라, 해야 솟아라
우리 모두의 가슴에 맑고 고운 해야 솟아라.

그때, 하늘에 커다란 붓이 나타나 한글 스물넉 자가 한 획씩 그어지기 시작하자 유람선에 탄 모든 사람들이 큰 소리로 '기억! 니은! 디귿! 리을!' 하며 따라 불렀다. 그러자 또다시 샛별 공주의 해맑은 목소리에 실려 〈한글찬가〉 노래가 들려왔다.

가갸거겨고교구규그기
한글 스물넉 자만 배우면
단 하루 만에 생각과 느낌을 표현하는 글자
소리와 뜻과 글자가 하나로 표시되는 소리글
세상에 못 쓰는 소리가 없는 글
그 오묘한 입놀림 혀 놀림 귀 놀림 몸놀림이
뇌에 깊고 긴 주름이 잡히듯이
시냅스를 만들어 우리를 키웠지
한국문화, K컬쳐를 만들었지

한국의 성공은 3E 때문이야
Education 굶어도 공부해라
Economy 땀 흘려 노력해서 잘 살 준비를 해라
Entertainment 즐겁게 살아라
9천 년 만들고 익혀온 동방의 고유문화
K-pop, K-classic, K-trot

K-drama, K-movie, K-webtoon
K-food, K-medical, K-edu, K-housing
K-beauty, K-language, K-fashion
이 모든 것의 원형은 바로 홍익인간 재세이화
한류 문화 K-culture, K-joy야

샛별 공주의 경쾌한 노래에 사람들은 K! K! K! 를 연호하며 박자를 맞춰주었다. 이번에는 수천 개의 큰 장독을 배경으로 한복을 곱게 입은 한 무리의 여성 합창단이 나타나 아름다운 자태로 춤을 추며 〈장(醬)의 노래〉를 부르기 시작했다.

장(醬)으로 시작된 한국 음식
간장 된장 고추장 막장 초장 청국장이야
콩을 삶아 메주를 만들고
바닷물을 가두어 햇빛의 도움으로 만들어내는
천연 소금 토염(土鹽)으로 빚어내지
목침(木枕) 모양으로 빚어내는 메주
짚으로 묶어 햇빛과 바람이 익힌 생명의 음식

장은 사람을 구하는 천연식품
서양에는 없는 한국의 천상음식
너희가 장맛을 알아?
너희가 엄마 손맛을 알아?
그 손으로 빚어낸 문명이 인류의 미래를 열지
하늘과 땅과 우주가 인정하고 있지

누구에게나 어울리는 자연의 옷 한복
누구나 맛나게 마시는 소주와 막걸리
그리고 크으, 소맥!

최고의 발효 채소 음식인 김치
식량 위기에서 인류를 구할 쌀밥과 김밥
쌈 채소와 밥과 고추장이 만난 비빔밥
지글지글 숯불 불고기의 향이여
채소를 삶지 않고 데치는 지혜를 아는가?

이 세상 어디에 사찰음식이 있더냐
이 세상 어디에 천연염색이 있더냐
이 세상 어디에 온돌아파트가 있더냐
이 세상 어디에 옻칠 자개장이 있더냐
이 세상 어디에 소금 찜질방, 숯가마 찜질방이 있더냐
이 세상 어디에 황토방이 있더냐
이 세상 어느 나라에 5만 개의 노래방이 있더냐
아, 여기는 제2의 르네상스를 여는
동방 여명의 나라 한류의 고향!

노래가 끝나자 한강에는 풍물놀이 소리가 요란하게 울려 퍼지며, 수십 척의 돛배가 등장하고 세계 각국의 아미들과 협찬 출연자들이 나와 수상 오페라가 공연되기 시작했다. 사람들은 열띤 공연 열기에 시간 가는 줄 모르고 흥에 취하여 노래하며 춤을 추었다.
하늘에서는 찬란한 별들 사이로 유성들이 불꽃 축제를 시작하였다. 그러자 북두칠성이 거대한 천상의 드론으로 바뀌어 하늘에 우주의 기운을 담아 태극마크와 봉황을 그리기 시작했고, 밤하늘에는 오로라가 나타나 알파(A)와 오메가(Ω) 문자를 만들어 띄워 흥을 돋워 주었다.

어느새 아차산 너머 동녘 하늘에는 뿌옇게 여명이 밝아오기 시작하였다. 새벽안개 자욱한 한강 위에는 형형색색의 대형 연등이 뜨고, 연등마다 천사들이 내려와 춤을 추며 '아리랑'을 부르기 시작했다. (끝)